パステルナーク事件と戦後日本

――『ドクトル・ジバゴ』の受難と栄光

目次

＊本書において引用したパステルナークの詩は工藤正廣氏の翻訳によった。

序章　発端

——一九五八年十月二十三日

それは世紀の病、この時代の革命的な狂気であった。だれしもがその思念においては、言葉で語られ、外見に表れるのとは、まったくの別人であった。良心の潔白を断言できる人は一人としていなかった。だれもが自分の後ろめたい存在、かくれた犯罪者、うまく正体をかくした欺瞞者と感じることができた。そのきっかけさえあれば、だれもが狂ったような自責の衝動にかられ、とことんまでおのれを鞭打たずにはいられなかった。空想をたくましくして、人びとは自身のことを悪しざまに言うのだったが、それは恐怖にとりつかれているからだけではなく、むしろ病的で捨鉢な気持にとりつかれるまま、われからすすんで、いわば形而上的な恍惚感と自虐の情熱をすら覚えつつ、そうするのだった。

パステルナーク『ドクトル・ジバゴ』

われわれに責任を問うとは、いったいわれわれを誰だというのだろう？　われわれは木端《こっぱ》でしかない。歴史の荒波、いや怒濤に翻弄される木端にすぎない……木端のなかには運のいいものもあって、波止場についたり、渦《うず》をのがれて主流に乗り出すことを心得ているものもある。それは運次第だ……流れがとんでもないところへわれわれを運んでゆくということについては、われわれに罪はない——自分の意志でわれわれはとびこんだわけではないのだから……

ナジェージダ・マンデリシュターム「恐怖」（＊1）

かつて詩と詩人とがすっくと立ち、その存在感を響かせていた時代が存在した。時代の辺境ともいうべき場所で、詩人は時代の空気を深く呼吸すると、そのエネルギーを悲哀とともに吐き出した。言葉は時代の重心を湛えて黒々と定着され、そのポエジーはゆらゆらと中空を漂って人びとを酔わせた。そして、そこには時代全体を鋭利に照らし出す「真の言葉」があったので、人びとはその詩行を辿ることではじめて時代の中の自分の位置を了解することができたのだった。

過去、優れた詩作品を創造した辺境詩人は、少数ながらもこうして時代に屹立し、知らずしらず彼方を見晴るかす位置に進み出たのだったが、不本意ながらも賞賛の声に包まれ、時に「偉大」と称されたりもしたのだった。しかし、結果としてそういう高峰として遇された詩人であればあるほど、その冠せられた賛辞に反して、静謐平穏にその生をまっとうしえたという例は少ない。結果として、その時代や国柄やを背負って立つこととなったとしても、これら「偉大」な詩人ほど実はその生涯は激しい葛藤を孕み、またその創作活動は苦難多き道程を辿ったのである。

人生のいつごろか彼は詩と出会い、やがて言葉によって創造する道を歩み始める。そして、その途上、言葉において生きかつ死ぬという宿命を必然として選びとったとき、彼ははじめて一人の詩人としてミューズの面前に立つこととなる。言葉は、果たして生の秘奥、生の生たるゆえんにどこまで迫りうるのか。そこで生み出された言葉とは、もとより彼によって彼じしんの身体を経由して生じ、紡ぎ出された創造物には違いなかったが、しかし、実のところその言葉はほんとうに彼じしんが発したものか、あるいは言葉が彼の身体を借りて発されたのか、それが必ずしも定かでないような、そんな微妙な間《あわい》にこのとき彼の芸術的身体は立っているはずである。

ところで、言葉によって創造する詩人が引き受け、その身に負うこととなった宿命とはいったい何であるのか。それは、たぶん人類の永い生の歴史において、言わば言葉に付与され、そこに降り積もり、積み重ねられたところの全重量をわが身に負うことであっただろう。そして、不可視の重量を湛えたこの言葉の森に分け入り、獲物を渉猟し、そこに新たな生命の息吹きを与えること。詩人の宿命とは、永い時間によって形成され、今も不断に形成される言葉の世界に棲んで、真のポエジー創生に向う道を歩み続けることであったが、高い峰として仰がれた詩人たちが、人びとからそのように目されたゆえんがあるとすれば、それは、おそらく彼が終生この道を回避しなかったことであろう。

言うまでもなくこの道筋が平坦なものであったわけではない。ただ、優れたポエジーの創生に向う詩人の困難とは、逆説的だがまさにこの言葉そのものに孕まれていた。すなわち、生の深奥に迫り、これを美として表現しようとするとき、詩人は手を伸ばせばどこにでもある、それ自体何の秘密もない言葉によってこれを遂行したのである。言葉という一見平易なマテリアルを用いつつ、これによって創造の奇蹟を実現しようとすることは、しかしどのようにして可能であったか。創造の秘儀や方法やは天から降ってくるようなものではないし、奇蹟はただミューズの眼差しを見つめていれば成就されるものでもなかった。その意味で、詩人に与えられる至福とは、同時に大いなる難行と言っても同じであった。詩人にとって至福とは、言葉の森に分け入り、その森の中で響き交わされている生命の谺を聴くことの、その先にはじめて約束されるような何かであったので、おそらく詩人はその光明に向って苦難を耐ええたのである。

ただし、詩人じしんがこの詩的創造をめぐる「秘儀」や「方法」について自覚的であったとは思われない。詩的創造とはむしろそうした「自覚」とは無縁のところで常に、あくまで、思わず、我知らず、結果として達成されてしまう行為であるがゆえに、それは美神の眼差しと一体化しえたからである。したがって、彼が

「真の言葉」を発するとは、常に「発してしまう」ことでもあった。彼が言葉を選びつつ、同時に言葉によって選ばれるとはそういうことであったし、その意味で言わば詩人とは、この本質的に「発してしまう」身体のことであると言ってよかった。そして、創造の至福が苦難の果てにあったとすれば、一方この難路行における逡巡や回避は、まさに詩人であることからの退場を意味してもいた。

ところで、詩人は、その詩的創造において古今から縦横に言葉を選び、形式を選び、また自由にテーマを選択したが、しかし当然のことながら彼は自分じしんの舞台――生きる時代――そのものは選択することができなかった。詩人に訪れるもう一つの苦難は、この「選択できない」物理的時間にかかわり、彼に与えられた生の舞台が言わば障壁として彼の前に大きく立ちはだかるときである。なぜなら、それぞれの時代には常に「時代の神」が存在し、自ら「真の言葉」の所有者として同時代に君臨すべく登場していたからである。彼、すなわち「時代の神」が言葉に関心を払い、敏感であったことには理由があった。すなわち、彼が昇りつめた神の座を直接的に支えていたのは物理的暴力には違いなかったが、しかし彼が最終的に希求していたのもほかならぬ「真の言葉」であったからである。なぜなら、たとえその玉座を十重二十重に物理力で守りえたとしても、その暴力そのものを根拠づけるのはやはり言葉であることを彼は深く察知していたからである。そして、この必要性――暴力を支える言葉が召喚される強度が強ければ強いほど、同時代の事象は基本的に彼の掌中において生起しなければならず、また彼の眼差しによって見届けなければならなかった。

詩人の生きる時空がこうした束縛と直面するにつれて、本来創造の美神にのみ仕える彼の営みは、時代を司るところの「時代の神」の思惑と微妙に、あるいは激しく交錯することになった。そして、ここから「言葉」をめぐる争いが或る頂点に向って、すなわち文字通り「生か死か」という瀬戸際にまで導かれていくにつれて、詩人たちは深甚な問いに晒されることになった。

その手中に巨きな暴力をもつ「時代の神」に対して、詩人はいかに振舞うべきか。本質的に「真の言葉」

を発してしまうのが詩人であるとすれば、「言葉において死ぬ」ところの詩人は時代の中で自らをいかに処すべきか。「時代の要請」に応え、「時代の歌」を謳うことは詩人の道を踏み外し、創造の美神に背くことなのか……。

＊

この意味で、前世紀、旧ソ連の時代にあって、ロシアの詩人や作家が蒙った運命は格別に苦難多きものであったように思える。

周知のように一九一七年の革命によって、ロシアは社会主義建設という事業に乗り出したのだったが、人類史上初めてであるこの革命が、この「壮挙」を注目する人びとにとってどれほど鮮烈かつ驚異に映じたか。この革命について、当時ある西欧知識人が述べた評言――「天国に向って橋をかける事業」（ヴォリンガー）――を想起するなら、レーニンとその党派の主導によって開始されたこの社会変革が、その熱気とともにいかに途方もない夢を託されて発進したか想像できよう。

熱気はこう告げていた――ツァーリは去った、憎きブルジョアジーどもも駆逐した。今や遠くない将来、必ず楽園がやって来る。もはや言葉によって紙の上や精神世界に天国を創造する必要はない。われらの待ち望んだユートピアを、まさに現実のものとして、粉骨砕身この地上に実現するのだ。したがって、今われらの陣営に加わろうとしない人間、社会主義建設に同調せず、これに反旗をひるがえす人間、そういう分子に対しては、革命は厳粛に有罪を宣告する。たとえ芸術家といえども、いやむしろ芸術家であればこそ、現下のこの大事業に賛同し、率先して参画すべきである。いや、しなければならぬ……と。

革命初期、昂揚する熱気とともに膨れ上がったこのようなユートピア幻想は、その勢いを駆ってロシア全土を蔽い、権力を握ったボリシェヴィキ党と赤軍は、引き続く内戦にも勝利をおさめる。しかし、革命の熱い熱気も徐々に醒めていくにつれ、やがて昂揚は縮小回路に入り、それと同時に楽園実現への懐疑もまた生じていった。そして、その懐疑や不満がロシアをひそかに浸潤する度合いに応じて、革命は当初もっていたオプティミズムを喪失していくことになる。

やがて革命は厳しく硬い表情に覆われ始め、当初は一定程度保証されていた異論や反論の自由は制限され、その寛容の度合いも狭められていった。一九二四年、レーニンが死去するとともに公然化したボリシェヴィキ党の党内闘争は、その総決算として言わば革命の後退の象徴として、「凡庸な」スターリンを選択することになる。終焉こそ始まりであるという逆説が真を含んでいるとするなら、この、トロツキーら輝けるディアドコイ（後継者）たちを巧みに排除掃蕩し、一書記長に過ぎなかったスターリンが権力の頂点にのぼったときこそ、それがいかに逆説的に聞こえようとも、現実のロシアの革命は開始されたと言うべきである。

スターリンが権力の階段を上っていく過程、すなわち——一九二二年、書記長就任。一九二四年、一国社会主義論提唱。一九二五年、ジノヴィエフ追放。トロツキーの軍事人民委員解任——に至って明らかに革命の潮目は変わり、さらにスターリンは、一九二九年、ブハーリンら反対派の総追放と「大いなる転換の年」宣言による第一次五か年計画、農業集団化政策の着手へと進んでゆく（この年、トロツキーが国外追放される）。やがて来る三〇年代の大粛清はもう目の前である。

そして、いっさいの幻想を捨て去ったこの現実家が——スターリンが、世界革命を云々し吹聴する「革命家たち」を軽蔑し切っていたのは有名である——ひたすら「時代の神」への階段を駆け上がっていった過程は、同時にミューズの息の絶えてゆく過程でもあった。このとき、永遠の美神を見つめていた詩人、作家たち芸術家は、進行する革命の鉄床上でその態度決定を迫られていった。悪化する創作環境の中で、彼らは戸惑い、怖れ、反抗し、あるいは韜晦し、また深く沈黙した。また、そうでない者は早々とロシアを去った。

一方、革命におずおずと、あるいは熱烈に賛同を表明した者やグループもいた。彼らは時代とともに進むことを宣言し、時代の要請をむしろ積極的に受け止め、自らの芸術表現と一体化させながら革命の大波に身を投じていった。何と言おうと革命は旧時代を否定したのだし、人々の昂揚する精神を開放し、そして「明るい未来」に向う希望を準備したからであった。ただし、今日、歴史の証明するところでは、その芸術表現において、革命に肯定的であれ否定的であれ、あるいは時代に迎合的であれ批判的であれ、最終的には革命自体がもつ巨大なうねりの中にそれらは一様に押し流されていったと見ることができよう。

いずれにせよ「時代の神」であってみれば、それはほとんど「全能者」ともいってよく、事実スターリンは史上希に見るほど多くの賛辞でわが身を覆った。そして「真の言葉」とはすなわち彼にとって「唯一の言葉」であったので、彼は死せる聖レーニンの言葉を身に纏い、「レーニンースターリン」として発語することによって時代に君臨した。その性癖として、彼を讃え跪いて来る者ほど強く罰したとも言われるスターリンは、言葉をあやつる者への猜疑と嫉妬を隠さなかった。——詩人にはよくよく警戒せねばならぬ。たとえ彼が「時代の歌」を謳い、指導者を大仰に讃えて見せたとしても、心の底では別の神の声を聴いているからだ。われらがともに一つの歌を歌うべきとき、人心を誑かすこうした行為は許しがたい裏切りであり、放っておけばわれらが国家の基礎を掘り崩すものとなるであろう、と。

*

さて、革命ロシアで詩人の受難が象徴的に露わになった年、それを一九二一年としてもいいかも知れない。この年、政権に疎まれていた大詩人ブロークが消え入るように死去する。そして、政府転覆を図ったという嫌疑のもとに詩人グミリョフが逮捕され、銃殺刑に処される。また、忘れてならないのはこの同じ年、ベルジャーエフ、ブルガーコフ（セルゲイ）、ブーニン、レーミゾフ、メレジコフスキー、アルツィバーシェフ、クプリーンなどといったロシアを代表する数百人の思想家、詩人、作家たちが亡命船に乗せられ、国外追放されていることである。

ブロークの友人であった画家アンネンコフは、ブロークの最後の日々を次のように回想している。

その生涯の最後の年、ブロークの幻滅は極限に達した。わたしとの会話の中で彼ははばかることなくその真情を吐露した。

「息がつまる、息がつまる、息がつまる！——と彼は繰返した——わたし一人じゃない。君らだってそうだ！われわれは息がつまりそうだ。みんな窒息しそうだ。世界革命は世界的狭心症になってしまった！」……

一九二一年一月二九日、文学者会館で、すでに病んでいたブロークは次の言葉を口にした。「安静と自由は詩人にとってハーモニーの解放のために不可欠である。だが安静と自由もまたとり上げられつつある。ここでいうのは外面的な安静のことではない。創造の安静のことである。子供っぽい我儘やすべてを許容する自由のことではなく、創造的自由、ひそやかな自由のことである。そして詩人は死につつある。なぜなら彼はもう息がつけないからだ。生活は意味を失ってしまった……」……

一九二一年の春、彼が最後にモスクワへ発つ前日、わたしがブロークから聞いた最後の言葉は、「疲れた」——だった。

一九二一年七月の末、アリャンスキーがわたしのところへ駆けつけてきて、ブロークが意識を失い、その容態は絶望的であると告げた。彼の外国行きの許可が下りたのは、死の一時間後のことだった。……

アレクサンドル・ブロークの死に、公的筋の新聞雑誌はどう反応したか。一九二一年八月九日の新聞『プラウダ』には次のような報道が載った。「昨朝、詩人アレクサンドル・ブロークは死去した。」あとにも先にもこれだけである。（＊2）

かくして二十世紀ロシア最大とも目されていた詩人は世を去った。革命の到来をその全身で受けとめ、搾り出すように名篇『十二』を書くことで対応したブロークの悲惨な最期は、革命ロシアにおける詩人のその後の運命を不吉に予告していた。「詩人は死につつある」と彼が述べたように、以後、続々と詩人たちは死に赴くか、あるいは時代に「扼殺」されていった。それでもブロークは、その後ロシアの大地に展開された死屍累々たる時代、大粛清の惨状を見ないで済んだ。

因みにここでブロークの死が押し開いたとも言える、詩人、作家たちの死のクロニクルを概観しておこう。「時代の神」によって言葉による創造者たちがいかに忌避され、かつ淘汰されていったか。彼らはただ「真の言葉」を発し、あるいは発してしまう「怖れ」によって、一様に死に向って行進していった。

一九二一年　アレクサンドル・ブローク死。ニコライ・グミリョフ銃殺。
一九二二年　ヴェリミール・フレーブニコフ死。
一九二三年　アレクサンドル・ネヴェーロフ死
一九二四年　レフ・ルンツ死。
一九二五年　セルゲイ・エセーニン自殺。
一九二七年　フョードル・ソログープ死。
一九三〇年　ウラジーミル・マヤコフスキー自殺。
一九三二年　アレクサンドル・グリーン死。
一九三四年　アンドレイ・ベールイ死。エドゥアルド・バグリツキー死。
一九三五年　ミハイル・クズミン死。
一九三六年　マキシム・ゴーリキー死。

一九三七年　チツィアン・タビゼ銃殺。パオロ・イアシュビリ自殺。エフゲニー・ザミャーチン亡命死。ヴィクトル・キーン銃殺。ニコライ・チュジャーク銃殺。パーヴェル・ワシーリエフ銃殺。アレクサンドル・ヴォロンスキー獄死。ニコライ・クリューエフ獄死。
一九三八年　ボリス・ピリニャーク銃殺。オシップ・マンデリシュターム獄死。レオポリド・アヴェルバフ銃殺。ウラジーミル・キルショーン獄死。
一九三九年　ワシーリー・ホダセヴィチ亡命死。セルゲイ・トレチャコフ銃殺。ブルーノ・ヤセンスキー獄死。アルチョム・ヴェショールイ獄死。イワン・カターエフ獄死。ドミートリー・スヴャトポルク＝ミルスキー獄死。ミハイル・ゲラシーモフ銃殺。
一九四〇年　フセヴォロド・メイエルホリド銃殺。ミハイル・ブルガーコフ死。イサーク・バーベリ獄死。
一九四一年　マリーナ・ツヴェターエワ自殺。アレクサンドル・アフィゲーノフ爆撃死。イーゴリ・セヴェリャーニン亡命死。
一九四二年　ダニール・ハルムス死。ミハイル・コリツォーフ銃殺。コンスタンチン・バリモント亡命死。
一九四三年　ウラジーミル・キリーロフ獄死。
一九五二年　ドウィド・ベルゲルソン銃殺。ミハイル・ゴロードヌイ銃殺。
一九五六年　アレクサンドル・ファジェーエフ自殺。

際限のないこのリストにあえて注釈は必要ないだろう。文学界における著名人の遭難死に限ってみたが、これにいわゆる芸術家一般、すなわち音楽家、画家、映画人、演劇人などを加えれば、さらに死の名簿は膨れ上がるだろう。また、ここでたんに「死」とのみ記されてあるものも、その実態は「衰弱死」、「苦悶死」、「餓死」、「不審死」、「不遇死」といった、いずれも異常な状況下での死去であることを見るならば、「別の言葉」

を強いられたこの時代が、言葉による創造者たちにとっていかに棲み難いものであったかが了解できよう。

ところで、本書において触れようとしているロシアの詩人――ボリス・パステルナーク――は、文字通り「生か死か」の稜線を辿ってこの時代を生き抜いた数少ない高峰であった。何が彼を救い、何によって彼は生き延びたのか。あるいは何が「時代の神」を躊躇わせたのか。今日「奇蹟」とも言われるその原因は諸説あるものの、その真因は不明とされている。しかし、事実としてパステルナークはこの時代を生きて通り過ぎた。彼自身は、若年の一時期、スターリンその人に思い入れて、彼に向けた賛歌風の詩を詠んだこともあったらしいが、しかし彼の「発してしまう」言葉がこの時代に求められていたものと本質的に懸け離れていたものであったことは確かであったように思われる。

革命期、彼がもっぱら何を見つめ続けて生きたか。そして、詩人として回避せず、また逡巡もしなかった場所とはどのような世界であったか。

詩の定義

それは――けわしく満ちあふれたひゅうと鳴る音、
それは――押し潰《つぶ》された氷の片々のかりかりいう音、
それは――いちまいの樹葉を凍らせる夜、
それは――二羽の夜鶯たちの対決。

それは――しなびた甘いえんどう。
それは――いたいけな莢《さや》に入った宇宙の泪《なみだ》たち。
楽譜台からフリュートから――それは

園生の畝《うね》にあられとなってフィガロが降りこぼれるのだ。

夜がその水浴びしている深い水底で
さがしだすのがひどく大事なものすべて、
そして生簀《いけす》まで星ひとつを運びきることだ。
おののく濡《ぬ》れた両の手のひらにのせて。

むしあつきは――水の中の板たちより単調《ひらべったい》。
大空は榛《はん》の木のように倒れおちてしまい、
この星たちにさも似つかわしいのは高笑い、
とは言え、なに、宇宙は――つんぼの場所さ。

（「わが妹人生――一九一七年夏」）

彼だけが有するポエジー、聴覚の奥でひそかに鳴るその手触りのような音に触れるとき、わたしたちはパステルナークだけが占有した場所の在り処を感知することができるように思う。詩の「定義」という、およそ詩人であれば誰しも一度は敢行したい試みに彼もここで手を染めるが、その「定義」とは、しかし詩人の数だけ存在するだろう。それは詩人が自らの芸術的身体そのものに自己言及することであるからであり、パステルナークの身体が本質的に「発してしまう」言葉とは、まさにこの「定義」によって律される宇宙の構成素にほかならなかった。

片方にはすべてに君臨する「時代の神」。そして他方には、その時代の片隅にひっそりと呼吸する一詩人。

前者は「全能」であるがゆえに現世のすべてを所有し、後者は片々たるポエジー──「けわしく満ちあふれたひゅうと鳴る音」──に包まれて立つに過ぎない。これから検討しようとしているのは、この圧倒的な落差、非対称をバックに、辛うじて成立した一瞬の悲劇であり、もともと現実的パワーを根拠にすれば、はじめから成り立ちようのなかった権力者対詩人によって演じられた──先走って言えば、詩人の「完全な敗北によってこそ獲得した勝利」の──ドラマである。

＊

歴史は時に人に不意打ちをくらわせることがある。いや、「時に」などと言うより、そもそも人々に対して不意打ちをする、あるいは仕掛けるその連鎖が歴史であると言っていいかも知れない。人びとが時に試みる「未来予測」なるものがこれまで予測通り的中したためしはないし、むしろそうした予測を常に裏切りつづけて、はじめて歴史は歴史としての自己を貫徹してきたようにすら見える。例えば、そのことの地球大の例証を、私たちは前世紀の末に目撃したばかりではなかったか。すなわち、この地表の半分を覆う勢いであった「歴史的必然」とかいう必然信仰の壮大な崩壊劇を。

ところで、およそ「不意打ち」的行為というものが、人間にとってある種の「効能」らしきものがあるとすれば、たとえその結末が悲劇的であれ喜劇的であれ、すべからくものごとの本質を一瞬にして白日のもとに晒すことにあるということだけは言えるように思われる。フロイドを援用するまでもなく、人はその「不意打ち」を食らったとき、おのれの真実を思わず語ってしまうという事実は、歴史的事象においても通用するのではないだろうか。

全く用意を怠り、準備を欠いていたところにいきなり要所を衝かれた場合、人はうろたえ、慌て、ひたすら狼狽する。そして、とりあえずその「地金」で、「本音」で、持っている能力そのままで応戦することを選ぶだろうし、また、逆にそうせざるを得ないとき、人は不意を打たれたと受感するのだ。そして、普段はさほど意識されず、暗黙の了解のもとに意識下に眠っていた感情が一挙に浮上する……。

歴史は「善」に向かって動くものでも、「進歩」を伴って前進するものでもない。私たちは歴史を「振り返る」とき、ただ人類はどのような段階ないし位置に、依然として存在しているのかを知ることができるだけである。だから過去に踏み入るとは、現在を渉猟することの謂いにほかならないし、その意味で歴史に、より新しいとかより古いとかはもともと存在しない。われわれが過去を振りかえるのはあくまでも現在の必要にあり、したがって歴史とはいつも、その「現在」が訪れるのを待機する時間の中に存在している。

「歴史の不意打ち」などと大仰なことを言ってみたが、ここで検証しようとする「事件」は、べつだん大層なことではない。第一次大戦の勃発とか、日本軍の真珠湾攻撃とか、ヒトラー・ドイツのソ連侵攻とか、第二十回ソ連共産党大会のスターリン批判とか、現代史はいろいろ「不意打ち」の材料に事欠かないが、しかし、これから検討しようとするのは、そんな重量級のそれではなく、二十世紀の歴史において登場したほんのささやかな「不意打ち」劇とも言うべきものであり、その不意打ちがもたらしたまことに卑小な人間劇に過ぎない。しかしながらその矮小な劇のうちに露出した小さな裂け目の底には、人間の自由な表現意欲を蹂躙する権力の暗い傲慢と、その前に薙ぎ倒される一詩人の孤独とその文学的死が沈んでいた。

そして、今日、世に「パステルナーク事件」という名で記憶される、その「不意打ち」劇のそもそもの発端は、先ず次の外電が世界に報ぜられたことから始まった。一九五八年十月二十三日、スウェーデン・ストックホルム発の外電は、一斉に次の内容を報道した。

パステルナーク氏へ　ノーベル文学賞、劇的な授賞

【ストックホルム二十三日発＝ＡＦＰ】スウェーデン王室文学アカデミーは二十三日ソ連の作家ボリス・パステルナーク氏に電報をおくり、一九五八年度ノーベル文学賞の授賞を知らせるとともに来る十二月十日ストックホルムで行われる授賞式に同氏を招請した。（『朝日新聞』十月二十四日朝刊）

新聞記事にして僅か八行足らずの素っ気ない外電であるが、しかしこの短い記事によって報ぜられた事態が惹起し、その後展開されることになった非文学的な事態は、たんに一詩人の個人的な栄誉をめぐる問題を超え、ある二十世紀的なプロブレムとして露頭することによって世界をその渦に巻き込むこととなった。

あらかじめ断っておけば、この小論で触れたいのは、その世界的な渦の諸相ではなく、その渦の飛沫がいかに極東・わが日本にまで及び、そしてわが日本の知識人・文学者諸氏がいかにその渦に対応したか、その〝喧騒劇〟の顚末であり意味である。

＊1　染谷茂訳、内村剛介編『スターリン時代』平凡社、一九七三年、所収。
＊2　ユーリー・アンネンコフ『同時代人の肖像』上、青山太郎訳、現代思潮社、一九七一年。

第1章　祝福から迫害へ

——一九五八年十月二十三日～十一月六日

乱世に
善き最期を探すのは無益だ。
一方は罰し　後悔する、
他方は——ゴルゴダで最期をとげる。
……
私は知っている、自分がそこに立つであろう柱が、
ここより歴史の異なる二つの時代の
境界とならんことを、
そして私は選ばれたことを歓ぶ。
パステルナーク『シュミット大尉』

「文学的原子爆弾」？

一九五八年十月二十三日、午後三時二十分。スウェーデン・アカデミーの事務総長、詩人アンデルス・エステルリングは記者会見を行い、ソ連の詩人であり作家でもあるボリス・レオニードヴィチ・パステルナークに同年度のノーベル文学賞を授与すると発表した。直ちに世界のマスコミはその第一報を一斉に打電し、それはわが国の新聞でも翌十月二十四日の朝刊で前章のように報じられたのであった。この報道はたちまち全世界を駆け巡ったが、しかし、この報せは必ずしも喜ばしい祝福にのみ包まれていたのではなかった。それは言うまでもなく「パステルナーク氏へ　ノーベル文学賞、劇的な授賞」という見出しの中にすでに隠されていた。今回の授賞発表がそもそも何故「劇的」と受け取られたのか。その後、この晴れがましい発表がにわかに騒がしい「事件」へと変容していったことは今日知られている通りだが、その理由について同時に配信された別の記事は次のように告げていた。

【ストックホルム二十三日発＝ＡＰ】ソ連に住むソ連作家への初めてのノーベル賞を獲得したこの小説は「ドクトル・ジバゴ」という題である。この作品はソ連における共産主義による自由の抑圧に対する〝文学的原子爆弾〟と形容されている。スウェーデン王室文学アカデミーのパステルナーク氏に対するノーベル賞授与決定に先立ち、ソ連は「ドクトル・ジバゴ」のスウェーデンでの出版を妨げようとつとめていた。一部の文学評論家は、今回の授賞は、ソ連政府の顔に平手打ちを食わせたようなものだと評している。（『朝日新聞』十月二十四日朝刊）

それが果たして「文学的原子爆弾」であったか否か（その後「文化界におけるハンガリー事件」という形容も現れた）は別として、見られるように、この世界的な栄誉がパステルナークに与えられたことにソ連政府は激しい嫌悪を示し、その受賞を阻むべく画策を開始した。たしかにスウェーデン・アカデミーは今回の授賞の理由について、パステルナークの「現代叙情詩ならびにロシアの偉大なる小説の伝統に対する優れた功績にかんがみ」（＊1）と述べてはいるものの、しかし実のところは前年の十月イタリアで刊行されて以来、次々と西側諸国で出版されて話題を呼んでいた彼の小説『ドクトル・ジバゴ』が決め手となったものであることは世界に明らかであったからである。そして、この授賞発表に伴って早くも生じつつあった暗い漣は、直ちにその形を取り始めるが、しかし詩人自身は当初先ずこの栄誉を快く受け入れることを表明したのだった。

――非常に感謝している。感動、誇り、驚き、戸惑いを感じている。

十月二十三日、授賞の報せを受けたパステルナークはスウェーデン・アカデミーに対してこう返電したと言われている。電文そのものは英文で六語（"Immensely thankful, touched, proud, astonished, ashamed――Pasternak"）。その後、たちまちにして出来した世界規模の喧騒と、渦中におかれたパステルナーク自身の態度を考えれば、この彼の意思表明が余りにもナイーヴかつオプティミスティックに見えたとしても、しかしともかく彼は授賞の報知を聞いたとき、昂然とこれを受け容れたのであり、その後この授賞をめぐって湧き起こった一連の騒動は言うまでもなく詩人自身の責に帰する問題ではなかった。

このパステルナークの、授賞を謙虚に受け止め、これを素直に喜ぶ心情の表明があったのち、しかし事態は一挙に目まぐるしく変転の様相を見せ始める。その事態とはいったいどのように動いて行ったのか。今日ではほとんど忘れ去られたその動きを改めて追ってみれば次の通りであった（あくまで当時わが国で受け取った情報に従い、邦字紙に現れた報道を中心とする）。

▽十月二十三日（木）

・スウェーデン・アカデミーがノーベル文学賞受賞者にボリス・パステルナークと発表。来る十二月十日、ストックホルムで行われる授賞式に同氏夫妻を招請。

・ソ連文化相N・ミハイロフ、「パステルナーク氏がノーベル文学賞を受けるのを許されるかどうかはソ連作家同盟の決定にかかっている」と言明（スウェーデン共産党系『ニ・ダーグ』紙）。

▽十月二十四日（金）

・パステルナーク、スウェーデン・アカデミーに対して授賞に感謝する、また授賞式に出席したい旨を回答（この日、妻の誕生日でもあり、K・チュコフスキー、グルジア詩人ツィチアン・タビゼの妻ニーナ、隣家イワノフ夫妻ら友人たちが続々とパステルナーク家を訪れ、授賞を祝福）。

・作家同盟幹部コンスタンチン・フェージンがパステルナークを訪れ、授賞を辞退しなければ不愉快なことになると警告。

・作家同盟機関紙『文学新聞』がパステルナークを非難。「パステルナークは恥辱と不名誉を選んだ。今回のノーベル賞授賞は国際反動勢力のイデオロギー攻勢であり、ソ連に対する政治的敵対行為である。パステルナークはわが国を中傷し、かなりむかしから真実を語る方法を忘れている。云々」。

▽十月二十五日（土）

・作家同盟機関紙『文学新聞』が「国際反動の挑発的攻撃」と非難、併せて「雑誌『ノーヴィ・ミール』編

集部のパステルナーク宛書簡」を発表し、『ドクトル・ジバゴ』を批判。（＊２）

・ソ連の各種新聞、雑誌がパステルナーク非難キャンペーンを開始。

・文芸大学学生たちによる反パステルナークの「自発的」デモ。

▽十月二十六日（日）

・『プラウダ』、ダヴィド・ザスラフスキー（＊３）のパステルナーク非難論文「文学の雑草をめぐる反動宣伝の騒ぎ」を掲載。「パステルナークにソビエト的品位の一かけらでもあったら、作家の良心と人民への義務感があったら、自分を低める〝賞〟など拒絶したろう。あの男は雑草だ。『ドクトル・ジバゴ』は文学ではない。云々」（十月二十九日付『朝日新聞』要約を掲載）。

・多くのソ連紙が『文学新聞』の記事、資料を追いかけて転載。

▽十月二十七日（月）

・作家同盟がパステルナークの除名を満場一致で決議（ソ連作家同盟幹部会、ロシア共和国作家同盟組織委員会事務局、ソ連邦作家同盟モスクワ支部幹部会の統一会議。議長Ｎ・Ｓ・チーホノフ）。

・スウェーデン科学アカデミーのノーベル賞委員三氏がソ連に抗議し、ストックホルムでの国際レーニン平和賞授賞式に出席拒否。

▽十月二十八日（火）

・作家同盟、前日のパステルナーク除名決議を『文学新聞』に発表。「彼は政治的にも道義的にも堕落し、ソ連人民を裏切り、社会主義、平和、進歩のための運動を裏切った。云々」。

・ポーランド作家同盟、パステルナークに授賞の祝電を贈る。

・『ルモンド』、ストックホルムのスラブ研究所長ニルソン博士の「パステルナーク訪問記」（九月）を掲載。

▽十月二十九日（水）

・モーム、ハクスリー、グリーン、フォースター、エリオットらのイギリス作家協会をはじめ、各国の団体から抗議の電報が送られる。

・国際ペンクラブ、ソ連作家同盟に抗議の電報。「国際ペンクラブはパステルナークに関する噂に非常に心配している。貴同盟がパステルナーク氏が創造的自由の権利を保持できるよう保護されんことを望む。云々」。

・コムソモール四十一周年記念共産青年同盟大会でセミチャスヌイ第一書記、パステルナーク非難の演説。「パステルナークは豚にも劣る。資本主義の〝天国〟へ行って本当の亡命者になるがよい。云々」。

・パステルナーク、スウェーデン・アカデミーへ授賞辞退の電報を送る（党中央委員会へも同趣旨を通知）。

・スウェーデン・アカデミー表明。「ノーベル文学賞受賞者パステルナーク氏の賞金（二一万四五五九クローネ、約一四五〇万円）は来年まで保管することになろう」。

▽十月三十日（木）

・『タイムズ』、ソ連政府批判の論説を掲載。「個人の自由、とくに作家の役割についての共産主義と民主主義の考え方の深淵が再びはっきりむきだしにされた。云々」。

・スウェーデン駐在ソ連代理大使N・ヴォイノフ、スウェーデン作家同盟会長に「パステルナークの市民権を保証」を約束。

▽十月三十一日（金）

・作家同盟モスクワ作家会議総会（議長S・S・スミルノフ）、パステルナークの市民権剥奪を政府に要請する決議を採択（同決議の採択後、作家同盟宛てのパステルナークの手紙が報告された。「『ドクトル・ジバゴ』を書いたのは反ソ的意図によるものではない。私は諸君に〝事を早まるな〟と言いたい。ノーベル文学賞は私個人の名誉ではなくソ連全体の名誉なのだから断る必要はないと思っている。しかし名誉だけ受けて賞金は平和擁護委員会に寄託しようと思っている。云々」)。

・タス通信、声明。「もしパステルナーク氏がその反ソ的著書で中傷した社会機構と国民を捨て、ソ連を永久に去りたいと望むならば、ソ連公式機関はこれに何らの妨害を加えることはない。彼はソ連国外に出て資本主義の天国のすばらしさをみずから体験する機会を与えられよう。云々」。

▽十一月一日（土）

・『文学新聞』、「怒りと憤り」という見出しで編集部に寄せられた多くの読者のパステルナークに対する「憤りに満ちた手紙」を発表。

▽十一月二日（日）

・パステルナークによるフルシチョフ首相宛の「嘆願書」公表。「ロシアを離れて自分の将来は考えられない、自分を国外追放せぬよう。云々」。

・モスクワ放送（日本向け）「トルストイ、チェホフ、ゴーリキーのような巨人や、現在の世界的作家ショーロホフにすら与えられなかったノーベル賞が、誰にも知られていなかったパステルナークに与えられた。これは自国民への裏切りと数億の人々の生活を支える思想を非難したことに等しい。云々」。

▽十一月六日（金）

・パステルナークの「悔悟の書簡」（十一月五日付）、『プラウダ』に掲載。「自発的辞退であったこと。私の作品が反革命という悲しむべき誤解を与える余地があったこと。同志たちの信頼を取り戻したいこと。云々」。

思わざる授賞の報せを受け、はじめは感謝に満たされ、誇りやかに受賞の意思を表明したにもかかわらず、しかしその喜びも束の間、彼の意思の前に国家権力の理不尽が大きく立ちはだかる。詩人はナイーヴな歓喜の頂点から、その反対の極へと激しく揺れ動く。国境の外では支援の渦が巻き起こりつつも、国家を挙げた猛キャンペーンの渦中に詩人は翻弄され、遂に権力者に膝を屈して悔悟の意を表明する……。

それは、本来祝福され栄誉を受けて然るべき一国を代表する詩人が、一転して呪詛すべき〝売国奴〟へと変貌させられていった悲劇というだけではない。およそ文学が、ある強大な障壁を前にしてなお真に文学として立つとき、文学は何を引き受けるか、そしてそこにいかなる光景が展開されるかをありありと示した。

「事件」の経過が今さらのように私たちに告げるのは、旧ソ連という時空の中で、文学芸術というものが置かれていた《場所》と、いわばその置かれ方の《文法》であり、その文法解読をめぐる——詩人と権力者との——齟齬である。齟齬は齟齬を生み、双方にとって不本意に「事件」化されて行ったが、それをいたずらに加速させたのは、万能を自負する権力——何ものにも制限されないプロレタリア的暴力——の側が、その内部に抱いている或る恐怖であったとも言えよう。もともと《言葉》によって生み出され、《言葉》によって支えられていることを知悉する暴力にとって、常におのれを見据えている文学芸術の視線こそ畏怖の対象であったからである。

唸る迫害マシン

もはや遠い過去となった「最初の二週間」の経過を追って見たが、あらためてこれを段階的に整理すれば、「事件」は以下のようなステップで推移したと見ることができる。

［1］事件の始まり——スウェーデン・アカデミーの授賞発表とパステルナークの受諾表明。

［2］ソ連側の反パステルナーク・キャンペーン――作家同盟、党などからの猛攻撃（西側言論陣営のソ連政府への抗議起る）。

［3］パステルナークの後退――パステルナークの授賞辞退表明。

［4］事件の終わり――パステルナークの公的「悔悟」表明。


さて、「事件」の喧騒の中で、パステルナークのとった態度について「ナイーブ」、「あまりに楽天的」、「うかつ」等々の評価が飛び交った。わが国の文芸界においてもおおむねそのような理解であったと思われるが

当時、わが国の雑誌に転載された風刺漫画
（『世界週報』昭和33年11月21日号）

(例えば、「千慮の一失」平野謙の評)、ただ、彼が早々と授賞受け入れの表明を行ったのにはそれなりの背景があったとも言われている。すなわち、スターリン死後という大きな転換期にあってソ連文芸界に芽吹いていた「雪解け」ムードの中、スターリン批判をバックとして登場した宰相フルシチョフの「寛容的」ジェスチャー、作家ドゥジンツェフの『パンのみによって生きるにあらず』の出版、さらに「事件」前に『ドクトル・ジバゴ』解禁の兆候が垣間見られたこと……等々である。

しかし、そういった外的な状況以上に重要と思われるのは、作者パステルナーク自身が抱き、温めていた作品『ドクトル・ジバゴ』の出版に対する並々ならぬ決意であり、覚悟であったと思われる。ロシア革命とその渦中に生きた人間の運命を描いたこの散文作品を、彼はすでにスターリン全盛の頃から構想し、戦後、発表の当てもなく執筆を開始していた。そして、一九五五年、やっと脱稿するが、それはまさにフルシチョフによるスターリン批判の前年であった。

さらにこのパステルナークの決意を裏打ちしていたエレメントとして、彼の、いわばロシアへの愛とも言うべき骨がらみの態度があったことも見逃せない。イギリスに亡命した父、画家レオン・パステルナークの亡命の誘いに対して、彼は「僕はロシアの作家です。ぼくはロシアの民衆から離れることは、絶対にしないつもりです」と答えているように(＊4)、「事件」の全経過を通じて抜き難く見られる当局との齟齬は、一つにこの「ロシア」と「ソ連」に対する態度如何に起因していた。詩人にとって、これは取替え可能な記号などではなく、おのれの創作に直結する源泉としてあったがゆえに、「ロシア」こそが第一義的でなければならなかった。

例えば――授賞発表を聞いたパステルナークの誇りは、作家同盟の大御所フェージンによってもたらされた「授賞を即刻辞退すべし」という警告によってたちまち暗雲に閉ざされるが、「事件」の顛末を描いた興味深い或る小説では、その場面は次のように造型されている。

最初に口をきいたのはパステルナークのほうだった。が、その声からは歌うような調子が失せ、彼はしゃべりながら歩き回りはじめた。「いずれにしてもだよ、コースチャ〔フェージンのこと〕、きみの口からまったく祝いの言葉が聞かれないのはどういうわけだい？　ノーベル賞に関して大切なことは唯一つ――ロシアが、そう、われわれのロシアが受賞したということなんだ。きみはロシア人じゃないのかい？」彼は声を高めた。「答えてくれ、コースチャ、きみはロシア人じゃないのかい？」

「この地球上には二つの生き方があり、その結果として二つの文学様式、二つの芸術様式がある。……現代の作家は旗幟を鮮明にしなければならんのだよ。きみはいずれの側に立つのかね？　知ってのとおり、マクシム・ゴーリキーはこう問うている。――〈作家よ、汝はいずれの側に与ししか？〉と。これはきわめて重大な問いかけだ。そこで訊くが、詩人パステルナークはいったいどちらの味方かね？」

その問いに答えたパステルナークの声は、ほとんど悲鳴に近かった。「わたしはもちろん、ロシアの味方だよ！」（＊5）

あくまで現世、ただいまここにある現実を絶対化して疑おうとしない文学官僚フェージンと、人間と宇宙の絆を問い、渦巻く時々の政治的な喚声と距離を保ってきたパステルナークの違いを、作家の筆は巧みに形象しているが、「事件」全体におけるパステルナークの発言には、一般に「ソ連」と呼ばれる部分が周到に排されていることでも明らかなように、彼は自己に授与された栄誉を、一貫して「ロシアの」文学者に対するそれとして受けとっていることは疑いを容れない。

さて、パステルナークが授賞受諾を表明するや、さして時をおかずに猛烈な攻撃が開始される。作家同盟からの除名決議、党機関紙『プラウダ』紙上での批判などを先陣とするその砲列はいわば迫害マシンのごとく組織化され、詩人を狩り、追い詰めていく。今日、旧ソ連独特のそのステロタイプぶりには一向に食指をそそられないが、当時ソ連において文学者の生殺与奪の権力を握っていた作家同盟なる職能集団を構成していた連中の「品位」がどんなものであったかだけは一応見ておいてもいいだろう。パステルナークの「市民権剥奪」要請決議の際における議論の記録が残されているので、ほんの一部を要約的に引用する。

議長スミルノフ「国民からこれほどかけ離れた詩人はいない。読者の範囲の狭いのがこの詩人の運命だった。……われわれはパステルナークのソヴィエト市民権剥奪についての要請を政府に提出すべきだ（大拍手）」

ゼリンスキー「パステルナークの名は西側で冷戦の同義語となった。パステルナークのノーベル賞授与――これは文学的原爆である。われわれはパステルナークにこう言わなくてはならない。行って銀三十枚をもらうがいい！　今やお前はわれわれのところでは無用だ、われわれはわれわれが一身を捧げた世界を建設するだろう！」

ベズイメンスキー「今やパステルナークはその不潔なロマンとその行動とによって自分をソヴィエト文学とソヴィエト社会の外に置いたのである。雑草は――畑から刈りとれ！」

ポレヴォーイ「パステルナークは――文学におけるヴラーソフの徒である。ヴラーソフ将軍はソヴィエト法廷によって銃殺刑を宣告された（席から「絞首刑だったぞ！」と声）……冷戦における変節者もまた、相応の、あたう限りのもっとも大きな懲罰を受けて然るべきと、私は考える。われわれはソヴィエトの世論の名において彼にこう言わなくてはならない、『パステルナーク氏よ、我が国より出て行け。われわれはあなたと同じ空気を吸いたくない』（拍手）」（＊6）

また、マシンが採用した常套手段である「大衆の聖なる怒り」という手法も注目しておいていいかも知れない。すなわち、マシンは、作家同盟などの「専門職能人」による批判だけでは足りず、「一般大衆」による陶片追放によっても詩人に襲いかかった。専制体制下では「一般大衆」もまた文学の良し悪しを「理解」して新聞雑誌に投書する。このとき、パステルナークと『ドクトル・ジバゴ』を口汚く批判した彼ら大衆――「掘削労働者」「石油労働者」「技師」「コルホーズ員」「女流ピアニスト」「女性地質学者」「年金生活者」「女性書店員」などなど――は、だいいちその小説を一度も読んでいないではないか（何故ならそれはソ連国内では出版されていないのだから）、などと驚く必要はない。彼らは読まずして「この小説は反ソ的だ」「文学ではない」と批判し、指導者の言葉を繰り返すマシンの一部なのだから。

彼らは吼える。「パステルナックのなした行為――すなわち、彼自身がその中に生きている民衆を中傷し、自己の偽造文書をわれわれの敵に売り渡したこと――は、明白な敵のみがなし得る行為である。パステルナックとジバゴとは全く同じ顔つきだ。シニックの顔であり、裏切り者の顔である……」。「いったい何の騒ぎなのだ？　どの新聞もパステルナックとかいう男について書き立てている。まるでそういう作家が存在するかのようだ。わたしは今日までそんな男の本を読んだこともない。パステルナックとはいったい何者なのか？　作品からの引用によると、十月革命がそいつには気に入らぬらしい。それだったら、そんな男は作家ではなく、白軍兵ではないか……」。「この悪者は、そのうそ吐きでむかつくような小説の中で自分から裏切った国を追い出されて当然です。……私は医者で、医者の家系の出身です。私はわれわれの仲間の名誉を傷つけたパステルナークに抗議します」。（＊7）

（なおこの時期、西側言論機関や文学者たちによって一斉にソ連政府への抗議がなされるが、そのことについては別に一瞥したい。）

授賞の受容表明後、パステルナークを襲った事態の深刻さは彼の予想、思惑を遥かに超えており、六十八歳の詩人は剥き出しの敵意に囲まれて孤立する。もとよりソ連社会で作家同盟を除名されるということの意味を詩人は理解していたが、ほかならぬロシアから追放の刑に処せられることが射程に上ったとあれば、心騒がずにはおられなかったろう。反パステルナーク・マシンがそのエンジンをフル稼働していく中で、詩人は、当初の意に反して態度を百八十度転換することを余儀なくされる。同伴者オリガ・イヴィンスカヤの著書には、一度は自殺すら決意する詩人の姿が描かれている。この嵐の中ではもはや自分は生きられない、と。

かくて遂にパステルナークは授賞辞退に踏み切る。すなわち、この段階に至って彼は、①スウェーデン・アカデミーへ「辞退」の返電を送り、②作家同盟への手紙でも授賞を辞退した旨を報告した。今日では余りにも有名になっている、パステルナークのスウェーデン・アカデミーに宛てた受賞辞退メッセージを含んだ報道は次のようなものであった。

ノーベル文学賞　パステルナーク氏断る

【ストックホルム二十九日発＝ＡＰ】ノーベル文学賞の授賞を決定されていたソ連作家パステルナーク氏は二十九日〝自分の住んでいる社会〟を考慮して、ノーベル賞を受けることを拒絶した。受賞拒否の電報はスウェーデン王室アカデミー事務長エステルリンク博士から二十九日発表されたがその内容は次の通りである。

「私の住んでいる社会でこんどの授賞に与えられている意味合いからして、私はこの受けるにふさわしくない賞を辞退せねばなりません。自発的な意思から出たこの拒絶を悪意ととられぬよう希望します」（『読売新聞』十月三十日朝刊）

「自分の意思で辞退」パステルナーク氏語る

【モスクワ二十九日発ＵＰＩ（シャピロ記者）】パステルナーク氏はこの朝スウェーデンのノーベル賞アカデミーにおわびのための簡単な電報を鉛筆で書き上げ、これを自分で近くの郵便局に差出し、世界にノーベル賞受賞辞退を明らかにしたのである。パステルナーク氏はいつもの様子で穏やかな、しかも元気な様子で、身体の調子は上々だが持病の背中の痛みがとれないと語っていた。同氏は作家同盟から除名されたがこんどの辞退でまた復帰することも十分考えられる。ともかく彼の作家としての地位はこれで脅やかされることはなくなったわけである。（『毎日新聞』十月三十日朝刊）

さて、ここで「自発的な意思から出た」と述べられているが、もともと自己表現であることが前提として了解されているとき、わざわざ「自発的」と断る必要はないし、またそういう発想自体が生じない。明らかに強圧の下に置かれてありながら、しかしその抑圧色を払拭する必要に迫られたゆえに、彼はあえて「自発的」と要らざる形容を行わねばならなかった。これはパステルナークの「悪意」ではなく、むしろ自分を取り巻く外部すべてに向けた彼の「善意」の表現ですらあった。すなわち、自分は今まさに作品発表の道を閉ざされ、生活の糧道すらも絶たれんとしている。自分は熟慮のうえ、今回、授賞辞退を決意したものの、しかしこれは決して悪意からではない。あくまでも「自発的」なものとして受け取ってほしい……と。

銃弾で胸を射ぬかれながらもなお微笑を浮かべつつ配慮の言葉を口にする詩人——授賞の報知に感謝を告げたときも僅か数語であった彼の言葉は、今、自ら退場する決意を表明した際もごく短かいものだった。いったい詩人は多衆に対して、大きな声で自己の心情を開陳することが苦手であったらしい。一九三五年六月、文化擁護世界大会にロシア文学者の代表の一人としてパリに赴いたとき、登壇した彼は詩の本質についてぼそぼそと短く述べたあと、壇上で沈黙してしまったという。大演説を期待していた聴衆は拍子抜けしたが、それでも彼に暖かい拍手を送った。(＊8)

いずれにせよ、詩人は自ら公けにしたこの二つの意思表明をもって、自分が不本意にも引き出された「闘牛場」から退き、あとは観客たちの悪罵の嵐が去るのを待てばよいと期待しただろうことは疑いない。もう自分の余命もそう長くはない、あとは一人好きな著作に専念しよう……と。事実、一部の外国人記者も「この授賞辞退でまた復帰することも十分考えられる。ともかく彼の作家としての地位はこれで脅やかされることはなくなった」という見通しを述べたのである。

しかし、このとき事態を取り巻く舞台装置は、すでに詩人が住むモスクワ郊外のペレデルキノ村を離れ、国際的な脚光を浴びる修羅場へ移行してしまっていたことを詩人は十分理解していなかった。いわゆる、それは「東西冷戦」と呼ばれるパワー・ポリティクスが激しく角付き合う「戦場」であった。

＊

かくて「事件」は次の段階に入る。

パステルナークが『ドクトル・ジバゴ』の運命とともに国外追放を選ぶのか否か、全世界がその去就を注視する中で、ソ連政府と血に飢えたお抱え文学官僚は、いわば最後のダメ押しともいうべき幕引き劇を執り行うことを決意する。パワー・ポリティクスが最優先される世界で、マシンは、最後のパフォーマンスとして、詩人に対し、その最終的かつ徹底的な懺悔表明を求めたのである。それは、すなわち時の最高権力者に対して頭を垂れ、寛大な処置を乞い願うという、ロシア的な余りにロシア的な儀式の祭壇に詩人の身体を捧げることであった。

十八世紀、『哲学書簡』によって時のニコライ一世と軋轢を醸した〝狂人〟チャアダアエフ以来の伝統劇がここでも繰り返された。つまり詩人は、国家が直面する非情な「東西冷戦」の実情に対し、全く無知無垢な幼子として全能を誇る指導者の前に膝まづき、悔悟とともにロシアの地にとどまることへの許しを乞うたのである。フルシチョフ自身がそのつい二年前のスターリン批判によって登場し、ソビエト文芸界にも自由の微風が流れたのであったが、「事件」が示した経過はこうした期待や目論見に改めて冷水を浴びせる結果ともなった。

そして詩人がフルシチョフ首相に宛てて「嘆願書」を送った事実は、次のように早速世界に報じられた。

「祖国を離れぬ」パステルナーク氏　フ首相へ手紙

【ＲＰ＝東京】一日のモスクワ放送によれば、ノーベル文学賞受賞で問題となったソ連の作家ボリス・パステルナーク氏は三十一日フルシチョフ首相に書簡を送り、ノーベル賞の自発的辞退をスウェーデン・アカデミーに通告した旨のべるとともに、その立場を明らかにした。

私はソ連政府が私のソ連からの出国に何ら妨害を加えないことを知ったが、しかし私にはこれはできない。私はその出生、生活、仕事によってロシアと結ばれている。私はロシアを離れて自分の運命を考えることはできない。私の誤りと迷いがどのようなものであったにせよ私は西欧で私の名をめぐって引起こされたような政治的宣伝戦の中心に立つことになるとは想像できなかった。私はこのことを知り、スウェーデン文学アカデミーに対しノーベル賞を自発的に辞退した旨通告した。祖国を離れることは私にとって死にも等しい、それ故私は私に対してこのような厳しい措置をとられないよう要請する。私はソビエト文学のためにいささかのことをなして来たし、なおそのために役立てることができると胸に手を置いて誓う。

（『朝日新聞』十一月二日朝刊）

また、この「嘆願書」のほかに党機関紙『プラウダ』編集部に宛てても、詩人の「恭順」と「悔悟」に満ちた、やや長い弁明の手紙が送られた。内容的には、フルシチョフ宛のものと同様、パステルナークの〝全面降伏〟となっているが、しかし、もはやフルシチョフ宛の手紙をもってすでに「事件」は決着したと判断したのか、変わり身の早いわが国ジャーナリズムは日刊紙レベルでこの件を報じていない（したがって別の資料によって以下その概要のみを紹介しておく）。（＊9）

・私の身に生じたすべてが、私のとった行動の当然の結果であったのと同様、私のノーベル賞授与問題に関するすべての私の表明もまた、自由かつ自発的なものであった。
・自分の国家と国民に対して損害をもたらす意図など決して私にはなかった。
・かつて『ノーヴィ・ミール』編集局から受けた警告を私は理解しなかった。
・私の小説が読者に、十月革命は不法な出来事であり、ロシアに不幸をもたらしたと誤解される危険性があったことを認める。
・この嵐のような一週間、私は迫害を受けなかった。私は生命も、自由も、断じていかなる危険にもさらされなかった。重ねて私は強調しておきたいが、私の一切の行動は自発的になされたのである。
・私がこの声明を行うのは私の自由意志から社会の将来と私自身の将来への輝かしい信念、私の生きている時代への誇りの念をもってである。

今日、マシンに屈した二つの手紙を一読するとき、なんとも痛ましいという印象が先ずやってくる。次に、ここでたしかにパステルナークはひたすら「恭順」と「悔悟」のそぶりを見せているが、しかしそれによって何か別のことを告げようとしている、そのもどかしさに似た印象もまた伝わってくる。特に「私はソビエト文学のためにいささかのことをなして来たし、なおそのために役立てることができる……」という――パステルナークらしくない――言い方には、何故かあらぬ連想に誘われる。辛うじて大粛清期を生き延びたパステルナークは、すでに一九三〇年代からソビエト最高の詩人と目され、戦前戦後を通じてスターリン自身も一目おく特別な存在として遇されていた。かつて「その世界について書くとすれば、心臓の鼓動もとまるばかりの、髪の毛も逆立つばかりの書き方で語らねばならない」（パステルナーク『自伝』）と述べ、おのれの「書き方」にこだわり続けてきた詩人が、今――スターリン亡き今――あろうことかプチ・スターリンを前に、ひたすら自らの論理をすり合わせようとしている……。

かつてレオナルド・ダヴィンチが、或る領主に仕えるべく提出した長い長い自己紹介状の末尾には「なお、私は少々絵もいたします」とさりげなく付け加えられてあったという。そうであれば、詩人による、自分も「ソビエト文学のために少々のことをした」という言い方は、ひょっとするとなんら改悛の弁明ではなく、逆に限りなく相手を睥睨する自尊を秘めた文言とも読みうることができる。

いずれにせよ文学を支配すると自惚れる最高機関（時の政治指導者と党機関紙編集部）に対して手紙は書かれ、それは送り届けられた。

「敗北の中の勝利」か？

ところで、当時、「事件」のこうした展開についてわが国の文学者知識人たちはどう受け取ったのか。今日残されている議論の跡を振り返ってみると、その色調はさまざまであるが、おおむねパステルナークを東西冷戦の「犠牲者」と見なしつつも、一方スウェーデン・アカデミーの決定にも「政治的陰謀」の匂いを嗅ぐ、といった論調がほとんどであったように思われる。そうした状況の中で、当時いち早く「事件」に反応を示した『近代文学』系の論者は言う。

パステルナークは、このような悪事態におとしいれられたとき一人の文学者がとり得る最も適切な、最も巧妙な、最も誠実な態度をとった。彼は祖国とその民のなかにとどまった。彼が書簡をフルシチョフに宛てたことについては私は現在のソヴェトにまだしみついている階層性の無自覚な存続を感じたが、パステルナークはその陋習を逆手にとることによってしか民衆に訴えるすべをもたなかった。彼は彼を抑圧するものすべてを逆手にとって、自己の心情の吐露のすべてをひとびとに伝えることに成功した。マス・コミュニケーションのなかの一素材として利用しようとする資本主義社会の厚かましいスクープ意識をも逆に使って外国のひとびとにまでその真情を伝えることに成功した。そこにあるのは驚くべき敗北のなかの勝利、敗走のなかの凱歌であるが……（埴谷雄高 ＊10）

新聞の報ずるところによれば、パステルナークはひとたびはノーベル賞受賞をよろこびながら、「自主的」に受賞を辞退し、フルシチョフあてに「私は祖国を離れない」と誓ったようである。その間、ソヴィエト作家同盟からは除名され、市民権も剥奪されかかったようだし、他方、アメリカからは亡命歓迎の電報などももらったようである。……

しかし、私はノーベル賞賞金や亡命の誘惑をしりぞけて、母なる大地ロシアを離れぬ、と声明したパステルナークの態度をプーシキン以来の伝統をつぐ見事なものと思わぬわけにゆかぬのである。市民権の剥奪で脅かされながら、母なる大地を離れぬことで、みずから千慮の一失をつぐなおうとするパステルナークの文学的態度を、私は立派なものと思う。（平野謙 ＊11）

かれ［パステルナーク］は、フルシチョフあてに嘆願書を出し、そのなかで、「私が故国を出ることは、私にとって死に等しい。それ故、私にたいして、この極端な措置を取らないで欲しいとお願いする」という意味のことを述べている。これはノーベル文学賞の歴史に生じた悲劇として永久に記憶されるであろう。……だが『ドクトル・ジバゴ』は、スラブ民族の誇りとして、公然と読まれる日が必ずやってくるに違いない。むろん、私は、『ドクトル・ジバゴ』を、ロシヤとアメリカの政治対立の道具として利用した人たちの存在を忘れているわけではない。それはそれ、これはこれである。文学は最後には政治を乗り越える。（荒正人 ＊12）

ここで、それは本当に「驚くべき敗北のなかの勝利」であったのかと問うてもいいだろう。例えば埴谷雄高がパステルナークの態度を「最も適切な、最も巧妙な、最も誠実な」と賞揚していくとき、この評言の錘りが、追い込まれ、孤絶する只中で採った（採らされた）選択における詩人自身の苦衷の底にどこまで届いていたか、やや不安を覚える。そして「彼は彼を抑圧するものすべてを逆手にとって、自己の心情の吐露のすべてをひとびと伝えることに成功した」と言い、彼の出処進退を「勝利」と高らかに意味づけるとき、そのパステルナーク贔屓は理解できるとしても、詩人の側の「全面勝利」とも受け取っている埴谷のトーンにはいささか戸惑いを覚える。

荒の言うように、文学芸術は（最終的に）克つ、と一応は言っていいのかも知れない。ただ、この肯定命題の裏には、文学芸術は負ける、いやむしろ負け続けるという認識が貼り付いていなければならないことは、彼らも知悉していたはずである。ロシアにおける文学芸術の流れは、いわばその「負け続けてきた」歴史とも言いうることを念頭におくならば、ここでやや安易に投げ出されている荒の断言を少しだけ言い換えておこう。「優れた文学は最後には政治を乗り越えてしまうのだ」と。

また、平野謙の評言もパステルナークの採った「祖国を離れない」という選択が賞揚されている。ただその指摘が、「ノーベル賞賞金や亡命の誘惑をしりぞけて」なされたという、いささか下世話に傾いたものになっているのはこの批評家の本領なのか、あるいはたんなる興味本位なものか判然としない。パステルナークにとって「大地ロシアを離れぬ」という決意は、おそらくロシアの詩人として生きてあることから来る自明とも言える選択として、じしんの生き方と直結していたがゆえにたぶん「文学的選択」以上のものであり、あれこれの選択肢から選び出すというあり方を超えたものであっただろう。そして、それらを勘案するなら、この選択に「ノーベル賞賞金」を天秤に懸けるという発想は不似合いに過ぎるというものだろう。いずれにしても累々たる屍を越えてきたパステルナークにとって、その険しい道程の果てに手にした「ノーベル賞」における選択は、いわば限りなく「苦い勝利」以外ではなく、まして遠い異国の文芸評論家が謳い上げる「敗走のなかの凱歌」といった認識とは様相を異にしていたはずである。たしかにこの「事件」によってソ連政府は国際的に大いにその体面を失ったが、パステルナーク自身もまた深い傷を負ったのであって、その意味で、「事件」において示した彼の態度が終始寡黙で、かつ柔和な配慮に満ちていたことへの目配りがもう少しあってもよかったように思われる。

ただ政治思想家としての埴谷雄高の眼光は、パステルナークがフルシチョフに宛てて手紙を出したという行為の中に、「現在のソヴェトにまだしみついている階層性の無自覚な存続」を見、ここからソ連国家自体が孕む問題性を鋭く見抜いていた。彼は別の場所でもこのことに触れて、「プロレタリアート独裁の社会でプロレタリアートの大衆討議に訴える公開の手紙を出すわけにいかない。これはたいへん残念なこと」とも発言している。すでに一九五六年「永久革命者の悲哀」を提出して「霊廟も愚劣である。元帥服も愚劣である。それらの現象を支えている隠秘な階級支配の本質は愚劣である。すべてを、上下関係のない宇宙空間へひきゆく未来から見よ。針の先ほどの些細な不審も見逃すな」と述べ、当時、現存したソ連社会主義のうちに、若き日に信奉したレーニニズムからの堕落形態を見た埴谷にとって、この「事件」の展開は、その「堕落」のありようを見定める一つの試金石ともなった。

ただ、ソ連社会における「詩人と権力者」のこうしたあり方を、あくまで「陋習」であり「遅れ」と捉えることにとどまるのであれば、それは社会主義が進化することによってやがては解消されてゆく過渡的な課題に過ぎない。しかし、謂うところの「上下関係のない宇宙空間へひきゆく未来」から「プロレタリアート独裁の社会」を遥かに透視するというその視点をさらに貫徹するなら、その結果、現下の「独裁の社会」をさらに「独裁」しているのが「共産党中央委員会」にほかならないという構図そのものに到達する。もちろん埴谷が「革命家は革命の到来後、直ちに死んでしまわなければならない」と主張して、この構図の陰惨さを回避するのは自由であるとしても、しかし「革命の到来後」に到来するのは現実には「革命家の死」ではなく、その「革命家」による権力の奪取であり、奪取後の権力構築であるがゆえに、それはついに「屋根裏の思想」として生き続けるしかなかった。

あるいはこうも言えよう。ロシア革命の到来後、たしかに埴谷が言うように、多くの「革命家」たちは次々と「死んで」いった。なんとたくさんの自称「革命家」たちが消えていったことだろう。すると、この革命の成り行きは、ほとんどスレスレまで埴谷のいう「革命家の退場」願望を実現したことになる（ただし最後に残った「元帥服」の一人を除いて）。また、埴谷の言う「プロレタリアートの大衆討議に訴える」ことの必要という指摘についても同じことが言えよう。現下の「プロレタリアート独裁の社会」で、それはすでに――むろん逆説的に――実現されている。すでに見たように、『ドクトル・ジバゴ』もパステルナークも読んだことのない「プロレタリアート」たちが、その「聖なる怒り」を続々と新聞雑誌に投書し、かつそれが大々的に掲載されることによって。

ところで、もともと「事件」に関する情報量の少なかったわが国において、いっぱしの「政談家」ぶった議論が横行する中、当時、事態の本質を鋭敏に捉えていたのは、筆者の知る限り、内村剛介と鮎川信夫の評言であったように思う。

*

S君、パステルナークのノーベル賞辞退の電文をもう一度読んでみたまえ。「私が住んでいる社会で……(略)」現代ソビエトの青年作家だったら現下の問題の限界をみきわめてザスラフスキイの『プラウダ』論文に先手を打っただろうが、パステルナークにはそれも出来なかった。彼は古いロシヤ・インテリの生き残りで、ぎごちない「誠実という悪徳」を持っていたからだ。

しかし、「私が住んでいる社会で」と言い切るためには、S君、パステルナークがどんな覚悟をしなければならないかわかるか。先ず作家同盟からの除名は避けられない。とすれば、生活の糧道を絶たれる。次に刑法第五十八条による「反ソ」宣伝の罪に問われかねない。問われないまでも好ましからぬ人物のカテゴリーに入り、殆どすべての友人が彼の許を去って行くだろう。刑法は「事情を知っておりながら通知しなかった科」を追及する。(……)一歩譲って、法の裁きを免れたとしても、この国際的問題を『プラウダ』が取り上げて論難し、彼を決定的に社会から葬ることは必定だ。『プラウダ』は中央委員会の機関紙だから、その判定は事実上最高裁判所の判決に優る。……S君。これらすべてに拘らず、パステルナークはいいたかったのだ、「だけど、わたしの地球は廻っている」——と。(*13)

私の考えでは、西方側に悪意の政治的意図があったかなかったか、などということは問題にならない。

たとえ、相手側にそのような意図があったとしても、それを受ける側に万全の備えがあれば、それによって打撃を蒙ることもないはずである。……この機に乗じた反ソ的宣伝は、かえって事態をこじれさせるだけであり、文学の立場にも悖ることになる。かつまた、それはなによりも、この一作に生命をかけて打ち込んできた作者パステルナークの意図にも反することになると思う。この意図で、今回の事件が招いた結果を「冷戦における西方側の勝利」とするような見解には、私は同調したくないのである。いかにそれが大きなものであったとはいえ、事件の反響は、やがて収まってしまうのである。政治的宣伝戦の波紋は、次第に小さくなってゆき、ジャーナリズムの表面からは間もなく消え去ってしまうであろう。残るのは、祖国なき本の著者、パステルナークの孤独だけである。ジャーナリズムは、この自由な詩人の魂の産物を、思い思いにそれこそ政治的に利用するだろうが、その創造の機微を奥底から理解しようとはすまい。（＊14）

「事件」直後、ほとんど同時期に発表された論評であるが、ここには今ここで何を言えばいいのかという視点と、そして何よりも孤立無援に置かれている詩人自身の孤独に迫ろうとする配慮がある。内村剛介は極めてリアルにパステルナークが置かれている現実的窮状を指摘して彼の真情に添いながら、しかし彼の示した挙措の向こう側に「それでも私の地球は動く」と告げている詩人の不退転の意志を見据え、また鮎川信夫も当時誰しもがことさらに指摘し、「東西対立下の政治と文学」や「東西冷戦の犠牲者パステルナーク」といった視点を退け、今「騒ぐ」べき事柄とは、語本来の意味での「言論の自由」というテーマであり、ソ連権力と文学官僚がその権力意志によって理不尽にもそれを踏みにじったという事態であることを真っ当に指摘した。言うまでもなく両者には、当時わが国の言論界において支配的であった社会主義ソ連擁護の風潮に抗するとともに、それが有名であれ無名であれ、大勢の中で孤立する一人の詩人の立場に立とうとするものであったと言える。

＊

さて、「時が過ぎ去れば過ぎ去るほど、逆に過去のことがよりいっそう明らかになる」のが歴史のイロニーであるとすれば、パステルナーク事件とは依然多くの謎があるとしても、今日われわれの共有財産となっている資料に照らして見れば、また多少その「光景」が違って見えてくるのも事実である。その意味で、詩人の同伴者として「事件」にも深く関わったオリガ・イヴィンスカヤの回想記における一部の記述は無視することができないと思われる。すなわち、同書によれば、従来パステルナークによるものとされるフルシチョフ宛の「嘆願書」も、また『プラウダ』紙への「謝罪」報告も、ともにパステルナーク自身が書いたものではないことが明らかにされているからである。

すでに述べたように、スウェーデン・アカデミー宛の授賞辞退（党中央委員会にも提出された）をもってこの眼前の「嵐」から解放されたいと念じていたパステルナークの思惑とは異なり、詩人を国際的な懺悔ショーの祭壇に晒す必要性に迫られていた権力マシンは、その策謀を開始する。すなわち、詩人の関知しないところで、「自発的な悔悟」の手紙が準備され、詩人はただそれにサインする——というのがその筋書きであり、事実、ただ憔悴の極にあった彼はそれに従ったという（彼女自身、この「妥協」の罪深さを後悔しつつも、しかし当時においてこの選択以外に、パステルナークの身体と、作家としての未来を保証する道はなかったとも述懐している）。

同書によれば、そのマシンによる「ジェスイット的な老獪さが完璧に成就した」過程とは、次のようなものであった。

▽十月三十日

・党幹部とイヴィンスカヤの合作で、パステルナークの「フルシチョフ首相宛手紙」を執筆（パステルナークは署名のみ）、直ちに中央委員会へ届出。

▽十月三十一日

・パステルナークとイヴィンスカヤ、党中央委員会へ出頭。フルシチョフ宛書簡の返答として、ポリカルポフ（党文化部長）より「祖国に止まることを許される」旨を聞かされる。

▽十一月四日

・ポリカルポフから「国民へのメッセージ」を依頼され、パステルナークはその草稿を書く（『プラウダ』編集部宛手紙）。趣旨「自分がノーベル賞を辞退したのは罪を認めたためではない、ひとえに身近な人への圧力と彼らへの危惧からである……」。

▽十一月五日

・イヴィンスカヤ、右記をポリカルポフへ届けるが、その文面は受け入れられず、別の手紙を両者が共同で、執筆する。「わたしたちは、ボリス・レオニードヴィチがさまざまな機会にさまざまなことについて書いたり語ったりした個々のフレーズを拾い集め、それをつなぎ合わせ、そして白いものが黒いものになったのであった」。（報酬としてパステルナーク訳『ファウスト』の再版、および翻訳の仕事が保証される）。結局、パステルナークはそのヴァリアントに署名だけ行う。

▽十一月六日

・『プラウダ』編集部宛手紙、掲載される。

こうしてやっと「事件」は終幕を迎える。パステルナークがこれまで使ってきた「個々のフレーズを拾い集め、それをつなぎ合わせ」ることによって、「手紙」は限りなくパステルナークの文章に近いものとなった。そして、「白いものが黒いものにな」り、それは世界を欺くことに成功したと言っていいのかも知れない。パステルナーク自身、その草稿を読んで署名している以上、それは彼の真情を一定程度盛っていることもたしかだろう。しかし、この二つの「手紙」を取り巻いていた全状況は、このとき詩人がほかならぬ迫害マシンの虜囚であったことを告げている。（＊15）

ここで私たちは、「事件」の十二年後、同様のシチュエーションに置かれることになった作家ソルジェニーツィンの場合を見ておいてもいいかも知れない。言うまでもなくその出処進退をめぐって、パステルナークとソルジェニーツィンは、ほとんど正反対とも言うべき違いを見せることになった。理不尽極まりない迫害に対して一発も反撃せず、自ら詫び証文を書いて一人早々と自分のダーチャに篭ったパステルナークと、迫害マシンを相手に一歩も引かず、全世界を巻き込みながら華々しい応酬戦を繰り返し、国外追放を獲ちとったソルジェニーツィン。

「事件」当時、八年に及ぶラーゲリ暮らしから釈放され、流刑の身として地方の一中学教師であったソルジェニーツィンは、モスクワから遠く離れた辺境からパステルナークと国家との闘いを燃えるような眼差しで追っていた。なぜなら彼もまた出版の当てもない自分の原稿を密かに書き溜めていたが、この「ノーベル賞」という賜物こそ自己の作品を世に知らしめうる「一大突破」となりうることを瞬間的に確信したからだという。それゆえに、彼はパステルナークのとった無残な（と思われた）対応に切歯扼腕する。

一九五八年リャザンの教師だったわたしは、どんなにパステルナークを羨ましく思ったことか――この人こそわたしが狙ったクジをひきあてたのだ！　と。彼こそあれを実行するだろう――これから出かけて、早速、演説をぶつ、ここに住んでいては、リスクをおかして発表することが出来なかった、自分の残りの秘密のものを発表するにちがいない！　彼の旅行は三日間だなんてことはないにきまっている。帰国は許されないにきまっている。でもなあに、彼はその間に全世界を変えるんだ、われわれをも変える、そして戻ってくるんだ、凱旋者として！

ラーゲリの教訓が身にしみていたわたしには、正直のところ、パステルナークが別の行動様式を選び、別の目的をもっているなどとは、とうてい考えられなかったのである。わたしは自分の尺度で彼を計っていた。だから彼のことを自分のことのように恥じて身が縮む思いだった。そのへんの新聞なんかの悪口に恐れをなすなんて、だらしがない。追放の脅しにのって、へなへなになったり、政府に卑屈な願書を出したり……そんなことでどうする、戦いに呼び出されたからには、しかもこんな絶好の状況で呼び出されたからには、行ってロシアに奉仕すべきだ！　弁解の余地なしと思って、わたしは苛酷に彼を叱責非難した。義務よりも好みを重んじることを、わたしは若い頃から許すことも、理解することも出来なかった。ましてや鍛え上げられた囚人《ゼック》になってからは、なおさらである。（＊16）

片や「誠実という悪徳」（内村剛介）を信じ、孤高に殉じた旧世代の詩人であるパステルナークと、他方大祖国戦争を一兵士として戦い、ラーゲリを通過した囚人《ゼック》作家。授賞当時、前者は六十八歳、後者は五十二歳で十六歳の違いがあるが、たしかにソルジェニーツィンが当事者となったとき、すでに時代は動いていた。パステルナーク事件の後、さらにシニャフスキー＝ダニエル裁判（一九六六年）その他があり、ソビエト文学界はそれなりに地殻変動を見せていた。またパステルナークの援軍が僅かな近親者だけであったのに比べて、ソルジェニーツィンは庇護者にロストロポーヴィチやトワルドフスキーといった著名人があったといった違いがあったこと等も指摘されえよう。

しかし両者の態度を決定したのは、おそらくソルジェニーツィンが自称する「鍛え上げられた囚人」という自己規定性にあるように思える。ソルジェニーツィンにとってはすでにソ連全土がゾーン、すなわちラーゲリが小さなゾーンであるとすればその外部である〝娑婆〟もまた大なるゾーンであって、パステルナークのように「受賞か祖国か」の相克に悩む〝余裕〟は存在しなかっただろう。すでに高名な文学者として人生の晩期にあり、桂冠詩人の評価も定まったパステルナークに比し、無名のラーゲリ囚人として自己の文学表現の切れ端だけでも後世に残すことに人生の全重量を掛けていたソルジェニーツィンとの差異がここにある。そして、それだけに希望としてのパステルナークが犯した「救い難い」「卑屈な」対応が彼には許せなかったのである。

＊1　授賞原文は次の通り。シェル・ストレムベリイ(元パリ駐在スウェーデン文化参事官)「スウェーデン・アカデミーは、一九五八年十月二十三日、ボリス・パステルナークにたいし、現代叙情詩ならびに偉大なロシア文学の伝統の領域においてなされた勝れた貢献により、ノーベル文学賞を授与することに決定した」(磯谷孝訳「パステルナークに対するノーベル文学賞授与の選考経過」、『ノーベル文学賞全集』第十四巻、主婦の友社、一九七一年)。

＊2　パステルナーク宛書簡(「『医師ジバゴ』はなぜ掲載できぬか」、署名ベ・アガーポフ、ベ・ラヴレーニエフ、カ・フェージン、カ・シーモノフ、ア・クリヴィツキー(『世界政治資料』№58、一九五八年十一月下旬号、または、日本文化フォーラム・平林たい子編『ソヴィエト文学の悲劇』参照)。

＊3　今日パステルナーク弾劾のお先棒を担いだ御用評論家としてのみ記憶されている。一九二〇年代、「声明」を発表してボリシェヴィキへの「転向」を表明。一九三九年、大粛清で多数のユダヤ人の友人たちが処刑されたのち入党、次第に評論家としての地歩を築く。一九五六年、ドストエフスキーの再評価問題が起ったときにも、ソビエト評論界の長老として党の立場から関わる。この「人身攻撃に異常な才能を発揮する老ジャーナリスト」(原子林二郎)はかつてレーニンからも批判されていたという。「きたないザスラフスキーの徒」「ザスラフスキーの如きろくでなし」「(ザスラフスキー及びコオの如き)ゆすりたかりのお雇いペン」「誰知らぬ者なき誹謗中傷

者ザスラフスキー」「おしゃべりぺっちゃりや誹謗中傷者と、暴露者とを正しく法的に区別しなくてはならない」（オリガ・イヴィンスカヤ『パステルナーク　詳人の愛』工藤正廣訳、一九八二年、新潮社。原題「時代の捕囚」《В плену времени》Fayard, 1978)。

＊4　原卓也「パステルナークと『ドクトル・ジバゴ』」『朝日新聞』一九五八年十月二十四日。

＊5　ユーリー・クロトコフ『ノーベル賞』山本光伸訳、新潮社、一九八一年。

＊6　イヴィンスカヤ、前出書。ただし、かつてパステルナークを襲った刃は、ペレストロイカ期にブーメランとなって還ってきた。作家同盟総会におけるパステルナーク弾劾審議の速記録が、『ホリゾント』誌一九八八年九月号に全文掲載され、弾劾者たちの発言が公けになった。このときの審議を巡り、これに加わった作家ソロウーヒンと詩人エフトシェンコとの応酬が川崎浹氏によって紹介されている（「懺悔と責任――ナタリヤ・イワーノワ」、『いまソ連の知識人は何を考えているか』朝日新聞社、一九九〇年、所収)。

＊7　「大衆の怒り」については、原卓也「パステルナック問題について」（『近代文学』一九五九年四月号)、マーク・スローニム『ソビエト文学史』（池田健太郎・中村喜和訳、一九七六年、新潮社）など。

＊8　「一九三五年の夏、パステルナークはパリの文化擁護会議に出席した。ソヴィエト作家の一団がさきに来、そのあとからさらにパステルナークとバーベリが加わった。パステルナークは腹を立てていて、自分は来たくなかったのだ、自分には演説がうまくできないと、いっていた。短い演説の中で彼は、詩は空の中に求める必要はない、腰をかがめなくてはならない、詩は草の中にあるのだから、といった。たぶんこのことばが、また、おそらくパステルナークの風貌が聴衆に感銘を与えたのだろう。熱烈な喝采が彼に送られた」エレンブルグ『わが回想』第一巻、木村浩訳、朝日新聞社、一九六八年。

＊9　『日本読書新聞』一九五八年十一月十七日号、および前出『世界政治資料』。

＊10　埴谷雄高「政治の周辺」、『群像』一九五九年四月号。

＊11　平野謙「ノーベル賞を辞退したパステルナークの作家態度」一九五八年・文壇時評。

＊12　荒正人「粛清と三人の文学者」、『文藝』一九六七年十二月号。

＊13　内村剛介「知識人と権力――パステルナークの立場」、『日本読書新聞』一九五八年十一月十七日号。

＊14　鮎川信夫「パステルナークの悲劇」、『現代詩』一九五八年十二月号。

＊15　当時、この「手紙」そのものを疑った見方も存在した。例えばイグナチオ・シローネは述べている。「たしかにこの手紙はおかしい。この手紙は非常に簡潔なものだが、その中で、パステルナークは五度も、この手紙は強制も脅迫もなく、他から指図されたのでもなく、全く彼の自由意志によって書かれたものだ、という意味のことを繰り返している」。そして彼は、「手紙」末尾でパステルナークが『ドクトル・ジバゴ』に関して事実と異なる弁明を行っている個所にも注目し、一つの虚構から万事が疑われる、モスクワ裁判における被告の証言との類似性を指摘している（ヘンリー・V・バーク『「ドクトル・ジバゴ」以後――共産圏の作家たち』原田敬一・金生正道訳、文建書房、一九五九年）。

＊16　アレクサンドル・ソルジェニーツィン『仔牛が樫の木に角突いた』染谷茂・原卓也訳、新潮社、一九七六年。

第2章　「事件」前史

——一九五六〜五八年

死の星々はわれらの上に居並び、
血まみれの長靴の下で
黒い「マルーシ」の車輪の下で
罪なきルーシの国は痙攣していた。
A・アフマートヴァ

〝雪解け〟という追い風

嵐のような十日間が過ぎた。パステルナークの「懺悔表明」を見届けるや、喧騒をきわめたソ連の官許マスコミもようやく非難の砲列をおさめ、「市民権剥奪要請」をはじめとする毒々しい糾弾もウソのように引いていった。

ノーベル賞

狩場の獣のようにわたしは滅びてしまった
どこかに人はいる　自由はある　光明はある
けれども背後には追跡の騒ぎ
明るみへ出る道はない

暗い森とみずうみの岸と
倒された樅の木の丸太
道は四方八方からふさがれた
どうなろうと——つまるところは同じだ

わたしがどんな悪業をなしたというのか
わたしは殺人者で人非人なのか
わたしは全世界を大地の美しさに向かわせ
涙を流させたではないか

今わたしは殆ど死のかたわらにあって
しかしわたしは信じるのだ
下劣と悪念の力を
善霊が打ち負かす——その時がかならず来ると

さらに勢子《せこ》の環がせばまる
わたしはもう一人の女の咎なのだ
だからわたしの右腕にあたるその人はいない
友のこころはわたしとともにいない！

けれど、咽喉にこんな首輪をつけられてさえ
まだ今も
わたしの右腕だったその人に
この涙をぬぐってもらいたい

これはパステルナークが事件の渦中にあって懊悩するまま書きつけた詩であるという。「下劣と悪念」によって狩り立てられ、「四方八方からふさがれた」場所に立ち尽くす詩人の自画像がここにある。「わたしは滅びてしまった」――「事件」の日々、孤独と閉塞のなかで傷つき憔悴し、自殺をさえはかろうとしたこの詩人は、この喧騒の中を「わたしの右腕＝オリガ・イヴィンスカヤ」一人を援軍として通過せねばならなかった(因みにオリガは『ドクトル・ジバゴ』の「ラーラ」のモデルとされている)。

さて、前回まで「パステルナーク事件」というこの茶番劇は――それが一種の「不意打ち」によってもたらされたがゆえに――関係者たち、特にソ連権力者側をうろたえさせ、ために彼らもむき出しの本音を曝け出さざるをえなかった、と一応は述べてきた。たしかに、本「事件」はスウェーデン・アカデミーの「ノーベル文学賞発表」という思わぬ突発事から始まったのであったが、しかし、ここでいう「不意打ち」とはもう少し事情が混み入っていたとも言わなければならない。事態の展開を仔細に振り返ってみれば、パステルナークの作品『ドクトル・ジバゴ』は、それがもともとソ連国内で秘かに地下出版された小説であったわけでも、はじめから国禁を破って西側で出版すべく意図的に流出せしめた作品でもなかったからである。

すなわち、ノーベル賞受賞という世界的トピックを契機として突然脚光を浴びた印象は間違いないとしても、小説『ドクトル・ジバゴ』の存在は、すでに一九五八年十月(受賞時)以前に、ソ連国内において一定の認知を受けていたとも言えること。また、五八年度ノーベル文学賞の発表が近づくにつれてパステルナークという呼び声が高まっていることが西側で報道されてもいたからだ(当初は『静かなドン』のショーロホフが本命視されていたという)。したがって、この小説が一九五七年十一月、突如地下の闇から現われて出版され、忽ち世界の耳目を集めた、というのは必ずしも正確ではない。

ソ連作家パステルナーク氏　ノーベル文学賞の受賞確実
【ストックホルム二十二日発＝ＡＦＰ】二十二日のスウェーデン夕刊紙はソ連の作家で『ジバゴ博士』の著者ボリス・パステルナーク氏が二十五日受賞が発表されるノーベル文学賞の有力な候補であると報じている。これについて労組機関紙『アフトンブラーデット』はパステルナーク氏が受賞するのは今や確実だと述べ、また自由系の『エクスプレッセン』紙も最後の土壇場で変更がない限り間違いないと報じた。（『朝日新聞』一九五八年十月二十三日朝刊）

つまり、パステルナークの『ドクトル・ジバゴ』は、いわば発表前から同年度の文学賞受賞のほぼ本命と目され、世界はただその成り行きを注視していたと言ってもいいほどであった。

＊

ここで『ドクトル・ジバゴ』の成立過程を簡単にふりかえっておこう。パステルナークはすでに一九三〇年代に『ジバゴ』の着想を得、そして、実際には戦後執筆に着手したという。その成り行きについて、これまでしばしば参照してきた工藤正廣氏作成の年譜、その他によって事態を追えば、以下のような経過であったことが知られている。

▽**一九四五年**
十一月、『ドクトル・ジバゴ』執筆に着手する。
▽**一九四六年**
七月、『ジバゴ』執筆／八月、ジュダーノフによるアフマートヴァ、ゾーシチェンコ批判／九月、ファジェー

エフ、作家同盟でパステルナーク批判演説／十月、オリガ・イヴィンスカヤと知り合う／十二月、バラノヴィチ宅で『ジバゴ』最初の数章を朗読／この年、ノーベル文学賞に最初のノミネート。

▽一九四七年

二月、マリヤ・ユディナ宅で『ジバゴ』最初の二章を朗読／三月、作家同盟書記スルコフがパステルナーク攻撃の論を新聞に掲載／四月、クジコ宅で『ジバゴ』最初の三章を朗読／五月、セローフ宅で朗読／秋、『ジバゴ』第四章を執筆。

▽一九四八年

五月、アフマートヴァに『ジバゴ』を朗読して聴かせる。『ジバゴ』第一部をタイプ原稿化。読んでもらうためにレニングラード、リャザン、フルンゼなどに送る。

▽一九四九年

八〜九月、『ジバゴ』第五章を執筆／十月、イヴィンスカヤ、突然逮捕され、シベリアのラーゲリへ。『パステルナーク訳のシエイクスピア』二巻刊行される／十一〜十二月、『ジバゴ』詩篇「秋」ほか書かれる。

▽一九五〇年

パステルナーク、心臓発作に倒れる／八〜十一月、『ジバゴ』第六章、書き加えられる。

▽一九五一年

イヴィンスカヤは一年間ルビャンカに拘留。パステルナークを有罪にする文書への署名を拒否し、ラーゲリへ送られる。

▽一九五二年

五月、『ジバゴ』第七章を執筆／七月、モスクワ市内の自分用アパルトマンで『ジバゴ』を朗読／十月、『ジバゴ』第八章を書き終える。心筋梗塞で入院。

▽一九五三年
二月、サナトリウムで療養／三月、スターリン死去。フルシチョフ、党第一書記に就任。恩赦により、イヴィンスカヤ釈放される／秋、『ジバゴ』詩篇を執筆。
▽一九五四年
四月、「散文体のロマン『ドクトル・ジバゴ』よりの詩篇」十篇を発表（『ズナーミヤ』四月号）。同時に『ジバゴ』終章に着手、完成を予告する／十二月、第二回ソ連作家大会。パステルナーク批判（サメド・ヴルグン）。
▽一九五五年
三月　『ジバゴ』脱稿／七月、『ジバゴ』第二部のタイプ印刷化／十〜十一月、『ドクトル・ジバゴ』第一部、第二部の最後の手直し。全テクストの最終タイプ稿完成。

この年表に従えば、『ドクトル・ジバゴ』は執筆開始から完成脱稿まで十年の歳月を要したことになるが、しかし作者はその執筆途上において各章の完成毎に友人宅や自分のアパルトマンなどにおいて朗読会を催し、親しく感想や反応を聞いている様子が伺える。とすればこの作品は、スターリン独裁下のソビエト作家にありがちだったように、深夜孤絶のうちに書き続けられてその都度秘かに原稿を筐底に潜ませていた、といったものでは必ずしもなかったと思しい。

ただ、『ジバゴ』の生成過程において見逃すことのできない社会的出来事がある。いうまでもなくそれは一九五三年三月のスターリン死去であり、さらにこの独裁者の死去がソ連社会にもたらした余波にほかならない。そしてこの余波は、周知のように三年後のフルシチョフによるスターリン批判という激震にまで至るが、これらの事態が、一人パステルナークのみならずソ連文芸界全体に与えた影響には甚大なものがあった。文学史家マーク・スローニムは述べている。「スターリンの死去の効果はほとんど即座にあらわれた。まず、多数の作家たちが牢獄や収容所から釈放されて、わが家に戻った。検閲官の態度は以前よりゆるやかになった。禁じられていたテーマが新聞や雑誌におずおずと登場しはじめた。作家の集まりでは議論が燃え上がった。久しぶりに著名な芸術家たちが大胆な発言をしはじめた。……」（＊1）

こうした状況を背景として生まれた事態を、今日人々はエレンブルグの発表したある一つの作品名によって象徴させている。一九五六年九月、『雪解け』というその作品が発表されるや、それは当時の文学的状況全体を象徴する出来事として受け取られたが、この作品が現われたときの雰囲気を、スローニムは次のように述べている。「傑作からは程遠いとはいえ、この作品は長年の圧制をくぐり抜けてきて今やより温和な気持を求める人びとの希望を反映していたために、何百万の読者にむさぼり読まれた。読者の熱狂ぶりは非常なもので、この作品が九月二十三日に単行本として発売されると、その日の夕方までにモスクワ中の書店で一冊残らず売り切れてしまったほどである。」（＊2）

そして、この作品以後、「家庭生活、結婚や離婚、愛の喜びや裏切りなどはソビエト小説の後景で恥ずかしげにうろつくことをやめた。それらは大胆に前景に登場し、男女の主人公の当たり前の行為として詳細に扱われるようになった。二十年間にわたって完全に無視されてきたテーマや人物が突然小説や戯曲の中に噴出した。私生児、不貞の妻や夫、浮気な若い娘、精力絶倫の男、飲んだくれ、ばくち打ちなどがそれである。個人的な問題、感情の衝突、性や愛の葛藤などが多くの作品の主要テーマとなった」。また、五六年の秋、スターリン体制を間接的に批判したドゥジンツェフの『パンのみにて生くるにあらず』が『ノーヴィ・ミール』に連載されるや、「雪解け」は、その名に相応しく新時代のキーワードとなり、自由を待望していた人々によって熱く迎えられたのであった。

ただスローニムも注意深く記述しているように、この時期とはむしろ「多様な意見」の噴出こそがその特徴であって、必ずしもいわゆる「雪解け」現象の全面展開というものではなかった。ソビエト文学官僚の思想心理を骨がらみ呪縛してきた保守的な思考経路はやすやすと転換しうるものではなく、彼らはこれまでの延長線上に旧態依然たる自己権益を固守しようとしていたからである（事実、パステルナーク事件以後、六二年「ロバの尻尾」論争、六四年ブロッキー裁判、六五年ダニエル＝シニャフスキー事件などが続き、結局「雪解け」という名の自由化路線は終焉を迎える）。

パステルナークの『ドクトル・ジバゴ』が、明らかにこうした「雪解け」の雰囲気を追い風にしていたことは疑えないが、しかしその「雪解け」現象も一時的な熱狂に止まったこと、そしておよそ文学活動にとってソ連体制が開放とは未だ遠い段階にあることを、まさにこの『ジバゴ』事件こそ逆証明したと言える。体制そのものに巣食い、これに寄食するソ連文学官僚たちにとって、最終的にパステルナークの小説は発表の裁可を与えることは出来なかった。そこには、彼らにとって見逃すことのできぬ「棘」――十月革命否定の精神――が含まれているという根拠によってである。以下、その経緯を見ておこう。

さて『ドクトル・ジバゴ』完成後、パステルナークはその草稿を作家同盟機関誌『ノーヴィ・ミール』、国立文学出版所、文芸誌『文学のモスクワ』に送る。この小説をどう扱えばよいか、その評価に関して上層部は揺れていた。『ノーヴィ・ミール』は部分的に『ジバゴ』の何章かを掲載する口約束を交わしたとか伝えられるものの、国立文学出版所は採否の決定を下せずにいた。言うまでもなく、党の変化を考慮し、「情勢の急変」による責任を問われるのを恐れてのことであったが、しかし文芸界に立ちこめる「雪解け」の曖気の手前、必ずしもこれを全否定しないポーズをとった。責任者たちのとり続けたこの曖昧な日々のなかで、著者も担当編集者も無意味に振り回される。苛立つパステルナークに対して国立出版所は、彼を宥めるべく『ボリス・パステルナーク詩集』の刊行と、同書に「ドクトル・ジバゴ詩集」を入れる契約を進めたりもするが、結局、決定を先延ばし続けた当局の狡猾で曖昧な態度が最終的に「事件」として結果することになる。（＊3）

奇妙な事実がある。前回触れたように、『ノーヴィ・ミール』編集部は、パステルナーク宛てに「事件」の三年前（一九五六年九月）、アガーポフ、ラヴレーニョフ、フェージン、シーモノフ、クリヴィツキーの共同署名によってこれを掲載拒否の回答を行ったとされている。（＊4）長いその手紙の趣旨は、要するに「主人公（ジバゴ）は弱いインテリゲンチャの典型である。革命の道を最後まで歩まなければならない。あなたの小説の精神は、社会主義革命拒否の精神です」というものであった。ただし、この手紙の「公表」はパステルナークの受賞の翌日、「五八年十月二十五日」のことであり、明らかな時間差が存在している。とすれば、この「手紙」は、『ジバゴ』が事件化したのちになって意図的に日付を改竄し、ノーベル賞受賞以前にすでに公的評価がなされていたという当局による、西側向けの同書否定の論拠という思惑を否定できない。（＊5）

イヴィンスカヤは述べている。この頃、パステルナークが或るとき彼女に次のように呟いたという。「信じていいが、決して連中はこのロマンを印刷しないよ。連中があれを出版するなど、ぼくは信じていない！ぼくはこんな確信に到達した。あれをあらゆる方面に読ませる必要がある、読みたいと思う向きには――誰にでも読ませる必要がある、読むにまかせるのだ、というのもあれがいつの日か出版されるなんて、ぼくは信じていないのだから」と。

運命の日――一九五七年五月、原稿、国外へ

しかし、ここでこれら曖昧な処遇を一変させる事態が出来する。いかなる配剤の下にか『ジバゴ』の草稿が、国境を越えて国外に「流出」したからである。

当時、パステルナークと『ドクトル・ジバゴ』に関った担当編集者は次のように回想している。

この原稿が、国立文学出版所に渡されたとき、私たちはまさに、この小説に接し、作家とともに仕事をし、作品を手直しし、出版にこぎつけられるだろうと思っていた。パステルナークも歩み寄って、いくつかの意見にも同意してくれたので希望をもっていたのだ。

しかし、ああ！　『新世界』の論評、そしてフェルトリネリ社へ原稿が渡されたことが、私たちのこの計画をすべてご破算にしてしまった。作家との契約は結ばれなかった。私たちが流れに逆らおうとしても、許されるはずもなかった。（＊６）

およそソビエト・ロシアに生きる作家・詩人にとって、五〇年代当時、自己の作品を、自らであれ他者を介してであれ無断で西側に送り出すということ、まして当局によって「反ソビエト」と見なしうる因子を内包する作品を国境外に流出せしめるという行為がいかなる無法行為と見做されたか、パステルナークならずとも知悉していたはずである。そうであるとすれば、何ゆえにこのような英断が、そしてこのような事態が出来したのか。これ以後、『ドクトル・ジバゴ』の運命は別のステージへ移行する。

「流出」に至ったそもそものきっかけとは、一九五六年五月初めのモスクワ・ラジオのイタリア語放送に端を発すると言われている。すなわち同放送は「『ドクトル・ジバゴ』というパステルナークの長編小説が近く出版される。その物語は四分の三世紀にわたり、第二次大戦で終るものだ」と報じた。そして、このときこの放送を聴いており、その内容にいたく心を動かされたイタリアの出版社フェルトリネッリの一モスクワ駐在社員が直ちにペレデルキノに詩人を訪れたのである（イヴィンスカヤはこれを「運命の日」と呼んでいる）。

そしていささかの懇談の後、パステルナークは、彼セルジオ・ダーンジェロに「無造作に」小説のタイプ・コピー稿を手渡してしまう。そのいきさつを、「事件」後、ダーンジェロは述べている。

ロマン『ドクトル・ジバゴ』についての報道は、もちろん、わたしを無関心にしてはおかなかった。もしソ連国内での出版以前に、わたしがロマンの原稿入手に成功したら、そのときはフェルトリネッリが、ヨーロッパでの予想さるべき競争者たちに対して優位を占めうるだろう。さほど長く考えず、わたしはペレデルキノに出かけた……よく晴れた五月の日だった。そのとき作家は庭仕事をしていたが、心からの素朴さでわたしを迎えてくれた。わたしたちは庭で腰かけ、ながいこと語り合った。わたしが自分の訪問の目的に言い及ぶと――彼はびっくりしたようであった（このときまで彼は、明らかに外国の出版社と関係を持つなど、一度も考えたことがなかったようだ）。そしてその次の会話では、彼はふんぎりがつかず、考え込んでいた。わたしは彼にたずねた、権威ある出版所の編集部で、誰か一人でも否定的宣告を下したでしょうか、あるいはロマンに対する根本的な異議を表明したでしょうか、と。いや、そんなことはなかった。ロマンの出版については前もって公式に発表されるだろうこと、政治の気候が変わったこと、彼の疑念はわたしには全く根拠がないと思われるということを、彼に理解させた。ついに彼はわたしの急襲に屈服した。彼はちょっと失礼すると言って、ほんの一分家の中に姿を消し、原稿をもって戻って来た。別れしな彼はわたしを庭の木戸まで見送ってくれ、もう一度冗談めかしたように、自分の危惧をこんなふうに述べた。「あなたはぼくをぼく自身の死刑へと誘ったわけだ」と。（＊7）

『ジバゴ』の草稿がいかにして流出し、そしてフェルトリネリ社に渡ったかについては、別の証言も伝わっているが（＊8）、しかしいずれにせよ、詩人のとったこの「無造作な」行為のうちにミューズの意志がひそかに加担していなかったと誰が断言できよう。執筆から十年、彫琢に彫琢を重ねた作品、自己の芸術的分身ともいうべきその我が子が世に出されない、陽の目をみないという事態が創造者たる芸術家にとってどれほどの苦痛であるか。ましてそれが「私のもっとも重要な労作、私としては恥ずることなくまた勇敢に責任を負える唯一のロマン」（パステルナーク『自伝』）と自負しうるものであるとき、それは芸術家にとって仮死を宣告されたに等しい事態にほかならない。

無理解と悪意の中に孤立しながらも、「私のもっとも重要な労作」という内的確信が以後のパステルナークを支えた決意であったのであれば、わざわざ彼の許に足を運んでくれた外国人文芸記者に「読んでもらうために」、思わず手渡したということも――それがいかに「迂闊」で、かつ「愚か」な行為であったと余人が咎めようと――あくまでパステルナーク自身の真意に寄り添って考えるならば、了解する以外にないような気がする。いや、この「無造作な」行為がなされたときこそ、ツヴァイク風に言えば歴史が形成された瞬間であって、外野席から「千慮の一失」（平野謙）などといった安易な決めつけを投げるべきではない。

もともとその性において「天衣無縫」、あるいは「天界の人」（＊9）とも呼ばれていたらしいこの詩人にとって、この行為が主観的には決して「出版するため」ではなかったとしても、しかし『ジバゴ』を取り巻く否定的な圧力を全身に感じ取っていた彼が、おそらく作品を「世に出す」ための一縷の可能性として感知していたであろうことは想像に難くない。

「あれをあらゆる方面に読ませる必要がある」――この秘めた決意こそパステルナークがその根底に蔵しつづけた変わらぬパッションであったことを、妻ジナイーダもまた次のように伝えている。「ボリスは良心的にはまったく正しかったが、私は彼の行為を責めた。法に触れるような行動をしたのだし、そうしないほうがよかったのだ。そのうえ、おそらく危険でもあるだろうね、と彼は答え、だが、こういうふうに生きるべきだし、年老いて、その権利を手にしたのだ、と言った。三十年間、詩の一行一行のためにボリスは攻撃され、出版を拒まれ続けてきた。このようなことすべてに、うんざりしたのである。」（＊10）

さて、パステルナークから『ドクトル・ジバゴ』の原稿を受け取ったダーンジェロは、それを早速本国に送付する。そして、原稿を一読した社主ジャンジャコモ・フェルトリネッリ（イタリア共産党員）は直ちにその価値を見抜き、出版に向けての準備に入ってゆく。

賽は投げられ、ここに『ジバゴ』は作家の手を離れて『ジバゴ』じしんの運命を辿り始める。

不毛なる暗闘――ソ連vsイタリア

ここから舞台はソ連・イタリアの両国を舞台として、いわば『ジバゴ』出版合戦ともいうべき水面下の争闘が始まる。そしてこれ以後事態は全く別の次元に、すなわち、純粋なソ連国内問題からいわば国際レベルの、つまりパステルナーク個人対ソ連作家同盟の次元から、出版の自由という行為をめぐるソ連の論理と、西側の論理との抗争の段階に移行する。

ソ連文学官僚と作家同盟にとっての至上命題は、何はともあれ国外での出版を取り止めさせることであった。それまで言を左右し、曖昧な延長工作に時間を費やしていた彼らに、課題は猶予ならぬものとして突きつけられることとなった。しかも彼らにとって一番の難題は、虎の子である原稿そのものが今や外国に渡っていることであり、さらに、その原稿を相手（フェルトリネッリ）は格別不法な手段で入手したわけではないことであった。こうしたケースにおいてその相手に出版を断念せしめ、かつ原稿を取り戻すことはいかにして可能かということにソ連文学官僚は腐心することとなる。

一方フェルトリネッリ自身は、ソ連国立出版所とのやりとりの中で作品『ドクトル・ジバゴ』について「パステルナークは、ロシアを、その自然を、心を、歴史的事件を、見事に見せてくれる。そしてそれを、言葉の最良の意味でのリアリズム、すなわちイデオロギー的であることをやめて芸術の域に達するリアリズムの精神で、人物、事物、事実を明晰に具体的に描くことで、伝えている」と評価していた。そして、『ジバゴ』のもつ「棘」とされる政治的事件への言及に対しても、二十回党大会以後の今日では全く取るに足りない、と一蹴している。(＊11)

この隘路を潜り抜ける方法――ここでソ連文学官僚が採った方策とは、要するに相も変らぬ「策略（マヌーヴァー）」と「恫喝」であった。ここに至って、「この小説『ドクトル・ジバゴ』は先ずモスクワで、然るのちにイタリアで出版されるべきである、したがってソ連版が出るまでイタリアでの出版を差し控えてもらいたい」という提案がなされた。そして、『ジバゴ』は目下パステルナークによって修正版を準備中であるという口実が設けられ、そしてそのやりとりは主として電報により、国立出版所とパステルナークその人に任された。また、ソ連版の刊行期限は半年後の「五七年九月まで」と設定され、最終的にフェルトリネッリもこの提案に同意する。

もとよりパステルナークにとって自作が自国内で出版されるのであれば、それに異議があろうはずはなかった。事態が急転したいま、あらためてソ連側は国内で『ジバゴ』を出版する方針に切り替え、一九五七年一月、国立出版所とも契約が交わされる。一九五七年二月二十一日、次のような電報が送られている。(＊12)

E・L・T

出版社主ジャンジャコモ・フェルトリネッリ

ファテネフラテリ通り、ミラノ

国立文学出版所（モスクワ、ノヴォ・パスマンナヤ十九）の依頼により、『ドクトル・ジバゴ』の刊行を、一九五七年八月末日、ソヴィエト版の出版まで半年間延期されたし。国立出版所宛て返電乞う。

パステルナーク

右をはじめとして、『ジバゴ』出版に関してパステルナーク（ないし国立出版所）とフェルトリネッリとの間には幾つかの電報のやりとりがなされる。その記録も一部残されているものの、しかしその「真相」はいささかヴェールに包まれていると言わねばならない。何故なら、そこにはフェルトリネッリに対して「ソ連における削除版の刊行まで待て」と主張しつつ、しかし何とかその出版を阻止したいとする「本心」を隠しているソ連当局、表面はソ連側の意向に沿いながらも湧き上がる疑心ゆえにイタリアにおける完全版の刊行という夢を捨て切れない作者パステルナーク、そして両者の中間に立って、パステルナークを宥めつつ契約を遂行すべくあれこれ画策するソ連側編集部、というのも三者の思惑が関与しているからである。（＊13）

「自国内で先ず出版し、然る後にイタリアで」というこの方針がフェルトリネッリ向けの「策略」であったことは今日ほぼ明らかであるといっていいだろう。すでに触れたようにノーベル賞受賞後、慌てて『ノーヴィ・ミール』編集部の書簡が現われたことは、「一九五七年九月」以前も以後も、ソ連が『ドクトル・ジバゴ』の国外出版を決して許さないことの自己表明とも言えるからである。しかし渦中のパステルナークおよび担当編集者は疑惑の中に翻弄され、その心中は揺れ動いていた。いったい本当に『ジバゴ』は陽の目を見るのか。たとえそれが「削除版」であったとしても、果して一般のソビエト人が手にとって読むことができるのか……。

一方で、先に触れたように詩人の心を動かす決定もあった。『ジバゴ』の出版契約とともに『ボリス・パステルナーク詩集』の刊行（同書に「ドクトル・ジバゴ詩集」も入れる）という契約が整えられ、その作業が進められつつあった。しかし、こうした動きもその後はかばかしく進展しない。何故なら当局の「本心」が別のところにあったからであり、事実、その後事態の「収拾」を任された党中央委員文化部部長ポリカルポフは、一貫してフェルトリネッリから「原稿を取り戻す」ようにイヴィンスカヤに強く主張している。「是非ともわれわれは原稿を取り戻さなくてはならない、なぜならもしわれわれがロマンの数章を印刷しないうちに彼らが印刷するとなれば、まずいことになる。あらゆる手段を用いてロマンは取り戻されなくてはならない。……」と。（＊14）

この頃、パステルナークは担当編集者宛ての手紙の中で次のように自己の心中を吐露している。

口に出せないほど悩んでいる。特に毎晩、いつになったら終わりが見えてくるのだろう。出版所の皆さんに、心から、本当に心からよろしくお伝えのほど。だって、皆さんは私の第二の家族なのですから。いや第三だったかな？　悩むことが多くて、苦しみのあまり、数さえわからなくなったようだ。……（四月十六日）

『メアリー・スチュワート』の原稿に目を通していただけなかったとは、なんて残念なことだろう。ぜひとも、そうしてもらいたかったのに！　グリゴリー・イワノヴィチに申し上げたことですが、小説の出版どころか詩集を出すという話ですらも、私は信じていません。……（五月二十七日）（＊15）

要するに『ドクトル・ジバゴ』出版の「契約」が結ばれたといっても、それは詩人の心を少しも安心させるものではなかった。『詩集』を出版するという当局の誘いの下、小説（『ジバゴ』）出版の話が何ら進展しない現実に対する彼の不信の深さが「手紙」に顕れている。また、心臓に持病を抱え、なおかつ翻訳仕事によって家族を養い、友人を支援しなければならぬ糧道の苦しさもパステルナークを悩ませていた。（＊16）

こうしたどっちつかずの状況の中で、八月、ついにアレクサンドル・スルコフ（＊17）らが主導する作家同盟による『ドクトル・ジバゴ』出版の可否を討議する会議が開かれ、パステルナークはその場に召喚されるが、〝異端糾問〟が明らかであるこの会議に彼は出席を拒否する（代理としてイヴィンスカヤおよび担当編集者A・V・スターロスチンが出席するが、このことも彼らを苛立たせる）。「『黒い犬は洗っても白くならない』というよく言われる決まり文句が、使われだした。こういう小説が編集して完成させようとする考え自体がとんでもないことだと。これをもって会議は終わり、私たちは打ちのめされて会場を出た。これでもう『ジバゴ』の出版への道は閉ざされたことが、はっきりした」（＊18）とイヴィンスカヤは書いている。

つまり、ここで明確に『ジバゴ』に有罪宣告がなされたのである。

＊

かくして運命の時がやってくる。フェルトリネッリは一応期限である「一九五七年九月」まで待ったものの、ソ連側からは何の連絡もなかったため、これまでの契約は破棄されたものとし、直ちに出版に向けての作業に入る。

そして、この段階で採ったソ連側の最後の手段がほかならぬ「恫喝」であったことは語るに落ちると言わねばならない。事態の重大さをさとったスルコフは、十月になって急遽イタリアに飛び、ミラノにフェルトリネッリを訪れて出版を差し止めようと図る。そして、これを認めないコミュニスト・フェルトリネッリに対して「党籍剥奪」という恫喝を加える。この恫喝劇にはイタリア党書記長トリアッティも乗り出したと言われているが、何ら効果がなかった。かつて世界のコミュニストがすべてその前にひれ伏し、あるいは躓き滅んでいった栄えある共産党、ソ連中央の威光も、今やこの「冷戦を激化させようとする西側の政治的陰謀行為」に何ら有効な手を打つことが出来なかったのである。

かくして一九五七年十一月二十二日、それまで波瀾に満ちた数々の出来事や不毛なる〝暗闘〟を経た結果、『ドクトル・ジバゴ』イタリア語版がついに世に出ることとなる。初版六千部（一か月後には三刷り）。つづいて翌五八年八月、ロシア語版も同社から刊行された。その後、各国で翻訳が出版されていった。ガリマール(フランス)、クーノー・フィッシャー(ドイツ)、コリンズ(イギリス)も参加し、その後「まるで宇宙開発競争のように」(イヴィンスカヤ)二年間のうちに二十三カ国語によって翻訳刊行がなされていった。(*19)

そして、言うまでもなく、バスに乗り遅れてはならじとわが国もまた早速その翻訳出版に乗り出すことになる。そして、ここでまた余りにも日本的な光景が出現するのをわれわれは見ることになる。

*1 マーク・スローニム『ソビエト文学史』池田健太郎、中村喜和訳、新潮社、一九七六年。

*2 同前。なお、作品「雪解け」は『旗』誌、一九五四年五月号に第一部、五六年四月号に第二部がそれぞれ発表され、一九五六年九月二十三日、単行本として刊行された。

*3 アレクサンドル・プジコフ『日常と祝祭——ソヴィエト時代のある編集者の回想』木村妙子訳、水声社、二〇〇一年。

*4 「《医師ジバゴ》はなぜ掲載できぬか」(『世界政治資料』№57 一九五八年十一月下旬号)。その「解説」には「一九五六年に『ノーヴィ・ミール』の編集部は《医師ジバゴ》の原稿を受け取った。同誌編集部はそれを掲載できぬ理由を述べた手紙をそえて原稿を返した。手紙はもともと公表を予想せず、小説《医師ジバゴ》を詳細に分析している。しかしパステルナークはその批判を理解せず、原稿を国外に流し、それが今日の事態を生んだ」とある。その「手紙」の末尾近くには次の記述がある。「われわれはあなたの小説は徹頭徹尾正しくなく、革命、内乱、戦後の時代においては歴史的に客観的でないように思われます。徹底的に反民主的で、人民の利益についての、どのような理解とも縁がないように思われます。このすべては、十月社会主義革命は、わが人民および人類の歴史に積極的な意義をもっていないばかりでなく、逆に、悪と不幸以外のなにものももたらさなかったということを、じぶんの小説で証明しようと努めている人間の立場からでてくるものです。」

*5 ダーンジェロ「ロマンのロマン」(オリガ・イヴィンスカヤ『パステルナーク 詩人の愛』工藤正廣訳、新潮社)。なお、ダーンジェロの身分についてもいろいろな翻訳紹介がなされているが、イタリア共産党から派遣されて『ラ

ジオ・モスクワ』のイタリア部社員として働きながら、ミラノのフェルトリネッリに新刊情報を知らせる仕事も委託されていた。

＊6　プジコフ、前出書。

＊7　「同じ五月の末のある晩のこと、編集部回りからペレデルキノに戻ったわたしは、唖然とした。突然ボーリャが、ロマンを渡した、と言ったからであった。わたしはあっと驚いて声も出なかった。……「いったい何てことをしたの?」とわたしはご機嫌とりに屈せず、彼を非難した。「考えてもちょうだい、今すぐにでもあなたが非難を浴びせかけられ始めるんですよ。……誰とも相談しないでイタリア人たちにロマンを渡してしまったなんて――だってこれは、一巻詩集の仕事を挫折させせかねないんですからね!」(イヴィンスカヤ、前出書)。

＊8　別な記述もある。「この年〔一九五七年〕、モスクワで国際青年フェスティバルがあった。あるとき、別荘に外国人の大グループがやってきた。そのなかに六人のイタリア人がいた。一緒にいたロシア人のなかにはリヴァーノフ夫妻とフェージンもいた。盛大な昼食会が開かれ、誰もがしたたかに酔い、ボリスも同様だった。イタリア人たちが帰るとき、彼は一人にぶ厚い紙挟みを渡した。小説の原稿に違いないと思い、すぐに玄関に出て行ってボリスを止め、この行為が重大で、危険だと言った。しかし、心配しないでくれとボリスは言った。数日のあいだに読んでもらうために渡したのだった。おそらく、それは本当に違いなかった。国立出版所に小説を出版する意図があるのを知りながら、外国で公にしたいと思うはずもなかったのである」ジナイーダ・パステルナーク「パステルナーク回想」前木祥子訳、『中央公論・文芸特集』一九九一年九月。

＊9　「あの天界の人には手をつけるなよ」とスターリンがベリヤに命令したという説が伝えられている。(プジコフ、前出書)

＊10　ジナイーダ・パステルナーク、前出書。

＊11　プジコフ、前出書。

＊12　同前。

＊13　例えばやりとりは幾つかの言語(ロシア語、イタリア語、フランス語など)によってなされたが、「エフトゥシェンコと会って談笑した際フェルトリネッリは、自分はボリス・レオニードヴィチの電報を信じなかった、とい

うのもそれがロシア語で書かれていたからだ、と言った。彼とボリス・レオニードヴィチとの間では、フランス語の電報だけを信じるという取り決めがあったらしい」（イヴィンスカヤ、前出書）。

＊14　イヴィンスカヤ、前出書。

＊15　プジコフ、前出書。

＊16　この頃、パステルナークは最初の妻エヴゲーニャ、第二の妻ジナイーダの二つの家族を養うための費用に加えて、粛清された友人その他の家族（ニーナ・タビゼ、自殺したツヴェターエヴァの娘アリアドナ・エフロンほか）ら多数に送金する資金、さらに病弱な自身のための重なる医療費などの出費を強いられていたとされている。

＊17　一九五三年から五九年まで作家同盟書記。スターリン時代へ転回する文学行政を推進。パステルナーク批判の急先鋒となった。もともとスルコフは、一九三四年の第一回作家大会においてすでにただ一人パステルナーク批判の声を挙げ、四七年にもパステルナーク攻撃の論を新聞に発表した人物であり、パステルナークの文学的感性とはもっとも遠いところにある文学官僚であった。

＊18　「その正確な日付も、その議事日程も記憶していない」としつつ、イヴィンスカヤは作家同盟のパステルナーク非難会議の有り様を記憶によって再現し、そのおぞましい〝儀式〟の内容を伝えている。その場に引き出されたのはパステルナークの代理人イヴィンスカヤと担当編集者スターロスチンであった（工藤正廣氏によればこの会議は八月二十日）。

＊19　ヨーロッパにおける出版競争について次のような〝事実〟が伝えられている。「フェルトリネッリとガリマールの間で、どちらが早く出すか競走が始まった。最初の翻訳のほうが信頼されるからである。ガストンは意欲に燃えていた。かれはこの本の価値を信じており、審査員の報告を通してまったく新しい政治的題材を感じとっていたからである。この間、ドイツと英国の出版業者、クーノー・フィッシャーとコリンズも原稿を翻訳させるのに躍起になっていた。舞台裏ではひそかに交渉が行われ、結局は意見の一致を見た。フェルトリネッリが勝ち、一九五七年十一月二十二日、『ドクトル・ジヴァゴ』のイタリア語版の最初の六〇〇〇部が直ちに発売された。……フランス語ではガリマール社から六月に出たが、無事ソ連に帰国できるようにという配慮から訳者の名は伏せられていた。フランスだけで四〇万部が売れた」Ｐ・アスリーヌ『ガストン・ガリマール――フラ

ンス出版の半世紀』天野恒雄訳、みすず書房、一九八六年。

第3章　日本語版『ドクトル・ジバゴ』狂騒曲

たましひよ　わが身のまわりに起こつた
すべてを嘆き悲しむ　わがたましひよ!
おまへは生きながらに
虐殺された人々の墓地になつた
パステルナーク「たましひ」一九五九年

翻訳まで——日本語版の不幸な出発

前章までに、いわゆる「パステルナーク事件」の発生と、同事件が及ぼした国際的な波紋の広がりの概要について追ってみた。私たちはそこで、作者パステルナークと作品『ドクトル・ジバゴ』がこうむった不幸について見るとともに、当時この事件をわが国知識人たちがどのように受け止めたか、そのありさまについても振り返ってみた。そして、本来魂の純粋な産物であるこの作品を東西の陣営がそれぞれ政治宣伝に利用する喧騒の時間が過ぎ去れば、「残るのは、祖国なき本の著者、パステルナークの孤独だけである」（鮎川信夫）という、これも孤独なる呟きをそこに聞いたと言ってよい。

ただ、そこで演じられた行為、展開された光景がどれほど魂の純粋と程遠く、かつ無惨であったとしても、私たちは、その光景の奥に煌く一条の残光を見届けうるとすれば、それは、作者が所属する国家社会から公認されようとされまいと、あるいはそこにさまざまな政治的な迫害が立ちはだかろうと、最終的にはそれらを排して自己の存在を主張し——場合によっては作者じしんが取消そうと試みたとしても——ついにはおのれを開示してしまう、文学が担った運命にほかならない。そして、おそらくこの最終的に「してしまう」という文学じしんの内包する力、すなわち「滅びて生きる」という祈りを、パステルナークは戯詩「ノーベル賞」の中に書き付けたのだと思われる。

その「文学の力」に付随して付け加えたいことがある。事態が事件化するに当たって、おそらくソ連政府が見誤った、あるいは過小評価したのは、いわゆる西側商業出版の有する力であった。西側陣営が声高に主張する抽象的な〝人権〟や〝自由〟についてならば、社会主義世界の側にも即座に反論しうる固有の対抗倫理がそれなりに存在した。しかし、作品『ドクトル・ジバゴ』の場合、その出版をソ連政府が妨害すればするほど、そして作者パステルナークを迫害すればするほど、それは西側出版社の出版意欲を煽り、彼らの貪欲な好奇心をよりいっそう刺激した。言うまでもなく西側において出版事業とは、たとえ人権や良心の精神に基づく動機に発していたとしても、それが商業という営為である限り徹頭徹尾マーケットの場で秤量される経済行為にほかならない。

そして、もとよりそのマーケットとは知的教養人という名の大衆が跳梁跋扈する空間であってみれば、その経済行為が、いかに〝無節操〟な相貌を帯びたとしても、言わばこの倫理、というより無倫理が促す力こそが『ドクトル・ジバゴ』を「まるで宇宙開発競争のように」（イヴィンスカヤ）国際世界に打ち上げ、これを知らしめる推進力となった。その意味で、ソ連政府が加えたあからさまな圧迫と、そのことによって陥ったパステルナークの悲運こそは、逆説的とはいえこの「推進力」に荷担し、それを煽る絶好の追い風として作用したのであった。

さて、『ドクトル・ジバゴ』日本語版も、いささか無倫理の手付きで登場したと言ってよいのだろうか。見てきたように、『ジバゴ』の運命を大いなる不幸に追いやった五〇年代末期の東西両陣営の政治的角逐という、いわば文学外の要因によって、同書は必ず「事件」とセットで扱われ、一部の〝反ソ〟的な個所だけが引用される宣伝とともに次々と各国語に移し替えられていった。しかも、同作品は「ノーベル文学賞受賞」といういわばブースター・ロケットの力を得て、本人の意思と関係なく中天高く舞い上がったのである。こうして、ソ連という閉鎖的な文学空間でひそかに育まれ、作者が「私としては恥ずることなくまた勇敢に責任を負える唯一のロマン」とまで自負した魂の産物は、極めて非文学的な外被をまとってわが日本に、この極東世界のへりに着地したのであった。

そして、この日本語版『ジバゴ』は、日本人読者に紹介される際、さらに別の不幸を体験しなければならなかった。昭和三十四年はじめ、日本語版『ドクトル・ジバゴ』は時事通信社から翻訳出版されたが（第一部が昭和三十四年一月、第二部が同年三月）、この翻訳がいかに慌しく、また不本意な形でなされねばならなかったかについて、訳者（原子林二郎）じしんがその「あとがき」の中で次のように語っている。

翻訳について簡単にお断りします。どうしたわけか社命により、翻訳を委嘱されました。極めて不適任であることは、訳者自身が一番よく存じております。しかし、翻訳の出来栄が悪いからといって、ズブの素人だからという弁解はなりたちません。非難は甘受します。（……）残念ながらロシヤ語版が入手不可能でしたので、最初はマックス・ヘーワードとマーニヤ・ハラリの共訳による英国版で上巻の半分近くを訳しましたが、ピエトロ・スペテレミッチのイタリヤ語版と英国版が誤りだらけで、粗雑な翻訳であることを知り、はじめから翻訳し直しました。（……）翻訳としてはイタリヤ版が最も優れており、米国版がそれに次いでいますので、米伊版を一行ごとにつきあわせて邦訳しました。（一九五九年一月『ドクトル・ジバゴ』第一部、「訳者あとがき」）

第一部はロシヤ語版がなかったので、英語版をもとにしました。しかし第二部を翻訳中に、ミシガン大学出版部からロシヤ語版が出版されましたので、時事通信社出版局の好意で早速入手していただきました。十一章の七節から翻訳はロシヤ語版をもとにして、英語版とイタリヤ語版を参照しました。また九章から校正刷に赤筆をいれることができました。アメリカ版は大変いい訳ですが、やや簡素化した意訳になっています。重訳は靴の外から足を掻く感がありましたが、ロシヤ語版が入手できて、この点では気分的に大変楽になりました。（「訳者あとがき」一九五九年三月。『ドクトル・ジバゴ』第二部）

一九五八年末から五九年にかけて、西側世界において作品『ドクトル・ジバゴ』はポエジー溢れる文学とはまるで別物になっていた。それはさながら社会主義社会の悪を剔抉する一種の武器と見做されたがゆえに、一刻も早く打ち上げなければならぬロケットなのであった（当時西側の雑誌に掲載された風刺漫画には、上空に現われた巨大なペンが、うろたえ怯えるソビエト政治指導者たち目掛けて今しも落下しようとしており、そのペンには「ジバゴ型ミサイル」という名札がぶら下げられている）。日本語版の「訳者あとがき」は、『ジバゴ』翻訳に課せられた至上命令、すなわち大衆の貪欲な欲望に一刻でも早く応え、市場に提供することが急務とされていた雰囲気を伝えており、さらに同書の翻訳がはじめ英語版で開始され、続いて他の外国語版が出版される動きと同時並行して進められた慌しさと、翻訳者として相応しくないという自己告白が併せてなされている。翻訳者のこの告白は率直であり誠実ではあるとしても、しかしここに生起した不幸をフェアに償うものではない。

　同書を刊行した時事通信社とは、社名のごとく専門の出版社ではなかった。同社はもともと戦前、対外宣伝の強化と国内世論の統一を図るために作られた国策会社「同盟通信社」を前身とし、戦後は出版業務をも含む、主として経済通信を引き継ぐ形でスタートした通信社であった。初代社長には、「同盟」時代、ロンドン支局長や海外局長を務めた長谷川才次が就任し、以後、ニュースの送受信ネットワークづくりや海外通信社と提携を進めることによってその基礎が固められていった。本業の通信事業の傍ら書籍部も設けていたものの、その分野はもっぱら国際情勢、政治・経済、時事関係であって、「文学」は決してその主対象ではなかった。

　また翻訳を「社命」によって委嘱された原子林二郎は同盟通信社以来の同社社員で、ロシア語も堪能なソ連通であったが、もともと政治経済が専門のジャーナリスト・外交評論家であり、そうした専門外の人間がいきなり文学を、しかも飛びきり上質の文学を相手にするのは本人じしん認めるように「極めて不適任」であったには違いない。したがって、霊妙とも評されるパステルナークの言葉のうねりを日本語に移す作業を

——しかも短期間のうちに——敢行するということは、文学に対する畏怖を欠く行為であったと非難されてもやむをえなかっただろう（事実、時事通信社はその後ロシア文学者江川卓を起用して、昭和五十五年三月、全面的な改訳版を刊行している）。

＊

それにしても、『ドクトル・ジバゴ』の日本語版は何故こういう紹介のされ方になったのか。日本語版の刊行までにはさまざまな躓きがあり、また思惑の違いが生じたらしいが、少なくともこれまでに流布されている限りでの経緯をここで確認しておけば、日本語版の最初の躓きはそもそも同書がはじめイタリア語で出版されたことにあったという。その、刊行に漕ぎ着けるまでの経緯を、当時の出版ジャーナリストによるドキュメントに拠りながら追ってみたい。（＊1）

それによれば、『ドクトル・ジバゴ』日本語版の着想は早く、一九五七（昭和三十二）年のはじめ、同書に関する短い外電が、前記長谷川才次のアンテナにキャッチされたことに端を発するという。もしこれが事実であるなら、この情報は極めて早い時期のものであると言わねばならない。五七年のはじめと言えば、その前年、『ジバゴ』の原稿を入手したフェルトリネッリによる同書出版の動きを察知したソビエト側がひそかにその懐柔に乗り出し、国立出版所からの出版を約束する一方、パステルナークを介してフェルトリネッリ側に出版延期の申し出を行なわしめた頃であり、最終的にどう落ち着くかは未だ霧の中であったからである（結局その方策も空しく、同年十一月イタリア語版が世に出る）。

このように事態がまだ水面下にあり、事件化する以前であったにもかかわらず、通信社という職業柄、海外からの情報に敏感で、じしんソビエト批判論者としても著名であった長谷川才次は、当該小説がソビエトにおけるスターリン批判と雪解け現象を象徴する作品として登場したらしいという噂を見逃さなかった。そして、その時点で早くも日本の著作権エージェント、チャールズ・E・タトル商会に対して「正確な書名は分からないが、またどこの出版社かも分らないが、パステルナークという名前のソビエトの詩人が書いた小説を出版したい。ついてはそのオプション（優先権）を取ってほしい」と申し入れを行なったのである。

その後、そんな申し込みを受けたことも忘れかけていた頃、ある日突然タトル商会にイタリア、フェルトリネッリ社から分厚い原書と手紙が届けられたことから次の段階が動き出す。送られてきたその原書こそほかならぬ『ドクトル・ジバゴ』イタリア語版と、「日本で本書を翻訳出版したい。ついては貴国の適当な出版社を世話してほしい」という依頼文であった。そこで、同商会は早速時事通信社に連絡を入れると、時事側も二つ返事で出版の意思を伝えたが、しかし、フェルトリネッリ側の付帯条件には「日本で一、二を争う文芸出版社であること」という一項が含まれていた。時事側はこの条件に当惑するが、かつてメルヴィルの『白鯨』はじめ二、三の文学書を出版したことがあるという実績を理由にこの条件をクリアする。

しかしながら、意外にもこの後、時事通信社は『ジバゴ』日本語版の構想からいったん撤退し、「オプションの取り消し」を申し出るのである。なぜなら、同書の翻訳用原本が予想以上に厖大な分量（七〇〇頁あった）であったこと、またそれがイタリア語で書かれていたため出版決断の最終判断（良書であることの見極め）に迷ったこと、そしてそのため直ちにフットワークのある有力な翻訳者を起用できないことなどがネックになったという。一方でその頃、時事通信社側の動きとは別に、他の出版社も同書を出版しようとする動きが始まっていた。先ず、M書房〔三笠書房のことか〕も独自に昭和三十二年十月、フェルトリネッリ社から原本を取り寄せてこれを検討していた。しかし、同社もイタリア語を前に足踏みして結局これを投げ出す。続いて日本外政学会も手を挙げたが、この場合は非利潤団体ということでフェルトリネッリ側から門前払いとなった。

さて、有力な買い手を次々と失ったタトル商会は、ここに至って『ジバゴ』の原書を預かったまま、しばし立ち往生してしまう。そして、次に昭和三十三年四月、同商会は『文藝春秋』にこれを持ち込み、同誌に連載するというアイデアを働きかけたものの、しかしこれも不調に終る。次にカッパブックスの光文社に望みをかけて持ち込んだが、同社もまたイタリア語という壁に難色を示してなかなか結論が出せなかった。その光文社の返事が遅れているうちに、フェルトリネッリからは次々と激しい督促が寄せられ、たまりかねた同商会は文芸出版の雄・新潮社にこれを持ち込むが（このときすでにコリンズ社の英語版も完成していたため、これを提供した）、しかし一週間後、同社からも結局「ノー」の返事が返ってきた……。

この後、『ジバゴ』の翻訳戦線はさらに複雑化する。急遽、筑摩書房も参戦する気配を見せ始めると、いったんはオプションを放棄した時事通信社もその復活を申し出てきたからである。そこで、最終的にタトル商会は結局三社（時事通信社、光文社、筑摩書房）による入札を行うこととし、それを実施した。そしてフタをあけてみると、時事が「アドヴァンス（前払金）六〇〇ドル／印税八％」、光文社が「同三五〇ドル／同六％（七％のスライド制）」、筑摩書房はこれら二社よりはるかに下回る結果であったため、タトルはこの結果を早速フェルトリネッリ社に宛てて報告したのであった。

「二万部」から「二十三万部」へ

ところで、これらの事態を遡る一九五八（昭和三十三）年三月のこと、『ドクトル・ジバゴ』の英語版がイギリスのコリンズ社から出るという情報を得た長谷川才次は、直ちに在ロンドンの原子林二郎に一通の手紙を送っていた。「『ジバゴ』という小説の翻訳出版を検討したい。ついては同書が刊行され次第入手して送付されたし」。当時、時事通信社特派員としてロンドンのチェルシーでアパート暮らしをしていた原子は、この手紙を受け取るや、直ちにコリンズ社へ赴き、「『ジバゴ』の日本語版を出版したいので、本が出来たらすぐ知らせてほしい」と申し入れを行なった。やがて八月になり、同社からその本（一般発売前の、主として書評用に供する見本）が出来た旨の連絡が入ると早速それを入手し、航空便で日本に送ったのである。

そして、同年九月末、ロンドンから帰国した原子は、日本語版『ドクトル・ジバゴ』のゆくえが未だ定まっていないこのとき、社内の廊下で社長長谷川にバッタリ出会う。

長谷川「『ジバゴ』は読んだかい？」
原子「ええ、読みました。」
長谷川「どうだい、感想は？」
原子「感動しましたよ。良い本です。」

といったやりとりが交わされたが、実はこのとき原子の脳裏には、彼がチェルシーで行きつけのセルフサービスのレストランで目撃した光景があった。そこで周囲の喧騒から離れて一人の若い女性が食事しながら一心不乱に読書していたが、その本が『ドクトル・ジバゴ』なのであった。以来、彼の眼には若いロンドンっ子たちが行き交う場所や公園のベンチで、見覚えのある黄色と紫のジャケットのその本を抱えている姿が急に気になり始めた。同書の発売日に訪れた書店の店員も彼に「エポック・メーキングな本です」とその評判を語りかけてきた。こうしたイギリスでの動きを社長に伝えながらも、原子は「地味な本ですから日本では二万がせいぜいでしょうね」と付け加えることも忘れなかった。

これを聞いていた長谷川はしばらく考えた後、突然「君、翻訳しないか」と言った。慌てた原子は、自分はとても文学書を訳す柄ではないと辞退したものの、しかしその数日後、長谷川から再度の強い要請があり

「翻訳を進めてくれ、じっくり一人でやってほしい」との社長命令が下ったのである。

その後、フェルトリネッリ社側からの返事がないまま秋も深まった同年十月のある夜、時事通信社の書籍課長は守衛から電話で起こされる。「イタリアから電報です。」内容は狙いどおりの「出版を承諾する」という返事であった。そして、皮肉にもこの電報を受けたその数日後、パステルナークのノーベル文学賞受賞のニュースが世界を駆け巡ったのだった。

＊

さて、『ドクトル・ジバゴ』の翻訳出版に先立って、時事通信社は先ず自社の時事週刊誌『世界週報』に先行連載を開始する（同社は日本における単行本『ジバゴ』の翻訳出版権のみならず新聞雑誌掲載権をも取得していた）。同誌十月二十五日号の末尾コラムは次のような予告を行なっている。「『ジバゴ医師』という大作の翻訳出版をいたします。ご存知の方も多いと思いますが、ソ連の詩人文豪パステルナークの畢生の著作であり、またその出版にあたってイタリア共産党員の出版社から、ソ連政府の中止要請があったのをおしきって、ついに発行されてしまったといういきさつを持つ本書は、いまや各国語に訳されて、世界中に反響を呼んでいます。（……）わが社はついにこの日本語版を獲得しましたので、訳者を原子林二郎氏ときめ、翻訳にとりかかりましたが、発売は明年はやくて四月以降となりましょう」（「ノーベル賞受賞」にいっさい言及がないということは、この時点では受賞発表以前であったことが分かる）。

しかし、時日をおかずに飛び込んできた国際的ニュースに時事通信社は狂喜乱舞し、ここからいわば『ジバゴ』フィーバーが開始される。結局、『ジバゴ』は『世界週報』誌十一月八日号から翌年三月二十八日号まで計二十回にわたって翻訳連載されるが、この間、同誌末尾の「編集部だより」「出版あんない」は毎号、読者から殺到する読後感や問合せを紹介している。その中には、例えば著作権に関する問いもあった。つまり「『ジバゴ』の原文は当然ロシア語なのだから、著作権は発生しないのではないか」という問いについて――原文はたしかにロシア語だが著作物ははじめて公刊された国を本国とするため、この場合イタリアの出版社フェルトリネッリが海外出版権を握っており（パステルナークも以前から同社に委任している）、したがってドイツ語版もフランス語版も、近くアメリカで出版されるロシア語版もすべてフェルトリネッリから翻訳出版権を取得している――というベルヌ条約（万国著作権条約）に基づいていることの説明がなされている（十一月十五日号）。

そして、高まるフィーバーは単行本としての『ジバゴ』の刊行時期をさらに早めるに至った。当初、単行本の刊行は「明年はやくて四月以降」とされていたにもかかわらず、「明年一月下旬と、三月下旬とにそれぞれ上巻、下巻を発売する予定」と、三ヶ月も前倒しされることになった。このように「一刻も早く」という読者の要求に答えながらも、しかし同誌編集部は、同時に「五、六人で訳せば早いことも分かっています。しかし、いわゆる翻訳工場（分担翻訳のこと）みたいなことは、やりたくないのです」とも記している（十一月二十二日号）。

そして、昭和三十四年一月二十四日（奥付は二月一日）に単行本第一部が発売されるや、同誌は次のような興奮を伝えている。「はたせるかな、パステルナーク『ドクトル・ジバゴ』第一部（箱入上製四〇〇ページ、価三〇〇円）は大へんな評判です。二十四日発売前には、各取次所の注文が殺到し、これをさばいて初版をうまく配分するのに営業部は大骨折りだったのですが、さて発売するとこれはまた正に怒濤のような売行きです」（一月三十一日号）。「去る二十四日に初版を発売したとたんにたちまち売切れてしまい、二十六日にはついに売りどめということになりました。（……）三十一日には重版ができ上りますが、これに対しても予約注文がすでに殺到し、取次の間では争奪戦が演じられているさわぎですので、これまた瞬く間に無くなってしまいそうです」（二月七日号）。「刷っても刷っても間に合わないとは、正にこのことでしょう。二月九日現在ついに十万部に達しましたが、まだまだ注文が殺到して止まりません。愛読者カードの返送されたものは一五〇〇通を突破しており、これまた毎日山積しています」（二月二十一日号）。

さらに編集部は、単行本第二部が発売された後も、「第一部を読んだ方々からのおはがきは約四千枚に垂々としていますが、いずれも第二部を待っているから早く発行せよとのお言葉なので、こちらでも非常識ともいえるほどの緊急工程をとって、発売を早めたわけです」（三月二十八日号）、「（第二部は）第一部をしのぐ好評で、初版七万部はたちまち売り切れ、おいかけて製作中の一万も予約ずみという有様です」（四月十一日号）、「売れ行きは、第二部も第一部に劣らぬめざましさです。読者の方々から送り返されてくる愛読者カードは、第一部は五三〇〇枚に達し、第二部は五〇〇枚を越えており……」（四月十八日号）、そして六月になっても「両巻とも増刷するばかりでまだ一冊の返本もないのです。うれしい予想外れです」（六月六日号）などといった状況を伝えている。（その反面、三月末で『ジバゴ』の連載が終ると、それまで伸びていた雑誌『世界週報』の売行きもたちまち減少に転じ始めたことの嘆き節も聞かれる（四月二十五日号）。

かくしてともかくも『ドクトル・ジバゴ』日本語版（第一部、第二部）が世に出たわけだが、そのことについて後年、時事通信社の社史は次のように短く記している。

またこの年（昭和三十三年）十月、ソビエトの詩人パステルナークの『ドクトル・ジバゴ』の版権を獲得した。その直後、パステルナークに対するノーベル賞授与が決定し、ついで、ソ連政府の圧迫で辞退を余儀なくされたというので世界的話題となった。おかげで三十四年一月上巻を発売すると、たちまちベスト・セラーとなり、印刷が間に合わないというありさまであった。三月に下巻が発売され、上下を合わせれば二十三万部を突破するという好調を示した。（＊2）

このように日本語版『ドクトル・ジバゴ』は、ノーベル賞効果が大いに寄与したこともあって、訳者原子が読んだ「せいぜい二万部」という当初予測を大きく上回り、上下巻合わせて二十三万部を超えるベストセラーとなり、時事通信社の懐を大いに潤した（同年中だけで約六百万円を稼いだという）。また、この功績によって五月に開催された同社株主総会において書籍部が表彰を受けたことも同社史は伝えている。当時の日本人読者が、革命という時代の激動に翻弄される「ジバゴ」という名のロシアの一インテリの運命にどの程度感情移入できたか疑問だが、ともかくこの一時期形成された奇妙なフィーバーは『ジバゴ』を、その年の売れ行きベストテンの第四位に押し上げるだけの力を発揮した。

日本の日刊紙、書評紙、週刊誌なども競ってこの話題を伝えたが、何しろロシア文学界ですら直ちにこの作品を責任をもって説明することができなかったため（ノーベル賞発表当時、ロシア語版は登場していなかった）、出版ジャーナリズムはともかく手探りで——海外での受け取り方も取り入れながら——あたふたと『ジバゴ』とパステルナークの紹介を試み、また作家、批評家、詩人は英語版を参照し、あるいは自己の文学的嗅覚を総動員してこれを採り上げていった。

これらの論評のうち、わが国では工藤幸雄、平林たい子だけが『ジバゴ』の存在意義にいち早く着目し、ノーベル賞授賞発表以前、これをわが国に紹介している。例えば平林は次のように述べて、一日も早い日本語版の登場を待つ期待を表明して

原子林二郎訳『ドクトル・ジバゴ』
時事通信社版、第一部

いる。

彼は全くソヴェト治下における「余計者」として生き、そして死んだのである。帝政ロシアにおける小説に出てくる「余計者」がこんな所にまだ生きていたのである。しかし、彼が帝政時代の貴族出の「余計者」と同じタイプの人間であったかどうかは、全文を読んでみなくてはわからない。

こんな小説をソヴェトのスターリン治下で延々と書きつづけていたボリス・パスタ《マ》ナッ《マ》クという作家の気持はなんと想像してよいだろうか。いずれ日本語訳もどこかから出ることだろう。ロシア語のテキストを手に入れるのはちょっと面倒だが、イタリア語ならそのフェルトリネリ書店に注文すれば手に入るにちがいない。幸い、彼については、先年ペン大会に来た「ローマの女」のモラヴィアも書いているから彼にでも問い合わせて誰かに早く訳してほしいもの。(＊3)

そして、彼女は「事件」以後も終始パステルナーク擁護の論陣を張り、その後の日本ペンクラブを揺るがした騒動においても一貫してその軸は動かなかったことは記憶されてよい。(＊4)

日本ペンクラブの奇妙な「申合せ」

さて、パステルナーク事件と『ドクトル・ジバゴ』の話題がわが国の読書界を騒がしていた頃、日本ペンクラブにも一つの〝騒ぎ〟が起っていた。同クラブは、世界の文筆仲間の友好と親睦を深めながら言論表現の自由を守ることを目的とする国際組織ペンクラブの日本支部として戦前より設置され(初代会長、島崎藤村）、戦後は昭和二十二年二月、志賀直哉会長の下に再建されて国際復帰を進めていたが、特に一九五七（昭和三十二）年、国際ペン大会をアジアでは初めて東京で開催することによって国際的な地歩を占めつつあった。（＊５）

ところで、昭和三十三年十一月十日、日本ペンクラブの臨時総会が開催されて一つの決議が採択された。すなわち「警職法改定反対」がそれであって、これは同クラブとしては十月二十日の緊急理事会において確認され、すでにその声明を発表済みであったが、規約により例会及び総会において承認を求められていた議題であった。

実はその前月、第二次岸自民党内閣は、個人の生命、安全、財産保護という範囲から第一線警察官の権限を拡大し、「公共の安全と秩序」を守ることまで含めた観点から「警察官職務執行法」の改定案を唐突に国会に上程した。具体的には警察官の警告、制止や立ち入りの権限を強化し、また「凶器の所持」調べを名目とする留置を可能にする内容を含み、「疑うに足りる相当な理由のある者」に対しては職務質問や所持品調べができ（第二条）、「犯罪が行なわれることが明らかであると認めたときは、その予防のため」警告をし、その行為を制止できる（第五条）などとされていた。こうした「改正」は明らかに戦前の「オイコラ警察」を想起させ、さらに治安維持法と警察国家の復活を予想させるものであったことから、国民的反対運動が澎湃として起り、十～十一月の間に五波にわたって実施された反対行動の急速な盛り上がりによって、政府はその改定を断念せざるをえなかったのである。

ところで、この事態にあって日本ペンクラブもまた反対の意思を表明し、同総会において改定反対を決議する。その声明に「われわれは遠くない過去における警察権力の干渉乱用における暗鬱な状態を記憶するが故に、この改正案の通過によってふたたびかかる事態の復活する危険が極めて顕著であることに対して警戒せざるを得ない」と述べ、さらにその根拠としてペン憲章第四項を同声明の末尾に掲げている。その言や佳しと言うべきか、このとき日本ペンが掲げた同項とは、「会員はその属する国、および社会において、表現の自由に対するあらゆる抑圧に反対することを誓う」という部分を含む長い文章であるが、私たちは日本ペンがこの誓約を高く掲げたその力強い語調をここに記憶しておこう。そして、この反対行動を率先リードした専務理事高見順は、さらに首都における街頭行動（「静かなデモ」と称した）を組織するとともに、国会公聴会にも出席して反対側後述人としての意見を開陳した。（＊6）

日本ペンおよび高見順をこうした行動に走らせたのは、彼じしんが述懐するように、戦前、治安維持法下の権力による言論弾圧の記憶であり、骨がらみとなった生理的恐怖であった。「昔特高からひどい目に会はされた私として、ふたたびああいふことが復活するのを恐れた。文士としては、黙つて書斎で自分の仕事だけしていればいいのだが、さう言つてみんな黙つてゐたら、おしまひである。反対すべきことだと思つたら、はつきり反対すべきだと思つた。……それを私は政治的な活動といふことでなく、あくまで文士としての発言であり行動であるとしてやつたのだが、同じ文士仲間でそれを「政治的行動」だときめつけたひとがあつた。それはまるで昔の特高そつくりの言ひ種なのが私には残念だつた。」（＊7）

＊

さて、日本ペン臨時総会のこの日、警職法に反対する決議を終えた後、出席していた平林たい子、高橋健二の二会員より、「同じ言論表現の問題として」パステルナーク問題についても討議すべきではないかという緊急提案がなされ、引き続き同じ席でこの問題が採り上げられた。すでに世界各国の多くのペンクラブや作家たちが続々とこの問題に対して抗議声明を発しており、日本ペンとしてもその態度を表明すべく議題として採用されたのはむしろ自然の成り行きといってよかったが、ただ、その議論の結果は、先議された警職法改定反対における「力強い語調」とはほど遠く、極めてささやかな、次のような短い「申合せ」を確認するという結果にとどまった。

今回のパステルナーク問題は文学の表現および発表に関する注目すべき事柄と思う。これが国際的な政治問題として利用されることにわれわれは強く反対するものだが、純粋な文学的かつ言論的な問題としてパステルナーク事件を遺憾なことと思う。

一読して、果してこの「申合せ」とはいったい何なのか、という疑問が沸き上がる。「遺憾なことと思う」といった俗政治家流の言い回しはもとよりとして、「だから、どうなの?」という疑問に対する肝心の意志表明が希薄である。つまり、この短い「申合せ」自体が相手に自分の意志を是が非でも届けようという迫力を欠くのみならず、少なくとも「純粋な文学的かつ言論的な」仕事に携わる人間であれば、そして今危殆に瀕しているのがほかならぬ同時代を生きる有数の作家、詩人であることを顧慮するならば、もう少し肺腑を抉るような物言いが見られてもよかったのではないか、つまり問われている問題の大きさに対し、これを見据えようとする眼差し自体が匹敵しえていないという思いを禁じえない。

この「申合せ」という発想について、後に『日本ペンクラブ三十年史』は、「日本ペンがこれに対して抗議するという形をとる場合、パステルナーク自身がかえって窮地におとされるようなことがあっては気の毒だという点が考慮された結果、抗議文や声明書を発表することはひかえて、日本ペンとしての『申合せ』のみをおこなおうということになった」と〝解説〟している。（＊8）何とも奥床しい配慮というべきかも知れないが、しかしこうした「配慮」が、ではほんとうにパステルナークじしんがより「窮地におとされ」ないために役立つという保障はいったいどこから取り付けたのか。

そうではなく、私たちがこうした「配慮」――事を「荒立てない」のが至上の抗議であるという思考――

の陰にうっすらと感知するのは、事件に抗議する形を示しながら、その一方でソ連当局にも厳しい態度は回避する（つまりソ連当局に対して〝回避〟したことを証明する）という素振りと媚態である。したがって、当時問題視されたように、ここに盛られている意志表示が届けられようとする真の相手とは、それゆえ作者パステルナークに対してなのか、弾圧者ソ連政府・作家同盟に対してなのか、スウェーデンのノーベル賞事務局なのか、あるいはその全てに対してなのか不分明である理由はここにある。

＊

果してこの曖昧にして鵺のごとき「申合せ」に対する不満は、しかし予想外な事態を契機に噴出する。きっかけは総会から一ヶ月後、十二月十日に開催された日本ペンクラブの忘年会にあった。この日、同クラブは例会開催の後、有楽町ニュートーキョーにおいて恒例の忘年会を催したが、会の途中、高見順によって招待されていた客人が登場した。現われたのは折りしも来日中のソ連モスクワ芸術座の団長以下男女の座員数人で、彼らが入場したとき、司会者高見順は率先して「皆さん、拍手をもって迎えましょう」と拍手を要請し、座を盛り上げた。そして促されて挨拶に立った座員は「日本の女性はみんな魅力的でわれわれ座員は心を奪われている」（男性団員）、「芸術の道は険しく困難である。日本の若い芸術家たちが成功されることを祈る」（女性団員）といった即席のお世辞を次々と述べたという。

そして、高見順は律儀に彼らが退場するときにもまた全員が起立して、拍手をもって送ることを要請した。これは遠来の客を歓迎する単なる儀礼に過ぎない――と後にペン側は弁明したが、実はこの日の〝演出〟はこれだけに止まらなかった。余興として高見順ご贔屓の歌手（宮城まり子）も登場し、「ええ芝居を見せてもろうて、ほんまにおおきに」などと笑いを誘いながら「焼き鳥の歌」や「六軒長屋の歌」を歌った。また彼女のリードで一同も歌うなど参加者は愉しげに交歓し、上機嫌で和やかなうちに年の瀬を送らんとしてい

た。（＊9）

しかし、この日、ある会員にとってはこの光景は限りなく苦々しいものと映っていた。彼は、この日の過剰とも思われるペン側の演出臭と酔い痴れる宴のありさまに、ひたすら嫌悪を堪えていた。なぜなら、ちょうどこの日こそスウェーデンはストックホルムにおいて、世界の文学界が注目しているパステルナーク不在のノーベル賞授賞式典が開催されている当日であったからである。いささか曖昧であったとはいえ「申合せ」によって日本ペンも「遺憾」の意を表明したのであったが、そうであるとすれば、今日ここに集ったわれらペンの仲間は――少なくとも仲間を自称する限りは――本来晴れの壇上に立つべきであった姿なきパステルナークの心情を思いやり、ひとしく彼の悲痛に心を寄せるべきではないのか、「せめてもう少し物静かな、うち沈んだ雰囲気であるのが当然と――いうものではないか」と、日本文学を愛するこの外国人会員（E・G・サイデンステッカー）には思われたのである。（＊10）

しかしながら、日本ペンはそうしたことどもをいっさい顧慮しなかったばかりか、理不尽な弾圧を加えた当の政府の代表（モスクワ芸術座はソ連政府から派遣されたのだから、その座員は政府の代表でもある、というのがサイデンステッカーの理屈であった）を歓待し、しかも歌と踊りのバカ騒ぎに終始したその無神経ぶりを彼は許容することが出来なかった。という次第で、彼は直ちに友人である二人の外国人会員（ヨゼフ・ロゲンドルフ、アイヴァン・モリス）と語らって、十二月十三日、日本ペンクラブ事務局（川端康成会長宛）に抗議文を提出したのである。

その抗議文は次の三点から成り立っていた。（＊11）

（一）日本ペンクラブは表現の自由を犯すおそれがあるという立場から、警職法改正に対しては強く反対しながら、パステルナーク問題については簡単な議論と曖昧な「申合せ」を確認したのみである。

（二）「申合せ」は非常に慎重な文章で、それがソビエト当局者とソビエト作家同盟の態度を非難しているのかスウェーデン・アカデミーの態度を非難しているのか理解するのに苦しむ。これではソ連国内における言論の自由が実際に極度に侵害されている事実に対してとられた態度として非常に曖昧である。

（三）ペンの関心を惹くべきなんらの文学的資格をもたない一団の人（モスクワ芸術座俳優）に対して示されたデモンストレーションは、その演出、タイミングからみて、パステルナーク問題に対する日本ペンの態度は単なるジェスチャーであり、その人権についての関心は絶対的なものではないということを示している。

日本ペンクラブの忘年会に見られた事態——モスクワ芸術座座員の登場——とは、たしかに「副次的事件」（サイデンステッカー）には違いなかったが、しかし彼の不快の根拠にはもともと蓄積された不満とでもいうべきものがあった。彼によれば、「（日本ペンクラブは）同じ言論の自由に対する侵害であっても、いわゆる『社会主義』諸国で起こった場合は、なぜか別のカテゴリーに属すると見るかのような立場を取った。『社会主義』諸国以外の場合なら、言論の自由の侵害はきびしく監視し告発しなければならないが、『社会主義』国の場合にはもっと高次の原理を適用すべきで、したがってもはやペンクラブなどの関知すべき問題ではなくなる」といった態度をことあるごとに示したことによっていた。（＊12）

このサイデンステッカーら三人の外国人会員による抗議に対して、翌年一月十六日、ペンクラブは理事会を開いて次のような回答を確認した。

（一）パステルナーク問題はすでに国際ペンからソ連作家同盟に創造的な自由を保持できるよう保護して

ほしいと申し入れてあり、改めて日本ペンが作家同盟のとった処置に抗議することがパステルナークのためによいかどうか疑問に思った。また日本で出版されていないために、それを読んでいるものがいなかったことも積極的な態度をとらなかった理由の一つだが、パステルナークの問題が文学上遺憾なできごとであり、日本ペンとしてはこれは残念に思うということを表明したのが「申合せ」の内容である。

（二）例会は会員以外にも開放されている集会で、モスクワ芸術座の俳優が文筆家でないからといって異例にはならない。モスクワ芸術座は明治以来ロシア文学に親しんできた日本の文筆家が文学的親近感を抱いて迎えても不思議ではない。入場の際、拍手と起立を要請したのは出迎えのゼスチュアである。

（『読売新聞』一九五九年三月三日夕刊）

これに対して外国人会員側は、理事会をもって早速回答してくれたことに感謝しながらも、しかしなお「政治的動機による作家の自由侵害には、必ずしもその作家の作品を知ることが前提にはならない」、「暴圧への反撥が強ければ強いほど全体主義国家が世界の世論の前に叩頭する情勢が増大する」という二点については依然として不満である旨を伝えると、専務理事高見順はすかさず「パステルナークの問題は、原則論でいえば、サイデンステッカー氏やモリス氏の言うとおりかもしれない。しかし、こういう国際的な問題となると、一つの声明をだすことが、どんな作用を起こすか、その後の影響も慎重に考えなくてはならない、と私は考える。原則論ばかりふりまわすことが、必ずしもいいか、どうか、疑問な場合もでてくるのだ。私はペンクラブというものは人種、国際、思想を越えたペンでつながる人々が仲よくしていく団体だと考えている。それゆえ、特定の国だけにとくに関心をもつものでもないし、またそうあってはならない。……」（『毎日新聞』一九五九年二月十一日）という「談話」で応じた。

ところで、この「談話」は「申合せ」に流れている曖昧模糊(「遺憾に思う」)とよく平仄が合っているように思われる。つまり、〝表現の自由〟という「原理・原則」は、常に「ふりまわす」べきものではなく(場合によって掲げたり掲げられなかったりする程度のものであり)、ペンクラブとはただ「ペンでつながる人々が仲よくしていく団体」以外のものではない、といういささか老獪じみたこの「談話」からは、危機に陥っている現下のパステルナークに連帯する〝仲間〟意識や、ペンクラブという組織が「人種、国際、思想を越えたペンでつながる人々」によって構成されているからこそ「原則」(ペン憲章)が要請されているのではないかという認識は残念ながら伝わってこない。

終始サイデンステッカーらの立場を理解し、以後も彼らと協調行動をとった竹山道雄は、臨時総会での「申合せ」採択を動かしたある幹部の発言を拾っている。「個人として発言したいのですが、このあいだ、国内の言論の自由云々はいうが、パステルナークについては何もいわないのかと、いわれました。国内的な意味で声明してもいいと思いますが……。」(*13) 喧しく交わされた議論の最後に頃合を見て立ち上がり、出席理事らの顔色を伺いつつ、まあ皆さんいろいろご意見もあるでしょうが、ここは一つ「国内的な意味で」簡単な声明でも出しておいたらどうでしょう、と誘って無難な落し所に導く……。

日本ペンのパステルナーク問題に関する態度をリードし、これを決したのは、実にこの余りに日本的な黙契であったらしいことが見えてくる。「個人として」とは何か。なぜ「一人のペン会員として」発言できないのか。要するに彼らにとってパステルナーク問題とはあくまで「国内的な」問題であり、所詮向き合うに値しない遠い海外での出来事に過ぎなかったのか。

*1 大輪盛登「『ドクトル・ジバゴ』物語」、『巻説出版界』日本エディタースクール出版部、一九七七年、所収。

初出は「巷説出版界・特別版――『ジバゴ』出版の舞台裏」、『図書新聞』一九五九年四月十九日号。

＊2　時事通信社社史編さん委員会編『建業十有五年』一九六〇年。ちなみにこの年（昭和三十四年）のベストセラー・ベストテン一～三位は、安本末子『にあんちゃん』、清水幾太郎『論文の書き方』、三島由紀夫『不道徳教育講座』であった（出版ニュース社編『出版年鑑一九六〇年版』昭和三十五年）。また戦後、『ドクトル・ジバゴ』以前にわが国のベストテンに登場した外国小説は、サルトル『嘔吐』（昭和二十一年）、レマルク『凱旋門』（昭和二十一、二十二年）、ドストエフスキー『罪と罰』（昭和二十三年）、ミッチェル『風と共に去りぬ』（昭和二十四、二十五年）、ロレンス『チャタレイ夫人の恋人』（昭和二十五年）、メイラー『裸者と死者』（昭和二十五年）、ロラン『ジャン・クリストフ』（昭和二十七、二十八年）であった（塩澤実信『定本ベストセラー昭和史』展望社、二〇〇二年）。

＊3　「ソヴェト治下の余計者――発表されざりしソ連の大長編小説」、『週刊読書人』一九五八年九月二十九日。

＊4　日本文化フォーラム・平林たい子編『ソヴィエト文学の悲劇〈パステルナーク研究〉』思潮社、一九六〇年。

＊5　国際組織P.E.N.のPは詩人、劇作家（Poets, Playwrights）、Eは随筆家、編集者（Essayists, Editors）、Nは小説家（Novelists）を示し、総体として「ペン」を表わす。一九二一（大正十）年、ロンドンで創設された。パステルナーク事件当時、日本ペンは会長川端康成、副会長青野季吉、専務理事高見順、事務局長松岡洋子の体制であった。

＊6　昭和三十三年十一月三日の国会公聴会において、長谷川才次と高見順は皮肉にもそれぞれ「賛成」と「反対」の公述人として同席している。「警職法反対で国会などへのこのこ出かけて行くのは、これは私の一身上の利益のためではない。そんな時間潰しは、文士の私にとつては、むしろ迷惑なことである。しかし私は私たちが若い頃に受けた苦しい経験を、若い世代の人たちにふたたび、与へることがあつてはならぬと思つて、その法案に反対してゐるのだ。（……）その公聴会の前日に、前からの約束で、私はあるテレビに出た。パステルナーク問題について喋れといふのである。そのとき、時事通信の長谷川才次と顔を合はせた。長谷川さんは私と同様、次の日、国会の公聴会に出るのだが、賛成側の公述人である。長谷川さんとは前からつきあひがあるので、『今夜は、これは呉越同舟だね』と長谷川さんは笑つて『あの法案は、部分的には賛成しかねるところもあるんだが』

と言った。／『僕も部分的には賛成なところもあるんだが』と私は言った。」（高見順「文学的現代紀行」一、『群像』一九六〇年一月号）。

＊7 高見順「文学的現代紀行」九、『群像』一九六〇年十月号。

＊8 『日本ペンクラブ三十年史』、野口冨士男「第二部」、（社）日本ペンクラブ、一九六七年。

＊9 「忘年会の日ソ交歓――励まされた日本ペンマン諸氏」、『週刊新潮』一九五八年十二月二十八日号。

＊10 サイデンステッカー『私のニッポン日記』安西徹雄訳、講談社、一九八二年。

＊11 『新潮』一九五九年三月号。

＊12 サイデンステッカー、前出書。

＊13 竹山道雄「ペンクラブの問題」、『新潮』一九五九年六月号。なお、竹山はさらに臨時総会当日の議事進行について述べている。「パステルナーク問題が議せられた臨時総会では、この議案はようやく夜おそくなって上程され、しかも抗議に反対の資料（アンナ・アフマートワに対する迫害のごとき）がながながと説明された。したがって、討議の時間は十分になかった。――よく準備された提案と進行に対して、会議の席上で即座に有効な反対をすることはむずかしい。」

第4章　糾弾者エドワード・サイデンステッカー

新しい生のために道を清めるのは
大激変や革命ではなく
誰か燃え立つたましひの
啓示であり　嵐であり　惜しみない恵みなのだ
パステルナーク「雷雨のあと」

〝米・英・独連合〟の成立

外国人会員サイデンステッカーが日本ペンに対して抱いた不快――パステルナーク不在のノーベル賞授賞式のその当日に浮かれ騒ぎ、さらに何ら文筆の徒ではないロシア人（モスクワ芸術座員）をこぞって歓待したことに対する――には、しかし別の根拠もあったらしい。彼によれば、このとき彼の脳裏に去来したのは、かつてナチス・ドイツのヒトラー政権下においてノーベル賞受賞者がこうむったある運命であったという。

私どもは、この出来事は全くパステルナーク問題に附随する副次的事件として提起したものであります。と申しますのは、私たちは昔、これと類似した事件を思い出したからであります。一九三八年と三九年に、ヒットラーが三名のドイツ人のノーベル賞拒否を強制した後では、パリ、ロンドン、ニューヨークの作家たちは、ドイツ政府が後援する俳優や作家たちの集団と接触することを一切拒絶しました。こういう意見の相違は、私どもが共通に抱き、あなた方もお手紙の中でくり返し述べられている決意、すなわち人権侵害に対してはどこで起ろうとも反対するという決意と、抵触するものではないと信じます。（二月九日付返書）

さんざめく忘年会の夜、サイデンステッカーらが想起したという昔の「類似した事件」とは何か。ここではしかしサイデンステッカーの方にいささか誤解があるかも知れない。つまり、たしかに一九三〇年代末期の三八年と三九年、ノーベル化学賞および医学賞が三名のドイツ人（R・クーン、A・ブラナント、G・ドーマク）にそれぞれ授与されたとき、彼らはいずれも時の宰相ヒトラーによってこの授賞を拒否するように強制され、「受賞辞退」に追い込まれるという事件が起った。すなわち、時の権力者からの圧力によってノーベル賞の受賞を強制的に辞退させられたという構図において、それはパステルナーク事件の場合と「類似」していたと言えるが、しかし、サイデンステッカーの伝えたい趣旨を正確に言おうとするなら、むしろこの出来事を招来した直前の、もう一つの受賞をめぐる事件にこそ触れるべきであったと思われる。その事件とは、すなわちドイツ・ワイマール時代に活動した平和主義者にして左翼ジャーナリスト、オシエツキーのケースにほかならない。

カール・フォン・オシエツキー（一八八九—一九三八）は、じしん一兵卒として従軍した第一次世界大戦の深甚な体験から祖国ドイツの軍備拡張政策に反対し、同僚トゥホルスキーらと共に左翼リベラリズムと平和主義の立場から雑誌『ヴェルトビューネ（世界展望）』で反戦反軍拡の論陣を張った。当時、秘かに再軍備をすすめるドイツ政府の動きを激しく追求した彼は、そのため国家叛逆の罪に問われて強制収容所に送られるが、この弾圧に対して海外から支援の声が挙がる。

その声はやがて「ノーベル平和賞をオシエツキーに」というキャンペーンとなり、彼を支援する輪はヨーロッパ全体に拡大して行った。その支援の輪にはトーマス・マン、ロマン・ロラン、エルンスト・トラー、マックス・ブロート、カレル・チャペック、オルダス・ハクスレー、バートランド・ラッセル、ローズ・マコーレー、J・B・プリーストリー、H・G・ウェルズ、ヴァージニア・ウルフ、アインシュタイン、ハロルド・ラスキなど多くの作家、芸術家、哲学者、神学者などが加わり、その結果オシエツキーは一九三六年ノーベル平和賞を贈られる。この受賞を『マンチェスター・ガーディアン』の社説は「平和主義者の勝利」と謳い、パリ、ロンドン、プラハなどでヒトラー政権に対する勝利のデモ行進が行なわれたと言われている。

こうした動きに憤激を募らせたヒトラーは、一九三七年一月、「今後全ドイツ国民はノーベル賞を受賞してはならぬ」という訓令を発布し、このため前記のドイツ人受賞者三名はこれを辞退させられるに至った（自国の政権に有利と判断された授賞は容認したソビエトに対して、ヒトラーはノーベル賞自体を否定した）。ただ、オシエツキーが受賞した一九三六年は、折りしもベルリン・オリンピック開催の年に当たっていたため、宣伝相ゲッベルスは狡猾にも「平和を愛するドイツ」を宣伝すべく、国際社会に対してこのオシエツキー・ケースを逆利用することまで一時は考えたらしい。彼はその『日記』に書いている。

昨日、たいへんな大騒動の日。オシエツキーがノーベル平和賞を受賞した。厚かましい挑発！　私は彼を我々のために宣伝するという、とてつもない計画を立てた。しかし彼に国家叛逆罪の前科があったので、駄目だった。しかし何かしなくてはならない。総統も思案に暮れているが、しかしまだ結論は出ない……。（一九三六年十一月二十六日）（＊1）

そして、パリで再建されたドイツ作家擁護連盟の集会でハインリヒ・マンは、ノーベル賞受賞者オシエツキーの釈放を訴えるなど、全ヨーロッパがこの「反ナチズムの重要証人」の健康を注視したため、やむを得ずゲーリングは彼をベルリンの警察病院に移すことを決定したが、時すでに遅く、結核を病んでいた彼は一九三八年五月、拘禁状態のままその運命を閉じたのであった。

歴史は繰り返す。オシエツキーの場合、ノーベル賞の歴史ではじめて受賞者不在で授与式典が挙行されたケースとなったが、その二十二年後、同様にパステルナーク事件が生起するに至った。サイデンステッカーが想起し、指摘したかったのはおそらくこの繰り返された「野蛮」の先例であり、そこに相通ずる「類似」であっただろう。すなわち、ナチス・ドイツとスターリニズム・ソ連という体制に共通しているのは、およそ全体主義的国家なるものが、指導者（フューラー、あるいはオーウェルによれば「ビッグ・ブラザー」）

に和し、またはこれを賛美する声、または「彼」によって承認されたメッセージ以外の「別の声」、「別のメッセージ」を恐れる本能にほかならないと言える。

「類似」はまだある。オシエツキーの場合、幾度もその機会があり、かつ彼を取り巻く友人たちから強く勧められながらも決して国外亡命の道を選択しなかったのと同様、パステルナークもまた故国ロシアの地を離れては自分の文学も生すらもありえないとしてモスクワ郊外ペレデルキノ村を離れなかった。その、いわば不退転ともいうべき選択の仕方において、両者はともに深い共通性によって響き交わしている。

＊

さて、ここで今回の〝騒動〟の火付け役ともなったサイデンステッカーについて、その一般的な履歴を簡単に振り返っておきたい。

Seidensticker, Edward G. 1921年生れ。アメリカの日本文学研究家。コロラド州デンバー市近郊で生まれ、コロラド大で英文学を修めたが、太平洋戦争で海軍の日本語学校（＊2）に入り、海兵隊付情報将校として硫黄島、ハワイを経て戦後佐世保に勤務。その後コロンビア大で国際関係論、ハーバード大で日本文学を専攻。47年外交官として再び来日したが、50年退官し東大大学院で平安朝文学を研究、『かげろふ日記』を英語に翻訳。以後教職につき、上智、スタンフォード、ミシガン、コロンビアの諸大学を歴任。その精妙鋭利な訳筆には定評があり、谷崎潤一郎の『蓼喰ふ虫』『細雪』、川端康成の『雪国』『山の音』など翻訳不可能かとも思われた難物に次々と挑んで見事に訳出。川端がノーベル賞を受けた際、「半分は訳者の手柄」とたたえたのは有名な話。批評家、エッセイストとしても一家をなし、『現代日本作家論』、《*Kafu the Scribbler*》、『東京　下町　山の手』、《*Tokyo Rising*》など、さらに75年には『源氏物語』の全

訳という難行をやりとげた。（＊3）

右記は平成二（一九九〇）年の時点で書かれたサイデンステッカーの略歴であるが（佐伯彰一執筆）、この記述から立ち上がってくるのは、日本文学の良き理解者研究者であり、かつ優れた翻訳者としての肖像であろう。特に「その精妙鋭利な訳筆には定評があり、……翻訳不可能かとも思われた難物に次々と挑んで見事に訳出、云々」という評価は、川端康成のノーベル文学賞受賞への大いなる寄与とともに特筆さるべきものとされている。ただ、そのサイデンステッカーも、ことパステルナーク問題に関しては日本ペンクラブと事を構え、敬愛する川端康成会長に宛てて抗議文を提出せざるをえなかった。

この経緯をサイデンステッカーの側から見てみよう。後年刊行した『自伝』において、彼は当時の状況を次のように回想している。

もしパステルナークがノーベル賞の受賞を許されていたとすれば、ちょうどストックホルムで授賞式に出ていたはずの時期、ソ連の三流文士が何人か来日して、日本ペンクラブが歓迎パーティーを開いていた。有名な歌手やタレントまで連れてきて、会は、歌と踊りで大いに盛り上がっていた。私は怒りで、ほとんど息がつまりそうだった。／有名な日本学者で、日本文学の翻訳も手がけたアイヴァン・モリスも、やはり同じパーティーに出ていた。彼もまた、息がつまるほどだったかどうかは知らないが、十二分に義憤を感じていることは明らかだった。その晩は、イギリス大使館でも、何の集まりだったかは忘れたけれども、何か別の会合があって、一緒に大使館まで歩きながら、何とかしなければならぬと話し合った。モリスは、父親がアメリカ人だったが、誰もが彼のことを、イギリス人だと思い込んでいたので、今のわれわれの目的には都合がよかった。われわれの行動を、アメリカ人だけの行動とは思われたくなかったからだ。／われわれは、さらにもう一人、いわゆる「青い目の外人」に参加してもらってはどうかと考えた。人選は、迷う余地はない。ヨゼフ・ロゲンドルフ神父である。ドイツ人のイエズス会士で、上智大学の教授でもあり、モリスや私と親しい間柄だったばかりでなく、日本人の間でも、大いに尊敬を集めている人物だったからである。（＊４）

なるほど。「アメリカ、イギリス、ドイツ」の三外国人連合はこうして結成されたものらしいが、見られるように、サイデンステッカーは自らの「義憤」を表明するのにいささか腐心しなければならなかった。つまり、彼はこの抗議をあくまで「アメリカ人だけの行動とは思われたくなかった」ために、旧知の外国人二人を誘ったのだが、そこには、こうした行動は一人よりも複数で行なった方が効果的であるといった以上の、彼なりの理由が存在した。すなわち、彼によれば、当時、日本の知的社会において何らかの振る舞いをしようとする場合、「アメリカ人」であることは別の困難を引き受けることでもあったからである。同じ『自伝』の中で彼は述べている。「〔東京〕大学へ通い始めて困ったのは、誰の目にも、私がアメリカ人であることが、すぐ分かったということだ。そしてアメリカは、誰にとっても敵だったのである。もし私がフランス人だったら、あれほど困ることはなかっただろう。仮にロシア人だったとすれば、困るどころか、大いに優遇されていたに違いない。」（＊５）

いささかの自嘲と皮肉をこめた彼の回想には、当時、日本の知的人士たちから注がれた棘ある視線と、さらにそれを過敏に受けとめてしまう若きアメリカ人学徒の苦衷が反映している。すなわち、一九五〇年代の左翼系知識人（あるいは当時の用語で「進歩的文化人」）隆盛期の日本において、彼がアプリオリにその身に帯びさせられたのは「アメリカ人＝文化帝国主義者」というアイコンであり、この徴を身に負いつつ彼は日本の進歩派、左翼インテリたちと何事によらず相対しなければならなかった。「一人の人間として見てもらえないのだ。なぜ、私が、これほど即座に、しかもこれほど決定的に、アメリカの帝国主義者という固定観念で片付けられねばならないのか、私には理解できなかった。」

サイデンステッカーによれば、この頃総合雑誌や大新聞など論壇の主流を占めていたのはいわゆる進歩派、社会主義信奉者たちであり、その滔々たる流れは「日本ペンクラブ」という一支流にも十分流れ込んでいたとされる。「ロシア人だったとすれば……優遇されていたに違いない」かどうかは別として――しかし日本ペンのモスクワ芸術座「優遇」騒ぎを見れば、満更笑えないジョークとしても響く――その〝流れ〟の日本ペンにおける象徴こそ「青野季吉（副会長）―松岡洋子（事務局長）体制」であった、と述べる。つまり、当時の日本ペンにおけるサイデンステッカーの「主敵」とは、専務理事高見順よりもむしろ「青野―松岡」コンビとおぼしく、特に事務局長としての松岡洋子に対する評価には極めて厳しいものがあった。「〔彼女は〕あらゆる手段を駆使して、日本ペンクラブの立場を、ソ連の主張と一致させようと試み、しかもこれに成功したのである。というのも彼女の背後には、最も影響力が大きく、かつ、ズケズケ物を言うメンバーの支持があったからだ」、「本来なら中立の立場を守るべきはずであるのに、およそ中立とは正反対の立場だった。才能もあり、頭脳明晰な女性だったが、その才能を生かすべき方向を誤っていたと思う。」（＊6）

では、会長川端康成の運営能力はどうであったのか。サイデンステッカーは言う。「川端さんも、当然、影響力は大きかったはずだが、如何せん、ズケズケ物を言う人ではなかった。」すなわち、会長川端康成は「ズケズケ物を言うメンバー」たちの上に君臨し、必要な最終段階にのみ姿を現す〝超然〟支配を敷いていたというのが彼の基本的理解であったらしい。（＊7）

ただその一方で、ほとんど孤立無援のサイデンステッカーの意思表示に理解を示し、かつ支持した少数の会員も存在した。それがすなわち平林たい子、竹山道雄らであったが、なかでも彼が尊敬し、一貫して賛辞を捧げているのが平林の存在とその勇気ある行動であった（前章で見たように、彼女はわが国において逸早くパステルナークと作品『ドクトル・ジバゴ』擁護を表明した数少ない作家の一人であった)。

そのころのペン会議では、青野副会長の発言が終わると、決まって平林さんが立ちあがり、反論した。まさしく常識を、きわめて健全、きわめて強固に体現する議論だった。日本ペンクラブがこんな煮え切らない態度を取り、表現の自由は重要であると主張しておきながら、ソ連がこの自由を無視した時には、その同じ自由が、実はさほど重要ではないなどと詭弁を弄するようでは、ペンはもはや日本の文学者を代表する資格を失い、国際機関の一員として信頼を裏切るものと言わざるをえない。表現の自由は絶対的な理念ではないと主張し、ある場所では通用しても別の場所では通用しないなどと論ずるとすれば、この理想をいちじるしく弱体化し、おそらくは致命的な打撃を加えることになるだろう。彼女はこう論じたのだが、しかしこんなふうに要約すると、まるで彼女が、長々としゃべりつづけたように聞えるかもしれない。だが、彼女はそんなことはしなかった。彼女の発言はいつでも簡潔、端的そのものだった。そして発言を終わると腰を下ろし、誰かが応答するのを待った。誰も何も言わない。あたかも青野副会長は神のごとき存在で、たとえ致命的な攻撃を加えられても、自らを弁護する必要などないとでも言わんばかりである。やがて平林さんは席を立ち、非常な威厳をもって部屋を出てゆくのだった。(＊8)

未だ発言権を有しない客員会員サイデンステッカーに代わって一人決然と反対意見を述べ、「青野―松岡」両人が露骨に敵意をあらわにしている中を、席を蹴って退室する平林たい子の姿を「さながらジャンヌ・ダルクだった」とサイデンステッカーは前出の『自伝』で回想している。

「文化帝国主義者」サイデンステッカー

さて、日本文学を深く愛し、多くの作品に「精妙鋭利な訳筆」を振るったこのアメリカ人翻訳者は、その業績から日本の知的社会に特有の場所を占めただけではなかった。彼は日本と日本文学をこよなく愛する文学愛好者である一方で、またそれゆえに日本を憂い、日本人に直言する外国人として——日本ペンに対して率直に異論を提起したように——日本社会の動向や論壇知識人たちに対して抱いた反撥や違和感を隠さなかった。彼の抱いたこの「違和感」は、むろん日本ペンのパステルナーク問題の扱いに対する反感に底流していたし、またそうであったからこそ自ら抗議文提出をリードするに至ったのは、これまで見てきた経緯によっても明らかかと思われる。

彼が終始抱いていたその「違和感」について、サイデンステッカーは当時を回想してこう言う。

サンフランシスコ講和条約の調印されたのは、一九五一（昭和二十六）年の秋、発効したのが翌年春のことである。いきなり堰を切ったように、反米的な言論の大洪水が溢れ出し、われわれ誰もが押し流されることになった。進歩派、社会主義者の天下が始まったのである。われわれのように「進歩」とか「社会主義」などを好まぬ者は、別の名前で彼らを呼んだ。「平和屋」と呼び、「文化屋」と呼んだのである。……／政治的綱領などというものは、その本来の性格からして、陳腐な決まり文句になりがちなものではあるとしても、進歩派の主張は、ことさら単純化が激しかった。つまり世界には、明確に善と悪の勢力とが存在し、日本から見て西にあたる大陸には善があり、太平洋を隔てた東では悪が支配しているというのだ。ただ単に、資本主義は悪、社会主義は善というだけではない。あらゆる悪は全て資本主義の側にあり、あらゆる善はことごとく社会主義の側にある。そればかりか、やがて社会主義は必ず勝利し、あらゆる問題は正しく解決されると主張するのだ。もし狂気というものの定義、ないしは特性が、現実とのつながりを失うということであるとするなら、こんな主張は、まさしく狂気そのものと言うほかあるまい。（＊９）

サンフランシスコ講和条約が発効したのは昭和二十七（一九五二）年四月であるが、このときを境にして「いきなり堰を切ったように、反米的な言論の大洪水が溢れ出し」たか。また、その頃論壇を主導していた〝進歩派〟の論調が本当に「あらゆる悪は資本主義の側に、あらゆる善は社会主義の側に」というものであったのか否か。ここでは、サイデンステッカーのこうした状況認識が事実としてどれほど正確であったかということより、ほかならぬ彼じしんが当時の日本の知的状況をこのように受感し、しかも「誰もが押し流される」ような被圧迫感を覚えたということに留意しておこう。すなわち、彼にとって五〇年代日本における思想風俗の特徴とは、反米論者たちによる論壇の席巻であり、そして世界を支配する〝善と悪〟をめぐる狂的議論の瀰漫なのであった。

果たしてそれを「狂気」とまで呼ぶのが妥当であるかどうかは別として、この時代、たしかに彼が指弾するところの〝進歩派〟が、ある幻想を生きていたことは事実であろう。そして、その濃淡はさまざまであったとしても、仮にそれを「社会主義幻想」と名づけるとすれば、いわゆる〝進歩派〟陣営をたぶんに蔽ったこの幻想は当時論壇をリードし、その命脈を保っていたと言っていい。ただし、ここで彼らの抱いていたその幻想を一義的に「狂気」と名づけ、箸にも棒にもかからぬものとして一蹴し去るなら、その批判者は、その幻想の幼稚を否定しえたとしても、同時に私たちの〝戦後〟をも取り逃がすと言っていいように思われる。

すなわち、サイデンステッカーが提出している対立的図式をその大枠で了解しながら、そして同時に彼の指弾する〝進歩派〟を擁護する意図を持たないとしても、しかし、彼の主張がその目標を取り逃がす印象を与えるのは、彼の手付きがひたすら事態を戯画化するに急であるようにみえるからだけではない。私たちが彼の描くところの、あられもない戦後〝論壇絵図〟に不満を抱くとすれば、そう言ってみれば身も蓋もないとはいえ、そこに「身を切る辛さ」、あるいは「敗者の悲哀」が鳴っていないからであり、そしてさらに言えばそこに日本人が獲得した「戦後」――それは何と言おうと深甚なる敗北の結果獲得したものに違いない――の意味を問う鍵が潜んでいると思われるがゆえにである。

繰り返すが、サイデンステッカーがこだわる五〇年代の日本論壇が、たしかに「反米的な言論の大洪水」や「社会主義者の天下」といった様相を呈したことを否定しようとは思わないし、また「西には善があり、東には悪がある」といったナイーヴな考えが優位であったことを承認してもよい。ただ、およそ単純化への接近は一つの陥穽でもある。そうしたナイーヴさを今日嗤うのは容易いかも知れないが、しかし彼ら〝進歩派〟が呼号した「反米」や「社会主義」は、サイデンステッカー流の絵解きより、もう少し複眼的にアプローチされるべきだろう。なぜなら、たとえそれが狂気であれ迷蒙であったとしても、それが仮りにも論壇を支配する「大洪水」の様相を呈したとするなら、それはそうした事態を招来する根拠があって「堰を切った」のであろうからである。

さて、五〇年代の日本論壇が講和条約発効と同時に「反米・親ソ」へと舵を切ったというのはおそらく正確ではない。すでにそれ以前、アメリカ占領軍は進駐直後の「解放軍」的性格を変じ、日本を冷戦構造の尖兵として位置づけんとする意図を露わにしつつあり、五〇年一月、ソ連コミンフォルムも日本共産党に対し、従来の平和革命路線批判を行っていた（当時、同党は〝進歩派〟にとって「神」に近い存在であったことを忘れてはならない。そしてその大きな倫理的拠りどころが言うまでもなく「獄中十八年」という非転向神話にほかならなかった）。さらに同年六月には朝鮮戦争が勃発し、翌月マッカーサーによる警察予備隊創設の指令、レッドパージ開始といった事態が続くなど、激化する東西冷戦の下、日本は迫り来る「戦争」の予兆の只中に置かれていた。そして、この予兆に対する怯えの内側には彼ら〝進歩派〟の良心を灼くもう一つの古傷があったと言うべきである。

言うまでもなく、戦争によって破壊されたのは物理的自然や人工物であっただけではない。そうであればただそれを再建するだけで足りただろうし、破壊から創造へ、と新生日本は明るく宣言できたことだろう。

昭和34年(1959年)　2月11日　(水曜日)　(8)

学芸

在日外人三氏の「日本ペンクラブへの抗議」をめぐる問題

〝人権に対しあいまいな立場〟

回答はしたがまだくすぶる

ペンクラブ理事会の回答（二月十日付）

中心はパステルナーク問題

外国人三氏による日本ペンに対する抗議
（『毎日新聞』昭和34年２月11日）

しかし、敗戦を経験した日本人に訪れた戦後とはたしかに「自由」であり「解放」であったが、それと同時にまた深い悲哀、屈辱や無念としても齎された。なぜなら、戦後という時空を支えていたのは、戦争を生き延びた生者だけではなく、生者に匹敵する夥しい死者であり、またその影でもあったからである。そして、戦争を通過した知識人にとって戦後が〝悔恨共同体〟（丸山眞男）とも呼ばれるのは、こうした物言わぬ死者の眼差しの下、消極的であれ積極的であれ戦争に協力したという有罪意識と向き合うことを意味していたがゆえである。

サイデンステッカーにとって不幸であったのは、彼が戦後日本の知識人と同一の地平でお互いの自由な感情を交換しあうことができなかったことにあった。それが皮相であったとはいえ、彼に対して日本人が「文化帝国主義者」なる非難を投げ付けたとすれば、そうした態度

——それが皮相であればあるほど——の裏側には、おそらく彼らの屈折した心情が篭められていたはずである。悲哀と屈辱と——すなわち「勝者」アメリカはたしかに戦後日本に新しい制度設計をもたらしたものの、その枠組みの中に、この「敗者」の内的感情が十分顧慮されたとは言い難かった。のみならず、その傷も未だ十分癒えぬうちに、再び「冷戦」という名の修羅場のその尖端に日本を導こうとしたとき、そこに日本人はひとしなみに、かつての「敵」の傲慢と無思慮とを嗅ぎ付けたのである。

だが、このとき本当に日本人が灼かれていたのは、実はもう一つの屈辱とも言うべき事態であったろう。なぜなら「この文化帝国主義者め！」という悪罵は、そのように非難し得る自由そのものが、ほかならぬその「文化帝国主義」的アメリカによってもたらされたものであり、しかもこの新たな支配者じしんはこの日本人の心理的深層に無理解であるとともに、無理解であるという自覚もないという交錯の上に成り立っていたからである。事実、サイデンステッカーも述べている。「なぜ、私が……アメリカの帝国主義者という固定観念で片付けられねばならないのか、私には理解できなかった」と。

私たちにとって〝進歩派〟批判の文脈とは、おそらくサイデンステッカーがそうしたように、彼らの掲げた旗幟や悪罵の浅薄を衝くことではない。むしろ問うべきなのはそうした表立った表徴のもたらされた来歴であり、その表現の質量でなければならない。例えばその補助線として、竹内好の次の文章をもとに考えてみたい。「日本の天皇制やファシズムについて、社会科学者の分析があるが、私たちの内部に骨がらみになっている天皇制の重みを、苦痛の実感で取り出すことに、私たちはまだまだマジメでない。ドレイの血を一滴、一滴しぼり出して、ある朝、気がついてみたら、自分が自由な人間になっていた、というような方向での努力が足りない。それが八・一五の意味を、歴史のなかで定着させることをさまたげている。」（＊10）

ここで取り出すべきとされる「苦痛の実感」とは、昭和二十年の敗戦の日のことであって、竹内好はこの「八・一五」を「民族の屈辱でもあり、私自身の屈辱でもある」と述べている。そして、それがたとえ「かぼそい声」であったとしても、人民政府樹立の声一つなく、また政治犯釈放の要求も自主的に出たものではなかったこと、要するに彼じしんも含めた多くがこの日を「アホウのように腑抜けて迎えた」ことがたまらなくはずかしい、と告白している。彼にとって「八・一五の意味」とは、先ずこのたまらない恥ずかしさに向かい合うことであり、そして自ら「血を一滴、一滴しぼり出して」、彼の言葉でいう「ドレイ」から「自由な人間」へ向わんとする努力以外のものではなかった。

私たちにとって戦後を問うとは、「わが身を切る」苦衷の底から言葉を発することであり、自己の責任の所在を明確にするという姿勢によってはじめてその端緒に立つ、ある意志的行為でなければならなかった。昭和二十八（一九五三）年の時点で書かれた竹内の一文の、そこで鳴っている「脱ドレイの精神」こそ、当時、わが国論壇を席巻していた〝進歩派〟の面々を撃つとともに、彼らの使用する言葉の質量を問うものであったと言えよう。私たちはここに「わが屈辱」に立ち止まることによって、日本の戦後――決して自力で獲ち取ったものでなく、外部からもたらされたところの「恩恵」としての戦後――を生きるべき「作法」ともいうべきあり方を見る。すなわち、五〇年代の日本論壇を俎上に載せようとするとき、この「屈辱」を通した作法を離れたところに描かれる戯画など、アメリカ人翻訳者には許されても私たちには許されていなかったと言うべきだからである。

雨と雲と花と

さて、サイデンステッカーと戦後日本の「すれ違い」にもう少しこだわってみたい。

例えば、昭和三十九（一九六四）年に開催された東京オリンピックに際し、その「聖火リレー」ランナーについて彼は述べている。

聖火リレーの最終ランナーが決まったというニュースを聞いた。聖火を掲げてスタジアムに入る走者には、原爆の投下された当日、広島に生れた若者が選ばれたという。私は時事通信社の社長、長谷川才次さんに言ったのだ、この決定は、いかにも悪趣味であると。……つまり、アメリカでオリンピックが開かれた場合、原爆の日に生れた広島の青年に相当する走者を選ぶとすれば、真珠湾攻撃の当日、ホノルルに生れた人物が選ばれ、ロサンゼルスかアトランタのオリンピック・スタジアムに、聖火を掲げて入場するということになるだろうと。もっとも、真珠湾攻撃の当日生れた人であれば、聖火を掲げて長い階段を駆け登るなどという芸当をするには、少々齢を取りすぎているかもしれないのだが。（＊11）

なぜかここにまた「長谷川才次」が登場しているが、ここで今特に「オリンピック」の位置づけや意味論を展開したいわけではない。ただ、ヒトラーのベルリン・オリンピック以来、現代のオリンピックなるものが四年に一度開催されるという機会を利用して、そのときどきの「政治」や「国益」の影を濃厚に帯び（させられ）ていることは周知の事実である。つまり、ノーベル文学賞や平和賞が「政治的」であると言われる度合いをはるかに超えて、今日オリンピックが地球レベルの「政治」であり国家的な祭典として意味づけられている以上、その国家意志がかかわる「聖火リレー」や「聖火ランナー」なるシステムも、当該開催国（都市）の「期待されるイメージ」や「世界に発信したいメッセージ」を身にまとって登場して来ていることもまた言うまでもない。

そのことの是非は別として、今サイデンステッカーの指摘にこだわるのは、彼の言う、東京オリンピック聖火リレーの「最終ランナー」に関する指摘がその的を射抜いていないように思われるからにほかならない。

要するに、彼が戦後日本をいささか皮相に斬ったように、彼の見ているものと、私たちが見ているものは同じではないのではないか。果たして彼がここで真面目に皮肉っているように、東京オリンピックの聖火最終ランナーが「原爆の投下された当日、広島に生れた若者」であるならば、アメリカのそれの場合は「真珠湾攻撃の当日、ホノルルに生れた人物」が相応しいのか。つまり、両者はそのような対抗関係として等置さるべきものなのか。何故なら、ここで彼は東京オリンピックの聖火最終ランナーを明らかに「反米」のシンボルとみなしており、したがってそうした「悪趣味」に対抗するには「反日」のシンボルが相応しいと示唆しているように見えるからである。

東京オリンピックの聖火最終ランナーが原爆投下の日に生れた広島の若者であり（海外でも〝アトミック・ボーイ〟として知られた存在であったらしい）、その起用意図が「反米」的なものであったのかどうか。百歩譲ってもしそうだとしても、それはかなり希薄なものであり、ましてその対抗シンボルとして「リメンバー・パールハーバー」を喚び起こすほどの意味が装填されていたとは断定し難いのではないか。もし、そうであるならば、言うまでもなく「昭和十六年十二月八日生れの日本の若者」こそが、彼の言う「真珠湾」に対抗するところの日本人ランナーでなければならない。つまり、ここでサイデンステッカーは戦後日本を二重に取り違えているように見える。すなわち、東京オリンピックの聖火最終ランナーが託されたところのシンボルと、「彼」が負っているバックグラウンドという、その二つの視座において。

国家的行事としてのオリンピックを格別賛美しようとは思わないし、またすべきとも思わないが、当時を記憶している筆者の実感としても、この最終ランナーに象徴されていたイメージをあえて名づけるとすれば、それは「平和」ないし「不戦」、または「復興」ないし「成長」ではあっても、「反米」あるいは「反ヤンキー」という意図を体していたとは考えにくい。なぜなら、「原爆投下の日」とは、広島の生きとし生けるものすべてが灰燼に帰した日であることを超えて、大日本帝国とその戦争権力が潰滅したことの自己確認の日ではあっても、「アメリカ何するものぞ」という好戦的決意とはおよそそのベクトルを異にすると思われるからである。

ここで同大会を準備した当事者の意図を一応確認しておこう。

> 私は東京大会の準備を始めるに際し、二つの柱を立てた。一つはアジア全体のオリンピックであって、東京はその選手として、開催地たる光栄を担うということ、いま一つは原爆唯一の被害国として、政治的、思想的の問題を離れ、原爆のない世界平和への祈り、この二つを如何にあらわすかにあった。アジア各国の青少年に聖火リレーのトーチを持って走ってもらったことで、東京大会開催の重要な役割を担ってもらうことが出来た。しかも、その最後の走者の坂井君が、原爆投下の日に広島県下で生れた青年であることが象徴的であった。坂井君が最終ランナーであることがアメリカに悪感情を与えるとの批判も一部にあったようだが、われわれが憎むのはアメリカではなく、原爆そのものである。アメリカでもソ連でも中国でも原爆はやめてもらわなければならない（田畑政治）。（＊12 傍点、引用者）

べつに当事者がこう述べているからと言ってそれをそのまま論拠にしようというのではないし、「原爆唯一の被害国として、政治的、思想的の問題を離れ……」云々という紋切り型言辞も気に入らないが、ただ、少なくとも公けにはここに「反米」的な意図は極めて希薄であったことは窺えるだろう。つまりプランナーの真の意図はどうであれ、このランナーに託されていたのは、これを一般的に言えば、明らかに「復讐」ではなくて「復活」の、「再生」の物語なのであったと思える。東京オリンピックとは、これを公平に見れば戦後日本復興の、その確認の祭典であり、そうであるとすれば、つまりこの「最終ランナー」がその身体に負っていたものは、言わば「敗者の悲哀」を振り払いつつ、同時にそこから再出発せんとする身振りにほかならなかった。少なくとも「彼」を見た多くの日本人の率直な感想とはそういうものであって、そこにもっぱら「アメリカ憎し」といった復讐心を託そうとしていたのではなかったと思われる。

繰り返すが、ここでサイデンステッカーの「聖火ランナー」解釈に異見を差し挟んだのは、日本国家の側に同調したり、その意図に賛同しようというのではない。むしろ、オリンピックという国家的行事が、敗戦から立ち直り、〝平和愛好〟を旗幟としつつ高度経済成長に向って進むという、戦後日本の姿勢にとって恰好のステップであったことは、すなわち、この頃から国家じしんが「敗者の悲哀」を忘れ、その地平から離脱しようとしつつあったことを意味するからである。

＊

サイデンステッカーにとって、要するに「日本」とは何であったのか。たしかに彼は日本を深く愛し、そして彼を愛する日本の友人知人も多く存在した。それは高名な作家や知識人にとどまらない。彼は「荷風のように」、東京の下町に住み、そこに住む人びとの生活に親しんだが、この、「愛しつつ、愛せない」日本と、しかしそこに住み続けることを選択した異邦人としての自己という矛盾を終生貫いたとも言える。

晩年彼が著したエッセイ集に『好きな日本好きになれない日本』（廣済堂出版、一九九八年）があり、ここで文字通り彼は、彼にとって二様に現われる日本の間に立っている。ちなみに同書の英文タイトルは〝*Lovable Japan, Less Lovable Japan*〟であるが、その「あとがき」で述べている。「『好きになれない』と『嫌い』はほぼ同じことを意味しているというものの、違うものだと思います。二つの言葉のあいだには〝dislike〟と〝hate〟とのあいだほどの距離があるように感じます」と述べて、その距離感の微妙を自己解説している。日本に限りない愛着を感じ、その中心へ接近してゆくと、その一方で自分を拒否する日本が現われる。ただしそれは「嫌い」ではなく、「好きでない」、「好きになれない」という語感が相応しい、と。

つまり、サイデンステッカーが「好きな」日本とは、要するに永井荷風、谷崎潤一郎、川端康成に代表される日本文学、そしてそこに映し出される日本（特に東京、下町）とそこに必死に生きる庶民の風情であり、逆に「好きになれない」のは、そうした本来の姿を忘れ、いたずらに新奇や華美にうつつを抜かして他人の足を引っ張りたがる閉鎖的な日本（人）である。さらにその彼には『日本との50年戦争』という物騒なタイトルの著書も存在する。

と、ここまで書いてきて、しかしそのサイデンステッカーじしん、この著書に収められた最後のエッセイの中で、日本のある碩学の次のような言葉を引いているのを読んで、彼じしんすでに自分の立ち位置を十分相対化する視点を有しているらしいことを知り、いささか認識を新たにしたのである。

「――われわれ〔アメリカ人〕は、アジアも、ヨーロッパも、善意で援助しているのに、なぜわれわれは、至るところで不評なのであろうか。」／そう私に問いかけた人は、一人にとどまらなかった。私ははっきりした答えを、そのときは差し控えたが、原因は案外簡単なところにあるかも知れない。すなわち、花に乏しいと共に雨と雲に乏しい国に住む人の自信が、そうでない国々、というのはあまりにも多くの雨と雲を、そうして何がしかの花を、歴史の上にも風土の上にも持つ国々であるが、そうした国々の心理の理解を困難にしているということはないか。そうして反撥ばかりを招いているのではないか。中央アジアの国々が漢を知ることがむずかしかったように、漢が中央アジアの国々を知ることも、容易でない。／もしそうであるとするならば、懐疑と不安の増加は、この幸福な国を更にかえって幸福にするものであるかも知れない。（＊13）

これは中国文学者吉川幸次郎の文章であるが、サイデンステッカーのあるエッセイ（＊14）の末尾にいささか唐突に引用されている。そのエッセイでサイデンステッカーは、「黒い目（日本人）」によって見られ、そして書かれた戦前戦後の多くのアメリカ印象記、見聞記類を俎上にのせ、そしてそこに「無数のナンセンス・コメディーと、無数の無知の証拠」を見出している。むろんそれはお互い様であって、その相互無理解の頂点がいわば日米開戦であったとも言えようが、鋭敏なサイデンステッカーは戦後アメリカを訪れた日本人に依然として存在する〝理解拒否癖〟とも言うべきバリアーを嗅ぎ付ける。そして、そうした不幸な出会いの中で彼が目にした右記吉川のアメリカ旅行記は一種の「救い」でもあった。

「われわれは、アジアも、ヨーロッパも、善意で援助しているのに、なぜわれわれは、至るところで不評なのであろうか」――誤解してはならないが、あるアメリカ人が発しているこの自問は、グローバリズムが地球上を覆う現今のものではない。吉川幸次郎がアメリカを訪れた一九五四年（半世紀以上も前！）の時点のものである。そして、彼があるアメリカ人から突きつけられたこの問いかけは、おそらくサイデンステッカーじしんのものでもあった。

昭和二十九年四月、五十一歳の吉川幸次郎は米国務省から招かれてアメリカ大陸に渡り、およそ三ヶ月半、広大な同大陸の各地を回る体験をもった。すなわち、「東は東海岸のボストン、北はカナダとの国境であるナイアガラから南はミシシッピーの河口であるニュー・オルリーンズ、西は西海岸のシアトル、サンフランシスコまで」を巡り、その間、カリフォルニア大学から始まり、全米の多くの大学を訪れた。その慌しいスケジュールにおいて、彼は先ず広大なアメリカ大陸の、何事によらず「物があるとなれば、べらぼうにある」その物量の壮大さに圧倒される。

「皮相な旅行者」を自認する吉川は、眼前に展開する広大な自然を眺めつつ、彼にとって親しい中国、特に漢帝国のありようとさまざまな比較を試み、その類似性に思いを馳せる。いわく「地大物博。それは漢帝国についての真実であると共に、この国についても真実である。」漢の武帝が建てた長安の飛廉桂館をはじめとする多くの高楼は、ここニューヨークに林立する摩天楼の光景と相通じていないか。そして、量の文化とはまた列挙の文化であり、量への愛好は力への愛好である……。そしてこの碩学はさらに次のように指摘することを忘れない。「こうした量、列挙、力への愛好が、積極的な精神の所産であると共に、懐疑の精神とは縁遠いという点でも、アメリカはたぶん漢と似ている。……懐疑の精神が生れるには、悲哀の歴史の堆積が、必要である。漢の時代は、後世の中国ほどには、悲哀の歴史が堆積されていない時代であった」と。そうして懐疑の希薄な時代の人びとは総じて「幸福の追求に懸命である」とも付け加えている（このエッセイは、雑誌初出時、「悲哀の歴史なき国」というタイトルであった）。

そして、ここから旅行者吉川幸次郎は、アメリカ人の発する問い、「何故われわれは、善意にもかかわらず至るところで不評なのであるか」に対する先の一つの答えにたどり着くのである。

「皮相な旅行者」の結論とはいえ、「雨と雲と花」とは、しかしまた何と優美な切り口であることか。もし雨や雲が少なければ「弟を憶うて雲を看つつ白日に眠る」、「玉蟲の浮雲は古今に変ず」といった杜甫の抱いた感慨は理解しにくいだろうし、たとえ草花は咲き乱れても樹木の花が少なければ「落花の美」の感懐に打たれることもまた尠いはずである。優劣ではない。また高低を言うのでもない。ただ地勢と、そこに生きる民族の歴史の展開が必然ならしめたところの差異に着目し、「かく単にその歴史が悲哀に乏しいばかりでなく、自然もまた悲哀を教えることの少ない自然であるとすれば、そうした環境のなかにいるこの国の人人は、漢の人人にもまして、幸福の追求に熱心なのは当然である。」（＊15）

悲哀という感情に遠く、またそうした歴史的堆積にも乏しい富強の国アメリカで、人びとはよりいっそう幸福の追求に熱心となる。そして、富強であり、富強であるがゆえの幸福追及という焦迫がこの国をどのような場所にまで押しやってきたか、その今日的到達点をわれわれは現在目撃していると言えるが、「この文章の発表されたのは、朝鮮戦争とマッカーシー旋風が去った後、しかもヴェトナム戦争と、ドル危機と、慢性的な人種抗争の始まる前の、あの幸福な一時期のことだった。十年後の今これを読むとき、吉川博士の結論には、予言的な意味の宿っていたことを思い知って胸を打たれるのである」というサイデンステッカーの言葉を今は確認しておくにとどめよう。（＊16）

サイデンステッカーの生れ故郷であるコロラド州の地が果たしてどれほど季節感に富む場所か詳らかにしないが、少なくともここには「花と雲と雨」という角度からの批評を受け止めながら、アメリカという大地の胚胎する〝痛み〟に思いを馳せ、自己の出自を反省的に振り返らんとする一人のアメリカ人＝文学者が立っている。

＊

ただ、パステルナーク問題を契機とした紛糾の余波はまだまだ収まらず、引き続きさらに第二幕、第三幕が続くことになる。

＊1　加藤善夫『カール・フォン・オシエツキーの生涯——ドイツ・ワイマル時代の政治的ジャーナリスト』晃洋書房、一九九六年。

＊2　US Navy Japanese/Oriental Language School. 一九四二年、コロラド州ボルダー市にアメリカ軍部によって開設された。日本語の習得だけでなく、日本人の生活や軍隊の解明に取り組み、一〇〇〇人以上が卒業したと言われる。この学校からはドナルド・キーン、オーティス・ケーリらも巣立っている。

＊3　『[現代日本]朝日人物事典』朝日新聞社、一九九〇年。

＊4　サイデンステッカー『流れゆく日々——サイデンステッカー自伝』安西徹雄訳、時事通信社、二〇〇四年。ただし、ここの記述には若干の記憶違いがある。これまで見てきたように、この日開催されていたのは「歓迎パー

ティー」ではなく、正確には「例会後の忘年会」であり、招かれて出席したのは「ソ連の三流文士」ではなく「モスクワ芸術座の座員」である。

＊5　同前。

＊6　同前。

＊7　その後、松岡洋子事務局長を解任した川端会長の〝勇断〟をサイデンステッカーは高く評価している。「ついにある日、川端さんは、実に明確、決然と、自らの立場を明らかにした。そしてこれが、その後の議論の方向を決定する転換点となったのだった」（サイデンステッカー）。

＊8　サイデンステッカー「平林たい子さんの思い出」、『日本との50年戦争――ひと・くに・ことば』安西徹雄訳、朝日新聞社、一九九四年。

＊9　サイデンステッカー『流れゆく日々――サイデンステッカー自伝』。

＊10　竹内好「屈辱の事件」、『世界』一九五三年八月号（『日本と中国のあいだ』文藝春秋、一九七二年、所収）。

＊11　サイデンステッカー、前出書。

＊12　ベースボール・マガジン社編『人間田畑政治』ベースボール・マガジン社、一九八五年。

＊13　吉川幸次郎「アメリカと漢帝国」、『文藝春秋』一九五四年十月号（『西洋のなかの東洋』一九五五年十一月、文藝春秋新社、所収）。

＊14　サイデンステッカー「黒い目で見たアメリカ」、『異形の小説』安西徹雄訳、南窓社、一九七二年、所収。

＊15　吉川幸次郎、前出書。

＊16　サイデンステッカー、前出書。

第5章 「文士」と政治

——高見 順（1）

家にしあれ旅にしあれ
人生の目的は——すべてを生き抜きすべてを通過すること
立ち止まらず続く道の屈曲部が
遠景を生き生きとさせるのと同じこと

パステルナーク「道」

高見順の怒り

さて、サイデンステッカーら外国人会員による一連の抗議は、進歩派陣営の「一支流」にして仲良しクラブ志向の日本ペンクラブを確かに揺さぶった。サイデンステッカーじしんはその〝主敵〟をもっぱら「青野―松岡体制」と認識していたとおぼしいが、しかしこれまで見たように、むしろ事態の流れを主導したのは同クラブの専務理事高見順であり、その意味で〝騒動〟の全過程で彼の果たした役割こそ忘れてはならない(*1)。そして、昭和三十三年二月、立野信之の後をうけて専務理事職に就任し、会長川端康成の全幅の信頼を得て日本ペンを仕切っていた高見順にとって、サイデンステッカーらの一連の行為は、自分および日本ペンへの甚だしい侮辱と映ったらしい。この二年後、彼は自分の『日記』に次のように書きつけている。

昭和三十六(一九六一)年一月九日

北村喜八氏〔演劇評論家。元日本ペンクラブ評議員〕の告別式でサイデンスティッカーに会った。怒りが胸に燃えあがった。(この男は、ほんとにスパイなのではないか。こういう男が日本文学の理解者、翻訳者として通っていることはアメリカのためにも悲しむべきことである。)/日本ペンクラブは「政治的偏向」を犯しているという挑発的な手紙を彼は私に送ってきた。(国際書記局のカーバー〔デヴィッド・カーバーは当時国際ペンクラブ書記局長〕に彼はそのコピーを送った。)それに私は返事を出さなかった。/川端会長に今度は詰問状を送った。私は断じてこの男に返事は書かぬ!(*2)

伊藤整によって「書き魔」とも評された高見順の『日記』には、思索的なスケッチや備忘メモの如きものがある一方、間歇的に現れる感情的な怒りや愚痴、またしばしば現われる身体的不調への苛立ちなどが書かれているが、ここはそうした自分の感情がそのまま投げ出されている一例である。見られるように、ここで彼の怒りは露わである。ただ、その記述には若干の思い違いも混じっていると思わざるをえない。すなわち、それが「挑発的」であったかどうかは別として、日本ペンクラブが「政治的偏向」を犯していると非難したのは、その後引き続いて登場したアーサー・ケストラーであってサイデンステッカーではない。前章で見たようにサイデンステッカーらは「作家の人権に敏感でなければならない」と主張したのである。また、サイデンステッカーらの抗議に対して「返事を出さなかった」というのも妙で、「日本ペンクラブ会長」に宛てて提出された「抗議文」に対して、高見順は日本ペン理事会に諮った上で三氏に宛てて正式に回答している。ところで、ここに現われている高見順の怒りはその後も持続し、さらにその三年半後の『日記』にも次のような記述が見られる。

昭和三十九（一九六四）年九月二日

サイデンステティッカーが、今度のオリンピックの聖火保持最終走者に「原爆の子」を日本が選んだのは「不愉快である」と言っている。「政治的だ」と言っている。ペン・クラブで彼に悩まされたときのこと（いわゆるケストナー《ママ》問題のことをさす）を思い出す。日本の小説のアメリカ訳にかけては、彼は一番だという定評だが、こういう男に日本小説のアメリカ訳の選定をされているとは実に「不愉快」であり、日本文学のために不幸なことである。（＊3）

サイデンステッカーの東京オリンピック「最終聖火ランナー」に対する見解については前章で触れたので

措くとして、『日記』に見られる高見順のサイデンステッカーに対するこのような感情の噴出をどう理解すべきか。（単なる誤植なのか、ここで「ケストナー問題」と編者中村真一郎が註しているのはもちろん「ケストラー問題」が正しい。）すなわち、ここに露わになっている高見順のサイデンステッカーに向けられた怒りとは、つまるところパステルナーク問題に際して、じしんが苦労してまとめ上げた結論（「申合せ」）を、一介の外国人風情に否定され、じしんが意図するペンクラブの運営方針（みんなで仲良く）に激しい異議申し立てを食らったということにあるだろう。

言うなればここでサイデンステッカーとは、高見順にとって、書生っぽい「原則論」をふりまわす未熟者であり、のみならず彼が丹精して造り上げた花園に闖入してこれを撹乱した許しがたい部外者にほかならなかった。そして、見られるとおり、燃えあがった怒りの炎は、サイデンステッカーの日本文学理解者、翻訳者としての資質にまで及び、彼に翻訳を託さねばならないこと自体「悲しむべきこと」であり「不幸なこと」であるとまで増幅されている。

もともと高見順という作家は、他者に対して気を配る感情の細やかさで知られる一方、突発的に怒りを爆発させる「癇癪の人」として文壇でも有名であったらしい。その爆発現場を目撃した〝証言〟は枚挙に遑がないが、その激発とは、例えば「人よりずば抜けて細かく気を使う人だから、人より数倍癇にさわることがあるのかもしれず、それが蓄積され、A（不愉快量）がB（堪忍袋の容量）の百倍にもなって癇癪玉が破裂する」と評されるていのものであったらしい（＊4）。文芸雑誌編集者大久保房男のこの見立てに従えば、高見順におけるこの癇癪数式「B－A」において、「B」がプラスで保たれている限り、彼は溢れるサービス精神を振り撒く寛容この上ない紳士であり続けたと思われるが、しかし『日記』における該当部分を読む限り、「事件」後すでに相当な時間が経過しているにもかかわらず、その経緯がもたらした怒りは許容量を超えた不快としてくすぶっていたらしいことが伺われる。（＊5）

ただ、たとえサイデンステッカーの振る舞いが「人より数倍癇にさわ」ったとしても、彼に対する高見順の「この男は」、「こういう男が」、「こういう男に」といった蔑んだ物言いにはやはり立ち止まらざるをえない。そして、「この男は、ほんとにスパイなのではないか」という口吻には、たんなる捨て台詞以上の毒々しさすら覚える。高見のこの言辞の出所は、当時サイデンステッカーに関して流されたらしい風評（「文化帝国主義者」、「ＣＩＡのスパイ」など）にあったのであろうが、しかしこの物言いには、どこか彼の癇癪数式にそぐわない別の感情が見え隠れしているようにも思われる。そして、私たちがここに見るのは、高見順が「敵」を前にしたとき、われ知らずかつて覚えた左翼隠語を口走り、かつその「効能」に身を任せているチープな身振りである。そして、さらに言うならば、この身振りはいかにも高見順らしく、また高見順らしくない。（＊６）

もとより生死を懸けた政治闘争内部における「スパイ」の必然性を否定しようとは思わないし、その役割のリアリティを認めないわけでもない。全くの門外漢であることを前提で言えば、「スパイ」とは、いわば敵味方が闘争している尖端部分において不可避的に要請される機能であって、「情報」に還元された領域に生きる「影」ともいうべき存在であろう。国家の転覆を謀り、そのために挺身する党派が当該国家権力によって厳しく弾圧されるとき、その党派は自己を防衛するため自らを鎧うことを強いられる。そして、その鎧う行為は必然的に内部の〝浄化〟を招来するが、外部からの圧力によって当該組織が追い込まれれば追い込まれるほど、やがてその浄化行為そのものが自己目的と化してゆくディメンジョンをその党派にもたらす。

今日私たちが知っているのは、閉鎖的政治党派におけるひたすらな浄化の情熱が、運動全体を醇化するよりもむしろ貶めることに、また「敵」を摘発するよりもむしろ「敵」を生み出すことに貢献してきた歴史である。すなわち、ここで〝浄化〟は不断の内的脅迫となり、知られるように「密告」、「裏切り」、「査問」、「リンチ」といったカルチャーを繁茂せしめることによって運動自体を浸潤し、ひいては同志相討つ奈落的世界を押し開いたのであった。高見順が、戦前の若き日、非合法の左翼活動に身を投じ、そこで深刻な体験を経て脱落、転向した経歴を有していることは知られているが、その彼が戦後日本の治安維持法なき〝泰平な〟日常の中で「敵」と遭遇したとき、思わず「スパイ」という言葉を口走ったことは、かつて彼の精神世界を浸潤した情熱の、その残滓を暗示しているように思える。

もともと高見順の文学とは、左翼運動からの転向体験と、じしんの家庭的不遇や妻の出奔にまつわる脱落感を同時代インテリの懊悩に変奏し、それを自虐的とも言える饒舌な文体によって描くことから出発した。そして、その試みの「成功」は、後に昭和十年代を「高見順の時代」(中島健蔵)とも称される事態をもたらしたのだったが、そうした営為が、自ら身を投じた非合法活動において呑んだ〝毒〟と、そこから脱落したことの〝罪〟を時代の絵図としてよく描きえたところにあったのであれば、彼が口走った「スパイ」の、その由縁についてももう少し見ておく必要があろう。

「年譜」によれば――高見順は、明治四十(一九〇七)年、福井県生れ。若くして白樺派、新感覚派に傾倒し、続いてアナーキズム、築地小劇場などにも惹かれていく。東京帝大に入学後の昭和三年、ナップ(全日本無産者芸術連盟)に加入し、同時に大学内の左翼派同人雑誌にも参加する。そして小説を書くかたわら非合法活動にも投じ、城南支区のキャップや日本金属労働組合の工場実践運動のオルグとして活動するも、昭和七年十一月、治安維持法違反により大森の自宅で逮捕され、大森署に留置される。翌年、小林多喜二虐殺にもかかわったと称する本庁の担当刑事によって取り調べを受け、拷問を含む長期留置の果てに「転向」を表明、起訴留保で釈放とされている(*7)。以後、デカダン生活の中で自ら負った脱落の疚しさと妻の出奔という痛手を作品化する道を歩み出し、昭和十年以後、「故旧忘れ得べき」、「起承転々」、「菊坂ルムペン会」、「嗚呼いやなことだ」、「如何なる星の下に」などのいわゆる〝ゲロ吐き小説〟によって転向左翼の苦悩を描き出す一方、「描写のうしろに寝ていられない」、「文学非力説」などの刺激的な評論をも発表していくが、そうした旺盛な作家活動も、特高刑事がしばしば訪れる重圧的な空気の下でなされなければならなかった。作家高見順が「嗚呼いやなことだ」（昭和十一年）や「虚実」（同年）といった小説で描いたのは、昭和八年の小畑達夫死亡事件に見られるようなスパイ容疑者査問を背景とした共産党内部の頽廃と、その頽廃によって翻弄される青年たちの暗い絶望感とデカダンスであった。そして、そこに登場する人物は、いわばいずれも幾分かずつ高見順の分身であるがゆえに、それは彼が満腔の愛惜をこめて刻んだ墓碑銘であったとも言えよう。青春の一時期、彼が身を置いた闇のような世界――もっぱら「敵か味方か」によって色分けされ、味方の中に敵があり、敵の中にも味方が存在したところの世界――について、後年、彼じしんは、べらんめえ調に任せて次のように述べたことがある。

おれは、はじめ、道のないところへはいりこんだんですよ。アナさ。アナキズムだよ。そのうち、これではいけないと気がついて、ボルへ行ったんだ。ナタ一つ持たずにやぶの中へ飛びこんだんだよ。これじゃあ、堂々めぐりで、動きがとれなくなると気がついて、ボリシェビズムにはいりこんだのさ。もちろん往来とはちがいますよ。やぶの中には、落とし穴がいっぱいあって、それを掘ったのが敵だか味方だかわからねえんだよ。（＊８）

「奴は敵だ、敵を殺せ」というスローガンこそ政治の核心的願望の形であると述べたのは、やはり戦前農民運動に挺身した埴谷雄高であるが、今、「奴はスパイではないか」という高見順の『日記』のくだりに仄見えているのは、そう言ってよければ、この「敵」を排したいという願望に見合う感情のいかにも〝低い鞍部〟であるように思われる。先に高見順らしく、かつ高見順らしくないと述べたのは、じしんが体質的に直ちには呑み込み得ない異論を文学外の言葉で否定にかかる小陰謀家風の仕草に、私たちは、かつて彼が同時代の苦悩を共感的に描き出した作家の真骨頂と、にもかかわらず自ら体験した「敵」や「スパイ」に対する苦いトラウマの支配に身を任せている姿をここに見る思いがするからである。

この、日本ペンクラブの要職にあって職務に勤しむ日々は、折りしも高見順にとって宿願であった大作「激流」(三部作)や「いやな感じ」などの執筆をすすめながら、自己の青春と昭和という時代に向き合う日々でもあった。

「曖昧」の向こう側

さて、パステルナーク問題をめぐる日本ペンクラブ内部の騒動を振り返る過程で、私たちは高見順が『日記』に洩らした激情の、その噴出の異様に立ち止まったがゆえに、彼の感情のわだかまるゆえんについて憶測を逞しくしたのだったが、その憶測は必然的に戦前彼が陥った「やぶの中」へ、そしてそこで味わったであろう辛酸の追尋に至ったのであった。

ところで、ここでこれまで見てきた「糾弾するサイデンステッカー」対「応酬する高見順」という構図の流れを整理する意味で〝騒動〟の経過をあらためて確認しておきたい。

▽昭和三十三年

十一月十日　日本ペン臨時総会においてパステルナーク問題に対する「申合せ」採択(ただし、主要議題であった「警職法改定反対声明」が承認された後、閉会近くなって平林たい子、高橋健二らが「パステルナーク問題」も討議すべきではないかと提案したことによって)。

十二月十日　日本ペン例会開催（引き続き開催された忘年会に来日中のモスクワ芸術座員が招待される。彼らの入退場の際、「拍手要請」などあり。同日、ストックホルムでノーベル賞授賞式典行われる）。

十二月十三日　サイデンステッカーら外国人会員三氏、川端康成会長宛に抗議文を提出。

▽**昭和三十四年**

一月十六日　日本ペン理事会・総会が開催され、前記抗議文に対する対応を協議。

一月三十日　日本ペン、外国人会員三氏の抗議文に回答。

要旨①すでに国際ペンからソ連作家同盟に対してパステルナーク氏が創造的自由を保持できるよう保護してほしいと申し入れてあるので、改めて日本ペンが同作家同盟に強く抗議することは疑問であった。②『ドクトル・ジバゴ』は未だ日本で刊行されていない。③ペン例会は会員以外にも開放されており、モスクワ芸術座の俳優を迎えたのは異例ではない。当日出席者に拍手と起立を要請したのは出迎えのジェスチャーに過ぎない。

二月九日　外国人会員三氏、前記回答に納得できないとして理事会および会長に再抗議文を提出。

要旨①政治的動機による作家の自由侵害には必ずしもその作家の作品を知ることが前提にはならない。②暴圧への反発が強ければ強いほど全体主義国家が世界の世論の前に叩頭する状勢が増大する。

さて〝騒動〟の発端として日本ペンの採択した「申合せ」が先ずあり、その理由として「申合せ」の内容がいささか「奇妙」であったこと、そしてその「奇妙」がもたらした波紋についてはすでに述べた。つまり、そこには、その「申合せ」文なるものが極力文言を惜しんでいる上、果して「誰に」「何を」伝えたいのかが不分明な一種独特の曖昧体であることにあった。「今回のパステルナーク問題は文学の表現および発表に関する注目すべき事柄と思う。これが国際的な政治問題として利用されることにわれわれは強く反対するものだが、純粋な文学的かつ言論的な問題としてパステルナーク事件を遺憾なことと思う」という、いかにも言葉一つ、句読点一つにも配慮が行き届いている文章でありながら、しかし各段落の切れ目から発生する曖昧な霧のために、全体としての意図が霞んでいるのではないかという懸念から〝事態〟は動き出したのだった。

ここでサイデンステッカーらとの応酬の中で高見順がしばしば使った「原則」なるタームを想起しよう。すなわち彼は、「原則論でいえばサイデンステッカー氏やモリス氏の言うとおりかもしれないが、原則論ばかりふりまわすことがいいかどうか」と述べて、外国人三氏の主張を〝青臭い書生論〟として否定し、暗に自分たち（日本ペン）は別の原則、つまり「原則論ばかりふりまわさない原則」に拠るという立場を示して見せた。そして、その位置から「それがどこで行われようと、言論の自由を圧迫する行為に対しては、闘う決意をもっているものでありますが、その方法については従来通り、慎重でありたいと考えております」（一月三十日回答文より。傍点、引用者）という主張を固持したのだが、謂うところの「闘う決意」が単なるレトリックでないとすれば、その原則が「言論の自由を圧迫する行為」に対してどれほどのものであったか、その射程について見ておく必要があるだろう。

例えば、イグナチオ・シローネ（元イタリア共産党員）は事件に関してこう述べている（第1章で紹介したように、彼はパステルナークがフルシチョフに宛てて書いた〝悔悟〟の手紙そのものの信憑性を疑った）。

われわれのなすべきことは、われわれの抗議に、効果と重みを加えるために、あらゆる合法的手段を講ずることである。自由人の世界的社会こそが真実であることを示し、いかなる暴君といえども、その社会のモラルの力を無視することの不可能さを示すことである。（『読売新聞』一九五九年二月十日夕刊、「海外文学便り」。傍点、引用者）

そう言ってよければ、かくの如き姿勢を「闘う決意」の表明というのではないか。ここで問題の構造は端的に「自由人対暴君」のそれであり、問われている核心は「真実とモラル」であると真っ直ぐに主張されている。同紙（『読売新聞』）は「事件」に対するシローネの発言をこのように伝えるとともに、イタリアの作家組合がソ連作家同盟に打電した次のような抗議文も併せて報道している。「イタリアの作家組合は、パステルナークの直面した問題に関して、貴同盟のとられた処置に対し、驚きと抗議とを表明する。かかる処置は、疑いもなく、作家の職能上の権威を傷つけるものであり、ナポリにおける国際作家会議において、満場一致で採択された決議——これは貴国の作家によっても承認された——に反するものである。云々」（同右）

川端康成と高見順（昭和35年頃）
（『現代日本文学アルバム・川端康成』学習研究社、昭和48年）

こうした主張の間に日本ペンの曖昧模糊体を置いてみるとき、その違いは一目瞭然たるもののように見える。むろん「曖昧」イコール「悪」ではないし、また「曖昧」であるゆえに意思表示として欠格ないし不十分であると言いたいわけではない。言うまでもなく曖昧や韜晦は、それ自体一つの自己主張のスタイルであり、そういった意匠を意図的にまとうこと自体優れて戦略的、意志的な選択でありうるし、したがってたとえその文章が曖昧を装っていたとしてもそれは必ずしも表現意思として曖昧であることを意味するわけではない。

そうであるとして、しかし今日本ペンの「申合せ」の向うから垣間見えてくる非曖昧な戦略とは、先にも述べたように、言わば二つの背反する軸に配慮を届かせたいという思惑、すなわち「ペン憲章」とソ連作家同盟の双方に義理立てしたいという底意であるように思われる。そして、このパステルナーク問題をたんに「遺憾なこと」として他人事のように扱い、いわば「闘う決意表明の表明」にとどまった日本ペンの姿勢は、当時ソ連作家同盟とクレムリン権力に向けられた国際的な非難の中で、明らかに融和的メロディを響かせたのである。

言うまでもなく日本ペンクラブが組織体としての意志を発動するとき、その〝原則〟となるものは「ペン憲章」以外ではない。すなわち、同クラブが仮にも国際ペンクラブの一支部としてその役割を果たすべく結成され、かつそれが公的にも承認されているとき、その結集と活動の根拠とは言うまでもなく「憲章」全四項にほかならない。「P.E.N.は、各国内およびすべての国の間で思想の交流を妨げてはならないという原則を支持し、会員たちはみずからの属する国や社会、ならびに全世界を通じてそれが可能な限り、表現の自由に対するあらゆる形の抑圧に反対することを誓う」(第四項・前半)とは、国境という概念を超えたペンマンの連帯と矜持の確認であって、その都度の政治的風向きや国内状勢による内向きの意思決定などではない(事実、日本ペンはこの第四項を掲げて警職法反対闘争に打って出ている)。

そうであるとすれば、ここで高見順にとって日本ペンクラブとはいったい何であったのかを問うてもいいだろう。

戦前、島崎藤村を会長として発足した「日本ペン倶楽部」は実体として国内組織であり、国際ペンクラブの日本センターではなかった。つまり「ペン憲章」の束縛を受けることのない、その意味で「独自な」組織として創立され、その会則に「文筆家相互間ノ親睦ヲ計ルヲ以テ目的トス」をうたっていた(＊9)。戦後、志賀直哉を会長として再建された「日本ペンクラブ」は国際ペンクラブの一員として認知され、のみならず一九五七年九月、アジアにおいて初となる国際ペンクラブ(第二十九回)大会を東京に招致、開催するにまでに至った(＊10)。そして、敗戦の傷が癒えていない時期での開催が危惧視される中、会長川端康成の決断で踏み切ったこの大会の経験によって日本への評価が国際的に高まったとも言われている。（会長川端康成は、翌年三月、「国際ペン副会長」に推薦され、就任している）。

さて、その東京大会に日本側代表の一人として出席した高見順は、大会終了後、幾つかの文章を発表しているが（＊11）、それらを読むと、会期中、彼が最も意図し、目指したところのものとは各国作家同士の「調和」と「親睦」であったがことが伝わってくる。すなわち、彼にとっては、ひとえにこの大会に集った世界の文学者が共に相和し、協調の調べを奏でることこそが主題であり、目的なのであったとおぼしく、彼じしんが行った分科会報告（「東と西」）もその趣旨は同様であった。

したがって、彼にとっては、例えば大会中、壇上で交わされたマリク（パキスタン）、スペンダー（英）、ドス・パソス（米）の三氏によって交わされたという応酬――歴史における「信念の解体」と文学の関係をめぐるそれ――も、それが極めて根源的なものであったにもかかわらず、決して荒立てられることなく、大きな意味でこの大会を彩る親和劇の一齣として組み入れられてしまうことになる。

ここから速断することは控えたいものの、高見順にとって「ペンクラブ」とはすなわち戦前型の倶楽部であって、卓を叩いて激論するという風情とは遠く、ひたすら「調和」であり「和気藹々」でありといった風が常にそよぐ場所でなければならなかったような印象を受ける。その意味で、人より数倍癇癪を破裂させる人でありながら、人よりずば抜けて細かく気を遣う人（大久保房男）であった高見順が、専務理事就任に際して、自己のペンクラブ運営の目論見を次のように語っているのも注目してよい。

ペンクラブというとかく作家中心の集まりのようになってしまうが、これは誤り。会員だけでなく映画でも新劇でも、文化に関係のある人は誰でも出席して、この会から新人がデビューするようなものにしたい。それでこそクラブといえる。〝鹿鳴館〟の現代版だ。社交界といえば、日本では政府かあるいはそれにつながるものしかないが、これは純粋に民間のものとしていきたい。といって別に政府に対抗する意味では決してない。三月ころには〝大舞踏会〟を開くつもりだ。(『毎日新聞』一九五九年一月九日、「予定表」)

つまり、ここで披瀝されている目論見からすると、サイデンステッカーが怒りもって眺めたあの忘年会の宴とは、実は高見順にとってはむしろ自然の、そしてありうべき集まりの姿なのであったことが了解されよう。そして、このありうべき〝鹿鳴館〟をもくろむ願望と、サイデンステッカーらの「警職法反対には熱心であったが、パステルナーク問題については及び腰であった」という抗議に対して〝原則〟が違うと嘯いた姿勢とはたぶん同じものである(実際「三月ころ」開かれたのは〝大舞踏会〟ならぬ別の〝喧騒劇〟であったが)。

その〝喧騒〟を見る前に、高見順のいう〝原則〟に彼じしんの個人史がどのように投影されており、またそこにいかに時代の刻印があるか、彼の戦後に就きながらその態様を辿っておきたい。

文士、政治に近寄らず

敗戦を高見順は鎌倉で迎えている。その彼にとって戦後という時代は、先ずは圧倒的な「解放」として訪れたと言っていい。敗戦直後、マッカーサー司令部が下した「新聞並びに言論の自由に関する新措置」の指令について、彼は喜びに溢れつつ『日記』に書いている。「これでもう何でも自由に書けるのである！　これでもう何でも自由に出版できるのである！　生れて初めての自由！」(昭和二十年九月三十日)と。ただ、この敗戦という未曾有の現実に直面して、彼は、そうした溢れる歓喜とともに、一方である深い嫌悪感に苛まれてもいた。それは、言うなれば戦中における「いい気な」自分に対する嫌悪であると同時に、また眼前に展開される、何はともあれ時流に乗ろうと狂奔する同胞たちの姿に対する嫌悪であった。

私はホッとした自分を恥じねばならぬ。誇張すれば売国的感情であった。戦争中のあまりにひどい、メチャメチャな言論圧迫に、そして戦争中の一部の日本人の（軍官の一部の）横暴非道に、日本および日本人のだらしなさに、私は、こんなことで勝ったら大変だ、このままで勝ったら日本も世界も闇だとしばしば思ったものだが、今敗戦という現実にぶつかっては、さような私の感情を恥じねばならぬ。かかる醜悪なボロだらけの、いい気なものだった日本の故に日本は敗れねばならなかったのだと、しゃあしゃあとしてはおれないのである。とにかく日本と共に私も敗北の現実のなかに叩き込まれたのだ。敗戦の悲運は私自身のものなのである。かかる今日の事態を来たさないように私もまた日本のために大いになすべきことがあったのではないか。言論圧迫をいたずらに嘆くのではなく、それに抗して腐敗堕落を防ぐべきではなかったか。そうして少しでも今日の悲運の到来を防ぐのに努むべきではなかったか。（＊12）

この、「敗戦の悲運は私自身のもの」と受け止める高見順の眼前に展開する現実は、やがてしかし彼に一種の同胞忌避、さらには政治忌避とでもいうべき症状をもたらしていく。昭和二十年十月、早々と発足した「自由懇話会」や「人民文化同盟」などに関する華々しい報道記事を引用しながら、しかし彼は『日記』に次のような感想を書きつける。

結構なことだ。私はしかし「政治」はもう御免だ。政治行動はもう御免だ。集団はもう御免だ。党派はもう御免だ。／やがて「政治」文学・集団文学・党派文学が賑やかに現われてくるだろう。日本文学の貧困を救うためにそうした文学の現出もいいことだと考えるが、文学としてすぐれたものでなくては困る。非文学が政治・集団・党派の力でもって文学のような顔で横行されては困る。そして横行するに違いないのだ。文学圧迫の新しい「強権」がかくして生れる。（＊13）

ここで激しく「御免」を突きつけられている「政治行動」、「集団」、「党派」と、その横行が予見されている「文学のような顔をした非文学」に対する危惧と不安の只中に高見順は佇立している。そして、その彼のこうした政治忌避、集団忌避の姿勢は、例えば次のような事態においてはっきり現われることとなった。敗戦後四年目の昭和二十四（一九四九）年八月、高見順も所属していた日本文藝家協会（会長広津和郎）において「平和宣言」が採択された。同協会においてこの「宣言」が決議された背景には、サイデンステッカーが「反米の大洪水」と呼んだ講和条約発効後の日本を覆っていた政治社会状況が如実に反映されていたとも言える。すなわち、この頃、高まる〝東西冷戦〟の激化によって国際情勢は戦塵の匂いが漂い、その狭間に置かれた日本列島にとって「平和」の維持、強化という課題は切実なテーマとして受け取られていたからである。この年一月、安倍能成ら五十九人の知識人「戦争と平和に関する科学者の声明」があり、四月には第一回平和擁護世界大会がパリとプラハで開催された。

こうした時代状況を反映して、日本文藝家協会は、昭和二十四年八月十五日、緊急臨時総会を開いて「文学者と平和擁護について」協議した結果、一つの声明を決議する。同声明は「文藝家協会は、文藝家全般の利益擁護のための職能団体であるから、いかなる政治的立場にも立つものではない。しかし、一切の政治性から自由である協会本来の性格の故に、戦争否定、平和の確立という一点においては一致すると信じる」という趣旨に基づくもので、さらにこの日、日本ペンクラブ、著作家組合との共同主催の下に「平和擁護講演大会」が開催されたのであった。（＊14）

しかしながら文藝家協会会員でもある高見順は、作家たちのこうした活動とその姿勢について否定的態度を表明する。すなわち、彼は同協会の示した動きを「政治主義的暴力」とみなし、このような「暴力」の氾濫はかえって有害なオポチュニズムを醸成すると主張したのである。そして、ここに見られる政治主義――「あなたはそれ（例えば「平和」）に全面的に賛成するのですか、イエスですかノーですか。どっちつかずではいけませんよ」と畳み掛けてくるそれ――に対し、作家は「抽象」に跪拝してはならないと述べ、「抽象的な『全体』に賛否を表明することによって、自分の神聖な批判の権利を放棄し、具体的な細目の事柄に対する判断の目を暗まさねばならぬ」政治主義の狭隘を排したバルザンの言葉（＊15）を援用しつつ、次のように同協会の態度を批判した。

考へ方を同じうする文藝家がその考へ方を中心にして集つて、そしてそこでその考へ方に基いたひとつの決議をするといふ場合（文藝家の団体ではないが、「平和問題談話会」などの決議がこれである。）と、考へ方のいろいろ異る文藝家が同じ職業といふことを主点としているひとつの団体を作つてゐるさうした文藝家協会で、ひとつの「政治的」決議が多数決でなされるといふ場合とは、事情が違ふと私は考へた。……文藝家が平和への念願を国民に訴へたいときは、常に与へられてゐる執筆や、時々与へられる講演などで、個人の自由と責任に於いて訴へるといふことを重視すべきだと考へる。さういふ「文化的」任務をないがしろにしておいて「政治的」な決議を重視することには私は到底与し得ない。決議の重視はまた、決議さへしておけばそれでもういいといふやうな考へ方に導かれがちなのを恐れる。自分の本来の文筆活動に於いて為すべきことを一片の決議に預けてしまふのを恐れるのだ。その恐れは単なる恐れであるかどうか、実際の仕事を見れば分る。私は日本の文藝家の善意を信ずるとともに、所謂政治的訓練の足りなさをも信ずる。決議の重視は、決議といふものの軽視にも、奇妙に結びついてゐると私には思はれる。（＊16）

文藝家協会とペンクラブの役割の相違は今措くとして、ここで注目したいのは「決議の重視は決議の軽視に結びついている」というような卓見とともに、作家（この場合は「文藝家」）が集まってある集団を組織し、そこにおいてある「政治的決議」を採択してこれを世に問うといった行為に対する高見順の懐疑、というより身についたとも言える嫌悪感である。もはや「政治」や「政治主義」的なものからは、なるべく距離をおきたい（「政治は御免だ」）と考えていた彼にとって、作家は独り文筆によって立つべし、集団を成すべからず、という覚悟こそ戦後の、いやおそらく「転向」後の彼の信念であったからである。

ここで「文藝家」高見順が「到底与し得な」かったのは、作家たるものが集団をなしてすぐ「決議」を振りかざしたり、また衆を恃んで行動する「政治的」な風潮であったが、それは「抽象的な『全体』に賛否を表明することによって……具体的な細目に対する判断の目」がおろそかになることへの危惧に発していた。何故なら、もっぱら「抽象的な『全体』」を語る、あるいはそれに淫するというのであれば、それは哲学であり政治的言説であって、たとえその政治主義が善意から発するものであっても、「どっちつかず」の矜持を保持したい「文藝家」の場所とは遠いものと考えられたからである。

人はここで、かつての高見順の批評「描写のうしろに寝ていられない」（昭和十一年）を想起していいかも知れない。彼はその著名な批評文の中で、たしかこう述べていた。たとえば、「白はほんとうに白であるか」と。つまり、今「白いもの」をただ「白い」と書くような、一種の社会的常識こそ実は安心がならないのであり、作家たるもの、そうした「描写のうしろに」のんびりと寝てなぞいられない、というのがその眼目であったが、「客観的共感性への不信」という見出しをもったこの主張を、今「抽象論のうしろに寝ていられない」とでもパラフレーズすれば、ここに「文藝家」高見順の一貫した本音が透けてみえるように思える。（＊17）

あるいはここに、やはり彼の「文学非力説」（昭和十六年）を置いてみてもいい。文学という営為はもともと「非力」であり（「無力」ではない）、その意味で現実界ではまことに頼りなく弱々しいものだが、しかしその「非力」という本質を通してこそはじめて文学はその「力」を発揮しうるのだという彼の主張は、作家が安易に現実政治の現場に身を移したり、不得手な「抽象論」を振り回すことへの異論を含んでいたと言えるからである。

さて、ここで言われている「文藝家」を「文士」と言い換えてもいいだろうか。特に高見順は「最後の文士」と形容されることが多かったし、彼じしんも自ら好んで「文士」を自称してもいたからである。「文学者」という言葉を嫌い、「われわれ文学者の任務は」といった大言壮語を聞くとぞっとする、と述べたこともある。「文士」とは何か。彼に言わせれば「文士の本質は虚業にある。実業ではないところに、むしろその本質があり、文士の誇りもそこにある。……この実社会において、虚業は小さな犬であり、実業に対しては負け犬である。しかし、負け犬であり小さな犬であることに、かへつて虚業の誇りがあり、逆に実業とは違ふ一種の強みがある。云々」ということになる。文士たるものもっぱら塵界を離れて「空中に楼閣を築く」のみであって、孜々として作品を生み出すべく机に向うのでなければならない……と。

もちろん高見順の自称文士は多分に反語であって、人はここに「裏返しのエリイト意識」（安岡章太郎）を嗅ぐこともできようし、「今日の『文士』の『紳士』化現象への抵抗」（山本健吉）の姿勢を見てもいいだろう。ただ、ものみな新しい時代に擦り寄っていくがごとき風潮の中で、彼が、戦争の巨大な力に押しひしがれて行かざるをえなかった過去の痛みと辛酸を、あえて「文士」という意匠の陰で耐えようとしていたことだけは確かなように思える。

しかし、そうだとすると、昭和三十四年末――パステルナーク事件と同時期の――高見順の獅子奮迅とも言うべき「警職法改定反対」行動の、あの〝文士豹変〟の姿はどう理解すべきか。いったい空中に築いた楼閣に住むというのが文士たるものの矜持ではなかったのか。そしてあれほどの政治嫌い、集団嫌いを自認していた彼が、時の岸自民党政権に対し、集団をなして政治的行動に出たのはどう理解すべきなのか。

*1　昭和三十三年度における日本ペンクラブ役員は次の通り。
会長＝川端康成。副会長＝青野季吉、芹沢光治良。専務理事＝高見順。理事＝阿部知二、青野季吉、井上勇、石川欣一、石川達三、池島信平、伊藤整、奥野信太郎、川端康成、北村喜八、草野心平、小牧近江、小松清、芹沢光治良、高橋健二、高見順、立野信之、田村泰次郎、中島健蔵、中野実、中村光夫、丹羽文雄、平林たい子、前田雄二、松岡洋子（事務局長）、米川正夫（他に監事三名、評議員三十四名）。

*2　中村真一郎編『高見順文壇日記』岩波書店、一九九一年。

*3　中村真一郎編『高見順闘病日記』上、岩波書店、一九九〇年。

*4　大久保房男「高見順　癇癪」、『文芸編集者はかく考える』紅書房、一九八八年。

*5　『続高見順日記』における「昭和三十七年五月十六日」の部分にも次のような記述が見られる。
「妻と、アメリカ大使館のPicon氏（文化担当）宅へ。／来日のSpiller教授紹介パーティ。川端康成、伊藤整、江藤淳（いずれも夫妻）出席。／ピコン氏が突如、日本ペンクラブの話をし出した。……警職法に対し日本ペンクラブは『言論の自由』擁護から反対デモをしたにもかかわらず、同時におこったパステルナークのノーベル賞問題に対しては抗議せず沈黙を守っていた。それはなぜかと言うのである。／ペンの『左寄り』を糾問する態度である。往年の特高刑事を思い出させられた。／日本人がアメリカに行って、アメリカのペンクラブのことについて、このような糾問をしたら、アメリカ人はなんと言うだろうか。／こういう愚かなアメリカ人どもが、どのくらい、海外でアメリカ嫌いを煽っているか分らない。／ホテルへ帰ってから仕事をしようと酒を飲まなかったが、不快感のため仕事ができない。」（『続高見順日記』第一巻、勁草書房、一九七五年）

*6　サイデンステッカーの言い分も引いておく。「世間の批評には見当はずれなことも多かったし、中にはほとんど中傷に近いものさえあった。匿名で、私のことをＣＩＡの手先だと攻撃するものすら現われる始末である。

……それに第一、ペンの行動が適切であったかどうかを問題にする場合に、私がスパイだなどという非難がどうして関係があるのかもわからない。ひょっとして、今でもそんな嫌疑を抱く人がいないとも限らないから、念のために一言申し添えておく。私はかつてＣＩＡに関係したことなどまったくない。」（『私のニッポン日記』安西徹雄訳、講談社、一九八二年）

「ＣＩＡは、当時、悪魔の親玉のひとつとされていたから、私がその手先の一人であると攻撃するのは、まことに陰険な中傷だった。それをいうなら、東側にも当然、西側の悪魔に対応する悪魔が存在していたはずだが、誰もそんなことなど口にしない。ソ連大使館が、それこそ東側のスパイの巣窟だというのは、天下周知の事実だったし、表向きは記者という肩書きを与えられている連中が実はスパイだというのも公然の秘密だった。にもかかわらず、誰もが口をつぐんで何も言わない。」（サイデンステッカー『流れゆく日々――サイデンステッカー自伝』安西徹雄訳、時事通信社、二〇〇四年）

＊7　このとき高見順が受けた拷問について、後に彼は友人に、「道場の梁に両足を縛られて逆に吊り下げられ、竹刀で撲られ気絶すると降ろして水をぶっかけ、意識を取り戻すと又吊るされる」といったものであったと語ったという。（上林猷夫『詩人高見順――その生と死』講談社、一九九一年）

＊8　中島健蔵「高見順――別れのことば」より。

＊9　巌谷大四「日本ペンクラブと日本文藝家協会」、『群像』一九六二年十一月号。

＊10　第二十九回国際ペンクラブ大会は一九五八年九月二～八日開催された（参加二十六カ国、三十センターの外国代表一七一名）。テーマ「東西両文学の相互影響（現代の文学者に対する東西文学の相互影響――将来への見通しをも含み、美的価値及び生活態度との関連において）」。

＊11　「国際ペン大会を終えて」（『毎日新聞』一九五七年9月10日）、「国際ペン大会のこと」（『東京新聞』一九五七年9月13、14、15日）、「ペン大会の収穫」（『中部日本新聞』一九五七年9月13日）

＊12　昭和二十年八月二十一日。『高見順日記』第五巻。

＊13　昭和二十年十月三日。『高見順日記』第五巻。

＊14　『日本文藝家協会五十年史』（財）日本文藝家協会、一九七〇年。

＊15　バルザン『人間の自由』石上良平訳、創元社、一九五一年。
＊16「政治主義と今日の心理」、『人間』一九五一年六月号。
＊17「私の疑いは、描写の前に約束された客観的共感性への不信のような所から出ているのである。……たとえば、白いものを白いと突ッ放しては書けないのだ。白いものを一様に白いとするかどうか、その社会的共感性に、安心がならない。或は黒いとするかもしれない分裂が、今の世の中には渦巻いている。作家は黒白をつけるのが与えられた任務であるが、その任務の遂行は、客観性のうしろに作家が安心して隠れられる描写だけをもってしては既に果たし得ないのではないか。白いということを説き、物語る為だけにも、作家も登場せねばならぬのではないか。作家は作品のうしろに、枕を高くして寝ている訳にもういかなくなった。」（高見順「描写のうしろに寝ていられない」一九三六年）

第6章「怖れ」と「美化」と

——高見 順(2)

ぼくは目が覚めた　夜明けは秋のように暗かった
そして風は　遠退きながら
荷車のうしろで飛ぶ麦わらの雨のように
空に走る一列の白樺林を　運んでいったのだ
パステルナーク『夢』

文士もすなる政治

日本文藝家協会が慣れぬ手付きで「平和宣言」を決議した昭和二十四年の二年後、戦後日本はその方向を大きく決定づける針路を選択する。すなわち、昭和二十六年九月、吉田内閣はサンフランシスコ講和条約を調印して曲りなりにも国際社会への〝復帰〟を果たすとともに、アメリカとの間で安全保障条約も同時に締結した。この講和実現に至る過程で、その形態――「全面」か「片面」か――をめぐって政治家のみならず広く学者・知識人を巻き込んだ激しい論争が展開されたが、ともかくも日本は敗戦後六年にして被占領状態を脱したのである。

「独立」を達成した日本保守権力にとっての次なる政治課題は、占領政策の終了に伴う新たな諸制度の整備であり、講和条約発効（二十七年四月）までに占領管理法規である政令のうち、違憲となるおそれの大きいものを法律に制定し直すこと、つまりそれまで占領軍によって抑えてきた労働運動を規制する労働法規の改定であった。このポツダム政令法律化の焦点は、団体等規制令を中心とする治安立法と、警察予備隊令の立法化による保安庁法の制定であり、治安立法は破壊活動防止法案となり、労働法規改定はいわゆる労働三法の整備であった。

しかし、昭和二十七年三月、吉田内閣によって破壊活動防止法案要綱が発表されるや、各地で反対運動が起り、労闘（労働者法規改悪反対闘争委員会）が五波にわたるゼネスト、全学連がスト、日本学術会議なども次々と反対を表明する状況の下、主権回復記念祝典の二日前、五月一日のメーデーが開催された。

この日、東京の中央会場は皇居前広場の使用を禁止されており、メーデー実行委員会はやむなく会場を神宮外苑や芝公園などに移す分散メーデーとしていたが（この不許可を「憲法違反」として予め提訴した総評側に東京地裁は勝訴の判決を下していた）、しかし、これまでその使用が認められていた皇居前を、独立後最初のメーデー会場として使えないことに不満をもった一部デモ隊は、解散地点とされていた日比谷公園で解散せず、そのまま皇居前に向かった。そして口々に「皇居前を人民広場に！」と叫んで突進するデモ隊と、これを阻止せんとする警官隊との間に激しい衝突――のちに「メーデー事件」と呼ばれる――が起こったのである。

このとき、高見順はたまたま街頭において、その「事件」を目撃する。すなわち、この日、NHKでの仕事を終えた彼は、GHQ横の丸の内リッツで開かれるペンクラブ例会に向って日比谷公園付近を急いでいたが、ちょうどそのとき皇居前広場に向おうとするデモ隊と、これを阻止すべく出動した警官隊が衝突している現場に遭遇した。

ペンクラブの会はすでに始まっていると思いつつ、私は街頭から立ち去れなかった。その私の周囲では「これは、まずい。逆効果だ」といったささやきが交わされていた。いわゆる進歩的インテリのささやきと思われる。実際はその言う通りに違いないだろうが、それはやはり傍観者の批判だとも思わせられた。そう思う私もまた傍観者なのだが、傍観者として私は、流血の惨事をくぐらなければ問題が解決しないというようなことを、人間は、歴史がはじまって以来絶えず愚かしく繰り返してきて、今後もやはりどうしても避けられないのだろうかと、そうしたことを片方で心寒く考えさせられた。……反政治ということを自分の原則としている私にとっても、それは非常なショックであった。（＊1）

眼前には、警官隊によって殴打される学生や労働者、散乱する血に染まった靴やプラカード、そして催涙弾の匂い、さらには焼打ちされて燃え上がる自動車といった阿鼻叫喚の光景が展開されていた。後に「血のメーデー」とも称されることになった事態を目の前にして、彼は「街頭から立ち去れ」ず、ただ現場に立ち尽くす。そして、事態を冷静に観察しながらも、しかしその一方「非常なショック」を受けている自分をも見出している。そのショックについて、彼が「反政治ということを原則としている私にとっても」と書いていることに注目しておこう。

このとき「文士」高見順としては、眼前の騒擾を避け、お役目大切と急いでペンクラブ例会に出席することも出来たろう。しかし、眼前の事態が不意打ちのようにもたらした衝撃は日頃標榜するじしんの立ち位置――「反政治」――を揺さぶってあっという間に彼方へ押しやり、彼はただ事態を前にして立ち竦むしかなかった。もとより集団や行動を嫌悪し、あくまで筆一本で世に棲むという覚悟自体が疑われたわけではないとしても、しかし、このとき現場に立ち会った彼の胸に去来したのは「傍観者」の痛みとともに、「どっちつかずの立場」を守るおのれの「反政治」とは畢竟「文士の安泰」の別名ではなかったかという自問であったかも知れない。

さてメーデー事件から六年後の昭和三十三年、時の岸内閣が警職法改定案を提起してきたとき、知られるように高見順は〝行動の人〟となって注目を惹くことになった。かつて日本文藝家協会の「平和宣言」に対して厳しい「ノー」を突き付けた「反政治」の文士が、何故今、生々しい現実政治の世界に身を乗り出し、行動する文士として登場するに至ったのか。そして、このとき彼はどう考え、またどう行動したのか。

警察官職務職執行法の改定は、時の保守党政府が提起した一政治課題にすぎなかったが、しかしそれがなぜ全国に澎湃たる反対運動を喚起したかと言えば、第3章で触れたように、つまるところこの改定案が、当時の国民大衆が嫌悪していた戦前における身辺の不自由と、その不自由にまつわる悪記憶を甦らせたからであった。そして、このことが喚起する抑圧感の手応えは、ほかならぬ高見順にとっても傍観して済ますことのできぬ身体的記憶として甦った。つまり、彼にとって「平和問題」は抽象であったかも知れないが、警職法改定は明瞭な具体であったからである。

その「具体」とは、言うまでもなく戦前の治安権力による弾圧の種々相であり、また今も身に刻まれている生理的恐怖であって、それは、敗戦の日「これから何でも自由に書けるのである！」と狂喜した、あの解放感に真っ向から冷水を浴びせる実体として彼の眼前に登場した。この、肉体的記憶として覚え込んでいた青春期の生傷が、理念的というよりもむしろ生理的な反発となって先行したとき、この文士は〝行動〟を決意したのである。

「静かなるデモ」における高見順（右端）
（昭和33年11月）

また、警職法の改定が阻止されなければならなかったのは、それが戦前のような日常身辺レベルにおいてさまざまな不都合をもたらすという危惧が抱かれたばかりではない。「改定後」の社会が、およそ文筆を生業とする人間にとって大なる脅威となることが予測されたがゆえに、それは一人高見順のみならず作家一般にとっても看過し得ぬ災厄と受け取られたからである。

そして、ここから多くの文化的組織とともに、ペンクラブも文藝家協会も揃って反対の旗幟を掲げる。昭和三十三年十月十八日、日本文藝家協会は組織内に設置した「言論表現問題委員会」を開催（＊2）、さらに翌月四日、俳優座劇場で臨時総会を開いて警職法改定反対の声明を発表すると、日本ペンクラブも緊急理事会を開催して反対声明を発表した。その声明の一部は言う。「われわれは遠くない過去における警察権力の干渉乱用における暗鬱な状態を記憶するが故に、この改正案の通過によってふたたびかかる事態の復活する危険が極めて顕著であることに対して警戒せざるを得ない。よってわれわれはペン憲章第四項の『会員はその属する国、および社会において、表現の自由に対するあらゆる抑圧に反対することを誓う』という誓約に基きこの改正案に反対することを声明する。」

この声明の採択後、高見順は街頭デモの実行を提案し、これによって俳優座脇の小公園から溜池、虎ノ門を通って新橋まで、演劇・映画・放送人懇談会、国民文化会議、文化人懇談会の有志約七十名によるデモが行われた。ただし、それはシュプレヒコールも歌も掛け声もなく、プラカードを掲げるだけの高見流スタイルであったが、この「静かなデモ」は、一躍彼を〝時の人〟とする。彼じしんはそのあたりの機微についてこう述べたという。「旗を立てて、ジグザグでかけずりまわるデモでなく、ひっそりと、首だけはちゃんと上げて、落し穴を掘るやつを見返してやりたいな。十人でも、二十人でもいいじゃないか。銀座を歩くんだよ。そりゃ、いやですよ。銀座をデモで歩くなんて。しかし、それをやらなければ、もっといやなことが起りますよ。」また「この法律に対する反対運動は文藝家として政治団体とははっきり区別して独自の意見と形でやるべきだ」とも。(＊3)

ところで、高見順が国会へ出向いたり、銀座デモを敢行してマスコミの脚光を浴びたりということは、彼じしんがしばしば発言しているように、必ずしもそうした露出状況を望んだものではなかったとしても、しかしそこにはそうなるべき一つの力学が働いていたと言っていいかも知れない。すなわち、警職法改定反対闘争やパステルナーク事件が起った昭和三十年代、時代は高見順が希求してやまなかった「文士」という存在性を脅かしつつあり、虚業に生きんとするその矜持は高度成長への助走を開始していた日本経済の激浪に直面していた。つまり「文士」という生業自体がひとつの仮装となり、看板と化して彼らは次々と「文士から紳士へ」(山本健吉)、あるいは「社会的名士」(江藤淳)へとせり上がっていったからである。

もはや塵界を離れた「空中楼閣」に閑居するのではなく、〝文化人〟といった装いを纏って現実界を浮遊することとなった文士事情は高見順においても同様であった。先ず彼は、言うまでもなく華やかな人気作家であり、グラビアにもしばしば登場するとともにその作家的生命力も旺盛であった。また、同時にこれまでに触れたように日本ペンクラブ関係などの〝公人〟として、昭和三十二年九月、東京で開催された第二十九回国際ペンクラブ大会に桑原武夫とともに日本側代表として、来日した外国作家と交友を深める役割を果し、翌三十三年二月、川端康成会長のすすめによって同クラブの専務理事にも就任している。

こうした旺盛な活躍ぶりと、文壇に占める存在感とが、警職法改定反対闘争に集まった〝文化人〟たちを束ねる恰好のリーダー役として彼を押し上げていったと言うことができよう。

ソ連招待旅行――「人間に会いにゆく」

ところで、高見順が警職法改定反対やパステルナーク事件への対応などで忙しかった昭和三十三年は、彼にとってもう一つ注目すべき出来事があった。この年の春、彼はソ連作家同盟の招きによって、青野季吉、阿部知二とともにソビエトを訪れ、およそ三週間ほどソ連各地を旅行している（帰途、パリその他に寄ってから帰国）。

このソ連旅行は、もともとソ連作家同盟からの働きかけによって実現に至ったものであった。すなわち、前年（昭和三十二年）八月、ソ連大使館一等書記官イ・チェホーニャ、ソ連週刊誌『アガニョーク』編集局次長レオニード・グドレヴァトフの両名が日本文藝家協会を訪れ、現代日本文学界の代表三人をソ連作家同盟の賓客として招きたい旨の招待状が会長（青野季吉）に手渡された。それには、両国文化交流の一環として「私たちは三人の日本の作家が三週間滞在の予定でソ連作家同盟の賓客としてわが国においでくださるよう招待いたします。代表三人をお選び下さい。滞在費及び帰途の旅費も負担いたします」とあった。（＊4）

さらにその一週間後、前記グドレヴァトフ次長と日本側作家（石川達三、高見順、中野重治、堀田善衛）による懇談会が文藝家協会会議室において行われ、今後の日ソ文化交流の問題等をめぐって話し合いがなされた。その結果、以後、日本側より原則として毎年三人の作家が作家同盟の招聘によってソ連を訪問することが確認された。つまり、高見順らの訪ソはこのソ連作家同盟からの公式招待による、その第一回の訪問旅行として実現したのであった。（＊5）

三週間という短期間の旅行であったが、この旅行について高見順は、訪ソ前に語っている。――かつて「（ロシア）革命を外国のことという感じではなく生きてきた」自分にとって、「それが現在どういうことになっているか自分の目でみてきたい。」そして「ぼくたちと同じ人間が、ぼくたちといっしょになかよくできる人間がいるのだということをたしかめに、つまり人間に会いにゆくという気持である」と。「だからぼくはべつに積極的に文学者に会ふとか、ソ連の重工業の偉大な発展を見てくるといふことではなく、日本と政治体制のちがふソ連にもあんがいぼくたちと同じ人間が、ぼくたちといっしょになかよくできる人間がゐるのだといふことをたしかめるために、つまり人間に会ひにゆくといふやうな気持である。」（＊6）

しかし、この旅行の結果は――推測するに――いささか彼を困惑させたようでもあった。帰国後彼が発表した幾つかの「印象記」を見るに、「人間を見届けてきたい」という彼の希望は半ば実現し、また半ば実現しなかった印象を受けるからである。

さて、一九五八年当時、スターリン批判から二年を経たフルシチョフ政権のソ連は、ハンガリーやポーランドにおける反ソ暴動を抑えこんで以後、もっぱらアメリカとの冷戦にその勢力を注いでいた。この年三月、連邦閣僚会議議長（首相）と党第一書記を兼任してその地位を強化したフルシチョフは、前年スプートニク打ち上げに成功してアメリカに先んじ、その国家的威信を誇示して見せていた。そして「一九七〇年までにアメリカを追い越す！」が彼らのスローガンであった（高見順らが訪ソ中の五月十五日、ソ連は第三号のスプートニク打ち上げに成功している）。

ところで、帰国後発表した幾つかの文章において、彼はソ連で見た「感心したもの」を丁寧に拾い上げている。（＊7）メーデーに集う民衆の笑顔、マンボ・スタイルの若者、地下鉄で出会った家族、キーロフ劇場の古典的バレエ、モスクワの清潔な街路、トルストイの質朴な書斎などなど。ただ、そうした「感心したもの」を達者に拾い上げながらも、この作家の手付きがどこか覚束ないのは、拾い上げるというより、拾い上げようと努めている印象があるからだ。つまり、この作家は必死に「良きソ連」を見ようと努力しており、その総体的な感想として最後に次のように洩らしている。すなわち、「ソ連について語ることはむづかしい。悪口を言はうと思へば、いくらでも言へる。一方ソ連のことをほめようと思へば、いくらだつて、ほめられる」と。（＊8）

もとより彼の国から〝賓客〟として招かれ、終始温かいもてなしを受けた旅行であった以上、帰国後その感想に「悪口を言う」ことはマナーとしても憚られよう。ただ、かつて若き日の情熱を捧げたコミュニズムとその〝総本山〟を訪れた感想として、高見順が洩らしたこの評言は微妙に響く。つまり、「悪く言おうと思えばいくらでも……云々」という突き放した物言いには、およそ「人間に会いにゆく」と意気込んだ熱気も意欲も希薄であるからだ。革命を成し遂げたはずの国に来て、おそらく彼は自分の内部の「物差し」と、それがうまく機能しない現実とを持て余していた。後年になって彼はその『日記』においてもっと率直に書いている。「戦後に私のほんとの転向ははじまった。また戦後の党にあいそをつかした私は、ソ連へ行って、マルクス主義の現実にも、あいそをつかした」と。（＊9）

ソ連旅行から帰った当座、ひたすら「感心したもの」を列挙して見たものの、結局のところは「あいそをつかし」て帰ってきたのが本音だったとしても、しかしそう言いながら、高見順じしんは「マルクス主義の現実」の何に、どう「あいそをつかし」たのかについて具体的に語っているわけではない。もちろん彼ほどの知識人がソ連を「ユートピア」であるなどと信じて彼の地を訪れたはずがないし、ソ連もまたこの地球の一角を占める現存国家である限り、資本主義国家群に囲まれたパワー・ポリティクスの中で生きねばならぬ現実に、彼なりの理解を届かせていたに違いない。そのことは承知の上で、しかし彼はかの国に別のものを見ようとしていたのではないか。すなわち、それがいかに頽落のさまを見せていようとも、間違いなく青春の一時期、その倫理的理想を傾けた対象であったがゆえに、たとえ片鱗であったとしてもそれが生きて定着しているさまを、である。

もともと僅か三週間程度の駆け足旅行で、その国の何たるかが分るわけもないことは言うまでもないとしても、しかし或る「印象」は感受することが出来る。そして、高見順は、旅行の途次、同行者にこんな感想を洩らしたという。「ぼくら青春時代の祖国であったソ連は、来て見るまではどこか暗いものがありはしないかと思っていたのだが、明るいのが嬉しいよ」と。（＊10）彼が「明るい」印象を持ち、そう洩らしたということ自体はおそらく事実であろう（むろん、そこにソ連作家同盟による「至れり尽せり」の配慮が寄与していることは明白であるとして）。彼のその述懐を今格別疑う必要もないが、しかし後年の「あいそづかし」発言を知る立場からすれば、この「明るい」は、いささか意味深長でもある。

つまり、一口に「明るい」といっても、そこに「暗くない」までも含めるとすれば、その発言には多様なレベルが存在し得ると言えよう。かつて「白は果たして白であるか」（「描写のうしろに寝ていられない」）という怜悧な文学的懐疑を提出したこの作家にとって、自分が眼にしているこの「明るさ」は本当の「明るさ」であろうか、という思いが兆さなかったはずはない。ただ、「明るい」ソ連の発する、その「明るさ」への疑いを抱いたと思しい高見順にしても、その疑い自体に焦点を絞ってさらに追求することはなかった。おそらくそれは文士たる自分の任ではないという自覚以上に、例の「あいそをつかした」のくだりはこう続いているからだ。「しかし、すでに前にも書いたと思うが、フランス革命の現実にあいそをつかして、ワーズワースが旧秩序の擁護に廻った、ああいうことは私にはできない」と。（＊11）

ここでいささか唐突に出てきた「ワーズワース」とは、十九世紀イギリスのロマン派詩人ワーズワースでありながら、しかし同時に固有名詞としてのワーズワースではない。（＊12）つまり、ここで高見順が遠い歴史の彼方から呼び出して批判の俎上に乗せたのは、この著名詩人が辿った思想的遍歴の真実であるよりも、若くして革命に共感しながらもやがてはその結果に「あいそをつかし」、後年に至って「旧秩序の擁護に廻った」コースを歩んだ——そう言ってよければ——「転向者」の像であればよかったからである。ここで彼が伝えたかったのは、自分は戦後、（日本共産党という）党にも、また（ソ連という）マルクス主義の現実にもあいそをつかしたが、しかしだからといって決して「ああいうこと」（旧秩序の擁護）の側にだけは廻らなかったという矜持であり、内部に保存された往時の理想の再確認であった。

埴谷雄高はどこかで、若年の頃マルクス主義に親炙した経験は、後年になってそこから離脱しようとしても相手の方がなかなか離れてくれないといった趣旨のことを述べたことがある。高見順の場合、「マルクス主義の現実」に訣別を告げたとしても、しかし、その理念と実践に身を挺した情熱そのものは内部に強く保存されたため、そこから反転して「旧秩序の擁護」に走らんとする行為のごときは、ほとんど「裏切り」以外ではなかった。つまり、「ああいうこと」を否定する彼の、昂然たる言い方とは遠い、どこか弱々しい呟き（「私にはできない」）の内に見え隠れするのは、旧秩序派と看做されることへの「怖れ」と、その怖れを含んだ転向者の自罰意識であり、さらには純粋化されることによって摩滅を免れ、戦後も彼に影響を及ぼした「党」や「ソ連」という幻影にほかならない。

一九五八年秋、パステルナーク問題という「現実」に遭遇し、急遽この〝騒動〟に態度表明を迫られた高見順の脳裡に、ついその五ヶ月前に彼ら一行を歓待し、ロシア各地を精力的に案内してくれたソ連作家同盟諸氏の顔とその配慮の数々が想起されただろうことは疑いない。しかし、推測するに、彼が国際的なソ連非難の声にそのまま和さず、むしろその波動に一歩距離を置くべく日本ペンをリードしたのは、ほかならぬ彼の内部に保存された「青春の祖国」ゆえであり、未だ摩滅せざる精神の羅針盤ゆえであったと言っていいだろう。

ところで、あれこれと「感心したもの」を律儀に挙げていく高見順のソ連旅行記に、とりわけ印象的な個所がある。それは、旅行の途中、彼がモスクワを離れ、遠くアルメニアはエレバンの地に赴いたときの体験にほかならない。すなわち、同地で訪れた古色蒼然たるそのイチミヤ教会において、彼は幼児も含めた多くの老若男女が遠路をも厭わず集い来り、等しくマリアの像に向って一心不乱に祈る姿を目撃する。そして、その「人間の心深く秘められた気持は（反宗教というような）国策をもってしても断ち難い」光景に、彼はしばし深い感動と癒しを覚えたことを書きとめている。

「人間を見にゆく」と念願してソ連を訪れた高見順であったが、その彼がたしかに「人間」を見たという思いを抱いたのが「社会主義的」新風俗ではなかったこと。そして、それを「擁護」するか否かは別として、彼の心の琴線に触れたのが、いわば歴史的遺物として否定の対象であった宗教的伝統であり、古き「旧秩序」そのものであったという事実には皮肉以上のものがある。

さて、旅行のほぼ全期間を通じて案内役を務めた岡田嘉子は述べている。「お帰りになるときは、空港までお送りしたと思います。このときは、かなりの時間、ご一緒に時を過したのですが、終始黙々としていらして、通訳のリュボワさんに、お身体がお悪いのじゃないかしら？　とささやいたほど、お顔の色が冴えなかったことをハッキリ覚えています。お酒の好きな阿部さんや青野さんが、とても賑やかだったので、よけい、黙り勝ちの高見さんの印象が強かったのかも知れません。」（＊13）

モスクワから帰国する際の高見順が、能天気な青野季吉らに比べて、なぜ「終始黙々としてい」たか、なぜ極端に「顔の色が冴えなかった」か、むろん知るよしもない。もともとサービス精神旺盛な彼のことだっただけに、異常なほどの「黙り勝ち」な印象が目立ったのであろう。帰国に際して彼はなぜかくも寡黙であったのか、ここで無用な詮索は差し控えておこう。

「怖れ」と「美化」と

ところで、戦前から戦後にかけて高見順の内部に生き続け（その劣化も含めて）、そのあり方を大きく規制したところの「ソ連幻想」は、そこに濃淡はあったとしても、ひとり彼のみならず、むしろ当時の多くの知識人に共通するものであり、彼らはいわば同じ時空の同じ「成分」を呼吸していた。その「ソ連」が放っていた眩しさについて、彼よりやや齢若いが、同時代のある文芸評論家は述べている。

ソ連は、ながくわたしたちの〝聖地〟だった。――わたしたち、というのは、わたしひとりだけのことでなく、戦前から無数の社会主義者・共産主義者にとってこれがまさに共通の思いだったからで（プロレタリア文学いらい、文学者にはとくに多かった。中野重治などは没年―昭和五四年―にいたるまで）、これは切れば血の出るような切実な思いだった。この地上ではじめて社会主義の理想が基本的に実現しえた国、ということはわたしたちの理想主義的情熱をどれだけ力づけてくれたかしれない。わたしたちの理想主義が、たんなる空語でなく、まさに現実的な実現の保証をソ連という形で持っている、というわけだ。ソ連へのこの信頼は、戦前からスターリンによる〝粛清〟によって多少はゆるがされ、戦後にはしだいに明らかになってくるソ連の実情、たとえば文学面でいえばすさまじい政治主義的しめつけと理想的停滞等のことを通してだが、多方面からしだいに判明してくるスターリン主義の邪悪酷薄な支配の局面は、わたしたちの深い信頼を根本からゆすぶりはじめた。……スターリン主義をかなりのところまで暴露したフルシチョフ報告が出たことは、わたしたちにとってたいへんなショックだったことはいうまでもない。／それでもなおしばらくは、フルシチョフ報告を社会主義独自の自浄作用の現われ、それまで陥っていた大きな偏向からの立ち直り、と見、そういう能力をそなえた体制こそが社会主義のはずだ、と考えてわたしはソ連への信頼を続けていた。（＊14）

見られるように、高見順にとっての「青春時代の祖国」が、ここではさらに「聖地」とまで形容されている。なぜなら、それがこの筆者（小田切秀雄）にとってだけでなく、多くの「わたしたち」、つまり「戦前から無数の社会主義者・共産主義者にとってこれがまさに共通の思い」であり、その理想主義的情熱の「現実的な実現の保証」であったからである。そして、さらにその「聖地」観はフルシチョフのスターリン批判によって揺らぎを見せるものの、しかしその批判すら、「社会主義独自の自浄作用の現われ、それまで陥っていた大きな偏向からの立ち直り」であって「そういう能力をそなえた体制こそが社会主義のはずだ」という肯定的な理解へと強化されていったことが示されている。

　そして、ここに見られる「ソ連＝聖地」観が息づくその先に「パステルナーク事件」を描くとき、それは、西側資本主義勢力によって神聖不可侵な「聖地」を脅かすべく目論まれた悪質なドタバタ騒ぎ以上のものではなくなる。そして、これまで見てきたように、高見順が現実のソ連をいかに胡散臭く見ていたとしても、依然として内部の「聖ソ連」イメージを手放さず、広い意味でその幻想圏に生きる住人であったことを見るとき、「事件」が、まさに詩人の悲劇として受け取られる道は遠かったように思われる。

ところで、当時の日本知識人の多くが所有していたとされる「ソ連幻想」の、その親和的な表情の裏に別の顔が察知されていたことも指摘しておかなければならない。例えば、「事件」直後、ある「左翼作家」は、友人である「Ｈ氏」の漏らした次のような感想を、当時の文芸雑誌に無署名で寄せている。

……つい最近のこと、ぼくは先輩のＨ氏に会つた。パステルナークの話が出た時、Ｈ氏は「ソ連というのは恐ろしい國だな、こんどつくづく判つたよ。ぼくは、社会主義の社会が、こんな恐ろしい鉄の輪を必要とするものだとは考えてもみなかつた」といつていた。Ｈ氏の左翼作家としての行動ははつきりしている。こんな弱気をもらす人柄ではない。しかし、それも、主義に忠実である限り、文学的生命は保障されるという前提にたつての行動だつたようだ。／ぼく自身もそうだ。慄然という言葉は適当でないかもしれないが、パステルナークの例にぶつかつてから受けた感じはそうである。（＊15）

自称「左翼作家」であるらしいこの署名なき文章は、見られるように匿名性で蔽われており、文中に登場する「先輩のＨ氏」を含めて、すべてが煙幕の向うに隠されている。つまり、そうした警戒と防禦に満ちたキワモノ的雰囲気を漂わせているものの、ただ代表的な文芸誌の巻頭欄に掲載されているところを見れば、編集部においてそれなりの認知を受けた文章であろうと推測することは出来る。そして、このことを前提とすれば、この感想は「事件」当時、「左翼作家」も含めた日本の作家知識人たちを取り巻いていた状況の、その一端を伺わせるものになっていると思われる。

「事件」に接したこの「左翼作家」が声を潜めて語っている「慄然」たるソ連像は、前記小田切秀雄の言う「わたしたち」を支配していた感想とおそらく対極にある。ただ、ここで留意したいのは、「ソ連という社会主義の社会がこんなに恐ろしい鉄の輪を必要とする」らしいという、この筆者の（伝聞のかたちを借りて）語っている推測ではない。そうではなく、この「左翼作家」が抱いた「ソ連像」をそれとして率直に語り得ず、その本音を吐き出すのに匿名に隠れなければならなかったらしいその不自由であり、不可視の自己検閲である。

ところで、当時の、この不可視の「恐怖」について別の角度からの証言も見ておきたい。

私の――恐らくは、私たちの――眼には、何時も一枚の地図が見えていた。真中には日本列島があり、細い海峡によって僅かに大陸から距てられている。何処から見ても、日本は大陸の小さな付属品のようなものである。日本列島の右側には、漠々たる太平洋が横たわって、その向うにアメリカが霞んでいる。大陸は、共産主義のロシアに連なり、既に中国も共産主義の世界に入っている。吹けば飛ぶように小さな日本、戦争に敗れた弱い日本、何一つ資源のない貧しい日本……。講和問題は、この日本にとっての問題であった。誰も口に出しては言わなかったが、また、口に出すのは立派な議論だけであったが、全面講和論者の多くは――私を含めて――ロシアが恐ろしかったのではないか。大戦末期におけるソヴィエトの行動から見ても、何をやるか判らない国の直ぐ近くに私たちは生きているのであり、アメリカは、孤立主義の本能が目覚めたら、何時太平洋の向うへ帰ってしまうか知れたものではない。嘘か本当か、ソヴィエト軍に占領して貰いたかった、と呟く共産主義者やマルクス・レーニン主義者を除いて、全面講和論者の多くは、ロシアへの恐怖を単独講和論者と共有していた。ただ、後者が恐怖を率直に表現することが出来たのに対して、前者は、その機会を失い、往々、恐れるものを美化する破目に陥っていた。（＊16）

この筆者清水幾太郎は、言うまでもなく戦後日本を代表するオピニオン・リーダーの一人であり、いわゆる〝革新勢力〟の中心的な論客として長く論壇を率いてきたことで知られている。右はその清水が後年になって当時を回顧した文章であるが、清水ら「全面講和」派が展開した「立派な議論」の裏に張りついていたところの、ある「恐怖」について告白されている。それはいわば「ソ連」に対する地政学的恐怖であったが、しかし、それは「何をやるか判らない」という体験的不信に裏付けられた恐怖でもあった。そして、ここで注目すべきは、「全面講和論者の多く」の内部に潜んでいたその「恐怖」は、これを放出する「機会を失い」、そのため逆に相手への無意識的な「美化」に転換されていったという述懐であり、この「恐れるものを美化する破目に陥って」いった心理的メカニズムの指摘にほかならない。

「日米講和」論議に関して語られた清水のこの指摘が、ある心的真実を衝いており、しかもまさに〝革新勢力〟の中心的リーダーにおいてそうであったのだとすれば、当時の「親ソ／反米」現象とは、戦後日本がそのスタートより内包したところの、いわば変形された恐怖であり、その無意識的表現であったとも言い得ることになる。このとき、この無意識的「美化」とは、おそらく対象に客観的に真向かうことの回避であり、ある現実からあらまほしき現実へ飛翔したい願望の別名であって、小田切の言う「わたしたち」によって共有された、意識せざる自己欺瞞というほかない。

そうであるとすれば、この「恐怖を秘めた美化」という無意識の自己詐術こそ、先の「左翼作家」の率直なソ連観を匿名に追いやり、また「パステルナーク事件」において浮上した、その「抗議なき抗議」の底にとぐろを巻いていたところの根源ではなかったか、と今は推察しておこう。そしてこの状況は、先に触れたサイデンステッカーの「反米の大洪水」という認識ともなって当時の論壇を蔽った〝空気〟でもあったと言える。

＊1　高見順「メーデー流血事件目撃の感想」、『中央公論』一九五二年六月号。
＊2　出席者＝高見順、青野季吉（委員長）、阿部知二、石川達三（司会）、舟橋聖一、佐多稲子、芹沢光治良、中島

健蔵、広津和郎、堀田善衛。
＊3 「高見さんは『この法律に対する反対運動は文藝家として政治団体とはっきり区別して独自の意見と形でやるべきだ』といい、この席で初めて『静かなデモ』を提案された。」（堺誠一郎「一九五八年の高見さん――ソ連行きと『静かなデモ』」、『高見順全集』第十一巻月報、一九七三年一月）
＊4 『日本文芸家協会五十年史』、（社）日本文芸家協会、一九七九年。
＊5 この取り決めにより、以後、相互に行われた日ソ文学者の交流メンバーは次の通り。
・昭和33年4月　高見順、青野季吉、阿部知二。
・昭和36年4月　ソ連作家同盟代表団、ゴンチャロフ、イワノフ来日。
・昭和37年6月　大岡昇平、芹沢光治良。12月　アクショーノフ、ルクス、リボーワ来日。
・昭和38年6月　小林秀雄、佐々木基一（新日文代表）、安岡章太郎。12月レオーノフ他2名来日。
・昭和39年8月　石川淳、安部公房、江川卓（新日文代表）。
・昭和40年1月　アジーモフ、オーゼロフ、コロリコフ、チュグノフ来日。4月　ムスレポフ、アルブーゾフ、ステルマフ、ピヌス来日。9月　田村泰次郎、奥野健男、大原富枝。
・昭和41年5月　ショーロホフ一行来日。9月　沢野久雄、平野謙、本多秋五。11月　ソボレフ、ムスレポフ、バラバソシュ、グリャモフ、エフィメンコ来日。
・昭和43年4月　草野心平、寺崎浩、湯浅芳子。
・昭和45年1月　スルコフ、スチコフ、グラーニン、マクシモフ、リボーワ来日。9月　江藤淳、藤枝静男、城山三郎。
・昭和46年9月　巖谷大四、小島信夫、中村光夫。
・昭和47年1月　フェドレンコ来日。8月　後藤明生、古山高麗雄、原卓也。
・昭和48年1月　ゴンチャル、アブラーモフ、マルツェフ来日。
・昭和49年　関根弘、山田智彦、吉田知子。
・昭和50年4月　山本理事長、江藤渉外委員長、井上理事が来日中のソ連作家同盟書記ニコライ・フェドレンコ氏と文学者交流の問題につき会談。9月　北杜夫、大庭みな子、星新一。
・昭和51年1月　ソ連作家同盟書記フェドレンコ氏より協会要望への回答があり、今年から文学代表団の他に専門家の交換派遣が実現。3月　スクルコ、レディナ来日。9月　文学と文化の分野の専門家代表として大木直太郎、木村浩両名派遣を準備していたが木村氏が招待されなかったことについて、ソ同盟に遺憾の意を表明。10月　尾崎秀樹、三浦哲郎。
・昭和52年9月　加賀乙彦、高井有一、西尾幹二。
・昭和53年9月　高杉一郎、中田耕治、畑山博三。(『日本文芸家協会五十年史』一九七九年)

＊6　「人間に会いにゆく」、『アカハタ』一九五八年四月二十九日(『高見順全集』第十九巻)。

＊7　「ソ連の印象」、『読売新聞』一九五八年五月二十日・六月九日・三十日・七月三日／「モスクワ・パリの一〇〇〇時間」、『日本』一九五八年九月号／「ソ連・フランスの旅から帰って」、『大和路』昭和三十四年一月二日／「モスクワの印象」、『図説世界文化史大系ロシア』月報、一九五九年十二月、など。

＊8　『続高見順日記』一九六五年二月八日。

＊9　前出「ソ連の印象」。なお、高見順ら一行の旅程概要について知る限り記せば次の通り。
・4月27日　羽田出発(アンカレッジ経由)→4月28日　パリ着→4月29日　パリ発→プラハ→夜、モスクワ(ブヌコボ空港)到着(作家同盟関係者、岡田嘉子が一行を空港で出迎え)。「ウクライナ・ホテル」へ。
・4月30日　モスクワ市街散策、地下鉄試乗。
・5月1日　「赤の広場」にてメーデー行進を見物。
・5月2日　ヤスナヤ・ポリャーナへ。トルストイ旧邸訪問。(プーシキン美術館)
・5月3日　トレチャコフ美術館を見学。夜、スタニスラフスキー劇場でバレエ「オフリーダの伝説」観劇。
・5月4日　午前中、市街見物。クレムリン内見物。日本大使館を表敬訪問。
・5月5日　ソ連作家同盟による招待会に出席(青野、阿部両氏に続いて挨拶を行う)。夜、モスクワ芸術座、シェイクスピア「冬の物語」観劇(岡田嘉子案内)。
・5月6日　買い物(フィルム)。映画館へ(「静かなるドン」第三部鑑賞)。

・5月7日　モスクワ大学訪問。夜、モスクワ芸術座「アンナ・カレーニナ」観劇。
・5月10日　アルメニアへ向かう。首都エレバンで同地のエチミヤ教会など訪れる。
その後、モスクワに戻り、レニングラードへ（エルミタージュ美術館、キーロフ劇場『白鳥の湖』前夜、チャイコフスキーのオペラ「スペードの女王」を聴く、ドストエフスキーの墓（芸術家の墓地）、家見学など）。さらにモスクワへ戻る。
・5月20日　ヤースナヤポリャーナ訪問。ソ連を離れる（空港でリュボーワ女史、岡田嘉子ら見送り）。
・5月21日　プラハ経由、フランスへ。その後、ベルギーへ。

＊10　堺誠一郎、前出。

＊11　高見順は別の場所では次のように発言している。「私の場合は、むしろ終戦後に、いはばほんたうに転向したと言へるやうだ。もちろん『日本主義者』に成つたといふ意味ではない。政治といふものから、きつぱり絶縁する気持に成つた。」中野好夫編『現代の作家』岩波新書。一九五五年／中野好夫「作家に聴く」第六回、『文学』一九五二年六月号。

＊12　十九世紀イギリスのロマン派詩人、ワーズワース（一七七〇―一八五〇）は、一七九一年、たまたま滞在していたフランスにおいて沸騰する革命に遭遇し、これに深く共感してたちまち熱烈な共和主義者となったものの、しかし、人類解放の大義を掲げたその革命が恐怖政治に転じて行くにつれて失望の度合いを強める。そして、革命の現実がついに「自由・平等・友愛」の理想を裏切っていると確信したとき、そうした人間の傲慢を批判し、かつて馴染んだ田園の中へ、自然と精神の融合へと回帰していったとされている。特にナポレオン戦争終結後、ワーズワースはもっぱら社会的な混乱を恐れ、安定した力こそが社会的正義の実現に必須であると主張して、普通選挙法導入に反対し、一部から保守派詩人として非難を浴びた。

＊13　『続高見順日記』第七巻、月報。

＊14　小田切秀雄「〝喜劇は終わった〟か」、『私の見た昭和の思想と文学の五十年』下巻、集英社、一九八八年。

＊15　「左翼作家が見たパステルナーク事件」、『新潮』一九五九年一月号。

＊16　清水幾太郎『わが人生の断片』文藝春秋、一九七五年。

第7章「モスクワ芸術座」という事件

ぼくは捉まえておくまい。行きたまえ。慈善
を行いたまえ。
他の人々のもとへ行きたまえ。すでに若きウェル
テルは書き終えられた。
そして現代は、大気は、死の匂いがする。
窓をあけよ――血管を開くように。
パステルナーク「決裂」

来た　観た　感動した！

ここに一つの小さな雑誌記事がある。その週刊誌の記事には写真も添えられており、今しも愉しげに集う作家たちの面々が写っている。右端には笑っている高見順、その横に歌手の宮城まり子、さらに同じテーブルには草野心平、立野信之、阿部知二、松岡洋子らの顔も見える――これはすでに第四章で触れた昭和三十三年暮れの日本ペンクラブ忘年会のスナップであって、ほかならぬサイデンステッカーらがその抗議文で指摘した問題の宴であるが、こうした作家たちのささやかな集いがそもそも大衆週刊誌に採り上げられるニュース種にまでなったのは、おそらくこのとき初来日していたモスクワ芸術座のメンバーがそこに顔を出したという話題性のためであったろう。（＊1）

ところで、なぜ「モスクワ芸術座という事件」なのか。ここであえて「事件」なる仰々しい言葉を使った理由については、もとより奇を衒わんがためではない。そうではなくて、ここで採り上げる出来事が一見いかに場違いであり、また無関係に見えたとしても、一方で同時進行中であった「パステルナーク事件」という構図を背景に措いたとき、その図柄と微妙に響き交わしているように思えるからであり、そこにある視点を挿入するとき、この遭遇は――むろんそれが偶然であるとしても――紛れもなく日本におけるパステルナーク事件の「光景」の一つと看做しうると思われるからである。

さて、第五章で触れたサイデンステッカーが「副次的な事件」と呼んだ事態はこの宴で起ったのであったが、そして、それは「副次的な、余りに副次的な」出来事に違いなかったが、しかし日本ペンを揺さぶった発端ともなった「事件」である以上、ここでその〝騒ぎ〟をもう一度復習しておけば――日本ペンクラブが恒例の忘年会を催していたこの日（一九五八年十二月二十日）は、実は遠くストックホルムでノーベル賞授与式典——言うまでもなくパステルナーク不在の——が開催されていた当日でもあった。したがって、この日、ほかならぬパステルナーク弾圧の当該国たるソ連からの客人を無神経に招いたばかりか、参加者全員に拍手要請までして歓迎したことがサイデンステッカーの怒りに火を点けたのであった。彼に言わせれば、招待されたモスクワ芸術座座員は言わば「ソ連政府の代表」（座長スタニーツィンは「人民芸術家」称号の保有者）であり、しかも〝文筆の徒〟の集まりである「ペン」の場に呼ぶには相応しくない、というものであった。

　おそらく司会者高見順にしても当日参会した他のペン会員たちにしても、このことを切っ掛けとして、パステルナーク問題をめぐる事態が一挙に複雑化し始めるなどとは全く予想外のことであったはずである。この日招待されて登場したモスクワ芸術座員たちを温かく迎えるか、それとも重苦しく（？）迎えるか。宴の途中、突然彼ら座員が現われるという趣向に参会者たちは驚いたとしても、彼らを拍手で迎えるという「ジェスチャー」に格別の抵抗はなかっただろうし、むしろ遠来の芸術家を温かく歓迎することに「強い違和感」（サイデンステッカー）を覚えたとは考えにくい。

　そのことは、サイデンステッカーらの抗議に対して後に「よくまあ都合よく解釈したものである。ペンクラブの忘年会の時、モスクワ芸術座員を迎えて拍手したのは、単なる外人に対する礼儀にすぎない。その日が丁度、ノーベル賞の授賞式の日だなんてことを知っていた会員はおそらく一人もいなかったろう。川端会長も高見専務理事も、これにはびっくり仰天した」という、おそらく大方の受け止め方を代表していると思われるある会員の感想を見ても分かる。（＊2）

　そう、つまり、この日がパステルナークを欠いたノーベル賞授賞式典の当日であることを念頭においていた会員は、高見順をはじめ「おそらく一人もいなかった」し、したがって会場にも悲運の極にあったこのロシア詩人に心を寄せようとする配慮ははじめから見られなかった。

さて、切っ掛けとはあくまで切っ掛けであって、ある全体の端緒であるに過ぎないが、しかし、それが切っ掛けであることを了解した当事者（サイデンステッカー）にとっては、日本ペンのこの〝非礼〟が以後の態度を決める一押しとなったこともすでに見てきた通りである。要するにそれは、日本ペンの微温的な「申合せ」に一石を投じたかった彼サイデンステッカーの決意を表明するトリッガーの役割を果したのであってこの一石に日本ペンがいかに「びっくり仰天した」としても、しかしこの〝無謀〟なかりせば、おそらく高見順主導の日本ペンクラブは、あの無難無害な「申合せ」で安心したまま一件落着となっていただろうこともまた確かなのである。

＊

ところで、繰り返すが、「パステルナーク事件」が起ったその最中にモスクワ芸術座が来日したということは、明らかに偶然の出来事であった。つまり「事件」自体は一九五八年十月に突発したのだし、一方モスクワ芸術座が来日公演することはすでに同年四月に決定公表されていたからである。したがって、このときサイデンステッカーの憤懣が堰を切ったこと自体は、芸術座にとっても、高見順にとってもとんだとばっちりであったには違いない。

高見順がいみじくも弁明しているように、明治以来の日本の文学者にとってロシアの文学や演劇は極めて近しく、わがことのように咀嚼されてきた歴史があり、同時に自らも若き日、新興演劇に入れあげた経歴のある身として、この日、彼ら芸術座員を招くことはある意味で自然な、というより晴れがましささえ伴った行為であっただろうからである（しかも、ほんの数ヶ月前にはソ連作家同盟によって暖かく迎えられ、現地で自ら同芸術座の舞台を観劇して戻ったばかりでもあった）。

このことを確認した上で、私たちは今この「副次的事件」に何を見ることが出来るのだろうか。そこに「パステルナーク事件という構図の中で演じられた一場の喧騒劇」という先に述べた予断を重ねようとするなら、私たちは何よりもこの出来事を眺める視点を上方に置かなければならないだろう。その目論見とは、ひとたびその視点を極東日本を俯瞰する位置に据えたとき、この偶然の遭遇劇に通底する、ある必然の文脈を見ることが出来るのではないかというものであるが、そのためには何はともあれ来日したモスクワ芸術座の公演と、それをめぐる喧騒劇に立ち帰ってみなければならない。

さて、そのモスクワ芸術座の一行は、朝日新聞社の招きによる来日初公演のため、昭和三十三年十二月二日正午、羽田空港に降り立った。空港には千田是也、滝沢修ら日本俳優協会、日本新劇俳優協会、前進座、日ソ協会など演劇界の人びと約百人が出迎え、拍手に包まれる中で山本安英、杉村春子から花束が贈られた。来日した同芸術座のメンバーは、団長ソロドーウニコフ、演出家スタニーツィン以下、「ソ連人民芸術家」称号を持つ七人を含む総員五十七人（俳優三十五人、演出・後見役三人、道具方十五人含む）であった。

この年、モスクワ芸術座はすでにパリ、ブリュッセル、ロンドンの海外巡演を行った後、その最後としての日本公演がついに実現したのであったが、この公演が日本の演劇人、演劇愛好者、なかんずく新劇関係者に巻き起こした反響がいかに大きなものであったか。何しろモスクワ芸術座といえば、一九一二(大正元)年、小山内薫が現地ロシアに赴いて観た実物そのままを忠実に移植することから出発した日本新劇にとって、指導者スタニスラフスキーの演出術ともども戦前戦後を通じて模範とされ、長らく渇仰の対象であったからである。敗戦直後の昭和二十年十二月、焦土と化した東京の有楽座で新劇合同公演として上演されたのがチェホフの「桜の園」であったこともそれを示していよう。

さて、公演の主要演目はチェホフの「桜の園」、「三人姉妹」、ゴーリキーの「どん底」であり、東京・新橋演舞場の初演を皮切りに、以下、大阪、名古屋、八幡、福岡の日本各地を巡演して翌年一月十二日帰途につくまで合計三十五回の公演が行われ、いずれも各地の演劇ファンから熱烈な歓迎を受けたことが報告されている。その熱狂ぶりたるや、当時の新聞や演劇雑誌などに寄せられている多くの日本演劇人たちの「観劇記」を繰ってみると、そこに躍っている見出しだけでも凄まじい。曰く――「世界演劇の権威」、「〝ほんとうの演劇〟を見た」、「もはや〝芝居〟ではない」、「体温から伝わる感動」、「舞台表現の最高位」、「やっぱり本場もの」、「真実を示す舞台」、「言葉はわからなくとも」……。

要するに、モスクワ芸術座がいかに熱烈に迎えられ、かついかに尋常でない眼差しで受け止められたか。その、舞台を見終わった演劇関係者、特に新劇人たちの放心状態とも言うべきありさまを以下に見ておこう。

新橋演舞場で、来日最初の公演（「桜の園」）の幕があいた十二月五日の夜は、いやもう大変な騒ぎであった。客席には、劇界、文壇などの有名人の顔がずらりと並んでいる。第一幕が終った後の幕合の廊下では、あちこちで感嘆の囁きが交わされる。第三幕の、ラネーフスカヤ夫人が、桜の園を失った悲しみの涙にくれるところでは、柳栄二郎、村瀬幸子、杉村春子なんて連中が、手放しでポロポロ涙を流している。……（＊3）

「もうやれませんね（杉村春子）」／「ああ、何と素晴しい！　などと私の嫌いな詠嘆調を、そのまま持ってきて全く恥ずかしさを感じない。……しかもこれを見たら、とてもとても、二度とやる勇気はなくなった。（岸輝子）」／「もし私が女優になる以前に、このモスクワ芸術座の舞台を観ていたら、俳優になることをやめてしまったことでしょう。とにかく、この感激を、どういう言葉で文字にしたらいいのか、わからないというのが正直なところです。（楠田薫）」（同前）

「何という逞しさであろう、からだつき、こえ、眼のいろ、鼻、口、そして足。……眼のひと動き、一呼吸、ちょっとした重心の移動が、オブラートを一枚ずつ重ね積んで山を築く程の設計でありながらその重量と

清潔なこと。（宇野重吉）」（＊４）

この「手放しでポロポロ涙を流し」、「この感激をどういう言葉で文字にしたらいいのかわからない」といった新劇役者たちの賛辞があふれる中、とりわけ「ラネーフスカヤ夫人」を演じた芸術座を代表する女優タラーソワの迫真の演技には絶賛の声が集中した。「何という立派な気稟。控え目で、それなのに激しい感情の起伏をあらわに見せずしてその人をありありと創造する演技。これこそチェホフの衷心から期待した『桜の園』女主人公の肉体化なのか……」（東山千栄子）。

初演の日、千五百人の観客の中には、フェドレンコ（ソ連大使）夫妻のほか志賀直哉、広津和郎、木下順二、安部公房らの作家や、新劇関係では滝沢修、千田是也、岡倉士朗、菅原卓、宇野重吉、東山千栄子、杉村春子、山本安英、岸輝子ら多数、また片山哲夫妻、蔵原惟人、湯浅芳子といった「著名人」たちも続々と顔を見せたらしいことが当時の新聞にも報じられているが、その舞台の衝撃はむろん右に紹介した役者のみならず、演出家、批評家、脚本家にとっても同様であったようだ。

われわれは、高度の、これこそ、本物だといえる演劇を承知せずに、ここまで来たわけである。新劇人も、そして、観客も、その本物の演劇を見たのだ。それにしても、この天恵に浴しえずにいる人たちを、ここに改めて思わずにはいられない。彼らの一生の願いとして、モスクワ芸術座の舞台を見たい、そこに演劇の真実を求めながら、それをはたさずに死んで行った友人たちの思いをである。（菅原卓、『朝日新聞』十二月六日）

シベリアの向うの遠い都モスクワから、香り高い近代演劇の花を運んできた芸術座の人々よ、私たちは両手をひろげてあなた方を抱擁する。荒れかけていた日本の演劇は、あなた方の歴史的な来演で、再び演劇の美の神を呼び戻す確信を得ることであろう。（尾崎宏次、『読売新聞』十二月八日）

わたしは「三人姉妹」の舞台にふれて、そこからまなんだものを、語りたくおもうのだが、率直に白状すれば、舞台がすすむにつれて、じぶんがいつとは知らず、いわゆる職業意識を放棄していることに気付いたのである。ただ、しまいに高まってゆく戯曲の流れにしたがって、ある場面では、「この瞬間よ永遠に止まれ」と叫び出したくなるほどの美に打たれた。（下村正夫、『アカハタ』十二月十八日）

「桜の園」を観ていて、自分のいまいきていることを幸福だと思った。こんなにも立派な芸術があるとは想像もしていなかった。立派な戯曲はあった。すぐれた俳優も知っている。演出のみごとさも何度か観たのだが、戯曲でもなく、演技でもなく、演出でもない、そのすべてが一つのハーモニーをもって舞台躍動して、他の芸術とは全然別のある芸術的境地（作品）を作りだした。これが演劇だと思った。そして生きていてこの芸術にふれ得たこと、しかも自分が同じ分野の芸術の仕事をしていて接することのできたこと、尚、自分の年齢で見られたことはなんと幸福なのだろう。（岡倉士朗、『芸術新潮』一九五九年一月号）

「天恵」、「演劇の美の神」、「この瞬間よ永遠に止まれ」、「いきている幸福」……。もう十分だとは思うが、極め付きは次のような感想であろうか。

分からなかったらどうしようということより、ぼくには、もしもみて、感動することが出来なかったらどうしようという方が強かった。向うさんの悪いわけはない、こっちが感動の出来ないような奴になっていたらという心配である。だから、ほんとうに大変な試験を受ける前のような緊張感だった。いつもはなんとも思わない「××製作所」などと書いた幕が気になる。芸術座のひとたちに悪くって仕方がないのだ。（安藤鶴夫、『週刊朝日』一九五八年十二月二十一日号）

来日したモスクワ芸術座の一行
（『朝日新聞』昭和33年12月２日、夕）

当日ポケットに神西清訳の『桜の園』とノートブックを実直にしのばせ、まるで「試験を受ける」ような気持ちで臨んだというこの高名な演劇評論家は、結局「言葉は分らなくってもちゃんと感動することが出来る」ことに驚き、胸を撫で下ろしたらしいが、別名を「感動スルオ」ともいったらしいこの感動居士の正直すぎる告白には、はしなくもモスクワ芸術座を迎えた日本演劇人の深層心理が照らし出されていると言えようか。つまり、遠来の芸術座に向けられた溢れんばかりの賛美や熱狂の裏には、言わば圧倒的な劣等意識が張り付いており、人びとはもっぱらそうした緊張と不安の只中で舞台を眺めたらしいという意味で、である。

もしも観劇して自分が感動することが出来ないとしたら、その「責任」は、相手にではなくて自分の方にある！　つまり「悪い」のは自分であって「向うさん」ではないことが予め決められており、後は叩頭してひたすら「感動する」だけであるという、その自虐構造を、しかし、私たちは決して嗤うことはできない。何故なら、ここで彼はおよそ圧倒的な装いをもって外国の文物が到来し、それを眼前に突きつけられたときの日本人の哀しきプロトタイプを身をもって演じているのであり、むしろそのことを正直すぎるほど率直に述べているに過ぎないからである。

およそ文化とはつねに「向う」からやって来る。要するにここに繰り返されているのは、それが「黒船」であれ「三二テーゼ」であれ「アメリカ民主主義」であれ、そうした異なるカルチャーが圧倒的な威容をもってその受容を迫ったとき、これをひたすら賛仰恐懼して迎え入れるや、次にせっせとその身体化に勤しんできたのが私たちの歴史であったし、そしてまたその「身体化」の素早さたるや、いったん背景の構図が変われば簡単にその反対物に転化しうるそれでもあることは、近時の戦争を挟んで十分すぎるほど十分に証明された、われらが生得の資質にほかならないからである。

つまり、こうした及び難い威容をもって、モスクワ芸術座は戦後日本という文化的辺土に〝上陸〟し、旋風のように日本列島を駆け抜けていった〝文化的事件〟であったのだが、しかしここで注目したいのは、日本の演劇愛好者を熱狂の渦に巻き込んだその芸術的高度性や、また新劇人たちに残した衝撃の深さでもない。すでに述べたように、ここで試みたいのは、この〝事件〟を別の視点から見ること、つまり「極東日本を俯瞰する位置から」眺めて見ることであり、そこから何が見えてくるのかということであるが、そのための迂回路として、差し当たり同芸術座の公演を、手放しの賛辞やオマージュの渦から離れたところで発せられた声に注目してみたいと考える。

浅利慶太の批判

さて、「茫然自失」派による熱狂的な賛辞が溢れる中で、モスクワ芸術座公演に対する冷静な、そして批判的な視線ももちろん存在した。知りえた限りでは福田恆存、寺田透、安部公房、浅利慶太らの感想がそれであるが、その視点はそれぞれ微妙に異なるとしても、しかしあくまで「向うさん」に自分を預けてしまうのでなく、少なくとも自分の領域に引き寄せ、じしん固有の眼力において裁断しようとする態度において共通しているように思える。（＊５）

福田恆存は、初演の新橋演舞場を支配していた〝異常な興奮ぶり〟と観客の〝行儀の良さ〟を皮肉ることから始め、役者たちの創り出す調和の裏に「信賞必罰」原則の徹底を見、さらに余りに優等生的なその演技は「強い個性」、「役者の魅力」に欠けていると指摘する。そして芸術座から味わった感動は、演じられた舞台からではなく、結局チェホフの文学に由来するということを確認しつつ、日本新劇人たちは、モスクワ芸術座に「自分たちに無いもの」を探し回るより、その「無いもの」は実は足下にあるし、本当にやる気があり、望むなら今すぐにでもやれるはずのものであると述べている。

寺田透は、もっぱら文学として親しんできたチェホフが、モスクワ芸術座の舞台では幾つかの改変を蒙っている、その変容のさまに興ざめしたことに触れながら、今度の公演を観た日本の「シンゲキ」関係者たちが早速にも声高に「自分たちも創作劇を！」と叫んでいる、いささか卑屈な調子に注意を促す。つまり、そうした「意欲」は、そんなにも安易に標榜されては困るのであってもっと「内発的」でなければならないこと、そして観劇後、何故か彼に想起せられたのは、「能とチェホフ劇は舞台芸術の行きついた両極点である」と述べた岸田国士の言葉であったことを末尾に記している。

安部公房は、モスクワ芸術座が予想した通りの「完成した一流品」であったことに先ず驚くが、しかしその予想が的中したことよりも、それを観た人びとの手放しの感動ぶりの方に驚かされたという。彼らは演劇一般がもたらす芸術的感動と、芸術座が固有に積み上げて来た成果とを混同してはいないだろうか。われわれは芸術座じしんの歩みを絶対視したり、彼らの「一流芸」を観てうろたえるべきではなく、むしろわれらの「未熟さ」にこそ希望を抱くべきである。名文家が必ずしも文学者であるのではない。モスクワ芸術座の水準を見届けた以上、芸術家たるものはもうこれを否定する以外にはありえない、と述べる。

以上、おおまかに三者による観劇直後の感想について触れてみたが、しかし、ここでは特に浅利慶太の感想を手掛りに、モスクワ芸術座の来日騒ぎについて考えてみたいと思う。その理由は、前記三者の感想があくまで観客席から眺めたところのそれに傾いているのに対し、浅利の場合、戦後の混沌の只中で新しく劇団（「四季」）を興し、自らのドラマトゥルギーによる演劇創造の出立宣言にも似た決意をもって書かれているだけでなく、言わば日本という〝文化的辺土〟においてこの「世界最高の劇団」をいかに迎えるべきか、その作法としても提出されているからである。

つまり、浅利にとって、モスクワ芸術座とは、自ら目指す演劇の未来から透視したとき、それが優れた達成をもって聳立すればするほど、そしてまた戦前より日本新劇の〝守護神〟と目されてきたその歴史を踏まえれば踏まえるほど、これを否定的に対象化し、かつ超えなければならぬ〝優れた敵〟と看做された。つまり、このとき彼が置かれた場所とは、芸術座も日本新劇もともに串刺しし得る地点でなければならず、またそうであるがゆえに彼の感想を、わが新劇関係者たちの「放心状態」の中におくとき、それは鋭い光りを放っているように思われる。

先ず浅利は「なんだ、ばかにしてやがると怒れないものですかね。家元のものならなんでも有難いという気持でしょうかね」（『朝日新聞』一九五九年一月十六日）と即興的に記者に語っているが、別の場所で以下のようにモスクワ芸術座への批判を展開している。「磨きあげられた演技力と、選りすぐった美しい容姿、又徹底された基礎訓練が生む舞台のアンサンブルはただ感嘆の一語につきる。そしてこのことは多くの人々が言いつくして来たことである。」（「モスクワ芸術座は世界演劇の殿堂か」）浅利もまた多くの人びとと同様に、スタニスラフスキー演技術の伝統を受け継いだとされる同芸術座俳優陣の創り出すアンサンブルの、その絶妙さ、素晴しさに限りない賛辞を呈することを惜しまない。しかしながら、その感嘆の賛辞は、直ちに次のような疑問の提出へと転換される。

> だがしかし、こういう観方は出来ないだろうか、モスクワ芸術座の俳優、いや俳優のみならずモスクワ芸術座のもっているものは、それだけしかない、と。……名優の本当の魅力とは、その不敵な面魂の後にかくれるその人間独得のモラルにある。世界中の名優のさまざまの個性は、結局は人生をそれなりの仕方で徹底して生きて来た人間だけが持てる人生観、それが生む魅力なのである。モスクワ芸術座の俳優は、同じモラルで教育され、裕福な生活を生きて、演劇のことしか考えなかった。つまり巧くなることしか考えなかった人間の、やりきれない味気なさを感じさせ、それが唯一の弱点となって俳優の魅力に酔うことを妨げている。（前出）

浅利はモスクワ芸術座の舞台に接しながらたしかに感嘆し、衝撃を受けるものの、しかしいつまでもその「素晴しさ」に酔いしれているわけにはいかなかった。彼にとって芸術座の舞台はなるほど「素晴しい」ものには違いなかったが、しかし同時に彼がそこで味わったのは、優れた舞台から受け取る至福感とは遠いものであった。何故なら、その「素晴しさ」のうちに彼が見たのは、一種の磨き上げられた無個性ともいうべき演技であり、そこに醸される或る「やりきれない味気なさ」であったからである。俳優とは何であり、演技とは何であるか。それは決して「同じモラル」や「裕福な生活」に支えられたところに生れる、保証された何かではない以上、彼ら〝名優〟たちは、結局「巧くなることしか考えなかった人間」ではないかと断ずる。
ここから浅利は、同じ演劇人として彼らの演技の奥に潜む不幸を推察し、さらにその推察の赴くところ、当然のことながら、野放図に賛辞を垂れ流す一方の「日本新劇」というエスタブリッシュメントにも批判の矢が放たれる。

われわれにとって本物の演劇とはわれわれの心の中にあっていつか完成の日を待っているものであって、モスクワ芸術座の舞台にあるのではない。過去に能、狂言、歌舞伎などの、完成された様式を持つ舞台芸術を生んだわれわれの民族が、現代演劇に待つ〝本物の演劇〟とは、われわれの住む現実にしっかりと立脚し雄大な劇行為を持った作品なのである。(菅原卓)氏の言に答えて、日本の観客は率直に言うに違いない。日本の現代劇としての本物の演劇は、あなたの劇団、あなたの手でつくり出されるものと期待しているのに……と。(前出)

ここでいう「本物の演劇」とは、先に一部を引用した菅原卓の賛辞であるが、まさに日本新劇人の典型であるこの「本物がやってきた」意識こそが問題であり、何事によらず「モスクワへ、モスクワへ」と浮き足立つのはもういい加減にしてほしいと浅利は言う。そして、モスクワ芸術座という反面教師がわれわれに残してくれたのは、むしろわが伝統を踏まえるべきという教訓ではないかと指摘するとともに、さらに彼ら新劇人が(「民芸」を除き)、芸術座公演の期間中、これまで公けに約束してきた公演スケジュールをすべて放棄したことを、同じ演劇人として許しがたい醜態であると指弾しつつ以下の結論に至る。

モスクワ芸術座の舞台を見て僕の感じた結論、それは、自分はああいう劇団はつくりたくないし、ああいう風に俳優は育てたくはないということである。そして僕の持った大きな疑問、それはソビエト政府は本当に芸術のよき庇護者なのだろうかということである。政府の強大な庇護の故に世界中の演劇人からの羨望を集めているモスクワ芸術座は果して本当の庇護を与えられているのだろうか、実はわれわれ以上の逆境に立たされているのではないだろうか。それはいつか時間だけが解き明かしてくれる疑問である。（前出）

見られるように、浅利慶太のモスクワ芸術座批判は、完成された彼らのアンサンブルを、その完成ゆえに疑い、さらに日本新劇を疑い、そして最後に「芸術のよき庇護者」ソビエトと「逆境に立つ」モスクワ芸術座という、その関係の疑いとして提出されている。この発言が、日ソの「文化交流」が熱っぽく叫ばれ、当時、陸続とソ連からバレエ、オペラ、音楽家などが訪れて日本各地を席巻している渦中におけるものであったことに特に留意しておこう。言うまでもなく、ここはもはや「権力と芸術」という課題が立ち現れる場所であるが、このとき浅利の脳裡には、同時進行していた国禁の作品『ドクトル・ジバゴ』をめぐる事件の経緯と、その暗い顛末があったことは疑えない。

＊

ところで、モスクワ芸術座が日本で演じた演目には、チェホフ劇などの〝定番〟のほかに実はもう一つ上演された戯曲があったことに注目しておく必要がある。「おちつかない老年」（全四幕、ラフマーノフ作）という〝現代劇〟がそれであって、モスクワ芸術座側の「強い希望」によって来日公演のレパートリーに組み入れられた作品であったという。つまり、すでに磨き上げられ、完成された古典ともいうべきチェホフ劇の、

その間に押し込まれるようにしてこの〝新作〟が上演されたというのが実情であるらしい。（＊6）

この作品が、練り上げられたチェホフ劇ほどには日本人観客の注目を引かなかったのはやむをえなかったとしても、しかし、モスクワ芸術座側にこの芝居を是非とも同時代の日本人に見せたいという「強い希望」が存在したのだとすれば、それは何故であったのか、その理由についていささか考えをめぐらせてもいいように思う。おそらくそこには、彼らの演目レパートリーがチェホフやゴーリキーだけではなく、〝現代劇〟にも十分意欲的であることを観客に示したかったという以上の根拠が存在したと思われるからである。

さて、この劇のストーリーとはおおよそ次のようなものであった。

——主人公は、ロシア革命が迫り来る日々、新時代の到来を信じて植物学研究に勤しんでいる老教授「ポレジャーエフ」。彼の提案した研究所建設計画がツァー政府から却下されたところから劇が始まる。彼には二人の助手がいて研究の手助けをしているが、しかしその二人はそれぞれ革命派と反革命派に分かれて対立している。やがて革命派の助手は追われて地下運動に入って去り、反革命派助手には裏切られて孤立し、友人たちも次々と老教授の許を去ってゆく。そんな逆境と困難な研究生活を、信念を曲げずひたすら妻と二人で耐える中、ついに革命は成り、帝政は終焉する。そして、革命派であった弟子は赤衛軍の部隊長となって教授の前に現れ、二人は再会を喜びあうが、このとき教授はすでに病いのうちにある。そんな病床の主人公の許へ、夜のしじまを破って一本の電話がかかってくる。それは彼がかつて提出した研究所創設案が新政府によって採択され、実現に移されることになった報せを告げるレーニンからのものであった。「私は元気です。きっと近いうちにお会いしましょう。おちつけない老年なんてとんでもない。これは私の性分にちょうどぴたりですよ。こうしていないと居心地がわるいんですよ。どうかご心配なく」と言いながら、主人公は仕事にとりかかる。……

＊

さて、この作品の日本での上演結果は、しかし、必ずしも芸術座側が期待した通りとはいかなかったらしい。すなわち、いかに彼らを熱狂して迎えた日本新劇界であるとはいえ、戦前から積み上げてきた彼らの苦闘と蓄積は、少なくともこの〝新作〟をチェホフ劇同様、賛辞とともに押し戴くほどに「甘い」ものではなかった。たしかに当時、この作品に対する肯定的評価も散見されるものの、しかし、ストーリーにも見られるように、余りにも見え透いた社会主義リアリズム仕立ての勧善懲悪劇を賛美する感想は少なかった。

新劇界においても「同じ頃日本で作られた『火山灰地』などと比べてはるかに劣ります」（宇野重吉）、「つまらなかった。脚本がレベル以下だし、書かれていない役を演らされる役者へ同情した」（中村伸郎）といった役者たちの声（『悲劇喜劇』一九五九年五月号）がある中、せいぜい「名優が揃っているから……貧困な作品でも面白く見られる」（戌井市郎）といったところが「好意的な」評価であった。さらに浅利慶太に言わせると、「主題と劇構成に何のリアリティも持たない、革命記念日の余興演芸」であるばかりか「（これが）ソ連最高の現代劇とするなら、先般のパステルナーク事件を思い合わせ、僕はソ連の現代芸術、又ソ連政府の芸術に対する考え方に大きな疑問を抱かざるをえない」（前出）ということになる。

ところで、今日では全く忘れ去られてしまっているレオニード・ラフマーノフなる作者のこの作品が、革命期におけるインテリゲンチャの態度をテーマとしたものであることは容易に見て取れる。主人公は革命という社会的激変期にあってたしかにさまざまな困難に遭遇するが、しかしそうした障害や矛盾の克服は光明としてのボリシェヴィキ政権に委ねられ、しかも最後に《突然の神》として出現するレーニンの声によって解決されるというストーリーは、それが〝名優〟たちの演技によって辛うじて見られるとしても、ソビエト権力にとって都合よく描かれている、というより描かれ過ぎている余興芝居と評されても仕方があるまい。

しかし、そうであるとしても、久保栄の「火山灰地」にはるかに及ばない、そんな「レベル以下」の無葛藤劇をなぜ「世界演劇の権威」、「二十世紀最高の劇団」であるモスクワ芸術座が、そもそも自己じしんの演目に選んだのか。また、チェホフ、ゴーリキーにも伍し得るドラマとして承認し、その上演を「強い希望」をもってあえて上演レパートリーに加えたのか、その理由を一応は問うてもいいだろう。そして、その理由はおそらくソ連社会における芸術座の存在役割にあり、さらには芸術座六十年の歩んだ歴史の中に求められるべきものだろう。

「国禁芸術」と「国策芸術」

さて、先に述べたように、モスクワ芸術座が来日した一九五八年は、スタニスラフスキーとネミロヴィチ＝ダンチェンコの二人によって同劇団が創設されてより六十周年目の節目の年に当たっていた。知られるように、十九世紀末、それまでの既成演劇に飽き足らなかった二人は、ロシアの地に従来の「見世物小屋」芝居を脱して「真実の演劇」をもたらすべくその伝説的な歩みを始めるが、チェホフの「かもめ」上演をはじめとするその演劇的試みは、しかし、一九一七年のボリシェヴィキ革命を結節点として大きく変容を迫られることになる。すなわち、モスクワ芸術座のみならず、ロシアの芸術と芸術家を等しく襲ったこの社会的大激変は、やがて彼らに「社会主義建設」という国家的目標と向き合うことを課題として突きつけることになったからである。

舞台芸術の場合、例えば演出家メイエルホリドの野心的試みに見られるように、革命初期、変革の熱気とともに目覚しく展開されたアヴァンギャルド的実験は、ロシアのみならず世界の耳目を惹き付けるが、しかし時代が二〇年代後半のスターリン体制に移行するにつれて、事態は早くも失速してゆく。すなわち、およそ芸術は「党のための芸術」が優先評価され、社会主義建設に貢献する度合いを尺度とする焦迫は、一九三四年、ゴーリキーを議長とする第一回全ソ作家同盟大会に至って一つの頂点に達する。周知のように、この大会において「現実をその革命的発展において真実にかつ歴史的具体性をもって描く」ところの〝社会主義リアリズム〟が文学・芸術の基本的制作方法であることが確認され、以後、作家は創作に当たってこの大原則に則らねばならぬことが宣言されたのであった。

その後スターリン個人に党権力が集中していく過程で、ロシア革命は、知られるようにさらに巨大な試練の時代に突入する。三〇年代後半に繰り広げられた「大テロル」は、特に一九三七年に就任したＮＫＶＤ長官の名にちなんで「エジョフシチナ」と呼ばれる暴風としてソ連全土を吹き荒れる。「モスクワ裁判」をはじめとして、高官、元帥、インテリゲンチャ、学者、芸術家から一般の党員、庶民に至るまで、ソビエトのあらゆる階層を呑み込んだこの〝ボリシェヴィキ的熱狂〟において、人は罪あるがゆえでなく、むしろ罪なくして逮捕され、銃殺ないしラーゲリ送りとなっていったが、これら大量の罪なき人びとは、取調室における〝簡略訊問法〟すなわち「拷問と殴打」によって次々と罪を「自白」し、加えて昨日弾圧した当人が翌日はもう逮捕されるという予測不能によってさらに追い打ちをかけられていったのである。

「木を伐れば木っ端が吹っ飛ぶ」というロシア俚諺を地で行くこの三〇年代ソビエトに、もしチェホフが生きていたら、と思いをめぐらすのは苦しすぎる想像に属しよう（＊7）。第一章で触れた死屍累々たる状況の下、劇団としてのモスクワ芸術座はこの「ロシア史における最も呪わしい時代」（＊8）をともかくも生き抜いたのであって、今手近にある一般的な『事典』では、そのあたりの経緯について次のように「解説」している。

「……一九〇五年のロシア革命の敗退から帝政末期には、現実逃避の神秘主義、象徴主義的傾向をおびた演目もみられたが、一九一七年の十月革命によって劇場〔モスクワ芸術座〕は根本的自己変革を迫られた。

ロシア・インテリゲンチャの胎内から生れた芸術座は少なからぬ混乱と苦難にさらされたが、新しい国家と社会体制が安定するにしたがい、ソ連邦の劇場に脱皮することに成功した。その輝かしい成果は二人の創立者の晩年、すなわち第二世代の俳優が成長した二〇年代後半から第二次世界大戦中の独ソ戦時代に現れている。……」と。（＊9）

『事典』という性格上、記述が簡略になるのはやむを得ないとしても、革命後、モスクワ芸術座は「根本的自己変革を迫られ」……「少なからぬ混乱と苦難」にさらされたが……「ソ連邦の劇場に脱皮」することによって「輝かしい成果」を勝ち取ることが出来た……というこの平明な文脈に、三〇年代のソ連を覆った悲劇的痕跡と芸術家が体験した苦悶は希薄である。すなわち、歴史としてのスターリン時代とは、たんに「新しい国家と社会体制が安定」していった「輝かしい」時代ではない。ここで「安定」とは、そして「安定するにしたがって」とは何を意味するか。ソ連社会が「ネップ」という一種の牧歌期を経た後、新たな次元に入ったことは事実だとしても、しかしその新次元の「安定」とは、すでに触れたように凄絶な代償を支払うことと同義であったからであり、そして、その夥しい不安要素を流動的に蔵したまま、スターリンのロシアは運命の「独ソ戦」に雪崩れ込んでいったと言えるからである。

要するに『事典』の記述が伝えるのは、たしかにモスクワ芸術座は革命後さまざまな苦難に遭遇したものの、新しく変貌し脱皮を果すことによって、激動の中、その演劇活動を存続しえたという紛れもない事実にほかならない。そして、その存続がイコール「ソ連邦の劇場に脱皮」したことで可能となったのだとすれば、それは、国家が「党」によって所有されるとき、ありうべき芸術もまた党の意志を反映し、あるいはそれに異を唱えるようであってはならぬという基本的路線に芸術座もまた忠実に従ったということを意味しよう。そして、その身も蓋もない〝脱皮〟の論理を、芸術座内部の側から説明するとすれば次のようになるらしい。

今日の芸術座は全ソヴェート体制と、党および政府のたゆみない配慮の賜ものである。芸術座は党の芸術の諸問題にかんする指示を、絶えず劇場の芸術創造上の限界を拡大し、劇場に新しい課題を提起し、その誤謬をきびしく評価し、是正せしめるものとして、大きな関心をもって熟考している。芸術座は党ならびに政府の指導の意義と力を、深く、感謝をもって自覚している。芸術座は政府から与えられた高い褒賞を、その芸術の今後の完成と発展への熱烈な呼びかけとして評価せずにはいられないのである。芸術座はレーニン勲章と労働赤旗章をおくられ、幾多の光輝ある巨匠たち——俳優、演出者、裏方など——は名誉の称号と勲章によって表彰され、すぐれた出しものはスターリン賞を授与された。……（＊10）

ここにあるのは、革命以降、モスクワ芸術座が直面した「少なからぬ混乱と苦難」を救い、その〝脱皮〟を助けたものこそ「党ならびに政府の指導の意義と力」であり、芸術座の側も「深く、感謝をもって」それに応える努力によって「高い褒賞」を、そして俳優らも「名誉の称号と勲章」を得たのであるという、臆面もない自画自賛にほかならない。すなわち、この記述から浮んで来るのは、新政府から「アカデミー劇場」という名称を与えられ（後には「ゴーリキー記念モスクワ芸術アカデミー劇場」と改称された）、国家から〝お墨付き〟と「褒章」を与えられれば、芸術座もまた「党の芸術の諸問題にかんする指示」を忠実に体現せずにはいられない、いられない両者の深い相互依存関係である。

ただ、モスクワ芸術座がスターリン時代を、そしてかの大粛清期を「ソ連邦の劇場」として生き延びたのは、たんに芸術座が党との間においてこのような「指示し、指示される」関係を遵守したがゆえであるといった「分かり易い」ものだけであったとも思えない。たとえ、党の指示に忠実に従っていたとしてもラーゲリ送りや銃殺の悲運にあった芸術家は無数に存在したし、寄り添って来る者ほど容赦しなかったというのがスターリン・テロルの特徴であったとも言われているからである。

そのことを問い、また芸術座とスターリンという権力者の関係を問うとき、「スタニスラフスキー」という個人名に着目すべきだろうか。すなわち、スターリンは――トロツキーのような〝究極の敵〟は別として――ショスタコーヴィチやパステルナークがそうであったように、芸術上の傑出した高峰には手を付けなかったという「説」があるからである(＊11)。彼ら〝高峰〟は当時政治的社会的に批判を浴びながらも、しかし最終的にスターリンの在世中、ついに肉体的に葬られることはなかった。「音楽どころか雑音」とまで酷評されながらも結局のところショスタコーヴィチは逮捕されなかったし、「ソビエトの現実に無縁な国内亡命者」と非難を浴びながらも〝天上の人〟パステルナークはついにルビャンカに召喚されることはなかった。

むろんそれは偶然であったかも知れないし、たんなる結果論に過ぎない可能性は大いにあるとしても、しかし、この仮説からスターリンにとってスタニスラフスキーという「国際的名声」は無視しえなかったという説明は成り立ちうるだろう。つまり、スターリンはスタニスラフスキーという〝世界演劇の至宝〟を庇護して見せることによって(文学におけるゴーリキーのように)、国際的に自己の政治権力の正当性を誇示するとともに、ボリシェヴィキ体制に向けられた西側からの批判を和らげるメリットを手にすることが出来たと言えるからである。

さらに、ある研究者は別の見方を提出している。すなわち、スターリン時代、スタニスラフスキーの標榜する「リアリズム演劇」と、スターリン体制の国策「社会主義リアリズム」との「皮肉な輻輳」という視点がそれである(＊12)。つまり、およそモダニズムの外観を嫌悪するスタニスラフスキーの理念的傾向は、「典型的状勢下における典型的性格を形象化する」社会主義リアリズムの古典性と密通しうる基盤を共有しており、「形式主義」批判の大合唱の下、このスタニスラフスキー・システムと社会主義リアリズムの〝密通化〟という事態が微妙に成就したのではないか、と。

「偉大な演出家」と「偉大な独裁者」のどちらが、まさに歴史的な時点で、より信ずべき「精神的な登山家」、すなわち「人間の魂の技師」であったのかは、微妙な点である。スタニスラフスキイが何であったにせよ、おそらく、彼は便宜上「スターリンスラフスキイ」――通常の生活から遠く切り離された、双頭の架空の獣（彼らの名前は両者とも仮名である）――と称される両者の混血児と見られる必要があろうし、また、彼らは通常の人間――アレクセイエフとジュガシビリ――として考えられるときですら、相接する修道会に属し、そして、ひと続きか、隣り合うイデオロギー上の独房に居たと見なし得る。（＊13）

ここで何が語られているのだろうか。この、意味の取り辛い翻訳文から辛うじて読み取れるのは、この無慈悲な政治的独裁者と偉大な舞台演出家とを、同じ一つの本質的傾向において括ろうとする観点であろう。スターリンはあるとき、作家を「人間の魂の技師」と持ち上げたりしたのだったが、しかしそれが作家であれ誰であれ――とりわけ著名であればあるほど――おのれへの忠誠度を見定めようとする彼の嫉妬深い視線から逃れることは出来なかった。このとき、スターリンとスタニスラフスキーという、ともに「偉大な○○」と称される両者の関係性は、ここで「ひと続きか、隣り合うイデオロギー上の独房」に棲む「双頭の獣」という、いささか分かりにくい比喩として位置づけられている。この「獣」を今「スターリンスラフスキイ」と呼ぶかどうかは別として、それが「双頭」のそれであるとすれば、両者はまさしく同じ空気、同じ成分を吸収して生きていたことになろう。

この仮説がどれほど正鵠を射たものであるかどうか俄かに評価しがたいが、著者（N・ウォーラル）はさらに次のようにも述べている。

この時期（三〇年代）には、粛清、見せしめ裁判、集産主義のもたらした飢餓、大量の強制送還、何百万もの「非国民」の手当たり次第の逮捕、強制労働収容所の建設、劇場閉鎖（メイエルホリド、タイーロフ、N・P・オフロプコフらの劇場を含む）、そして、モスクワ芸術座の称賛を見た。一九三〇年代という精神的な外傷をもたらした時代を通じて、スタニスラフスキイは明らかに自分の周囲で生じつつあることのすべてに気づかないままに、ソヴェト政府が提供した広大な邸宅に住まって、仕事をしていた。（＊14）

スタニスラフスキーじしんは一九三八年八月、七十五歳で心臓麻痺によって没する。そして、彼の死を待っていたかのように、その翌年、メイエルホリドは逮捕されるが、この息苦しい過程において私たちは一つの疑問を抱いてもいいだろう。死に至る晩年、その大粛清期の真っ只中にあって、この巨匠はほんとうに「自分の周囲で生じつつあることのすべてに気づかないまま」、政府の手厚い保護の下、ただ安穏に暮らしていたのだろうか。自分の外界に凄絶な嵐が吹き荒れ、次々と他の演出家仲間の劇場が閉鎖に追い込まれているとき、「隔離された修道院に等しい所――独裁者が国費で整え、モスクワのただ中に位置する特権的で、保護された一空間」（前出書）に、その晩年を過ごしていたのだろうか。かつて刻苦の中から創造した自分の劇場が、今や「ソ連邦の劇場」として称賛される姿を遠く眺めながら……。（＊15）

＊

ともあれ、これまで見てきた経緯から、この時代、モスクワ芸術座の存在意義と、その期待された役割はもはや明らかであろう。当時の状況下における国策芸術の、その演劇版の言説をあらためて確認しておこう。

全世界の諸国民が当面する、現代のもっとも切実な問題は、諸国民の平和と友誼をめざす戦いである。芸術座はかつて、狭い、孤立した劇場でありたいと願ったことはなく、つねに国外の進歩的な芸術家たちとの文化交流の拡充と強化や、さまざまな民族と国々の劇場の創造的経験の交換を心がけてきた。なんとなれば演劇は、各国民相互の交流と、彼らの秘められた感情を明らかにし理解するための最も良き手段の一つであるからである。一九五六年に芸術座はユーゴスラヴィヤ、ブルガリヤ、チェコスロヴァキヤ、ハンガリヤに長期巡演を行い、一九五八年にはロンドン、パリ、ワルシャワに出演し、いま日本への旅に出発しようとしている。（＊16　傍点、引用者）

ここで私たちはモスクワ芸術座に課せられた対外的役割について、これ以上ソ連文化官僚に言辞を費やしてもらう必要もないだろう。たとえ芸術座の演出家や個々の俳優たちの意図がいかに善意に溢れていようと、これを俯瞰する視点から眺めるとき、その役割がソ連政権の文化的うしろだてとしてのミッションを果すべき存在として、「文化交流」の名の下に海外に送り出されていることが明確に述べられている。ここで述べられている「諸国民の平和と友誼をめざす戦い」とは、言うまでもなく当時のフルシチョフ政権が対外向けに掲げていた「平和的共存」なる政策であり、米ソ拮抗する「冷戦」状況を生き延びるためにソ連共産党が採った国策＝政治戦略にほかならない。そして、モスクワ芸術座はまさにそうした政策伝達の文化使節として「いま日本への旅に出発しようとしている」ところでこの本は終わっている。（＊17）

さて、私たちがこれまで見てきたのは、昭和三十三（一九五八）年の暮れから翌年にかけて、極東日本を舞台に演じられたところの、一つの文化的交錯図にほかならないが、それは、国家によって手厚く庇護され支援される芸術と、逆に厳しく抑圧され生命すら脅かされてきたそれとの、奇妙な交錯図であり、その中で右往左往する左翼演劇人の姿であった。このとき、この遠来の劇団は、むろん当時かしましく喧伝されていた国禁の書をめぐる事件について一切公的にコメントすることなく、四十日間にわたるその滞日日程を終えると一月十一日、早々と離日していった。わが国の演劇関係者・愛好者たちの間に、小さくない〝芸術座ショック〟を後に残して。(*18)

*1 「忘年会場の日ソ交歓――励まされた日本ペンマン諸氏」、『週刊新潮』一九五八年十二月二十九日号。同記事は、「警職法反対デモで男をあげた(そしてそれに味をしめた?)」高見順が愉しい忘年会を催し、当日招待されて参加した七、八人のモスクワ芸術座の座員から「芸術の道は困難であり皆さんの幸運を祈る」と励まされたこと、それに対して歌手宮城まり子が大阪弁で「ええ芝居見せてもろてほんまに大きに」と挨拶して「六軒長屋の歌」を歌うと座員も立ち上がって拍手し、日ソ親善を全うした……といった他愛ない内容である。

*2 巌谷大四「日本ペンクラブと日本文藝家協會」、『群像』一九六二年十一月号。

*3 「モスクワ芸術座の来日騒ぎ」、『悲劇喜劇』一九五九年二月号。

*4 『藝術新潮』一九五九年一月号。

*5 福田恆存「チェーホフの劇場見聞記」(『中央公論』一九五九年三月号)、寺田透「モスクワ芸術座日本公演」(『悲劇喜劇』一九五九年五月号)、安部公房「新劇界の芸術座ショック――果して理想像だったか」(『藝術新潮』一九五九年二月号)、浅利慶太「モスクワ芸術座は世界演劇の殿堂か」(『三田文学』一九五九年二月号)。

*6 『おちつかない老年(全訳台本)』(丸山政男・野崎韶夫他訳、朝日新聞社、一九五八年)の「前書き」に以下の文章がある。「モスクワ芸術座の日本公演には、『桜の園』『どん底』『三人姉妹』とわれわれになじみの深い三演目のほかに、日本人にとっては全く目新しい『おちつかない老年』という新作一本が加えられました。これはこの十月、日本公演の準備に来日した芸術座のソロドーウニコフ総支配人の強い希望によるものです。その際、同氏は本年春のロンドンとパリの公演でも非常な好評を博したといっていました。今日の芸術座が古典だけでなく、新作によっても芸術座の真価を世に問いたいとの意向とうかがわれます。」

*7 「今後、二十年、三十年、四十年後にはどうなっているだろうかとしょっちゅう占いばかりしていたチェーホ

フ劇の知識人たちに、もし四十年後のロシアでは拷問をともなった取調べが行われるようになり、頭蓋を鉄の輪で締めつけたり、酸の入った浴槽にひたしたり、裸にして縛りつけたうえ蟻や南京虫でさいなんだり、石油ストーブで灼熱した銃の朔杖を肛門に挿入したり、長靴で生殖器をゆっくり踏みつぶしたり、最も軽い方法でも一週間の不眠や渇で責めたり、あるいは血まみれの傷口を殴ったりするようになるだろうと答えたなら、チェーホフの戯曲はただの一編も完結することはなかったろうし、その主人公たちも一人残らず気違い病院入りしたにちがいない。」（ソルジェニーツィン『収容所群島』第三章「審理」）

＊8　稲子恒夫編著『ロシアの20世紀——年表・資料・分析』東洋書店、二〇〇七年。なおファイジズ『囁きと密告』（染谷徹訳、白水社、二〇一一年）によれば、当時、およそ一・五世帯に一人の犠牲者が見られることになるという。

＊9　『世界大百科事典』第二十八巻（「モスクワ芸術座」の項。筆者・野崎韶夫）、平凡社、二〇〇七年。なお、この記述は『新版ロシアを知る事典』（平凡社、二〇〇四年）でも同じ。

＊10　マールコフ、チューシキン『モスクワ芸術座六十年史』野崎韶夫訳、筑摩書房、一九五八年十二月。本書は、前著『モスクワ芸術座五十年史』の改訂版として、来日直前に翻訳、刊行された。なお、マールコフは一九二五〜四九年までモスクワ芸術座文芸主任を務めた。

＊11　「多数の重要人物——国際的に評価のある芸術家や知識人——の場合、スターリンは『孤立させて保護する』として知られる政策をとった」（ジーン・ベネディティ『スタニスラフスキー伝　１８６３—１９３８』高山図南雄・高橋英子訳、晶文社、一九九七年）。

＊12　ニック・ウォーラル『モスクワ芸術座』佐藤正紀訳、而立書房、二〇〇六年。

＊13　同前。

＊14　同前。原文に当たったわけではないが、翻訳文における「非国民」はおそらく当時の常套語「人民の敵」がふさわしく、また「大量の強制送還」は「強制移住」ではないだろうか。スターリンは三〇年代、「クラーク（富農）」を弾圧し、彼らをシベリアなどの遠隔地に「大量に強制移住」せしめた。

＊15　これには、それを否定する証言がある。ある研究書によれば、スタニスラフスキーは、かつての弟子メイエルホリドがその劇場を閉鎖されたとき（一九三八年一月）、失意の彼と公然と和解し、じしんのオペラ・スタジオ

に演出助手として彼を迎え、『リゴレット』の演出を任せている。そうだとすれば、「形式主義批判」が燃え盛るこの時期、こうした行為は極めて危険かつ無謀なものであったというほかない。さらにスタニスラフスキーは死の直前、助手バフルーシンに「メイエルホリドをよろしく頼む。彼は私たちの劇場、いや演劇そのものにおける私の唯一の後継者だ」と語ったとも伝えられている（E・ブローン『メイエルホリド　演劇の革命』浦正春・伊藤愉訳、水声社、二〇〇八年）。同様の事実は、スタニスラフスキー『芸術におけるわが生涯』（岩波文庫、二〇〇八年）における江川卓の「解題」においても述べられている。

*16　マールコフ、チューシキン、前出書。

*17　同前。

*18　演劇やバレエはソ連「文化交流」のショーウィンドウに欠かせない分野であったが、その事業に動員されることと、芸術の美神にのみ従うことの苦悩を証言したものに、例えばM・プリセツカヤの自叙伝がある（『闘う白鳥――マイヤ・プリセツカヤ自伝』山下健二訳、文藝春秋、一九九六年）。ボリショイ劇場のプリマとして活躍し続けたその輝かしい軌跡が語られる一方、同書で生々しく証言されるのは、この世界的バレリーナが、「党」という障害といかに闘わねばならなかったか、国家との軋轢がもたらした信じ難いまでの愚劣劇の種々相である。

なお、同書でモスクワ芸術座の「ラネーフスカヤ夫人」も冷やかな視線の下に登場する。「（一九四五年五月）戦争は大勝利に終る。客席には金ボタンの光る軍服姿が目立つようになる。この時期、民間人であることは恥だとされていた。多くのバレリーナは時代に遅れまいと戦前に結婚した亭主を捨て、将軍の妻におさまる。スターリンがひいきにしていたモスクワ芸術座の女優アラ・タラーソワは偉大な俳優モスクヴィンをお払い箱にして、クレムリンの夜会には空軍の英雄アレクサンドル・セミョノヴィチ将軍（彼女の肩にも届かないチビだ）を伴って現われるようになる。……流行に遅れてはならない。側近の証言によれば、われらが大元帥殿（スターリン）はクロム革の新しい長靴がぎゅっぎゅっと鳴る音がことのほかお好きなのだ。」

第8章　《害虫》のポリティクス

当時、政治的な非難を浴びせることは、科学的論拠によって屈服させることのできない相手に勝つ、最も手軽で魅惑的な手段であった。一部の人々は、これによって学問上の論争相手を単に打破るだけでなく、しばしば事実上肉体的に葬り去ってしまった。

ジョレス・メドヴェジェフ（＊1）

それまで、ルイセンコの肖像画は、すべての科学研究所に掲げられていた。絶頂期には、絵画を扱う店では彼の胸像やレリーフを売り、彼を讃えて銅像を建てる都市もあった。彼の講演の前には、ブラスバンドの演奏とともに、人々は彼を讃える歌を歌うのだった。

陽気に奏でよ、アコーディオン／友と一緒にわたしも歌おう／大学者ルイセンコの
永久《とわ》の栄光を讃えて

J・ベッカー（＊2）

「おちつかない老年」再考

前章で私たちは一つの素朴な疑問の前に立ち止まったのだった。すなわち、それは「世界演劇の権威」として尊崇措くあたわざるあのモスクワ芸術座が、その来日初公演の際、なぜコトモアロウニ一場の「余興演芸」（浅利慶太）に過ぎないようなアジテーション劇を持ち込んで来たのか。しかも、もっぱら熟成された本場のチェホフ劇を堪能したかった日本人観客の願望を承知しつつ、それでもなお今まで聞いたこともない作者の〝新作〟を割り込ませて来た「強い希望」の、その真意は奈辺にあったのか、というものであった。そして、その真意を探る過程で、必然的に同芸術座の辿った歴史、とりわけ一九三〇年代の「少なからぬ混乱と苦難」を生き抜き、「国家の劇場」として〝脱皮〟する経緯に着目したのも、その試練を経て彼らが担った使命こそ、この「強い希望」の由った源泉にほかならないと思われたからである。

彼らが担った使命――それはおそらく新しいロシアを示すこと、すなわち輝かしく逞しい「新生ソビエト」像を表現して行くことであったと思われる。モスクワ芸術座にとって、名高い〝定番〟チェホフ劇は重要な財産であり、とりわけ海外公演においては欠かせないレパートリーに違いなかったが、しかしそれだけでは社会主義建設に邁進する時代の要求に対応しえないという衝迫から、この〝新作〟採用となったのであろう。

一九五〇年代、日ソ「文化交流」とは何であったか。モスクワ芸術座が力強く標榜したところの「国外の進歩的な芸術家たちとの文化交流の拡充と強化や、さまざまな民族と国々の劇場の創造的経験の交換」（＊3）という指針それ自体に異論を唱える理由はないし、またその「交流」によってはじめて本場のチェホフ劇その他に日本人が接し得た僥倖を過小評価するつもりもない。多くの、というより演劇関係者を含めてほとんどの日本人観客は、この交流事業の実現によってはじめて同芸術座の舞台に接すること出来たのであり、また反面教師としてわれらが演劇的水準のありかを知ったのであったからである。

ただ、モスクワ芸術座の栄光が華々しく取沙汰され、それへの賛辞が積み上げられて行くにつれて、ある微妙な《影》もまた浮上するように思われた。その《影》――およそロシア演劇芸術の醸す香りとは無縁の、もっぱら芸術外の領域から闖入して来たと思われるそれ――を、今「国家という力が過る影」とでも考えるならば、それがいかに蕪雑にして粗野であり、かつ芸術と相容れない存在であったとしても、「国家の劇場」たる同芸術座としては受け入れなければならない異物であったと考えるほかない。

そうであるとすれば、一九五八年暮れの日本にロシアからやって来たこの二つの〝喧騒〟――パステルナーク事件とモスクワ芸術座初公演と――を見るとき、それが互いに無関係でありながら、両者に等しく墜ちている《影》によって、二つは微妙な連関性を呈し始めるように思われる。すなわちこの二つの〝喧騒〟は、それぞれこの芸術外からの《影》を無視しては語りえないし、またその闖入の痕跡こそ、謂うところの「文化交流」を逆説的に照らし出していると言わねばならないからだ。さらに言えば、両者に闖入し、これを蔽った芸術外の力とは、芸術を賞でるそれではなく、むしろこれを侮蔑する力であったと言ってよい。

ここで「国家の劇場」たるモスクワ芸術座にとって「海外公演」とはどのようなものであったか、その公的評価を見ておこう。

ボリシェヴィキによる文化の破壊と精神的価値の破毀という、反動的な外国および白系露人新聞雑誌の、ソ連邦にたいする凶暴な攻撃と誹謗の時代に、芸術座はその公演を通じてこうした作り話のすべての虚偽と根拠のなさを反駁した。一座の巡演は、ソ連邦が文化的価値を破壊しないどころか、反対にその未曾有の開花を助けていること、あたかも芸術座にたいして加えられつつあるかのごとき妨害にかんする情報が、

すべてまったくいつわりであることを確証したのである。（＊4）

一九二〇年代の衝迫に色濃く彩られているとはいえ、海外公演に関する、この自画自賛的発言を素直に読むならば、「文化交流」という名のもとに進められる海外巡演（この場合は、モスクワ芸術座の）とは、限りなく「文化攻勢」と呼ぶのが相応しい。そして、そうだとすれば、その文化戦線に動員される個々の「芸術」とは、したがってある種の〝武器〟であることになる。周知のように、フルシチョフは「作家とは〝長距離砲兵〟だ」と述べたのであったが（＊5）、ここの文脈を裏返せば、それはそのままパステルナークが糾弾された〝罪科〟――「ソ連邦にたいする凶暴な攻撃と誹謗」に加担し、「こうした作り話」（『ドクトル・ジバゴ』のこと）を資本主義側に売りつけたこと――の逆説的批判として読むことが出来る。

　さて、ここで再び問うてみることとする。いったいなぜこの作品（「おちつかない老年」）は「割り込ませられたのか、と。

　実は、この作品は日本語台本の翻訳者丸山政男（ロシア文学者）によれば、〝新作〟とは言い条、戦前一九三七年の作であり、「その後の二十年間ソ連全国の多くの劇団によってさかんに上演され」、「二年前（一九五六年）ついにモスクワ芸術座が取りあげることとな」ったものであるという（＊6）。つまり、この作品が「一九三七年」という問題多き年に書き上げられ、以後二十年間というもの、ソ連各地で上演され続けたのち、晴れて芸術座によって採用される栄誉を得たというのがその経緯であったとすれば、その事実はおそらく今回の日本公演における「強い希望」と無縁ではなかっただろう。

　そのように眺め、かつその経緯に思いを馳せるとき、この「何のリアリティもない革命記念日の余興演芸」（浅利慶太）は、やや別の様相を見せ始める。すなわち、この新作が芸術たりえない駄作であったとしても、そこにはしかし「駄作としてのリアリティ」が、つまり三〇年代以降の大波乱を耐え抜き、支持を得たリアリティがあったはずであり、そうだとすればそのリアルは単なる新生ソビエトにおいて「余興演芸」以上の意味を有していただろうからである。

ここで、前回その梗概はすでに紹介したが、改めてその意味を探るべくもう一度作品に帰って見ることとする。

＊

さて、この作品のテーマを一言で言えば、いわば「革命の初心」の再確認、あるいはその呼び戻しであろうか。すなわち、時代設定をあの頃へ戻すことによって「素晴しかった（とされている）革命」の時空を再現し――この頃、あの「一九一七年」はすでに神話であった――その遂行者たるボリシェヴィキ権力の正統性を強くアジテートすることにあった（そこにはその継承者としての現政権に対する求心力を高める狙いがあったことは言うまでもない）。つまり、「革命の初心」が高らかに謳い上げられるということは、とりも直さず、現実にはそれが喪われ、しかもその劣化が社会に瀰漫しているということ以外ではない。

以上の前提からこの「余興芝居」を眺めた場合、そこから透けて見えるのは、三〇年代ソビエト社会を覆った「存在と無」をめぐる言説、すなわち「たとえ現実に存在しなくとも、それがあるべきものであれば存在するし、しなければならない」であり、「存在して欲しいものこそ、強調される。ないものこそ欲しがる」にほかならない。

このとき「おちつかない老年」の作者が執った手法は、そうした革命の空洞状況を手っ取り早く埋めるべく、かつての栄光を分かりやすく再現して見せること、すなわち勧善懲悪的なロマンチシズムを動員することであった。そして、その「革命賛歌」のために起用された主人公とは、ボリシェヴィキに随伴し、これを支持したことで知られる著名学者であり、最後にはレーニン（の声）を登場させることによって締めくくるという典型的な構成となっている。そのロマンチシズムは、例えば劇中において次のように表現されている。

ポレジャーエフ (助手ボチャーロフの方をふりかえって) ミーシャ、君、はじめに一つたのむ。わしはあの連中に話したいんだ。

ボチャーロフ はい、いいです。(ポレジャーエフと並ぶ) 同志諸君! 諸君によってペトログラード革命委員会に選ばれた有名な世界的学者、同志ポレジャーエフ教授が諸君に一言される。(万歳の歓声) 教授はご病気である。長い話はしていただくわけにはいかない。

ポレジャーエフ (彼をおしのけて) 赤衛軍諸君! 革命軍水兵諸君! (また、万歳の歓声) 諸君は休戦協定を破り、わが祖国に侵入した敵を粉砕するため戦地へ向われる。私はもう年寄りだ。おそらく銃もとれないだろう。しかし心の中では諸君といっしょだ。書斎にじっとしているからって諸君と違うわけではない。ペンが手から落ちるまで、目がかすんで字が読めなくなるまで、私は私なりに革命を敵から守っていく。(夢中になって) 私の机の足で奴らをふみつけてやる。(往来で笑い声と拍手) 諸君が戦線で奴らを片付けたら、いっこくも早くペトログラードに帰ってきて、われわれ共通の社会主義をきずくために働いてくれ。さらば、諸君。赤衛軍兵士諸君! 赤い色より強いものはないのだ。思い出してくれたまえ、わしの講義を。赤い色は血の色であるばかりではない。それは創造の色だ。それは自然の中で唯一つ生命を創り出す色だ。植物の芽を生命で満たし、万物をあたためる色だ。さらば、諸君!(*7)

戯曲の末尾近く、革命防衛のためペトログラードを出発する赤衛軍兵士の隊列に向って主人公がエールを送る場面である。作品の性格がもともとアジテーション仕立てであるため、その展開が平板なものになってしまうのはやむをえないとしても、ここで主人公「ポレジャーエフ」が、「それ(赤い色)は自然の中で唯一つ生命を創り出す色だ。植物の芽を生命で満たし、万物をあたためる色だ」と演説しているのには実は理由がある。つまり、生命を創り出す「赤い色」がそのままボリシェヴィキ政権の隠喩であるのはもちろんとして、この主人公は世界的にも著名な生物学者という設定であり、特に「光合成」の研究で有名な植物生理学の権威「チミリャーゼフ」がそのモデルとされているからである。（＊８）

ところで、ここで作者はこの戯曲の主人公としていったい何故「チミリャーゼフ」を選んだのか、という疑問はあっていいだろう。つまり、「革命の初心」を高らかに喚起せしめたいのであれば、例えば、ボリシェヴィキの呼び掛けに応じて決起する労働者や農民、敵弾に身を挺する自己犠牲的な兵士、苦悩しながらも革命に同伴する芸術家などなどの、それに「相応しい」人間像が想定されてよかったかも知れないが、しかし作者が主人公として設定したのは一人の学者であり、しかも「植物生理学・農学者」であった。

クリメント・チミリャーゼフ（一八四三―一九二〇）は、帝政時代よりロシアを代表する植物生理学者として世界的に知られた存在であり、すでに触れたように革命前からボリシェヴィキ支持を表明したインテリゲンチャの一人でもあった。そして、革命後も新政権とともに歩んだその事蹟は、彼に革命を象徴する肯定的人物像としての資格を付与したのみならず、指導者レーニン自らが与えたお墨付きは、彼の立場を鋼《はがね》のような強度をもって打ち固めたと言えよう。

しかしながら、ここで「チミリャーゼフ」が主人公として登場している意味は、おそらくそれだけではない。すなわち、彼の〝革命的先進性〟や輝かしい学問的業績以外に、彼を革命の象徴として登場せしめている、もう一つの隠れたテーマがこの劇にはあったのではないか、あるいはその底に流れていたのではないか、というのがほかならぬ門外漢の疑問である。そして、そのテーマを示唆するなら、それは「赤い色は生命を創り、植物の芽を満たす」という主人公ポレジャーエフの、先の台詞に関わっているように思われる。

すなわち、作者がここで主人公に「植物の芽（生命）」というメタファーによって革命のロマンチシズムを語らせたのは、〝植物〟あるいはそこから敷衍して〝農業〟を語ることが、ほかならぬ革命の現状とロシアの未来を語ることと繋がっているという暗黙の前提が存在したがゆえに「植物の芽」を生命で満たすこと、すなわち《農》への視点を促すという思想を担って、この「老教授」は登場しているように思われる。「ロシア農学の父」と称せられ、ソビエト時代、「チミリャーゼフ農業科学大学」としてその名を冠したアカデミーも残されている主人公の位置をこのように見直すとき、この「余興演芸」はたんなる戯れ芝居、たんなる勧善懲悪劇以上の様相を示し始める。つまり、この「老教授」の台詞は生物学者のものであって同時に生物学者の声ではなく、それは、ある種の「要請」を帯びた声のように響いてくる。そして、このとき浮上するのは一九三〇年代の、そしてスターリン権力がその命運を懸けて断行した激烈な「農業集団化」の熱気である。

この時代、農業集団化の進展にソビエト社会主義の帰趨もかかっていたが、そのためには「富農（クラーク）」を撲滅し、あるいは社会主義建設を妨害する分子を徹底的に排除することであった。さらにヒトラー・ドイツの脅威も加わる重圧の下、ソビエト社会は排除する者とされる者が入り乱れ、彼らは等しく自分が〝反社会分子〟として摘発される恐怖と闘わねばならなかった。そうした社会的混沌の中で、政権側にとっては、より分かりやすく腑に落ちる「敵」のイメージが作り出さる必要に迫られた。つまり、「人民の敵」といった抽象的な公用語を超えた、もっとストレートな名称が求められたのである。

その時に、政治の現場で〔雑草―寄生虫〕という農業の隠喩が効果的に作用し始める。そしてクラーク（富農）は日常会話ばかりか、公式の文書でも、しかるべく根絶されるべき搾取者、そして小ブルジョア的雑草として規定されていた。／都市のブルジョア的傾向の社会層（ネップマン、ホワイトカラー、特殊技能者、親子代々のインテリゲンチャ、政治家）の代表者たちは、「小ブルジョア的シラミの卵」とか「シラミ」といったレッテルを貼られたことは特有のことであり、これが敵を指名する原則に関して結論を出すことを可能にし、敵と指名されたものは、ごくありふれた広く知られている寄生虫の名を与えられた。（＊9　傍点、引用者）

また、筋金入りの「反社会分子」として二十四年間ものラーゲリ生活を強いられたJ・ロッシも、労作『ラーゲリ（強制収容所）註解事典』の中で、「害虫」という言葉について次のように解説している。

二〇年代半ばまで《ヴレジーチェリ вредители 害虫》（害を与えるもの）という言葉は、農業に害を与える昆虫や動物のことしか意味しなかった。その後、ソ連のプロパガンダはこの用語を、党上層部が自らの経済政策の惨憺たる結果のスケープゴートにしようと狙いをつけた者に使い始めた。（この用語はオゲペウの参与会が早速用い、一九三四年までそれを自らの法廷での判決で使用した。シャフトイ事件裁判当時この罵言は公式法律用語のランクまで格上げされた。）（＊10）

「おちつかない老年」全訳台本
（早大演劇図書館蔵）

こうして、今や「害虫」あるいは「雑草」は、農業の言葉でなく、政治の言葉となったのであり、つまり「害虫」は言うまでもなく、「雑草」という用語もあらかじめ「有害」という要素が装填されていたと言わねばならない。

パステルナークという「雑草」

「害虫」であるならばそれは駆除しなければならないし、「雑草」であるならば有無を言わさず引き抜かねばならない――この単純素朴な《農》の論理が外部に応用され始めたとき、はじめはたんに「農業に害を与える昆虫や動物」に過ぎなかった――要するに現実の害虫や害獣そのものであった――ものが、新たな意味を帯び始める。すなわち社会に害を与える有害な敵としての意味を付与された「害虫」は、さらに〝格上げ〟されて公式法律用語にまで成り上がったのであった。「害虫」の満足や思うべし。ただ、この〝有害分子〟を摘発する言説において、なぜ「農業の隠喩」が多用され、かつ効果的に作用していったのか。

もともとスターリンが農業集団化によって目指したのは、人口を農村から工業都市へ移し、増大する都市人口に食料を供給する、あるいは工業用の原料を提供することであったが、そうした強行策が農村に大いなる犠牲を強いたことは言うまでもない。つまり、数次の五ヵ年計画による「壮大な」社会主義建設とは、こうした犠牲の下支えによって進められたのであって、その実現を担った「都市プロレタリアート」とは、したがって、つい昨日まで農地を這い回っていた農民とその子弟にほかならなかったのである。それゆえ、ソビエト社会主義とは、言わば農業大国という下半身に、先進的な工業化という頭脳を〝接木〟する「社会実験」でもあったと言える。（＊11）

そうであるとすれば、二十世紀の文明を画したと言われ、事実その後の世界史に大きな役割を演じたこの「社会主義革命」も、それがほかならぬロシアの大地を基盤として試みられ、その基盤の上に遂行せられたものである以上、それは当初から言わば農村的母斑を濃厚に負っており、その〝母斑〟が、社会主義建設の途上、さまざまな重要場面で――特にそのプロパガンダ言説において――自己主張したであろうことは疑えない。

さて、「母なる大地」という言葉がある。農業大国ロシアの、その代名詞ともいうべきこの言葉にこめられた意味とは「多産性」であったという。すなわち「農民にとって重要な意味をもっていたのは耕地そのものの生産力であり、土地そのものの多産性・不毛性が彼らの運命を決定した。ロシア人は肥沃なる大地を〈母なる・湿れる大地（マーチ・スイラー・ゼムリャー）〉と呼び、母神のごとく崇拝した。〈母が子を養うごとく、大地は人を養う〉"Земля кормит людей, как мать детей."」と（＊12）。すなわち、彼ら農民にとって、およそ地力を弱めたり、収穫を阻害したりする要因は、それが何であれ強く忌避されたのであった。

あるロシア史研究者によれば、革命後十年を経た一九二〇年代においてさえ、ロシアの農民はその日常においてほとんど精霊と共に生き、生活に根づいた農耕儀礼を中心に暮らしていた。彼らは並外れてきびしい自然と対決しなければならなかったため、その不吉な力を抑えるべく魔術的な儀式に頼り、また占いによって畑作業や農事暦を決定していた。つまり、農村は「神によって秩序立てられた世界というよりは、むしろ悪霊の跳梁する世界」であり、数百の信仰や迷信が蓄積されたところの一個の独立宇宙なのであった。例えば、あるコルホーズに最初のトラクターが導入されたとき、この「反キリストの鉄の馬」をしぶしぶ受け容れた農民も、排気管が空を向いているタイプは使ったが、それが地面を向いているタイプは「土壌に毒を撒き散らす」という理由で拒否されたという。（＊13）

このように彼ら信心深い老若男女にとっては、先進的な革命の成果（トラクター）よりも、自己の生活に骨肉と化した数々の儀礼とともに生きることこそ重要であり、そこに彼らの生きる意味も懸けられていた。例えば、ライ麦の播種から刈入れに至る一連の行程においても、それは段階ごとに細かく定められていた。

（ライ麦の）刈入れの前には、各家族は、前の晩に祖母に最初の束を刈取ってもらい、それから彼女は穂を十字の形におく。刈入れの最初の日に、昼食の時に聖クジマと聖デミヤンのために二人分余計に膳立をするのが習慣である。刈入れを終えると各家族は、最後の束にスカートか〔婦人用の〕三角形の肩掛けを着せて家に持ち帰り、声を限りに叫ぶ。「家から出て行け、蠅よ、蚤よ、南京虫よ、羽虫よ！」そしてその束を数週間、イズバあるいは玄関に取っておき、さまざまの儀礼にしばしば用いられる穀粒をまさにそれから集めるのである。（＊14）

つまり、彼らは、作物の収穫後、その喜びを主たる神に感謝するだけではなく、必ず全員で「害虫」に対する呪詛の言葉を放ち、それとともに次なる豊作を衷心より祈願した。つまり、日々、大地の恵みとともに生きる農民にとって「害虫」は豊饒を阻害する、忌むべき〝敵〟であったからである。

＊

ところで、権力を掌握した当初から、ボリシェヴィキが「有害分子」の存在に注意と警戒を怠らなかったことは今日よく知られている。そして、その警告をロシア全土に速やかに、かつ分かりやすく発信するに当たって、政治は本能的に（あるいは狡猾に）農業と農事の用語にその意志を乗せていったが、それは隠喩であることによって人びとの意識にストレートに入り込み、その警戒心をいっそう喚起していったのだった。余計な言葉や説明など必要ない。「奴は害虫だ！」という一言だけで、それは「駆除する権力」にとって計り知れない威力を発揮したのである。

しかも、それは警戒心を喚起することにおいて有効であっただけではない。「駆除する権力」は、やがて「自らの経済政策の惨憺たる結果のスケープゴートにしようと狙いをつけた者に（そのレッテルを）使い始めた」

（ロッシ）が、その事態を、ソルジェニーツィンもまた証言している。すなわち、「リューリックの時代から害虫行為などというものはまるで聞いたこともなかった」のに、三〇年代になって「刑法第五十八条第七項（工業、運輸、商業、金融、協同組合の破壊）」が害虫行為の呼び名のもとに多用され始めたこと、つまり「財産がはじめて人民のものになったとき、最良の人民の子らが急に害虫行為をやりだした」ことはまさに「不可解至極」ではないか、と。（＊15）

ソルジェニーツィンはさらに続けて、この条項（第七項）はもともと「農業」を対象としていなかったにもかかわらず、しかし「畑が雑草だらけになったり、収穫量が落ちたり、機械がこわれたりする理由」の合理的説明ができなかったため、「弁証法的な勘」（！）によって農業部門にも適用されることになったのだと述べる。レーニン率いるボリシェヴィキが、農民たちの要求を追い風にしながら社会主義建設に乗り出して行くにつれて、しかし、いったいなぜ畑には雑草が蔓延り、収穫量も激減していったのか。そうした事態の合理的説明を負った「党上層部」の、その疑い深い視線の先に浮んだのが、いたるところで妨害の魔手を伸ばしている「真犯人＝害虫」の群れであった。素晴しき哉、その「弁証法的な勘」！　まさにこの「勘」に照らし出されない、隠れた反革命のたくらみなど、天が下ソビエトの大地にはもはや存在しえなかったのである。

《革命の番人》は鋭く目を凝らした。そして彼が凝らした目を向ける所には必ず、害虫の巣がたちまち見つかるのだった。……交通人民委員部（鉄道）も害虫の巣だ（だからこそ列車にもなかなか乗れないし、だから滞貨も起るのだ）。モスクワ水力発電所も害虫の巣だ（停電がしばしば）。石油産業も害虫の巣だ（灯油が手に入らない）。繊維産業も害虫の巣だ（労働者の着る物がない）。石炭産業もばかでかい害虫の巣だ（だからこそ私たちは凍えるのだ！）。金属、軍需、機械、造船、化学の各工業、鉱業、金プラチナ生産、

灌漑――どこもかしこも害虫行為の膿腫だらけだ！……（＊16）

しかし、それがもし「リューリックの時代」には存在すらしなかったとしたら、それではこの〝害虫摘発〟は、いったいいつから始まったのか。ソルジェニーツィンは、その元凶としてレーニンに至り、『レーニン全集』の中から彼のあからさまな言説に着目している。そこでレーニンは述べている。

金持とぺてん師――それは一つのメダルの両面である。それは、資本主義にそだてあげられた寄生虫の主要な二つの種類である。……これらの寄生虫が社会主義社会に害を及ぼさないようにするには、幾百万の労働者・農民が自発的、精力的に、革命的熱情をもって支持する、労働の量、物資の生産と分配にたいする全人民的な記帳と統制を組織しなければならない。……このばあいの〔形態と方法の〕多様性は、生命力をもっていることとの保障であり、ロシアの土地からあらゆる種類の害虫、蚤《のみ》すなわちぺてん師、南京虫すなわち金持その他などを一掃するという、ただ一つの目標を達成しようとするばあいの成功の保障である。（＊17）

「害虫を一掃せよ」というレーニンのこのメッセージは、実に権力奪取直後のものであり（一九一七年十二月二十五―二十八日に執筆）、彼の並々ならぬ「害虫駆除」の決意を伝えている。「ロシアの土地からあらゆる種類の害虫」を駆除するという、レーニンのこの切なる悲願がその後どのような形で結実したか。ロシアの大地からあらゆる害虫を追い出し、駆逐し尽そうと努力したその結果到来したディストピアについて改めて詳述するには及ぶまい。

さて、これまでソビエト時代の時空を蔽った政治的メタファー「害虫」、「雑草」の働きぶりと、そこに纏わる身体化した憎悪、あるいは忌避感を考えるとき、私たちは、パステルナークのノーベル賞受賞に際し、彼に投げつけられた非難を改めて想起せざるをえない。すなわち、その最も代表的なものは、第1章で触れたように党の機関紙『プラウダ』に掲載された御用評論家ザスラフスキーの論文「文学の雑草をめぐる反動宣伝のさわぎ」であって、その末尾は次のようなものであった。「もしも、パステルナークにソビエト的自尊心が一滴でも残っていたならば、作者の良心と人民に対する責任感が彼の心に生きていたならば、彼は作家として屈辱的なこの表彰〔ノーベル文学賞のこと〕を拒否したであろう。しかし、悪意と憎悪に満ちた俗物の過大な自己評価はパステルナークの心にソビエト的自尊心と愛国心を跡形もなくかき消した。パステルナークはそのすべての活動をもって、彼がソビエト社会主義国では雑草であるに過ぎないことを証明している。」（*18　傍点、引用者）

このザスラフスキーの悪罵に、さらに「彼がわれわれの中から出て行けば空気がきれいになる。雑草は――畑から刈り取れ！」（作家同盟集会におけるベズィメンスキーの発言）や、「豚でさえ自分の小屋の中で糞はしないが、パステルナークは豚にも劣る。資本主義の〝天国〟に行って本当の亡命者になるがいい」（共産青年同盟第一書記セミチャスヌイの演説）といった、あからさまに農事に事寄せた弾劾を加えてもいい。つまり、ここには、間違いなくこの詩人は根絶やしにしても差し支えない、いやむしろそうすべき「国家の敵」であるというコノテーションが息づいていると言えよう。

新作「おちつかない老年」の背景に三〇年代ソビエトの混沌があり、また農業集団化の強行に伴う激動と「害虫撲滅」を呼号する言語論的時空が広がっていたとすれば、そこに待望された役割としての「農学者」、しかも「党」から見ても非の打ちどころのない人物が起用されたということは理由のないことではない。すなわち、ここでこの作品が強く暗示していたのは、言わばソビエト農業を背負って立つ人間であり、新時代の《農》のヒーローであったということが出来よう。
そうだとすれば、私たちはこの新作の主人公の姿に「チミリャーゼフ」の姿を借りた、もう一人のチミリャーゼフを透視することが可能であろう。そして、その視線の先に現れる人物こそ、党によって公認された輝かしいソビエト農学の系譜、すなわちチミリャーゼフを起点とし、ミチューリンの流れを継承する農学者としてスターリン、フルシチョフの時代に君臨した一人のヒーローにほかならない。何故なら、彼こそ二〇年代末から五〇年代にわたって農学者、農業技師たちの「害虫行為」を暴き出すとともに、世界的に喧伝された「学説」を提唱することによって一世を風靡した、まさに「農業の救世主」であったからである。

さて、「国家の劇場」モスクワ芸術座が、その来日公演に際し、何故《農》というテーマとそのヒーローを採り上げたか。これまでその背後に蠢く芸術外からの要請と、そこに孕まれた〝熱気〟の由緒について追ってきたが、この背景をさらに問うには、私たちはどうしてもそのヒーローと、さらに彼が演じたところの国家規模の愚昧について触れておかなければならない。

「屑」の英雄化における労働の役割

トロフィム・デニーソヴィチ・ルイセンコ——こう書いたとしても、もはや歴史の彼方に消え去って久しいこの人物に、今日思いを馳せることはむつかしい。ましてこの人物が、一九三〇年代より三十年以上もの長きにわたってソビエト農業政策と、農業科学および遺伝学の領域に君臨した歴史を知る人は少ないだろう。しかも、彼の名を冠した「学説（あるいは、主義）」、つまり理論上のそれだけではなくして、行政的な権力をも思うさまに振るい、文字通り「大地の支配者」（＊19）と呼ばれもしたその権勢ぶりをリアルに想起することは困難である。

さて、その「ルイセンコ学説」とその学説がもたらした〝事件〟についてここで採り上げようとするのは、この〝偽科学〟の愚昧やそれが演じたスキャンダラスな顚末をあげつらわんがためではない。ここで追ってみたいのは、その愚昧を支え、かつその愚昧を長期間にわたって君臨せしめた力であり、その本質である。何故なら、この「ルイセンコ」という事件が、もし「ソビエトという時代」の影を必須の背景として生起したとすれば、その愚昧を支えた力とは、間違いなくパステルナーク事件に際して発動されたそれと通底し、事件を事件たらしめた共通の力学をそこに見出すことが出来ると推察するがゆえである。

したがって、彼の提起した「学説」の詳細にここで立ち入らないとしても、少なくとも一国の農業政策を長期間左右し、世界的にも喧伝されたこの「学者」について基本的な事項を押えるべく、今、例えば手近な『岩波・生物学辞典』（第四版、一九九六年三月）を開いたとしても、しかしそこになぜか「ルイセンコ」の項目を見ることは出来ない（＊20）。彼の先達たる「チミリャーゼフ」、「ミチューリン」はそれぞれ独立項目が与えられているにもかかわらず、肝心の〝ヒーロー〟が抹殺されている理由は、ある生物学者が述べているように「抹殺どころかそれを口にしたり筆にすることも、生物学者にとっていわばタブーになった」（＊21）という強い禁忌に蔽われているゆえであろうか。

しかし、あえて門外漢に言わせるなら、ルイセンコの主張した「新学説」とそれが惹き起こした波紋は、その豊饒なネガティブ性において、生物学・遺伝学の歴史上、見逃すことが出来ない意味を蔵しており、決してタブー扱いされるべきではないばかりか、むしろ後世のためにポジティブに「口にしたり筆にする」ことこそ必要であると思われる。なぜなら「ルイセンコ問題」とは、一学説の誤謬――それは科学の歴史の中ではしばしば生じてきたことだ――というレベルを超えて、強権的な政治体制下で支配権力と過剰な蜜月関係を結んだ学問がいかなる危機に直面するかを指し示しているという点で、つねに立ち返るべき現代の問題であると思われるからにほかならない。

そこで先ず「ルイセンコ」について、ごく一般的な知識を得るべく別の事典に当たってみる。

ルイセンコ（一八八九―一九七六）ソ連の生物学者、農学者。一九二九年までキロババード農業試験場に勤務。同年、オデッサの遺伝研究所に移って、所長（三六―三八）。ソ連科学アカデミー遺伝研究所所長（四〇―六五）。二九年に春化処理の技術を開発、コムギの生産向上に役立つ技術と考えられたため、スターリンに認められる。三五―三六年、春化処理の効果が遺伝すると発表し、また植物の発育段階説を立てた。これらをもとに、生物学全体にわたる基礎理論をつくり、その妥当性の根拠をI・ミチューリンの行った育種実験に求め、みずからの理論に基づく生物学をミチューリン生物学と名づけた。獲得形質の遺伝を考え、メンデル遺伝学を批判。彼の理論はソ連の生物学界を支配し、これに反対ないしは批判的な生物学者は職を追われた。五三年のスターリン死去ののち、フルシチョフの支持を受け、六五年まで科学アカデミー遺伝学研究所所長の地位を保ち続けたが、フルシチョフの失脚に伴い、彼もまた引退した。（『ブリタニカ国際百科事典』一九七五年）

要するにルイセンコの歩みを右記の経歴から要約すれば、「地方の農業試験場から出発し……コムギの春化処理で名を挙げ……ミチューリン育種法の盛名を借り……獲得形質の遺伝を主張し……ソ連生物学界を支配して反対派を弾圧したが……権力者の没落とともに彼もまた失脚した」ということになるだろうか。ここで、「人を撃つにはその神を撃て」という顰にならうとすれば、さまざまな枝葉は除いて、ルイセンコの「神」を、知られているように「獲得形質の遺伝」という〝理論〟に集約してみよう。先の同じ事典は、その内容を次のように解説している。

（ルイセンコは）生物体の遺伝性を規定するのは、固定的な遺伝子のようなものではなく、環境の変化により生物体の物質交代の変化が生殖細胞形成の過程に関与するときは遺伝的となるとし、遺伝の人為的支配が可能であるとした。コムギの播性の遺伝的転化、接木雑種などをもとに、メンデル＝モーガン遺伝学の基礎を否定した。彼の遺伝学理論は今日まったく認められていない。（同前）

もとより今日私たちは、いわゆる「遺伝」のメカニズムについて、すでに一九五三年、ワトソン、クリックによって遺伝子の本体がＤＮＡであり、その二重らせん構造の解明がなされた地平に立っており、さらに分子レベルで遺伝子の構造、複製、転写などの機序を究明する分子生物学・遺伝学が果してきた進歩を眼前にしている。かつてルイセンコが誇らしく提起した「獲得形質の遺伝」という主張は一篇のおとぎ話となり、その遺伝学説は「今日まったく認められていない」のみでなく、代わりに残されたのは「これに反対ないしは批判的な生物学者が職を追われた」歴史と、伝えられるソビエト農業および農業科学の大幅な遅れという〝悪評〟だけであった。

後に、「生物学における『ドクトル・ジバゴ』」とも呼ばれた『ルイセンコ学説の興亡』を著して、彼の「学説」とその権威に対する破壊力を発揮したジョレス・メドヴェージェフは、同書で「ソ連の国民ほど、ブルノーの修道僧であったグレゴル・メンデルの名を知っていた国民は、おそらく彼の母国チェコを除けばいないであろう。一九四八年以後、『メンデル主義』『メンデル主義者』『モルガン＝メンデル主義者』といった言葉は一般の新聞、風刺雑誌、ラジオ、バラエティー・ショウ、映画によって広く普及していたからだ」と、皮肉を込めて述べている。つまり、当時のソビエトにあって、「モルガン＝メンデル主義者」という正統遺伝学、もしくは古典的遺伝学（＊22）の主張は、エセ科学の代名詞として日夜非難の対象となり、その〝ブルジョア的偏向〟による〝致命的な誤り〟がさまざまなメディアを通じて宣伝され、憎むべき敵として人びとの口の端に乗せられていた。ちょうどパステルナークがその迫害マシンによって組織的に非難攻撃されたように。（＊23）

そうだとすれば、国を挙げてのこの〝遺伝学騒ぎ〟とはいったい何であり、何ゆえにかくも広汎な「喧騒」が生じていたのか――そう問うてみるとき、私たちは、どうしてもこの時代のソビエトを支配した精神と、その社会を蔽った空気に立ち帰ってみることになる。なぜなら一人の農村出身の無名「品種改良家」が、所謂「メンデル＝モルガン主義」、あるいはそこに「ワイズマン」の名をも加えたところの既成学説を否定し、「獲得形質は後天的に遺伝する」と提唱して、三〇年代以降のソビエト生物学・遺伝学界を制覇していった経緯は、彼が「春化処理」なる技術によってコムギ増産をもたらしたといった「実績」以上に、彼の主張の核心が時代の精神と同調し、共振した過程でもあったからである。

すなわち、彼の「学説」が注目された背景には、その主張が、ブルジョア支配の旧時代を脱し、社会も人間もともに旧弊を打破して前へ進まなければならないという時代的課題に応え、かつこれを支える理論として読み替えられたことにあった。つまり、「改造」と「進歩」を至上命題とする社会主義こそが未来の展望を拓くという「党」の要請に対して、「ソビエト生物・遺伝学」という意匠をもって応えたのである。彼らの言い分は、もっぱら「メンデル＝モルガン主義」を「帝国主義の擁護者」、「反動、ブルジョア生物学の伝道者」と指弾するその言説からも逆説的に知ることが出来る。あるソビエト用語『辞典』は述べている。

メンデリズム　遺伝に関する誤った形而上学的学説。この学説に従えばエンドウから人間に至るまですべての生物に共通の遺伝の法則がある。遺伝因子は、生物とその生活条件の変化に依存せず、不変のかたちのまま自由な、独立の組み合わせで、諸形質の偶然的モザイクを形成しつつ、祖先から子孫へと移ってゆく。メンデリズムは、子孫における諸形質の算定という形式的な道をすすみ、これら諸形質の発展の過程、原因、条件の研究という道をすすまない。だからメンデリズムをもとにしては、遺伝質を支配することはできない。〈因子〉は同一であり、不変であるという主張は発展を否定しており、形而上学的主張である。

……

ワイズマン・モルガン説　生物学における反ダーウィニズム的学派。この学派は遺伝質とは生殖細胞の染色体のなかにある、有機体内の特殊な物的因子であるという点で一致している。この学派はこの遺伝素因を永遠不変なものとみなしている。彼らの見方によれば、遺伝素因は生物をとりまく外的環境にはかかわりなく、けっして新たには発生せず、なんの質的変化もなしに世代から世代へと伝わる。生物がどんな変化を遂げようとも、その変化は未来の世代にとっては何の意義ももちえない。この学派は、動植物有機体をその生存の外的条件との関連や相互作用を抜きにして考察するため、生物進化のほんとうの客観的な合法則性を明らかにすることができない。……（＊24）

今や骨董品化しているとも言える旧ソ連のイデオロギー辞典における右の記述から、ソビエト時代、なぜ西欧遺伝学が否定の対象となったのか、その理由を知ることが出来る。見られるように「メンデリズム」や「ワイズマン・モルガン説」を、「遺伝素因は生物をとりまく外的環境にはかかわりなく」、「生物がどんな変化を遂げようとも、その変化は未来の世代にとっては何の意義ももちえない」とみなす解釈からは、彼らが掲げる「進歩」や「前進」のエレメントを取り出すことは難しい。すなわち、遺伝学の理論を無媒介に社会の理論と重ね合わす無謀もさることながら、彼らの正統遺伝学に対する批判の矛先は、何よりも遺伝現象における「無変化」（というよりもむしろ「変化不可能」）という同学説が包含するそのイデアに向けられていたからである。

この「無変化」あるいは「無発展」という遺伝学のイデアがスターリン時代に受容れられなかったのは、それが「党」の掲げるスローガンの、その底流にある或る前提と著しく抵触すると考えられたからであり、そしてその前提とは、言わば「人間も社会も可塑的存在であり、またそうでなくてはならない」という思想であった。つまり、その思想は、社会主義社会の建設――その崇高な目標に目覚めた構成員が自覚的に労働する（外的環境に働きかける）限りにおいて緒に就く事業――という理念にあらかじめビルトインされており、ソビエトという時代の理想を支える根幹でもあったからである。それゆえ、ボリシェヴィキ権力にとって、人間とは、そして人間の遺伝性とは、「メンデル＝モルガン学説」が主張するように、不変の「固定的遺伝子」によって決定される現象であってはならず、また「進化」とは、「突然変異」という〝無定向〟な〝偶然〟によってもたらされる現象であってはならなかったのである。

こうして、「遺伝子」なるものの実体が明確に特定されていない時代であったとはいえ、人間を「エンドウマメ」や「ショウジョウバエ」の次元に貶める〝ブルジョア遺伝学〟は排され、人間を自覚的労働によって自然を支配する存在とみなすところの「弁証法的唯物論の諸命題から出発した正しいソビエト遺伝学」が登場する。そこでは、遺伝学の成立以前の時代、厳密な実証を伴わないで書かれたエンゲルスの論文「猿の人間化における労働の役割」における、獲得形質の遺伝という暗示が誇大に利用され（＊25）、今や「社会主義的コルホーズ科学」の栄誉を担うルイセンコの「学説」こそがその到達点であるとされたのであった。つまり、この時代、遺伝という生理をめぐる謎は、誠実な実験的研究の蓄積によってではなく、思想的に、あるいは哲学的思弁によって「解決」されたのである。

ところで、遺伝的性質とは「環境」によって変化するがゆえに、環境に重きをおかねばならないとするルイセンコ派の主張は、やがて「人間は目的意識的な努力によって（いかようにも）変わり得る」というテーマに変奏を遂げ、三〇年代以降のソビエトにおいて、ほかならぬその人間に対して猛威を振るうことになる。

すでに述べたように、当時、ボリシェヴィキ権力が直面していた「害虫＝有害分子」の摘発、駆除という難題遂行に当たって、彼ら「駆除する権力」は、ソビエト的変奏を遂げたこの遺伝思想に有力な支持を見出したからである。

すなわち、人間は「その環境によって変わり得る」のであれば、たとえそれが唾棄すべき「害虫」であったとしても、これを労働によってまともな人間に改造しうるという「崇高な」発見がそれであった。それは、ソルジェニーツィンが述べるように、ソビエトの矯正労働政策の課題は「『最も醜悪な人間の材料（原料という言葉を憶えていますか。虫という言葉を憶えていますか――著者）を真の積極的かつ自覚的な社会主義の建設者へ変えること』（アヴェルバッハ）」であり（＊26）、また「モスクワ裁判」で名を成した検事ヴィシンスキーも「この労働〔囚人労働のこと〕は、ソヴェト権力と社会主義権力との特殊性と結びつくなかで、無と屑から人びとを英雄に変える魔法使いとなる」（＊27）と述べたところの「発見」にほかならない。

つまり、この「最も醜悪な材料」を鍛え上げて「ファシスト的遺伝子」を改変し、その「無と屑」の坩堝から〝英雄〟を生み出す人間錬金術と、ルイセンコの提起した学説（獲得形質は遺伝する）は、ここにとも に補強し合ってその「効果」を相乗的に発揮したと言わねばならない。スターリンが「労働は資本主義社会においては恥ずべき苦役であったが、社会主義社会においては名誉、栄光、勇気の行為となった」という趣旨のことを述べたことは知られているが、社会の「有害分子」を「真の積極的かつ自覚的な社会主義の建設者」へ改造せしめるという、このソビエト・グラーグのテーゼはあの有名なアウシュヴィッツの偽善的スローガン「労働は自由への道」と直結していよう。

その意味で、戦後ルイセンコが発表した「同種個体間競争の否定」という主張は特に注目されよう。言うまでもなく、生物界における生存闘争という観点はダーウィンの「自然淘汰」説の中心をなす概念であったが、ルイセンコは「同種個体にあって生存闘争は存在しない」という〝珍説〟を提起し、さらにその「理論」

は、紙の上だけでなく、所謂「巣巻き法」と呼ばれる技術として具体的に農業や植林に適用されたのだった（これを実施しないコルホーズの技術者は罰せられた）。その結果、例えばカシの木を三十本密植した場合、相互圧迫によって二十九本は枯死するといった明白な被害が続出したにもかかわらず、その事実はむしろアクロバティックな「唯物論」的解釈がなされ、栄光化されていった。すなわち、このとき枯死した二十九本の苗木は、生き残った幸運な一本を生かすべく、「兵士のようにまわりの雑草と闘って、崇高な自己間引きの任務を果した」のであった、と。（*28）

植物が種のために率先して自らを犠牲にするという、この噴飯ものの〝英雄理論〟が、どれほど正統遺伝学側からの失笑を買ったとしても、しかし、当時のソビエトを支配していたボリシェヴィキ的精神に照らしたとき、それは「正当」であり、模範として賞賛視されたのであった。何故ならこの「生存闘争」を社会階級間のそれに置き換えた場合、異種間（資本家と労働者）にあっては存在する苛烈な闘争も、同一種内（この場合、労働者階級内部）にあってはそれは存在せず、またありえないという思想（ここでもまた思想！）こそが、この「理論」の大前提であったからである。

かくして、密植による植物の枯死現象を密植そのものに求めるのは〝ブルジョア的解釈〟であり、真実は植物自らが滅びを選択した結果であると説明されなければならなかった。そうだとすれば、そのような解釈の向うから、次のような声が威嚇的に聴こえてくることは容易に察しうることだろう。すなわち、植物すら「英雄」たらんと欲す、まして人間においておや！　と。

さて、この〝ルイセンコ旋風〟は対岸の火事にとどまらず、やがて日本にも上陸する。そして、それがどのような惨状を呈したか、次章でその痕跡を見届けておかねばならない。

＊1 ジョレス・メドヴェジェフ『ルイセンコ学説の興亡』金光不二夫訳、河出書房新社、一九七一年（原題『遺伝学・農業生物学論争史』。なお邦訳には「個人崇拝と生物学」という副題がある）。
＊2 J．ベッカー『餓鬼（ハングリー・ゴースト）』川勝貴美訳、中央公論社、一九九九年。
＊3 ペ・マールコフ、エヌ・チューシキン『モスクワ芸術座六十年史』野崎韶夫訳、筑摩書房、一九五八年十二月。
＊4 同前。
＊5 「わたしは、われわれの総攻撃においてソビエト作家の活動が、歩兵部隊に道をきりひらく長距離砲兵隊にくらべることができると思う。（あらしのような拍手）作家、それは一種の砲兵である。作家は、われわれの運動を前進させるための道をきりひらき、勤労者を共産主義的に教育することで、われわれの党を援助する。」（第三回ソ連作家大会におけるフルシチョフの演説より。一九五九年五月）
＊6 「モスクワ芸術座の『おちつかない老年』」（『朝日新聞』一九五八年十二月一日）。なお丸山はここで「最近ノーベル賞をもらって評判になったパステルナークの『ドクトル・ジバゴ』もちょうど、このポレジャーエフと同時代のロシアのインテリのひとつの姿であり、これは新しい世界になじめず、この新しい世界に背を向けた消極的なインテリゲンチャの生活だといえるが、ポレジャーエフは、このジバゴとは正反対のインテリゲンチャを代表したものであろう」と述べている。
＊7 『おちつかない老年（全訳台本）』第三幕、朝日新聞社、一九五八年。
＊8 「ポレジャーエフ教授の形象の背後には、彼の本当のモデル——公然と無条件に革命的人民の立場に立って、バルチック艦隊の水兵からペトログラード・ソビエトの代議員に選挙されたロシアの大自然科学者クリメント・チミリャーゼフの姿が容易に認められる。レオニード・ラフマーノフは記録に忠実な作家である。彼は生活の事実を追う。しかし、決して盲目的に事実をコピーせず、創造的ファンタジーのたすけをかりて、内容のある、意義深い芸術的普遍化に成功している」M・ロガチェフスキー「芸術座の『おちつかない老年』」、『ソ連事情』第一五四号（『テアトロ』一九五八年十二月号、所収）。
＊9 セルゲイ・ジモヴェッツ「自然の政治的な意義あるいは桃は存在しない」根付亮訳、『現代思想』一九九七年四月号。
＊10 J・ロッシ『ラーゲリ（強制収容所）註解事典』梶浦智吉、麻田恭一訳、恵雅堂出版、一九九六年（「有害分子、

有害行為」の項)。
＊11　一九二八年度におけるソ連の農工業別「国民所得」は、工業二七・六％、農業四四・一％であり、人口比率は、都市一七・九％、農村八二・一％である(日本科学技術史学会編『日本科学技術史大系』第七巻「国際」、第一法規、一九六八年)。
＊12　川端香男里監修『増補ロシアを知る事典』平凡社、二〇〇四年(「諺」の項＝栗原成郎)。
＊13　N・ワース『ロシア農民生活誌1917〜1939年』荒田洋訳、平凡社、一九八五年。
＊14　N・ワース、前出書。なお「イズバ изба」とはロシアの伝統的な農家の家屋。イズバの居間の東側の隅(ふつうは入口から向って右)は「美しい隅 красный угол」と呼ばれ、その上方には聖像を置いた一種の「神棚」が設けられ、蜜蝋製の蝋燭による灯明があげられる家の中の祭壇である。その聖像棚のある隅には食卓が置かれ、その聖像棚の下は上座で家の主人や客が席を占める(栗原成郎『諺で読み解くロシアの人と社会』東洋書店、二〇〇七年)。
＊15　ソルジェニーツィン『収容所群島』第二章「わが下水道の歴史」、木村浩訳、新潮社、一九七四年。
＊16　同前。
＊17　レーニン「競争をどう組織するか?」一九一七年十二月二十五—二十八日(一九一八年一月七—十日)に執筆。『レーニン全集』第二十六巻、大月書店、一九五八年。
＊18　「パステルナークをめぐって——プラウダ紙のザスラフスキー氏論説」、『朝日新聞』一九五八年十月二十九日(『プラウダ』十月二十六日掲載)。
＊19　高梨洋一・永田喜三郎『大地の支配者ルイセンコ』北隆館、一九五〇年。
＊20　ちなみに『岩波・生物学辞典』の第一版(一九六〇年)、第二版(一九七七年)で「ルイセンコ」は独立項目として採り上げられているが、第三版(一九八三年)からは消えて「獲得形質」の項目で誤った理論の提唱者として登場している。
＊21　岡田節人(A・ケストラー『サンバガエルの謎——獲得形質は遺伝するか』の「解説」、岩波現代文庫、二〇〇二年)。
＊22　「メンデル、モルガン、ヨハンセン、ド・フリース、ヴァヴィロフ、コリツォフ、ゴールドシュミット、マラー

その他のすぐれた科学者の厖大な研究を基にして完成された古典的な見解（染色体遺伝説と突然変異説）」をいう（メドヴェジェフ）。

＊23　第二次大戦後、ソビエト圏に吸収されたチェコスロヴァキアでは、メンデル支持者が次々と投獄され、ブルノの修道院も閉鎖されて工場とされ、修道士は逮捕、温室も破壊された（ブルノ広場にあったメンデル記念像は工場の片隅に移動せられ、台座は破壊された。（杉晴夫『天才たちの科学史――発見された虚像と実像』平凡社、二〇一一年）。

＊24　エム・ローゼンターリ、ペ・ユージン監修、ソ同盟科学院哲学研究所編『哲学辞典』国立政治文献出版所、一九五四年版（邦訳一九六二年、ソヴェト研究者協会訳、岩崎書店）。

＊25　エンゲルスは述べている。「手は自由になった。そして、こうして獲得されたより大きな柔軟性は、世代から世代へと伝えられてますます増大して行った。／こういうわけで、手は単に労働の器官であるだけではなく、また労働の所産でもある。ただ労働によってのみ、ただ絶えず新たな仕事への適応によってのみ、ただ筋肉や靭帯の、またより長い期間にはさらに骨格の、このようにして獲得された特殊な発達の遺伝によってのみ、そしてこの遺伝された修練を新たないっそう複雑な仕事に絶えず繰り返し応用することによってのみ、人間の手は、あの高度な完成に到達して、ラファエルの絵画やトルヴァルセンの彫刻やパガニーニの音楽を生み出すこともできるようになったのである。」（「猿の人間への移行における労働の役割」岡崎次郎訳）

＊26　ソルジェニーツィン、前出書。第三章「群島は癌種を転移さす」。

＊27　武藤洋二『天職の運命』みすず書房、二〇一一年。

＊28　ジョレス・メドヴェジェフ、前出書。

第9章　〝ワルプルギスの夜〟の闇

将来全ロシア大会の演壇には、政治家と行政官だけでなく、技師や農学者も姿をあらわすであろう。それは、政治家がますますすくなくなり、政治については、ますますまれにしか話されず、またそんなにながくは話されなくなり、技師や農学者がより多くかたるという、きわめて幸福な時代の始まりである。

レーニン「第八回全ロシア・ソビエト大会での演説」一九二〇年十二月

一九四八年八月ソビエト農業科学アカデミー総会

前章でルイセンコの「学説」が三〇年代以降のソビエトの公的言説といかに同伴していったか、その拡大過程を一瞥したのだったが、メドヴェージェフ『ルイセンコ学説の興亡』その他によれば、ルイセンコがソ連生物学および遺伝学の世界において、その政治的(「学問的」でなく)支配を明確化したステップとして三つのメルクマールがあったとされている。すなわち、一九三六年のソ連農業科学アカデミー総会、さらに一九三九年の雑誌『マルクス主義の旗の下に』主催の会議、および一九四八年八月に開催されたソビエト農業科学アカデミー総会がそれである。

このうち特にここで四八年のアカデミー総会(以下「総会」)に注目したいのは、同「総会」こそルイセンコおよびルイセンコ支持派がアカデミー支配を確立した最終的な「つるし上げのための会議」(メドヴェージェフ)であったという理由ばかりではない。その展開のなりゆきが、十年後、詩人パステルナークを弾劾した〝異端審問〟のありようと酷似しているからであり、言わば典型的なソビエト的断罪方式をそこに見ることができるからでもある。つまり、自然科学と文学という分野の違いはあれ、そこで繰り広げられたのは、ブルジョア資本主義諸国という「敵」の包囲下における〝異分子〟ないしは〝非同調者〟の排除劇と言ってよかったからである。

さて、その「総会」は一九四八年七月三十一日から八月七日まで八日間にわたって開催された。そして、その議事録は連日『プラウダ』に掲載され、そこで読者たるソビエト国民は「ワイズマン―メンデル―モルガン生物学」の「反動的非民族的」性格を、卓越せるルイセンコ派学者が暴露してゆくさまを見守ることとなった。すなわち、討議の全過程において、いささかでもルイセンコ説に疑義を呈しようとする学者は、多数を占めるルイセンコ支持派によって威圧され、野卑な妨害によって立ち往生するなど、あらかじめ準備された満場一致集会の犠牲者となり、そのさまはある欧米学者によればまるで「妖魔の饗宴」にも似た現代の「ワルプルギス・ウィーク」であったという。(＊1)

ここで一応、同「総会」の内容を掴むべくその要点のみ概観しておけば、それは次のような経過を辿ったとされている。

冒頭、先ず農業科学アカデミー総裁たるルイセンコがその基調報告(「生物科学の現状について」)を行ったが、今、それを邦訳書の目次から見れば以下のようなものであった。①生物学は農学の基礎である。②生物学の歴史はイデオロギー闘争の場である。③生物学における二つの世界―二つのイデオロギー。④メンデル・モルガン主義のスコラ哲学。⑤「遺伝物質」学説における不可知性の観念。⑥モルガン・メンデル主義の無成果。⑦ミチューリン学説は科学の基礎である。⑧若いソビエト生物学者はミチューリン学説を研究せねばならぬ。⑨創造的科学的生物学のために。(＊2)

以上の目次を一瞥しただけでもその「方向性」を推し量ることができるが、「総会」は続いて討議に入り、議長ロバーノフの指名によって次々と論者が登壇する。彼らは自らの研究課題とその成果をそれぞれ発表していくが、しかし報告者はほとんどルイセンコ派、ないしそれに近い研究者であり、彼の「学説」を賞揚しつつ「メンデル・モルガン主義」を非難する内容が続いた。ただし、さすがに第三日目に至ってついに反ルイセンコをもって任じる学者も発表を許され、幾人かの研究者が報告すべく壇上に立つ。そして、彼らはその学的良心からルイセンコ学説とその成果について疑義を呈し、あるいは承服し難い理由を展開するものの、しかし、それらは会場に満ちる「ブルジョア反動」、「反唯物論」、「形而上学」といった非難に掻き消されてしまう。

例えば、ショウジョウバエ研究の意義に話題が及ぶと、たちまち「ソ連国民が総力を挙げてファッシストと戦い、戦果をおさめていたとき、祖国の命運とハエの研究とどちらが大切か！」といった学問以前の野次が浴びせられ、「学説の正しさは実際上どの程度役立つかをたしかめることこそ重要である！」、「われわれソヴィエトの科学者は基本的なマルクス主義の立場に立たねばならない！」、「二つの世界観の闘争においては中間的立場をとることはありえない！」といった怒号に包まれる。このとき会議場に飛び交っていたのが「妖魔」であったかどうかは別として、しかしそれが愚昧に満ちた蛮性であったことは疑いないと思われる。

極めつけは最終日における総裁ルイセンコの演説における有名な発言であり、そこで彼は誇らしげに次のように述べたのだった。「同志諸君、わたくしは結論をうるに先立ち、次の声明を行うことがわたくしの義務であると考える。わたくしが手にした質問書のひとつには、次の質問が記されている—わたくしの報告に対して党中央委員会はどんな態度をとっているか。わたくしはお答えする—党中央委員会はわたくしの報告を検討し、それを是認した」と。ここに至って会場は「嵐のような拍手。熱狂的な賞讃。全員起立」となり、さらにルイセンコによる「科学の偉大な友にして大家、われわれの指導者にして教師、同志スターリンに栄光あれ！（全員起立、長くつづく拍手）」という賛辞の表明をもって会議の幕は降ろされる。

この「総会」が学術会議であるのかそれとも政治集会なのか、少なくともここで「ウラー」を叫び、「嵐のような拍手」に和した「科学者」たちの態度が、その主観的思惑はともかく学問的真理の探究からは遠いものであったことは間違いない。それが西欧の学問水準からはどのように見えたか、ある欧米学者のコメントを紹介しておこう。「ルイセンコ追随者の大多数は科学にかけては無学者であり、みずからの吐いていることばが、批判的に値ふみされたら、どんなに安っぽいかを悟れないほど、おさない頭の持ち主なのである」。（＊3）

さて、こうして「総会」はルイセンコによる高らかな勝利宣言によって幕を閉じたのだが、しかし〝儀式〟

はそれで終わりではなかった。勝利者には戦利品が与えられるように、この「妖魔の饗宴」にも供物が必要であり、犠牲羊の血が流れる必要があったからである。そして、会議の最終日、その〝血〟は流される。すなわち、昨日まで壇上において〝勇気ある〟反ルイセンコの主張を展開していた学者たち（ジュコフスキー、アリハニャン、ポリヤコフら）がそれぞれ頭を垂れて〝自己批判〟を行い、自説を撤回するとともに以後ルイセンコの主張に帰依することを〝自主的に〟表明したのであった。曰く「党中央委員会が生物科学における二つの傾向の間に分割線を引いたとき、一昨日行った私の発言は共産党員たるに値しないものであった」（ジュコフスキー）、「私は戦争で兵士たちとともに戦いをしていたとき、わが党、われわれのイデオロギーを信じていた。今も私は国家とともに歩調をともにして、誠実にまじめに活動しているものと信じている」（アリハニャン）、「ミチューリン的傾向はわがソビエト人民、わが国家に利益をもたらすことを欲するボリシェヴィキ、党員および非党員にとって唯一可能な道である」（ポリヤコフ）、云々。

この哀しくも痛ましい自己批判劇と、最終日におけるスターリンへの賛辞表明をどう見るべきか。先に引用したザークルは最大限の批判的言辞をもって次のように述べる。「悲劇がクライマックスに達するのは、科学者たちが変節をちかい、科学アカデミーどもが卑屈なへつらいの書簡をスターリンにあててしたためる場面である。これら下劣な文書を読むときに思い起こしたらよいことは、それが一九四八年に書かれ、一大国家の元首にあてられたものである事実であろう。一千年も前に書かれて、未開種族の族長に送られたものではないのである」と。（＊4）

ところで、この「総会」にソビエト正統遺伝学の総帥ニコライ・ヴァヴィロフは出席していない。いや「出席していない」のではなく、すでにこの世を去っていたからである。ルイセンコの登場以前から革命ロシアの農業科学を指導してきたこの世界的学者は、一九三六年の総会以降、ルイセンコによる政治的レトリックとデマゴギーによって危機に陥れられていたが、一九四一年、コーカサス方面への植物採集の途上、官憲によって逮捕される。その後、彼は死刑判決を受けて獄に送られ、一九四三年、栄養失調から急性肺炎を発して死亡に至ったことが今日知られている。（＊5）

迫害はむろんヴァヴィロフ一人に止まらなかった。メドヴェージェフによれば、この「総会」の直後から、経験をつんだソ連の最も優れた数百名の生物学者が「観念論、反動的見解、モルガン主義、ワイズマン主義、帝国主義やブルジョアジーに対する奉仕、メンデル主義、西欧崇拝、サボタージュ、形而上学、機械論、人種差別主義、コスモポリタニズム、形式主義、非生産性、反マルクス主義、反ダーヴィニズム、実践からの遊離」といった非難によって罷免あるいは左遷された。そして、その理由は「ルイセンコ派の考えや仮説に必ずしも同意しなかったから」に過ぎなかった。しかも攻撃は続き、「中等学校と大学における生物学、農業医学の教育の性格に直接影響をあたえ、多数の著作、教科書、解説書、哲学的著作、百科事典、新聞、小説それに映画でさえ、この影響から免れることはできなかった。そして教師、哲学者、学生、コルホーズ農民、政治家、作家、ジャーナリストを論争に巻き込んだ」と。

また、政府機関、省、科学アカデミー、研究所で職員を解雇、譴責する命令が出され、「メンデル―モルガン主義者」を摘発する委員会が各地区レベルで設けられるとともに、大部分の科学者はルイセンコ学説に対する態度を表明しなければならなかった。そして、ショウジョウバエのストック破棄、チミリャーゼフ農業大学図書館における遺伝学文献の廃棄、ルイセンコを賞讃していない本の解版が命ぜられた。さらに「ドクチャーエフ、チミリャーゼフ、ミチューリン、ウィリヤムス、ルイセンコの学説を創造的に発展させる能力をもつ」教授だけが大学院学生を受け持つことが許される一方、この命令に伴って関係省庁、出版所、大学、研究所、試験場、新聞・雑誌の編集部における関係者の解雇が進み、代わりに二流、三流のルイセンコ支持者が〝戦利品〟たる官職、学位、称号、賞、給料、勲章、アパート、別荘、自家用車をわれ先に漁った、云々。（＊6）

さて、ソ連生物学遺伝学の世界におけるこうした一連の事態を察知した西欧の正統派学者は一様に鋭く反応し、抗議の声を上げる。例えばアメリカ生物科学連合会実行委員会はその声明で述べている。「政府および政党が、いわゆる〝科学的論争〟に介入し、一方に味方するのみならず、鉄のカーテンのこちら側ではどこでも信じられている学説を支持するという理由で、その科学者を免職したり、研究の継続を不可能にしたり、しばしば生命をさえ奪うことの可否については、科学者、科学の理解者およびすべての公平な心の持主が、自分で判断すべきである。遺伝学の進歩を念願するアメリカ学会の代表者として、われわれは次の声明を行う義務を感じている。すなわち、ルイセンコおよび〝ミチューリン主義者〟によってふきかけられた遺伝学の議論は、科学思想のあい対立する論争とは認められない。実際は、政治と科学との闘争である。」

＊

これまで見てきたように、ソ連における生物学遺伝学を舞台として演じられた一連の〝悲喜劇〟を「文学」に置き換えれば、それはそのまま五〇年代末期における「パステルナーク事件」の展開に相似形のように当てはまることに驚く。

すなわち、先ずはじめに〝罪〟に対する糾弾があり、それがさらに組織的非難へと増幅される。その非難は党と国家の権威をバックとした言説によって組み立てられているために、糾弾された者は必然的に「人民の敵」という存在に追いやられ、孤立無援の状況に立たされる。そして、その非難の大合唱が頂点に達したとき、その圧迫に耐え切れなかった被糾弾者は膝を屈し、〝自発的に〟自己批判を行い、ついに相手の主張を受け容れる。すると、こうした悲劇に対して、いっせいに国際的な非難がソ連に向かって差し向けられる……。

ここに見られる構図――勝ち誇り糾弾する勝者とうなだれ謝罪する敗者、そして孤立し無援の中に佇立する敗者を支援する国際的友情——というそれは、まさにパステルナークのノーベル文学賞受賞に際して生起した事態にほかならない。一九四八年のソ連農業科学アカデミー総会は、一九五八年八月二十日、パステルナーク弾劾のために開催されたモスクワ作家同盟の会議のそれであり、聞く耳を持たない憎悪と蛮性の噴出において両者は酷似する。しかも、最終的に自己の作品に与えられた名誉（ノーベル文学賞）を〝自主的に〟辞退するとともに、「未開種族の族長（フルシチョフ）」に懇願してロシアからの追放を思い止まってほしいと訴える手紙を送ったこと、またこの事態を外部から非難した国際ペンによる抗議の嵐が寄せられたことも併せて。

ここで再び原初的な疑問に立ち返ってみる。それは、いわゆるルイセンコ学説が、本質的に偽科学でありながらも文字通り〝旋風〟として吹き荒れた「理由」であり、「根拠」は何かということにほかならない。すなわち「科学にかけては無学者……どんなに安っぽいかを悟れないほど幼い頭の持ち主」とまで酷評されたレベルの「学説」が、なぜ、農業科学アカデミーという国家的頭脳を占拠したのみか、さらに一つの時代をも制覇しえたのかという疑問である。すでにこれまでの記述で明らかにしてきたところだが、それは、言うなればこの「学説」が「党と大衆の物語」足りえたことにあると言わねばならない。

一九二〇年代末、スターリンが農業集団化に乗り出し、ロシアを取り巻く資本主義諸国と伍すべく大工業化事業に舵を切ったとき、それは古来より《農》の大国であったロシアにおける極めてドラスティックな改革を意味したが、その際、疲弊した農村を立て直し、党と国家に向けて求心力を高める言説としてルイセンコ「学説」が登場したのは偶然ではなかった。一九三五年の第二回コルホーズ突撃隊員大会において、若きルイセンコが穀物の増収を声高に約束しつつ、しかもその前に立ちはだかる「メンデル—モルガン主義者」という〝内部の敵〟を激しく攻撃したとき、「ブラボー！　ルイセンコ、ブラボー！」とスターリンが賛辞を寄せたのも、まさに為政者が内心で欲していることをルイセンコが言語化して見せたからであった。

「メンデル―モルガン主義」とは、熱狂的ボリシェヴィキたちにとって、古いものは変化せず、新しいものは古いものの再結合から生じるか、あるいは偶然の所産として現れるにすぎないという理論であった以上、これに従うことは、永遠なる自然と自然現象をただ手を拱いて見守り、偶然の変化をひたすら待ち受けるほかない事態を意味していた。生命体の遺伝の機序が分子生物学の台頭によって明らかにされる以前であったとはいえ、勃興するソビエト社会主義にとってこの〝反希望的〟学説はとうてい受け容れられるところとはならなかった。つまり、当時のソビエトにとってそれが偽科学であり非科学である以前に、ルイセンコ学説こそ言わば生命の糧であり、人びとの腑に落ちる国民的物語であったからである。そして、そうした奔流に乗ってこの〝偽科学〟は科学に打ち勝つことが出来たのであり、少なくともフルシチョフの失脚（一九六四年）に至るまで、三十年間という命脈を保ちえたのであった。（＊7）

〝旋風〟日本に上陸す

さて、日本における「ルイセンコ学説」の紹介はすでに戦前一九三〇年代から始まっていたという。しかし、これが〝旋風〟として本格的に上陸したのは、戦後、国是として導入された「民主主義」をその時代背景としながら、一種の〝ソ連熱〟（「ロシア熱」ではない）の一環として斯界に登場して以後であったと言えよう。そして、それが〝旋風化〟していったのも、そこにある種の憧れと希望のイメージが伴われていたことも要因の一つであったと思われる。その当時、ルイセンコ派として知られたある生物学者は述べている。「ソ連に若い天才的な植物学者があらわれ、『バーナリゼーション』（春化処理）という方法をもちいて、コムギの増収をはかることに成功したというニュースが、一種のロマンチックなひびきをともなって伝わってき

た」。(＊8)

やがてこの「ニュース」は学界全体を巻き込む形で広がりを見せ、一九五〇年代を中心に、いわゆる「ルイセンコ論争」として現実化していくこととなる。親ルイセンコ派と反ルイセンコ派、さらに中間派も交えて繰り広げられたその論争の軌跡を今整理しておけば、おおよそ次のような経過を辿ったものらしい。(＊9)

▽**第一期(〜昭和21年)**
戦前、石井友幸、八杉龍一らによるルイセンコ学説の紹介、および唯物論研究会による正統遺伝学批判(機械論批判)があった。戦後、はじめ〝方法論〟の有効性が中心テーマとなる(武谷三男―山田坂仁論争。その後、山田は転向を声明)。武谷三男「哲学は如何にして有効さを取戻しうるか」、「現代自然科学思想」、山田坂仁「哲学と科学との関係」など。21年9月、民主主義科学者協会(以後「民科」)に「理論生物学研究会」が結成され、ルイセンコ学説の好意的紹介を担う。

▽**第二期(昭和22〜24年)**
ルイセンコ支持派と正統遺伝学派の間で主に方法論、技術的検証の正確さなどをめぐって論争が闘わされた。22年10月「日本遺伝学会」において高梨洋一の発表に駒井卓が反論。23年3月および8月、雑誌『遺伝』主催座談会において両派の初対決。同年9月、ネオメンデル会編著『ルイセンコ学説』刊行(両派の主張掲載)。日本共産党、ルイセンコ支持を表明。24年2月『ソヴェト生物学論争』八杉龍一・高梨洋一編著刊行(四八年「総会」の様子が紹介された)。ソ連で「学者粛清」の報道あり。

▽**第三期(昭和25〜26年)**
昭和25年2月、民科理論生物学研究会が「民科生物学会」へ成長。ヴァヴィロフ〝処刑〟の噂、ソ連での反ルイセンコ派学者追放に対する反発高まる。八杉龍一―木原均論争。25年初頭、徳田球一、ルイセンコ支

持のアピール。同年「ルイセンコ学説の勝利」（『前衛』）。同年3月、井尻正二「科学の党派性」（『アカハタ』）。木原均「リセンコ学説の批判」（『遺伝』）。福島要一校閲、大竹・北垣編著『ルイセンコとその学説　農業生物学』。マルクス主義陣営内の反ルイセンコ派、中間派が次々と自己批判。

▽**第四期（昭和27〜31年）**

ミチューリン運動としての「ヤロビ農法」の日本農業への適用とその衰退。「国民の科学」の旗印の下、多くの進歩的生物学者、農学者、学生が「ヤロビの村」を訪問。「日本ミチューリン会」結成されるが、29年以後、急速に沈滞へ向かう。日共六全協の方針転換（30年7月）。高度経済成長による農業の変化（土地改良、動力農機具、新農薬、保温折衷苗代、品種改良、多肥農業の発達）による生産力の向上。この頃、ルイセンコの権威失墜の風評。「自己運動論争」（井尻・徳田御稔―八杉）。菊池謙一『日本農民のヤロビ農法』。栗林『ヤロビの谷間』。『理論』座談会「ミチューリン運動に学ぶ」。27年10月『二つの遺伝学』徳田御稔。29年9月号『遺伝』ルイセンコ批判特集。31年4月、ヴァヴィロフの復権情報伝わる。

右の経過を見ると〝旋風〟はおよそ十年間というもの、わが国を吹き荒れたと見てよく、そしてその内実は、日本版『ルイセンコ学説の興亡』ともいうべき中村禎里著の『日本のルイセンコ論争』に詳しい（二〇一六年復刊）。注目していいのは、日本における論争が専門家たる生物学者によってではなく、哲学者間によって開始されたことであろうか。いわゆる戦後初期に行われた「哲学の有効性論争」がそれであり、同論争の一環として、ルイセンコの「革命的業績」を持ち上げる武谷三男と、ルイセンコの学説は何ら科学的に実証されておらずダーウィンの範疇を超えていないとした山田坂仁が応酬を行った。（＊10）

さて、その下地として、戦前、唯物論研究会に集った石井友幸、石原辰郎、梯明秀などマルクス主義的な観点から生物学を位置づけんとする試みがあったことも見逃すことは出来ない（＊11）。先の中村禎里が、この論争の特徴として〝方法論好み〟があると指摘したのは、この戦前からの哲学的遺産が影響していると見ていいと思われる。すなわち、翼賛的国策科学だけが重用された戦前にあって、自由な研究とその実践を断念せざるを得なかった日本の科学インテリゲンチャは、必然的に実験実証レベルから遊離することを強いられ、その環境が彼らを結果的に〝方法論〟という抽象的な領域へ追いやることとなった。そして、ここから生まれた特有の〝理論好み〟〝方法論好み〟という傾向は、ややもすると実証主義的態度の軽視を孕む要因ともなって、以後、論争の全経過に翳を落とすことになった。

ところで、わが国における論争が哲学者たちによって始められ、終始方法論偏重という傾向性に彩られていたとき、親ルイセンコ派がその理論的〝武器〟として用いたのが「弁証法的唯物論」という外来思考であった。それがどれほど「ロマンチックなひびき」とマッチしていたかは不明だが、特に論争初期、彼らが掲げたキー概念たるこのロシア製〝腰の業物〟は、当時〝ブルジョア資本主義〟陣営を追い抜くと豪語していた社会主義陣営の放つ〝輝き〟を背景として、哲学に不慣れな反ルイセンコ派に対し、有効な切れ味を示したのである。

しかし、やがて論争は〝哲学時代〟から徐々にルイセンコ学説の科学的厳密性、実証性の検討に論点が移動する。当初はルイセンコのロシア語原著が未翻訳のため隔靴掻痒の観を呈したものの、その後翻訳紹介も進み、多くの学者専門家が言わば〝方法論重視派〟と〝実験実証重視派〟に分かれてひとしきり応酬が続けられた。そして、そんな渦中にある衝撃が訪れる。それは一つの新聞記事であって、その短い記事は次のように伝えていた。

「ソ、生物学界を粛正」

【モスクワ二十七日発ＡＦＰ＝共同】ソヴェト当局は二十七日、共産主義の遺伝学説を支持しない学者を、ソヴェトの生物学研究機関から追放し、再組織すると発表した。（『朝日新聞』昭和二十三年八月三十日）

すでに西欧の学界は早くからソ連におけるこうした動向をマークし、非難を強めていたものの、ここに至って日本の反ルイセンコ派学者は、その「学説」批判に加えて、ルイセンコ派による強権的な学界支配に強く抗議の声を上げた。他方ルイセンコ支持派は〝鉄のカーテン〟の向こう側での出来事であるため、事態が明らかになるまで口出しすべきではないし、また他国学界の「人事」（＊12）にいちいち反応する必要はない、と応じた。

その後のルイセンコ「学説」をめぐる確執は、これを「階級闘争」として捉える日本共産党の参入も加わり、一種の政治運動の趣きを呈して活況を見せ、折から登場した「ヤロビ農法」運動として実践に移されて行く。そして、この〝革命的農法〟は一時期長野県などを中心として栄えたかに見えるものの、しかし昭和三〇年代から開始されつつあった高度経済成長の波の中に埋没し、自然消滅の運命を辿るに至る。さらに本場ソ連においてルイセンコの擁護者フルシチョフが失墜（一九六四年十月）すると、すでに多くの現実的綻びを見せていた「ソビエト農業の救世主」、「天才的植物学者」の権威も地に落ち、その「学説」も終焉を迎える。

＊

さて、わが国において展開された「ルイセンコ論争」はおよそ戦後の十年間であったが、それは本場ソ連における三十年の歴史の言わば縮小版でもあった。ここで「縮小」という意味は、日本における論争の特徴があくまで「科学思想史の事件」であったという中村禎里の総括に関連している（＊13）。つまり、たしかにそれは「思想上の事件」であったとしても、しかしそこには革命国家ソ連における場合とは雲泥の差があった。すなわち、何よりも優先さるべき課題として「思想」があり、その選択が自らの名誉のみならず「職（食）」に繋がり、時に生死すらも懸けざるを得なかった国において、〝論争〟とは決してたんに口舌に耽ることではなく、いみじくも先の〝変節学者〟が懺悔したように、「党中央委員会が二つの傾向の間に分割線を引いたとき」、そこで逡巡したり右顧左眄することは「共産党員たるに値しない」ことであり、「わがソビエト人民、わが国家に利益をもたらすことを欲する党員および非党員にとって唯一可能な道」から外れることを意味したからである。

翻ってわが国の場合、ルイセンコ騒動が比較的短命に終わったのも――「学説」自体に要因があったとはいえ――もともと日本のルイセンコ派を支配した〝理論好み〟にインプットされていた〝ソ連崇拝〟と、それがあらかじめ「学説」自体の検証にバイアスが懸っていた傾向は否めない。そして事態の展開が基本的に向こう任せであるため、〝鉄のカーテン〟の向こう側で〝本尊〟が倒れれば、たちまちその〝神通力〟が消失していった事実も了解されよう。

その意味で、この騒動は所詮たんなる一場の誤謬劇で終わる運命であったと言えなくもないが、当時発表された松田道雄の冷静な論評を見ておきたい。松田はこの事態を先ず「日本の生物学にとって喜劇ではなしに実は悲劇である」と断定した上で、さらに次のように述べている。

〔この悲劇は〕日本の生物学者が、その広さと深さにふさわしい仕方でソヴェトの学問を学ぼうとしなかったこと、またその広さと深さにふさわしい誇りをもってアメリカに対していないということに関係している。……（ルイセンコ学説の）紹介者の中にはせっかちな人があった。彼らはルイセンコを日本の学問を高めるということよりも、マルクス・レーニン主義の正当性を明らかにするということのほうが主題であるかのように見えた。……だが結果としては、そのたたかいによってマルクス・レーニン主義を読者の中に広めるどころか、マルクス・レーニン主義を信じると人間はこれほど偏狭になるのかと思わせ、それによってマルクス・レーニン主義から読者を遠ざけたことになった。……ソヴェトの公式理論の一切は、これを擁護するのが正しいという考え方は、治安維持法が日本のコミュニストとそれにつらなるものに残した精神の瘢痕である。……ルイセンコをせっかちに紹介したことは、日本の学問研究の世界の困難が生んだ悲劇である。だがこの悲劇をスターリンの「個人崇拝」の生んだ喜劇であるとわらっている人が、スターリンより幾まわりか小さい「個人崇拝」の座におさまっているのだったら、それこそ喜劇であろう。（＊14）

松田道雄はここで「論争」の両派に批判的視線を向けているが、しかしただ単純な喧嘩両成敗を行っているのではない。糾弾されているのは「せっかちな紹介者」と、この事態を「喜劇とわらっている人」であり、批判の矛先は、さらにその背後にある「治安維持法が残した精神の瘢痕」にも注がれている。つまり、戦前日本の権力が導入した極端な弾圧法制が、反転してソヴェト擁護に加担する者はアプリオリに正義の徴を帯びるという観念を日本のインテリゲンチャにもたらしたのだ、と。すなわち、われわれはルイセンコ支持者に見られた狭い公式主義的主張を「わらって」済ませるのではなく、むしろ我が〝下半身〟を省みる契機としなければならないと主張している。

さて、日本のルイセンコ論争を振り返る意味とは、同「学説」の学問的真偽をことあらためて問うことでも、またその「学説」に帰依していった学者たちの動向を「わらう」ことでもなく、この論争において顕現した日本インテリゲンチャの思考とその根拠を問うことであり、さらにこの「論争」の向こうに見える五〇年代の光景の意味を明らかにすることであると思われる。そのとき、果たして松田の言う「日本生物学の広さと深さにふさわしい仕方で」相い対した論争はなかったのか。またルイセンコの「せっかちな紹介」でもなければ、これをたんに「わらって済ませる」ことに終始したのでもない応酬の例はなかったのか、振り返っておく必要がある。

その意味で、今、門外漢ながら八杉龍一と木原均との間で交わされた論争に注目する理由がある。なぜなら、八杉の場合、その堪能なロシア語力によって戦前からルイセンコ学説の紹介を行い、戦後は民科理論生物学会の中心メンバーとして活躍、同学説を積極的に推進する「ルイセンコ派の驍将」（中村禎里）と目されていたからであり、一方、木原の場合、正統遺伝学の立場から終始ルイセンコの主張に異義を呈したのみならず、特に専門の小麦をテーマとしてルイセンコの実験結果に納得しがたい根拠を有していたため、方法論（弁証法的唯物論）に幻惑されることなく、あくまでメンデリズムの原則に依拠しつつその立場を貫いたと思われるからである。さらに付け加えれば、木原は悲運の生物学者ヴァヴィロフの盟友であり、親しい交友関係にあったという因縁も逃すことができない。（＊15）

八杉龍一 vs 木原均

さて、この両者にとって「ルイセンコ論争」とはどのようなものであったのか、以下において見たいのは、生物学分野において多大な業績を残している両碩学の学的全体像ではなく、あくまで当該「論争」場面に登場した限りにおける両者の主張であり、その「振る舞い」方である。当時、両者は必要に応じていろいろな場所でこの「学説」に言及しているが（八杉の場合はかなり多く、木原均は比較的少ないという違いはある）、ここではある雑誌を舞台に両者が直接交わした応酬を例として、その問題点を考えてみたいと考える。

その前に、蛇足ながら関連書より一応両者の経歴を抜書きしておく。（＊16）

八杉龍一（一九一一～一九九七）昭和10年、東京帝国大学理学部動物学科卒。当初は両生類の相対的成長研究など、実験動物の研究から生物学史、特に進化論史研究に転じ、著述家として活躍。戦後初期、特に22～25年にはソ連の農業生物学者Ｄ・ルイセンコの生物学説を積極的に紹介。生物学における機械論・目的論などの問題について独自の見解を示し、進化論における方法の問題に関し、精緻な議論を展開した。ダーウィンの生存競争説成立のきっかけがマルサスの「人口論」だとする定説に疑問をはさみ、生存競争説の誕生にはより一般的な社会の状況を考慮に入れるべきだと主張した。また児童・少年向きのすぐれた科学書を著し、啓蒙家としても活動。

木原均（一八九三～一九八六）大正7年、北海道帝国大学農学部遺伝学科卒。コムギの細胞学的研究と染色体の分析、およびそれを通じてコムギの種形成の歴史を遺伝学的にたどる手法（ゲノム分析）を開発。木原のコムギ研究は24年『京都大学理学部紀要』に発表された論文に集約されている。コムギを対象として雑種第1代の減数分裂の際の染色体対合のようすから、親同士のゲノムの相同性を調べ、ゲノムの進化や由来をさかのぼって推定するというテーマである。この手法によって木原はコムギの祖先の一つがタルホコムギであることを突き止めた。この手法は細胞学、遺伝学、進化学を相互に結びつけ、植物種の歴史的変遷の研究に大きな意味をもつばかりでなく、作物の改良、新品種の形成などの応用面にも重要な基礎を与えたものとして世界的な評価を受けた。

さて、両者は〝旋風〟吹き荒れる昭和二十四年から二十五年にかけて、以下のように雑誌『自然』（中央公論社）において誌上「対決」を行っている。その応酬は短かったが、経過は次のようであった。

▽昭和二十四年
・八杉龍一「ルィセンコの主張─その意義とそれをめぐる問題」十月号。
▽昭和二十五年
・八杉龍一「ルィセンコ学説の新発展─防風林と畜産の問題」二月号。
・木原均「リセンコの遺伝学とその反響(Ⅰ)」二月号。
・木原均「リセンコの遺伝学とその反響(Ⅱ)」三月号。
・八杉龍一「ルィセンコ論議への私見─木原教授のルィセンコ批判を読んで」五月号。
・木原均「八杉氏に答えて」七月号。

すでに触れたように、当時ルイセンコという存在は、その支持者、信奉者にとっては未来を拓く希望の象徴であり、一方反対派、不信派にとっては学問以前の幼稚な知識を振り回す懐疑の対象であった。しかも学界のみならず、当時「進歩的知識人」の拠り所とも目されていた日本共産党が公式に「支持」を表明すると、その一方ソ連生物学界における「学者粛清」の批判が興って両派の応酬は熱く交わされていた。

ちょうどその頃、西欧におけるルイセンコ批判をつぶさに吸収し、その新学説の誤謬を確信して帰朝した木原均にとって、おそらく眼前のルイセンコ派の跳梁は黙過し得ないものと映ったに違いない。特に自分の研究対象であった「小麦」をルイセンコが扱う手付きは、厳密な実験と実証に立脚するメンデリスト木原には余りにも杜撰と思われ、加えて四八年八月「総会」の内容を外国文献から知るに及んで(〝The situation in biological science〞)、彼はあえて批判の一石を〝旋風〞の中に投じたのである(木原の批判文を八杉自身は、あまたのルイセンコ批判のなかで「もっとも充実したもの」と評している)。

一方、中村禎里によって、「政治の季節」にあってルイセンコ派にはまれな「人間的な言葉」を吐いたと評価された八杉龍一の、その論調はおおむね慎重であり、その意味で彼はルイセンコの「せっかちな紹介者」ではなかった。そして、科学者として承認しがたい個所や結論を保留したい部分については「それはまだ断言できない」、あるいは「ここは明瞭ではない」と述べて結論を回避する姿勢を保っていることは注目されてよいと思われる。ただ、しかしそうした慎重な姿勢を超えて、にもかかわらずこの学者がルイセンコに傾斜していったのは、荒削りながらもルイセンコが提唱する「学説」の有する可能性に対する強い期待と信頼があったと考えられる。

つまり、「進化論史」やダーウィンの優れた研究者としての業績を重ねつつあった八杉がその「新学説」に懸けたのは、おそらくそこに当時の正統メンデリズムが逢着していた停滞を打破する「突破口」らしきものを幻視したからであり、さらにその幻視をリアルなものに見せたソビエト社会主義の発散するオーラであっただろう。このことは、慎重な彼がその論文中、「従来の我々の紹介だけではルイセンコの仕事について如何なる判断をも下せないという考えには賛成しがたい。我々自らこれを発展させる意志があるかないか

リセンコの遺傳學とその反響(I)

木原 均

木原均論文
(『自然』昭和25年2月号)

ルィセンコ論議への私見

—木原教授のルィセンコ批判を讀んで—

八杉 龍一

八杉龍一論文
(『自然』昭和25年5月号)

が問題なのである」(＊17)と勇ましく述べていることからも推察される。

さらに、ルイセンコの主張は実験的裏付けが不備である、というよくなされる批判に対して、八杉は次のように反論する。

先ず八杉は、たしかに新しい学説が立てられようとするとき、「実験は、自然科学的認識のアルファでありオメガである」に違いないことを認める。しかし、「実験によって自然科学的真理が認識されるということ自身が、すでに一定の世界観の基礎のうえに立つ認識であり、自然科学の認識論および方法論の問題をなす」という、ここでも〝方法論〟という優先領域へと論点を移動する。つまり、自然科学にとって「実験こそアルファでありオメガ」という断定は、いつの間にか「実験」は「方法論」の中に回収され、その下位に置かれる(むろんここで想定されているのは〝弁証法的唯物論〟という「方法」の優位性であり、メンデリズムに対する「機械論」という決め付けである)。

そして、この「方法論優位」という立場の度外れな固執は、生物学者八杉を必然的に、ある苦しい断言へと導いて行く。すなわち、彼はソビエトの八月「総会」後に明らかになった「科学者の弾圧」という事態を積極的に肯定して次のように述べる。

かりにわれわれがルィセンコの立場に立ったら、事情はつぎのように説明されよう。生物学の正しい方法論は唯物弁証法である。……社会組織によって規定されるイデオロギーが学問のうえに反映し、観念的ないし機械論的傾向に生物学をおちいらせ……それでは客観的真理を正しくつかむことができない。そして、これがつかめなければ、科学を生産的実践のために役立たせることができない。われわれは社会主義的社会の建設を急務としているのだから、この際断固とした処置をとる必要がある、と。(＊18)

ここで「ルィセンコの立場」に擬して語っている八杉の言い分の奥から立ち上ってくるのは、まさしく科学はイデオロギーに従属し、「国策の侍女」たるべきであるという趣旨であると考えてもそれほど遠くないであろう。そして、この表明は『プラウダ』が当時力説していた「わがソビエトのインテリゲンチャの退歩分子は、なおブルジョア科学へのスラブ流奴隷根性を発揮している。その腐った根を、断固として無慈悲に引き抜かねばならない」という言い分と同質のものである。

一方、木原均がその批判文において強く警告したのも、この科学的真理を追究する科学者の前に立ちはだかる、科学以前の壁という問題であった。彼は八月「総会」の英文速記録を読みつつ、討議における反ルイセンコの立場に立つ〝変節学者〟の動向に注目を払う。ここで彼が特に着目するのはその反ルイセンコ派学者たちが野次と怒号の中、自説を展開し、さらに最終段階で自己批判に及ぶ場面がそれである。そして、彼らが壇上に引き出され、自説を撤回する個所に至って、木原は「深い感動」を覚える。彼は述べている。

それほどこの速記録は真に迫り、私を感動させた。それはなぜだろうか？　私は、この会議に屡々攻撃されている反動的遺伝学者のカテゴリーに属する一人である。従って、感動というのは、四面楚歌の間に自らの信念を守って闘った八名の遺伝学者、科学者に対してである。リ氏（ルイセンコ）の結論に先立って、嵐のような歓声の中に全員が起立して、党のリ氏承認に拍手を送った会衆が眼前に彷彿する。その渦中に悄然とするこれらの人々に想いをはせて、強い感動なくしてこの短い記事が読めるだろうか？（＊19）

そうだ、自分こそ〝反動的遺伝学者〟だ！　という木原の内心の絶叫がここにある。「観念的ないし機械論的傾向に生物学をおちいらせ……科学を生産的実践のために役立たせることができない（学者に対しては）この際断固とした処置をとる」ことを肯定する八杉とは反対に、その「嵐のような歓声の中に全員が起立して、党のリ氏（ルイセンコ）承認に拍手を送る」中で佇立する八名の遺伝学者、科学者の姿に、木原は「感動」を覚えたのである。彼はさらに言う。

科学上の真理を信ずる人々が、他の人々に撤回（recantation）をさせる必要があるだろうか。真理は最後の勝利者である。しかしそれは討論会の席上で直ちに改宗せしめることであろうか。またそれほどリセンコ派にとって圧倒的の勝利であっただろうか。私には、ソ連の若い科学者がなお彼らの真理と主張をひそかに守って、将来の科学を黙々と育てて行くものと確信している。（＊20）

今、日本におけるルイセンコ論争を振り返って、この木原均の言葉は強い印象をもって迫ってくる。そして、最終的に彼が「八杉氏に答えて」という応答文において、メンデリストとしての科学的信念に微塵の揺らぎもない。

ところで、八杉龍一の方法論への没入について述べたついでに、もう一つ触れておきたいことがある。それは彼のソ連社会主義への過剰な期待と併せて、その底に一種の抜き難く張り付いている信憑とも言うべきもので、木原との応酬文では現れていないが、以下の論法はこの頃八杉が書いていた文章にしばしば登場している。

もしルィセンコの実験がまやかしであり、彼の理論が根本から間違っているなら、一部の人が言うように彼の学説が政治上の宣伝にはなったとしても、ソ連の学界、ソ連の国民、ソ連の政府の利害の差し引きはどうなるであろうか。ルィセンコの理論の出現および発展によって最初にしかも最大の混乱がまねかれるのはソ連の学界であるはずであり、また実際にそうであったのだから、彼の生物学がまったく根拠のないものであるなら、これによって重大な不利益をこうむるのはなによりもソ連自身である。生物学の各分科はもとより緊密な関連をもつべきものであり、一つの分科の基礎に根本的な批判が加えられたとすれば、それは他の分科にも影響せずにはいない。もしソ連の政府が間違った学説の尻押しをすれば、生物学界全体が収拾のつかない混乱におちいることが目に見えている。それればかりではない。ルィセンコ理論の場合においては、ソ連の農学の体系をうちこわし、はたんさせ、農業生産の実際に破滅的な影響を与えるだろう。農業生産力の上昇に必死となっている国の政府の当事者が、他に若干の有利な目的があったとしても、この大きな危険をあえてするであろうか。このような単純なことに気付かないのは、生物学と農学との強固な結合が忘れられ、生物学の各分科もそれぞれ関連なく独立し、学界にセクショナリズムが支配する国の学者達ばかりである。（＊21）

この文章をいったいどう読めばいいか、当時の〝ソ連フィーバー〟という社会的背景を考慮に入れたとしてもいささか戸惑いを覚える。なぜなら、ここで開陳されているのは少なくとも「生物学者」の、あるいは科学的インテリゲンチャの思考ではない。むしろ「素人」の放談に類するお喋りと思われる一方、しかしこれは代表的な知的雑誌『思想』に掲載された文章であることを思えば、学者八杉を支えていた確信的信念の表出と考えて間違いないと思われるからである。そして、同時に八杉の思考の根底にこうしたナイーヴな信仰とも言える考えがあったことを知るのは、決して無駄なことではないとも思える。

「ソ連の政府ともあろうものが……そんなバカなことをするはずがない」という確信に対しては、ではソ連を襲った幾度もの大飢饉をそもそもどう考えるのか聞いてみたかった気もするが、ここで八杉が展開しているルイセンコ擁護の論旨は、あの「総会」で低級なルイセンコ学者が発したという、「そもそも進歩的社会主義を信じる人間が遺伝病になどかかるはずがない！」という野次を連想させる。

それにしても書きものは恐ろしい。冷静な八杉龍一が思わず書き付けた「このような単純なことに気付かないのは……」という刺激的な言葉を、彼はその後半生において激しく悔いることになったに違いない。だが、しかしそう思えると同時に、皮肉にもここに書かれていることは逆説的に真実であったとも言える。何故なら、その後のソ連の歴史は八杉が予言している通り、「もしソ連の政府が間違った学説の尻押しをすれば、生物学界全体が収拾のつかない混乱におちいることが目に見えている。それればかりではない。ルイセンコ理論の場合においては、ソ連の農学の体系をうちこわし、はたんさせ、農業生産の実際に破滅的な影響を与えるだろう」という指摘はズバリ現実となって現れたからである。ただ彼の考えた時間的スパンとは少し遅れてだったのだが……。

＊1　R・C・クック。アメリカ遺伝学会機関誌『ジャーナル・オブ・ヘレディティー』編集長。なお、メドヴェージェフによれば、自派のアカデミーの正会員、準会員を増やす操作を行うなど、この「総会」のためにルイセンコが周到な準備を行ったとされ、出席者五十六名中、四十八名がルイセンコ支持派によって固められたという。またジョレス&ロイ・メドヴェージェフ『知られざるスターリン』（久保英雄訳、現代思潮新社、二〇〇三年）には、同「総会」はあらかじめ確信的ラマルク主義者たるスターリンの細部に至るまでの熱心なテコ入れがあったことが記されている。

＊2　八杉龍一・高梨洋一編著『ソビエト生物学論争―ルイセンコ学説を中心に』ナウカ社、一九四九年二月。大竹博吉・石井友幸訳『全訳　ソヴェト生物学論争―生物学の現状』ナウカ社、一九五四年十一月。

＊3　C・ザークル編、篠遠喜人監修『ソヴェトにおける科学の死』長島礼・二宮信親訳、一九五二年、北隆館。

＊4　C・ザークル編、前出書。

＊5　一九四〇年八月、右翼陰謀への加担、イギリスのスパイ、農業におけるサボタージュなどの疑いによって逮捕

される（四三年一月二十六日、死去。五五年九月、名誉回復）。「個人崇拝の時代におけるソ連の科学にとって最大の損失」（メドヴェージェフ）。イーゴリ・イワンチク、アスコリド・イワンチク『混乱するロシアの科学』小林茂樹訳、岩波書店、一九九五年。

＊6 メドヴェジェフ『ルイセンコ学説の興亡―個人崇拝と生物学』金光不二夫訳、河出書房新社、一九七一年。

＊7 藤岡毅『ルイセンコ主義はなぜ出現したか―生物学の弁証法化の成果と挫折』（学術出版会、二〇一〇年）はメドヴェージェフが触れていない、ルイセンコの勝利に至るまでの過程を詳述している。同書によれば、一九二〇年代頃までのソ連遺伝学は優れた成果を生み、国際的にも高い水準を誇っていたが、三〇年代、農業集団化による工業化へ踏み切ったスターリンのソ連は、ヒトラー・ドイツの脅威に対抗するため、五か年計画の早期達成と穀物調達危機に貢献する科学を重視するに至る。ここで、合理性を無視した主意主義的「突撃精神」と極端な実用主義を掲げる御用哲学者ミーチンのイデオロギー戦線における勝利が、農業科学部門におけるルイセンコ支配に大きな役割を果たし、以後のソ連農業政策を決定づけたと述べられている。

＊8 徳田御稔『二つの遺伝学』理論社、一九五二年十月。

＊9 ルイセンコ支持派（石井友幸、八杉龍一、碓井益雄、高梨洋一、柘植秀臣、松浦一、福島要一、福本日陽、大竹博吉、武谷三男、徳田御稔、井尻正二、星野芳郎、中井哲三、藤井敏、佐藤七郎など）、ルイセンコ反対派（駒井卓、田中義麿、佐藤重平、木原均、野口弥吉、小熊捍など）。なお、論争の経過区分については『日本科学史大系』第十五巻「生物科学」を参考にした。

＊10 その後日本共産党がルイセンコ学説支持を表明するに至って山田は無惨な転向を遂げる。

＊11 『唯物論研究』は一九三二年、創刊。哲学者梯明秀は述べている。「生物学史にたいするかかる特徴づけ（獲得形質遺伝の作業仮説の提起）は、ソビエトのミチューリン学派において遂行され、さらに、この学派が、生物史的過程の意識的再生産の課題に応じて発展しつつあることは、現在においてはもはや周知のことになっている。……一九三〇年頃よりソビエトでは、農学者が率先して、この生物学的問題と対決し、秋まき性作物を春まきに、あるいはその逆の方向に、作物の性質を変える作業を行いはじめた。この作業は、ソビエトでの農業生産を高めるために不可欠な仕事であったし、その成果は、ただちに農業実践にうつされて農民大衆の眼の前で評

価された。こうしてアカデミーの世界の中だけでは解決できなかった生物学の最重要問題が、社会的基盤を得て、はじめて正しく解決されることになったのである。ルイセンコ『農業生物学』は、こうした情勢の中から生まれ出た画期的な名著である。」(「生物学におけるダーウィン的課題」、『物質の哲学的概念』青木書店、一九五八年)。

なお、本論文は『梯明秀経済哲学著作集』第一巻(未来社、一九八二年)にも収録されているが、同書において、本論文はその後の科学研究の進展に照らして修正する必要があるものの、結局間に合わなかったという趣旨の編集者による注記が付されている。

＊12 徳田御稔、前出書。
＊13 メドヴェジェフ『ルイセンコ学説の興亡』書評(『自然』一九七一年九月号)。
＊14 「理論の党派性ということ—ルイセンコ事件をめぐる喜劇と悲劇」(『自然』一九五六年九月号)。
＊15 木原均はヴァヴィロフとの交友を回想した追悼文「バビロフの追憶」(『遺伝』一九五〇年二月号)を書いている。
＊16 「八杉龍一」(『20世紀日本人名事典』日外アソシエーツ、二〇〇四年)。「木原均」(『現代日本』朝日人物事典』朝日新聞社、一九九〇年)。
＊17 八杉龍一「ルィセンコの主張—その意義とそれをめぐる問題」。
＊18 八杉龍一「ルィセンコ論議への私見—木原教授のルイセンコ批判を読んで」。
＊19 木原均「リセンコの遺伝学とその反響(Ⅱ)」。
＊20 木原均、前出論文。
＊21 八杉龍一「生物学への反省」、『思想』一九四八年七月号。

第10章　『真昼の暗黒』の来日
――アーサー・ケストラー（1）

（事件は）とくに若い世代のあいだで彼の人気を以前より高めただけだった。支配者たちは、ごく稀に公衆の面前に姿を見せるパステルナークの詩の会で、あるときこういうことが起ったのを忘れなかった。自作の詩を朗読している最中に彼が一瞬ためらって声をとぎらすと、聴衆全体が集団的なプロンプターを演じて、彼が言いよどんだ行をコーラスで朗読した。

M・スローニム『ソビエト文学史』

「ノー・モア・ポリティクス」を宣言

一九五九年十月、『ドクトル・ジバゴ』という一文学作品が――ノーベル賞文学賞の受賞をきっかけとして――時のソ連政権とソ連文学官僚からいかに非文学的な仕打ちに見舞われたか。そして、同書の内容が「反ソヴィエト的」であるという理由によって、作者パステルナーク個人がいかに社会的に理不尽な攻撃を受け、さらにそのことに端を発して世界を騒がせる〝事件〟にまで発展したその波紋がいかにわが国に押し寄せたか、これまでその種々相を追ってきた。

すでに述べたように、日本ペンクラブは、降って湧いたようなこの〝パステルナーク問題〟に慌て、ただ事勿れ主義的な「申合せ」を発表して事態を切り抜けようとしたが、それに対してサイデンステッカーをはじめとする外国人三会員が、その八方美人風な曖昧性に激しい異議申し立てを行ったことから、それは表現の自由という問題をめぐる〝内紛〟にまで至ったのであった。

本稿は、同ペンクラブのその内紛劇に触れた後、やや方向を転換し、一見無関係とも思える迂回路を辿ってみたのだったが、その迂回路――「モスクワ芸術座来日公演」、「新作『おちつかない老年』」、「〝害虫〟論」、「ルイセンコ旋風」といった事柄がそれであるが――は、しかし決して無意味に辿ったわけではない。「パステルナーク事件」なるものがたんに文学上の出来事でなく、〝政治的事件〟として現出した以上、それは大きく時代の渦中にその要因があったことは言うまでもなく、そうだとすれば、いったん時代の現場に赴き、その背景を確認しておきたいと思ったからである。

〝迂回〟とはこの背景をたずねることであり、さらにその背景の中に〝事件〟を置き直すとき、はじめてそれが事件化されていった理由が見えてくるのではないか。迂回路とは、その理由を辿るための言わば補助線であり、また「パステルナーク事件」という構図を構成する要素の発見でもあるだろう。そうであれば、錯綜し、互いに乱反射しさえするこのエレメントの向うにどのような図柄が現れ、あるいはどのような色調によって彩られるのか、それを追尋する旅はもうしばらく続くことになる。

＊

さて、その背景をたずねる旅から、私たちは再び〝事件〟の起った一九五八年の暮に時計の針を戻す必要がある。すでに触れたように、〝事件〟によって日本ペンクラブが揺れた同年十二月、朝日新聞社の招きで初来日した「モスクワ芸術座」の一行は、滞日四十日の間、計三十五回、日本各地で公演を行い、本場ロシア演劇の魅力で演劇愛好者の話題をさらったのだった。新聞（特に『赤旗』）、雑誌、テレビは同芸術座の動きを競って紹介し、また日本新劇人たちが揃って熱いオマージュを捧げたこともすでに述べた通りである。同芸術座の成功――興行的には赤字であったという話もある――は、したがって、偶然とはいえ結果として、ほぼ同時期に生じていた「パステルナーク事件」による、ソ連の〝不人気〟を減じることに貢献したと言えなくもない。（＊1）

ところで、そのモスクワ芸術座の一行は、無事、翌一九五九（昭和三十四）年一月十一日、多くの新劇人や演劇関係者に見送られて羽田から帰国の途についたが、彼らが帰国した二週間後の『毎日新聞』朝刊は、その「学芸」欄の下段で次のような小記事を報じた。

英作家ケストラー氏　来月に来日

英国の作家アーサー・ケストラー氏（五三）は、日本文化フォーラム（代表高柳賢三、木村健康両氏）の招きで二月二十三日来日、約一ヵ月間日本各地を旅行、講演会を開く。ケストラー氏はハンガリーのブダペストでユダヤ系の家に生まれ、新聞記者としてヨーロッパ各地に勤務。一九三一年共産党に入党したが、三八年脱党。第二次大戦にはイギリス陸軍に参加し、のちイギリスに帰化した。主著に『真昼の暗黒』『現代の挑戦』などがあり、コミュニズムのもつ組織悪をテーマに〝政治と文学〟の問題を追究する作家として、日本の知識人にも知られている。（『毎日新聞』一月二十六日）

僅か十数行のベタ記事であるが、同記事は少なくともこの「英国作家」がその来日をあらかじめ予告され、日本各地で講演を行う予定が報じられるほどの評価を有する文学者であることを示している。そして、その評価とは、何よりも一九四〇年に彼が発表し、またたく間にベストセラーとなった小説『真昼の暗黒』によって世界の知識人に与えた衝撃によると言ってよかった（＊2）。右の記事にいう「コミュニズムのもつ組織悪」という問題は、このときわが国でも同時代的なテーマであったから、その課題に取り組んだこの〝脱党〟作家には強い関心が寄せられていたのである。ただ、この時点ではこの作家が、日本到着後、「パステルナーク問題」に関連し、日本ペンの対応を痛烈に批判して物議を醸すに至ることになろうとは、当時だれ一人として想像していなかった。そして、そのことは当のケストラー自身においても同様であったのである。

＊

ところで、その国際的な著名作家アーサー・ケストラーにとって、そもそも日本訪問は念願の旅であったらしい。二月二十四日の夕刻、羽田に降り立った彼は、記者会見において訪問の目的について次のように述べている。「日本にきた目的は、日本という国の変わり方をこの目で見るためだ。とくに、日本の伝統的な価値体系、たとえば家族とかセックスとか道徳とかいうものがどのように変わったか、また変わりつつあるかを見たい。つまり、〝菊と刀なき日本〟を観察したいのだ。」（『朝日新聞』二月二十六日、「ケストラー氏語る」）

つまり、日本という極東の異国が、西洋文明を積極的に取り入れた結果、どのように変貌したか、そのありさまを自分の目で確めたいというのが彼の真意であったらしく、「禅」に対しても強い興味を抱いていた。この頃、自著『夢遊病者』（*The Sleepwalkers* 一九五九年）（＊3）を発表したばかりであった彼は、同書の副題「変化する人間の宇宙観の歴史」が示すように、すでに「コミュニズム」という主戦場からはその関心領域を移していた。

したがって、と言うべきか、来日したケストラーを出迎えた日本人が最も聞きたがっていた「政治的」なテーマについて彼自身は一切発言せず、むしろそれを意識的に拒んでいる。例えば到着早々彼に会見したある文芸評論家に対し、冒頭から「政治的な質問はお許し願いたい」と述べ（＊4）、また『朝日新聞』記者の取材に同行した『スターズ・アンド・ストライプス』記者が「あなたは反共産主義者ということだが……」と切り出すと、即座に「ノー・モア・ポリティックス（政治はごめんだ）」と手を振ったとされている（『朝日新聞』二月二十六日）。そして「共産主義の問題について、私は十五冊も本を書いてしまった。その中で言うだけのことは言ってしまった。知りたければ図書館へ行って下さい。私は説教しに日本へ来たのではない。勉強しに来たのだ」とも。

要するに、このときすでにこの『真昼の暗黒』の作家は、意識的に「政治」を封印し、もはや「政治」について発言することを断念していたと思しい。そのように「非政治的」を自ら標榜するこの作家は、しかし、念願の国日本に降り立った後、たちまちにして進行中であった「パステルナーク事件」の渦中に巻き込まれることになる。というより、むしろ積極的に介入していったフシさえ見られると言ってよいのだが、しかし、決して「説教しに来たのではな」かったこの作家の〝豹変〟によって、わが国における「パステルナーク事件」は新たな段階に入ったのであった。

その検討に入る前に、ケストラーその人の略歴について、あらためて当時の『朝日新聞』記事より要約しておく。

ケストラー Arthur Koestler 一九〇五年、ハンガリーのブダペストに、ユダヤ人の家庭に生まれ、後にドイツに移り新聞記者をしていたが、一九三一年末、共産党に入り、三八年に離れた。ナチとの闘いに敗れながら、それを認めようとしない共産党の態度に絶望したためである。その後、ロシアにも行った。一九三七年、イギリスの『ニューズ・クロニクル』紙の特派員としてスペイン戦争に赴き、フランコ軍に捕らえられ、四ヵ月後、九死に一生を得て釈放される。『スペインの遺書』(＊5)で、その時の体験を物語っている。釈放直後、粛清裁判から辛うじて自由の身になった知人に会い、ゲペウの独特な訊問法などを聞き、『真昼の暗黒』を書く決意を固める。スペイン戦争、粛清裁判、独ソ協定の三つがヨーロッパ知識人の転向動機になったと言われるが、ケストラーの場合、ドイツ共産党での失望も加わっている。

右の記述は、ヨーロッパを舞台として活躍した若き革命的ジャーナリスト、ケストラーの歩みであるが、しかしこれは言うまでもなく波瀾多き彼の人生の言わば前半生にすぎない。彼は自分が挺身してきたコミンテルン指導による共産主義運動の、その政策が結局スターリン独裁下のソ連防衛にのみ貢献することを知って絶望し、コミュニズムそのものから離反してゆく。そして、以後は著作『機械の中の幽霊』(*The Ghost in the Machine* 一九六七年)、『ホロン革命』(*Janus. A Summing Up* 一九七八年)などに見られる近代科学批判の領域へと歩み出して行ったのは知られるとおりである。

さて、予告された報道によれば、ケストラーは「約一ヵ月間日本各地を旅行、講演会を開く」予定であり、その演題は「文学のニヒリズム」、「理想主義と責任」、「科学の神秘と神秘主義の科学」というもので、いずれも生臭い政治的テーマとは程遠いものであった。また日本ペンクラブからも三月二日の例会に招待されており、彼はこれを応諾していた。少なくとも直前までその心づもりであったらしいことは、彼の来日を橋渡しした日本文化フォーラムの担当者も「他の作家たちとの面会も『ペン』で会えるからといって断って」いたと述べていることからも知られる。（＊6）

しかし、ここから事態は一挙に急変し、ケストラーによる例会への「出席拒否」、さらにその理由を記した日本ペンクラブ宛の「公開状発表」という具合に状況は急展開する。この急転に当然日本ペンクラブ側は驚き慌てるが、それは直ちにマスコミをも巻き込んだ騒ぎとなって新聞紙面をにぎわすことになった。ただ、それにしても来日して間もないこの短期間のうちに、いったいケストラーに何があり、その内心に何が生じたのか。なぜ彼はいったん承諾したペンクラブでの講演を土壇場で断るという儀礼を欠いてまで、その初志を翻すに至ったのか。

ここでケストラーの来日以後の慌しい日程について新聞等に現れた限りでフォローすれば、おおむね以下の通りである。

▽二月二十四日

夕刻、羽田到着。関嘉彦、直井武夫、石原萠記ら四人（及び新聞放送関係者）が出迎え、銀座・松屋裏「末広」へ。このときケストラーは「宗教・芸術関係者」との面接を希望する。国際文化会館に宿泊。

▽二月二十五日

午前中『朝日新聞』記者、『スターズ・アンド・ストライプス』記者らの取材を受ける。午後、福田宏年（評論家）と面会。夕刻、日本文化フォーラム主催の小宴（国際文化会館）でロゲンドルフ、サイデンステッカーと挨拶を交わす。日本側出席者（平林たい子、小松清、平松幹夫、小山いと子、林健太郎、木村健康、桑木務ら十数名）。

▽二月二十七日

日本ペンクラブ松岡事務局長より、あらかじめ内諾していた「三月二日の例会に出席し、十五分ないし二十分お話をしていただきたい」旨の正式招待状を受け取る。上智大学英文科からの招待を受け、ロゲンドルフ、サイデンステッカー、モリス氏と懇談。その際日本ペン批判の「声明文」を渡される。

▽三月一日

『英文毎日』にて三氏の日本ペン批判の記事（『毎日新聞』二月十一日掲載記事の英訳）を読む。

▽三月二日

ケストラーの日本ペンクラブへの「公開状」発表される（『毎日新聞』朝刊）。四時、日本ペンクラブ例会開催（有楽町事務所）。理事会でケストラーの公開状に答えることを決定（文案は幹部に一任される）。九時、散会。

〝豹変〟のポイントは、おそらく二月二十七日の外国人三氏との懇談にあったことは間違いないと思われる。ここでケストラーは、彼ら三氏からパステルナーク問題についての日本ペンクラブの態度に対する不満と、それまでの経過を十分に聞き取ったことだろう（彼らが二十五日に会った際は初対面の挨拶程度であったらしい）。ただ、それ以前にケストラーが、日本ペンのパステルナーク問題に対する態度に批判を抱いていたらしいことは二十五日の会見で記者に問われたとき、同クラブを非難したらしいことからも推察はできる（『図書新聞』昭和三十四年三月七日）。そうだとすれば一応の伏線があったところに、三氏との懇談（三月一日の『英文毎日』の記事を含め）がトリガーとして働いたと見ていいのではないか。

さて、およそ政治にかかわることは一切発言しないと来日早々〝非政治〟宣言を行ったこの作家がその態度を一転させたように見えた――なぜなら、このとき〝パステルナーク問題〟が政治上の事件となっていたのは明白であった――理由は何か。そして、それはなぜ「公開状」の発表という発想になったのか。

もしケストラーが「文学のニヒリズム」とか「神秘主義と科学」とかいったテーマでペンクラブ例会での講演に応じておけば、おそらく両者の間は無事であったことだろう。すでに「政治」から足を洗った身であり、しかも事情のよく分からぬ異国でのこと、互いに和気藹々と〝快い〟時間を交換し合うことが出来たかも知れない。しかしながら、事情を知るにつれて日本ペンがこの問題に際してとった態度は彼にとって承服しがたいものと映った。

なぜなら、ケストラーの〝非政治〟とは、言わば二十世紀政治の極北であるナチズムとスターリニズムを通過することによって打ち固められたそれであったため、「政治」なるものをただ厭わしく思うだけの日本文士流の政治嫌いとは、もともとその位相を異にしていた。そして、その真意に照らしたとき、おそらく日本ペンの行動は、善意に発したナイーヴな愚行でなければ、非政治を装いつつなされた欺瞞と思われたに違いない。かりに彼がここで日本ペン例会に出席し、互いに交歓の場を共有するとすれば、それはかつて彼が体験した〝組織悪〟に再び加担し、眼前の欺瞞に手を貸すことを意味するがゆえに、彼の〝非政治〟はそれを赦さなかったのだと思われる。

ただ、およそ公人として、いったんは了承した約束を断るには、それなりの正当な理由を提示しなければならないし、それには委細を尽くさねばならないだろう。しかし、なにぶんにも短時間に関係する人々に説明し、納得を得るのは不可能に近い。そして、そこから彼はあえて全員に周知すべく文章（公開状）をもって説明する「戦略」をとったのだと思われる。

〝私は出席できません〟――ケストラー

――三月一日（日曜日）の夜、日本ペンクラブ事務局長松岡洋子宅に一本の電話がかかってきた。時計はすでに十時をまわっており、彼女はちょうど着替えて床に入ろうとしていたところであったが、やむをえず受話器をとると、相手は『英文毎日』記者と名乗り、ともかく至急に連絡をとりたかったのでと先ずお詫びを言った。「いったい何ごとですか」という彼女の問いに答えた記者の話を聞いて、彼女は驚愕する。なぜならその記者は「アーサー・ケストラー氏が明日（二日）のペンクラブ例会への招待を断るというあなた宛の公開状を発表しています。ついてはその感想を聞かせていただきたいのですが……」と告げたからである。たしかに来日したケストラー宛に日本ペンクラブとして例会に招待しており、同時に講演も依頼している。そしてそのことは彼も承諾ずみであり、しかもそれは明日に予定されている。その決定済みのことを、彼はこの土壇場になって断ってきたというのだろうか。そればかりか「公開状」の発表とはまた何とも穏やかでないし、また実際のところその内容さえ未だ見ていない……。

余りにも突然の展開に彼女は答えるすべを知らず、とりあえず「そうですか。ともかくその内容を読んだ上でお答えします」というほかなかった。そして、ひとまずその電話を切ると、彼女はさっそく会長川端康成、専務理事高見順、副会長青野季吉のところへ事の次第を連絡し、至急その対応を仰ぐこととなったのである。

以上は当時の『図書新聞』（一九五九年三月七日号）が伝える、〝ケストラー「公開状」事件〟発端の状況である。事務局長松岡洋子が事態を呑み込めなかったのも無理はなかった。ケストラーが日本の土を踏んで僅か一週間、日本ペンクラブ側は約束されていた講演を反故にされたばかりか、その相手に「公開状」を突きつけられる事態になったのだから、高見順以下、ペン幹部が慌てふためいたのも頷けられよう。そしてその翌日、彼らはケストラーの公開状と新聞紙上で対面するが、この〝国際的作家〟の介入に至って、わが国における「パステルナーク事件」は、言わば第三の局面を迎えることになったのである。

さて、翻訳されたその公開状は次のような言葉から始まっていた。

EW PRESS　昭和34年3月7日
〝私は出席出来ません〟
ケストラー氏と日本ペンクラブ
複雑微妙な〝政治性〟
原因はパステルナーク問題

『図書新聞』昭和34年３月７日

松岡洋子さま

〔三月〕二日の日本ペンクラブ月例会で演説し、また夕食会に出席するようにとご招待下さった二十七日付のお便りありがとうございます。私はこういう機会を探していたのです。ところが一日付の『英文毎日』紙に掲載された〝日本ペンクラブへの抗議〟という記事を見るに及んでこの招待をお断りせざるをえないと感ずるようになりました。そして日本の作家の方々とは個人的に、もっと幸先のよいふん囲気でお話しする機会を持ちたいと思う次第です。

ケストラーは先ずこう前置きしてから、この招待を「お断りせざるをえない」と判断するに至った、その理由についての説明に入る。

私がこの心苦しい決定をした理由を申し上げます。私は長い間の宿望を達成して日本にきたわけでありますが、それに先立って私はいかなる政治的論争にもまきこまれたくないということ、また政治的な組織あるいはクラブでは一切演説しないということを公式に声明いたしました。

上述した『英文毎日』に発表された記事によりますと、不幸にして日本ペンクラブはこの後者の部類に属すると信ぜざるをえません。もっとも一般の人々あるいは一部の会員はこのことに気づかれていないように思われますが……。日本ペンクラブは人種、国籍あるいは政治的信条のいかんを問わず作家と詩人の言論の自由を擁護することを趣旨としておりますが、それにもかかわらず我々の国際的な同業者団体（ペンクラブ）の最も卓越した会員の一人が、ほとんど史上前例のないやり方で責め立てられ、汚辱されたとき、彼の同僚である皆さんは、注意深く読んでみると、彼の糾弾者たちよりも、その擁護者の方をきつく非難する声明を発表しておられます。そしてあなた方のうちの一部の会員が、この態度に抗議して論争が尾を引いたとき、高見専務理事は「パステルナーク事件は……原則的見地からすれば重大問題かもしれない。しかし我々が声明を出した場合の反響をも考えねばならない。常に原則に忠実であることが賢明かどうかはわからない（傍点、筆者）」といっています。

これは政治家や外交官の言葉ではあっても作家や詩人の言葉ではありません。もしこの表明がペンクラブの名でなされてなお直ちに抗議のアラシが巻き起こらないというのであれば、日本ペンクラブは政治的考慮によって動かされる団体であって、作家の表現の自由という恒久的な原則によって動かされる団体ではないということを公けに認めるべきです。この象徴的な事態に対する日本ペンクラブの公式態度を導いている政治的考慮が正しいかどうか、そんなことを私は論ずるつもりはありません――。私が関心を抱くのは、その考慮が政治的であって文学的でないという点なのです。

さて、ここまでの部分で、すでにケストラーの主張の根幹は尽されているとみなしていいのだが、それは、すなわち「日本ペンクラブは政治的組織（「政治的考慮によって動かされる団体」）である」という指摘にほかならない。この指摘はおそらくペンクラブ側にとっては意表を突かれた指摘であり、また同時に受け入れ難いものであったに違いない。なぜと言って、これまで問題の対応をリードしてきた幹部にとって「ペンクラブというものは人種、国際、思想を越えたペンでつながる人々が仲よくしていく団体」（高見順）、つまり、決して政治的な組織ではないという主張こそその根拠であったからである。

そして、その〝政治的組織〟というキーワードをめぐって、以後両者は相対峙する。高見順にとって日本ペンクラブとは左右を問わず集うサロンであり、思想やイデオロギーによって支配されることのない団体であるからこそ、あえて微温的な「申合せ」を行ったのだったが、ケストラーによれば、「パステルナークを支援しないことは、すなわちその抑圧者に肩入れすることであり、これこそ許し難い政治的態度である」と指摘されたからである。

彼の論述はさらに続く。

私は、また日本ペンクラブの公けの声明にあらわれた政治的術策や、さらにその裏にある政治的意図を日本ペン会員の大多数が容認しているのだろう、などといおうとするものではありません。はっきりした意図をもった少数派が、善意の、政治的に無知な多数派に巧妙に働きかけて、もしそれが熟考され、意識された場合には決して容認されそうにもないような政策を消極的に支持させた例を私はイヤというほど見ております。

さらに、パステルナーク事件についての日本ペンクラブの公式の政策は、彼の同僚である皆さんのうちの大多数がこの事件の背後にある次のような単純な事実にまだ気づかれないでいるというのでもなければ、全く考えられないことだと確信しています。

ケストラーはこのように記した後、箇条書きをもってその「単純な事実」を列挙する。それは、

(1) 現在のソ連指導層は先のスターリン批判によって、作家及び民衆に「今後はもっとリベラルな態度をとる」と宣言したこと。

(2) パステルナークはこの約束の誠実さを確信して『ドクトル・ジバゴ』をソ連および海外で刊行するべく提出したものであること。

(3) 同書はソ連で出版されなかったが、海外で刊行されるや直ちにあらゆる国の、あらゆる政治的信条の作家たちによって称賛されたこと。

(4) この小説がノーベル賞を受賞すると、作者は脅迫による圧力を受け、受賞を辞退せざるをえなかったこと。

(5) 問題の最も恐ろしい局面として、ソ連政府は我らの同僚パステルナークを「自分自身のブタ小屋を汚したブタ」と謗り、その非難は「数百万の憤激したソ連市民」が誰一人として読んだことのない小説を書いたという理由によるものであったこと(もちろんこれを読むことは政令で禁止されているにもかかわらず)、の五項目である。

ケストラーはこうした事実を提起した後、さらに続ける。

私は日本ペンクラブの五百六十人の同僚たちに、まず第一に上述したような諸事実が正しいかどうかを

自ら確めていただきたい。次にそれが正しいということが十分納得された場合には、皆さんはそれでもなおパステルナーク事件に対する日本ペンクラブの公式政策の積極的な推進者ないし消極的な共謀者としての立場を続けようとなさるのかどうか、この二点を謙虚な気持でうかがいたいものです。

そして「公開状」は最後の文脈に入る。

最後に、私事にわたって恐縮ですが、私はスペイン内乱のとき、一九三七年にフランコ統領の独裁政権によって死刑判決を受けセビヤー刑務所の死刑囚房のなかで三ヶ月を過ごしましたが、このとき各国の多くの人々や団体からの抗議によって一命を救われたのであります。そのなかには英仏のペンクラブ、英下院の保守、労働両党を含む百人以上の議員が含まれていました。彼らが私の書いたものを好んでいたわけではありませんが（私は当時共産党員だったのです）、それにもかかわらず彼らは表現の自由の原則をまじめに受け取っていたがゆえに抗議をしてくれたのです。当時、彼らが日本ペンクラブのような態度をとっていたならば、私は今日こうしてこのうるわしい国の風景を楽しむことは到底できなかったでしょう。

同様に、同僚ボリス・パステルナークの精神的な拷問者たちが、共産主義者であるか、ファシストであるか、あるいはアンクル・トム・コブレーの追随者であるのか、それは私の問うところではありません。私が関心を寄せるのは、パステルナークがその作品を自国で出版する権利を持っていること、また彼の同胞たちが彼の作品の価値について、思い思いの意見を形成する権利を持っているということです。ほかならず、まさにこのことこそがこの事件に対する著述家としての我々の関心事であるべきであります。どんな口実によろうとも、もし我々がそれからのがれようとするならば、我々は当然なことながら二枚ジタと偽善とを非難されることになるでしょう。

この長たらしい説明をお許し下さい。あるいはこれを偉大な革命家ボルテールの次の言葉を引用することによって、たった一行でお伝えすることもできたかもしれません。「私はあなたと意見を異にするが、しかしその意見を表明するあなたの権利を守るためには私は死をもいとわない」と。——敬具

二伸——なお私の演説を取りやめるについての非礼の印象を避けるため、私はこの説明を新聞に伝えます。したがって、もしあなたがそれを会員の皆さんに配布願えれば幸いに存じます。

以上がケストラーによる、日本ペンからの招待を拒絶する「長たらしい説明」のすべてである。

さて、この最後の文脈で出てきた「セビヤー刑務所の死刑囚房」から解放されるに至った経緯と、その体験の重みこそ、実は「日本ペンの公式政策の積極的な推進者ないし消極的な共謀者」に対してケストラーが最も伝えたかったことだったかも知れない。スペイン戦争の渦中でフランコ軍側に逮捕され、投獄〜死刑判決という事態に追い込まれた彼を救出したのが作家仲間や国際世論による圧力であったことは、さまざまな場所で彼が感謝とともに確認している事実であるからである。

事態は慌しく動いた。当初は記者からの問いに「ケストラー氏の公開状を読んだうえ、二日の理事会で協議することになろう」（『毎日新聞』三月二日朝刊）と冷静に構えていた高見順であったが、しかし激しやすい彼のこと、おそらくその心中は煮えくり返るような怒りが渦巻いていたに違いない。そして、三月二日午後から開かれたペンクラブ例会では、外国人会員三氏が提出した書簡の問題も含めて議論が噴出したが、結局ケストラーの主張を〝誤解〟に基くものと決め付け、日本ペンとして彼宛に回答文を発することに決したのであった。

翌日の新聞はその経緯について次のように報じている。

〝ケストラー氏の誤解〟ペンクラブ　きょう回答　パステルナーク問題

来日中の作家アーサー・ケストラー氏が日本ペンクラブへの公開状で「日本ペンクラブは政治団体である」といって、二日の例会の招待を断ったのに対し、ペンクラブでは同日の理事会で〝ケストラー氏は誤解している〟として、公開状の形で三日中にケストラー氏に答えることに決めた。（以上、リード文）

二日の理事会は午後四時から有楽町の同事務所で開かれ「パステルナーク問題に対する〝日本ペンクラブの申し合わせはあいまいだ〟と会員の三外人（ロゲンドルフ、サイデンステッカー、モリスの三氏）が再度文書を送ったこと、また来日中の英国の作家アーサー・ケストラー氏がペンクラブの態度を不満として公開状を発表、例会の招待を断ったこと」について協議した。川端康成会長、青野季吉、芹沢光治良両副会長、石川達三、平林たい子、高橋健二氏ら十五理事が出席、対策を話し合った結果、外人三氏が直接話合わず、書簡の形をとったことは会員らしくない態度で遺憾であること、またケストラー氏が一方的な資料に基づいてペンクラブを〝政治的〟な団体とみなしているのは全くの誤解であるし、ヨーロッパの実証主義精神にてらしても軽率ではないか、という意見がでて、午後五時半いったん理事会を打ち切った。

例会で会員に報告し、検討した後、ケストラー氏の公開状によってひろがったペンクラブに対する誤解をとくために三日中に「ペンクラブが政治的団体ではないこと」を公開状の形でケストラー氏あてに発表することになり、同九時散会した。（『毎日新聞』一九五九年三月三日）

さて、その回答文の起草は川端康成会長、高見順専務理事、松岡洋子事務局長に一任されたものの、結局それは三日中には決定できず、四日に持ち越された。彼らが辿り着いたその結論は、要するにケストラーがとった対応に関して「あなたは誤解している」、さらにその基本的な考え方において「あなたの考えは受容れ難い」というものであった。

三月二日のペンクラブ例会における主だった会員の意見について、報じられている限りの内容を見てみると、いっそう例会の「空気」が伝わってくる。

青野季吉――ペンは話し合いの会であるにもかかわらず、（外国人会員）三人が一度も話し合わず最初から書簡をもって抗議する、会員でいながら第三者的態度をとったことは遺憾だ。ケストラー氏にしても我々に話す前にまず新聞に公開状を発表するのは話し合いの精神を無視するものだ。

中島健蔵――ケストラー氏が日本ペンを政治的な団体だということには厳重に抗議すべきだ。

石川達三――軽率な態度だ。きびしく考えるのならペンに聞いてから発表すべきだ。

芹沢光治良――実証精神に欠けている。

小松清、平林たい子――パステルナーク問題ではもっと強い態度をとるべきだった。

田村泰次郎――もう一度はっきりした声明を出したらどうか。（『図書新聞』一九五九年三月七日号）

要するに、ほとんどがケストラーの態度を「けしからん」、「失礼だ」と受け取るもので、平林たい子らを除いて、彼に対して反駁すべきだと主張している。そして、彼の主張がいかに「誤解」であるか、そのゆえんを示すため、日本ペンクラブはケストラーの「公開状」に対して、さっそく「回答文」を発表する。

〝最大の侮辱だ〟――高見順

さて、三月二日付のアーサー・ケストラーによる公開状に対し、日本ペンクラブは、三月四日、「事務局長松岡洋子」名をもって回答文を発表した。長い引用になるが、公平を期すために、以下ほぼその全文を引いておく。

アーサー・ケストラー様

私たち日本ペンクラブの会員は、新聞紙上で公表された後で、私の手元に届けられたお手紙によって、あなたが、ただ一つの新聞記事をもとにして、日本ペンクラブを「政治的団体」と判断されたことを知り、大変残念に思いました。三月二日の月例会に出席した七十人あまりの会員はみな、あなたのこの見解に驚いたものです。

日本ペンクラブは、他のすべてのペン・センターと同様に、人種的、国家的または政治的感情《ママ》（「信条」か）にかかわりなく作家の表現の自由擁護の立場に立っております。それゆえに私たちは、昨年十一月臨時総会を開き、警察官職務執行法改正法案に反対し、同時に、パステルナーク氏の問題に関しても、国際ペンがソ連作家同盟にあてた電報を支持したのであります。その電文は「国際ペンはパステルナークに関するうわさをきき憂慮している。彼を保護し創作の自由の権利を確保されることを願う。世界各国の作家が彼の身を案じている」というものです。

私たちはこれを確認する意味で「申合せ」を出し、そしてこれを当時の議事録とともに私たちの機関紙に載せて、十一月中に全会員に送ったのであります。ところが、あなたはこの声明がパステルナークの「迫害者よりも擁護者を責める」ものであると言われました。しかし、それは私たちの考えていたこととはまったく逆であり、また日本ペンの会員はローゲンドルフ、サイデンスティッカーおよびモーリス三氏のほかは、だれ一人として、あなたのように解釈し、抗議した人はありません。私たちの間にあった意見の相違は、この声明文の文章が私たちの真意を伝えるには、弱すぎるのではないかということであり、国際ペンの抗議文と本質的に異なるという理由からではありませんでした。もしも、私たちがソ連作家同盟を擁護するつもりであったなら、国際ペンの抗議を支持するわけはありません。

ここで書かれているのは、ケストラーが、その公開状において、日本ペンの一部幹部が「はっきりした意図をもった少数派が、善意の、政治的に無知な多数派に巧妙に働きかけて」会員を意図的にリードしたのではないか、と指摘した部分への反論である。すなわち、かの外国人三会員を除けば、日本人会員はみなわれらが「申合せ」を支持しており、「だれ一人として」異見を唱えていないばかりか、国際ペンの声明とその趣旨において同じである、という弁明から始まっている。

言論の自由が侵された場合に、私たちが行う抗議はできるだけ望ましい効果をもたらすものでありたいと思います。ということは、直接にその自由を侵害された人、ならびに同国内に住むその同調者が、その抗議によって、より多くの自由を得ることができるような見通しの上にたって、なされるべきだということなのです。その点に関し、あなたはスペインでのご自分の経験を例にあげておられます。だが、私たち日本ペンの会員は日華事変当時、国際ペンから重慶爆撃に対し日本軍部に抗議すべきだという、強い抗議文をたびたび送られたためにかえって、軍部に反対していた私たちの行動はより強い圧迫をうけて、ついに日本ペンは解体するのやむなきにいたりました。このような経験を私たちがしているだけに、私たちはどのような場合にも同じ方法で、同じような語調で抗議することが、効果的であるとは考えられないのです。

さて、見られるごとく回答文はこの段落に入ってケストラーに対する反論を開始する。ただ、一読して戸惑いを覚えるのは、言論の自由に対する侵害に直面した場合、そのことに抗議する方法は「できるだけ望ましい効果をもたらすものでありたい」と述べられながら、しかし、このパステルナーク問題において、日本ペンの選んだ方法――相手をできるだけ刺激しない、曖昧な抗議――こそが「効果をもたらす」はずであると判断した根拠がいっこうに分明でなく、その代わり、意味ありげに戦前の日本軍による重慶爆撃におけるケースが示唆されていることにある。そして、私たちが先ず躓くのも、日本ペンがケストラーに対する〝逆証明〟として提出したこの事例であり、またその提出の仕方にあると言わねばならない。

実は、日本ペンクラブはこれまで二冊の『年史』（＊7）を刊行しているが、しかし、その両書とも、戦前、同組織が解体に至った理由について、回答文がいうように「重慶爆撃に際し、国際ペンから再三抗議を促されたために解体に追い込まれた」とは記述していない。すなわち、それによって「ついに日本ペンは解体するのやむなきにいたった」と公言せねばならない一大要因であったのなら、そのことを掘り下げる記述があってもいいはずであるにもかかわらず。

因みに『五十年史』から関連箇所を見てみると、次のような記述がある。「しかし、一九三九年九月、ドイツがポーランドに進撃して第二次大戦が始まり、国際ペンも苦しい状況に追いこまれる。それまでロンドンからの『ペンニュース』には、日本軍の中国大陸侵攻に関して日本ペン倶楽部はなぜ軍部に抗議しないのかというセンターもある、といった情報もあったりしたが、ヨーロッパの各ペンセンターも、戦争は他人事でなくなった。ペンクラブの活動を推進しようとした宮崎勝太郎（駐英大使参事官）、柳沢健（駐ポルトガル代理公使）ら外務省関係者も次々引揚げて、従来のように外国ペンについて情報も入らなくなった」（「第一章　創立と戦時下の苦難」）。そして「資料編」の年表には「一九三七（昭和十二）年六月、プラハで第16回国際ペン大会。中国ペンが日本軍の重慶爆撃などに関し国際ペン本部に抗議。この際、ポーランド・ペン代表は、日独伊批判に反対動議（政治的行動を避けるため）」との記載が見られる。

『三十年史』の記述は若干異なっていて、同書では、一九三八（昭和十三）年プラハでの開催されたペン世界大会において日本に対する「排外的な決議」がなされたという記述の後、次のように述べられている。「そこで生じた日本排撃事件というのは、滞英中の中国人留学生が日本軍の南京占領にともなう民衆の大量虐殺事件を取りあげてロンドンの国際ペン本部に抗議したことから生じたものである。それがプラハの世界大会で問題となって、日本弾劾の決議がなされようとしたのである。日本ペンは解散しても軍部に抗議すべきだというのが彼等の主張するところであった。日本ペンが軍部に抗議すればクラブは解散せざるを得なくなるが、それよりクラブを残しておくほうがこの際としては良策だというのが大多数の会員の意見であった」（「第二部第一章　戦前の日本ペンクラブ」）。

さて、今その要因が重慶爆撃であるか南京占領であったかは別として（＊8）、日本ペンクラブは果たしていつ、どのようにして「解体するのやむなき」に至ったのか。この「いつ」を、正確に言おうとする場合、事態はいささか微妙となる。

関連書の記述によれば、昭和十一年、島崎藤村を初代会長として創立された同クラブ（当時は「倶楽部」）は、はじめアルゼンチンやパリで開催されたペン大会に参加するなど積極的に国際交流を行ったものの、昭和十四年以降は徐々にその活動を制限されてゆく。やがて、時局柄「日本ペン倶楽部は、事務局にも例会にも特高の出入りが以前以上に繁くなり、事務局員が憲兵隊に呼び出されるようなこと」になったため、同クラブは昭和十五年十月、理事会決議として「解散やむなし」をいったん決定する（ただし、それ以後も例会だけは継続して開催される）。その後、「間もなく太平洋戦争が始まり、中島（健蔵）も南方に陸軍報道班員として徴用され、常任理事も辞任して、日本ペン倶楽部はもはや国際ペンへの連絡どころか、日常の活動すらほとんど何一つできなくなった。中島に限らず多くの作家や詩人や評論家の会員も、徴用されたり、戦場に送られたりした」のであった。（以上『五十年史』より）

したがって、もし日本ペンがその「解体」を言うのであれば、業務のいっさいを停止したとされる昭和十七年八月をもってするのが妥当であると思われ（＊9）、昭和十四年から始まった重慶爆撃をもってその要因と名指すのは難しい。いや、要するに、世界史上にファシズムという姿態を纏って登場した戦争の神（マルス）がおおっぴらにその威力を伸張するに伴い、自ずと日本ペンという組織も「解体のやむなき」に至ったのであって、その要因をあたかも国際ペンの余計な干渉行為によると断ずるのは早計に思われる。

すなわち、日本ペンが解体に追い込まれたのは、第二次世界大戦の勃発へと雪崩れ込んでいった滔々たる日本軍国主義の台頭によってであり、重慶も南京も含んだその全体にほかならない。仮にその際国際ペンからの抗議が影響を及ぼしたとしても、それはあくまでそうした形勢を構成する一エレメントであり、こうした枝葉を拡大することによって、ヨーロッパの激動を身をもって生き抜いてきたケストラーを説得しうるはずもなかったと思われる。

しかし、実は、それよりも今気になるのはそんな要因云々の問題というより、この回答文が持している、ある態度であろうか。それは、日本ペンが回答文を起草する以前に踏まえるべきある心構えとでも言えばいいかも知れないが、そんなことが気になったのも、ほかならぬこの回答文が「どのような場合にも同じ方法で、同じような語調で抗議することが効果的であるとは考えられない」と述べるほど、その語調にまで気を配る繊細さを示していることに関連している。

つまり、戦前、自らの組織の解体を語らんとするとき、「軍部に反対していた私たち」のすべてが結局無残に総敗北していった過程を真摯に踏まえるならば、その由ってきたる原因を遠い国際ペンクラブの側に預け、自分たちはその被害者であったと言わんばかりの恨み節で済まされようはずがない。先に「ある心構え」と言ったのは、一人常任理事中島健蔵に限らず、最終的に「多くの作家や詩人や評論家の会員も、徴用されたり、戦場に送られたりした」ことへの、そのひりひりするような恥辱と悔恨が、少なくともこの回答文の「語調」には著しく希薄である印象が否めないからにほかならない。

しかし、回答文は最後の段落に入る。

これに関連して引用された高見順氏の談話は、日本語の場合にも、言葉づかいになれていない人にとっては、表現の自由の原則に関して彼の立場があいまいであると思われたかもしれません。なぜなら「原則」という言葉は日本語の場合、英語より広い意味で使われているからです。あなたがイタリックで示されたその部分の英訳は、彼の考えを全くあやまり伝えています。

日本の会員のなかから、この彼の言葉について抗議がなかったのは私たち日本ペンの会員たちが、彼のいわんとしていたところを十分知っていたからだと思います。……

なお言論の自由が侵害された場合に抗議する私たちの動機、またその抗議自体は政治的なものではありませんが、それによってひき起こされる事態は、国内の場合でもまた国際間の場合でも、必然的に政治的な面を含むことを私たちは知っています。それゆえに私たちは日本ペンとしては、抗議する場合つぎの二点を考慮にいれなければならないと考えているのです。その第一は、さきに述べたように、表現の自由を侵害された犠牲者が、さらにそれ以上犠牲にされないよう考慮すること。第二にその抗議が国際的になされる場合、ペン憲章に明示された「国家間の善意の理解と相互の尊敬」を妨げるものであってはならないと考慮すること。

この二点を考慮するがゆえに、あなたの言われるようなやり方で、パステルナーク問題についてソ連に抗議することは、不用意ではないかと思うのです。

私たちの日本ペンクラブのあり方について、もしまだ疑問がおありでしたら、私たちは喜んであなたにお目にかかり、おはなししたいと思います。国際ペンの精神というのは、私たち文筆家の表現の自由を守るという原則の点で一致しながらも、意見の異なる人たちが、お互いにそれを自由に、そして率直にはなしあい、理解しようとすることではないでしょうか。

一九五九年三月四日

日本ペンクラブ　松岡洋子
（『毎日新聞』一九五九年三月五日）

以上が日本ペンクラブによる回答文のほぼ全文である。発信は「松岡洋子」名でなされているが、当然のことながら日本ペン幹部によって、というよりほとんど高見順の筆になったことは、後年、松岡自身が認めている。「いわゆるケストラー事件のとき、返答文を書くために、高見専務理事が、ほとんどまる一日陣頭指揮をして下さったことも、忘れられない思い出です」と（『三十年史』）。

＊

さて、翌三月五日の朝刊では両者がそれぞれ次のような談話を発表している。

高見順は「公開状の形でのやりとりはもうこれで打ち切りにしたい。ケストラー氏が日本ペンクラブをよくしたいと思って下さるなら公的な話しあいの機会をつくってもいいし、また個人的に話してもらいたい。

憎悪を書きた《ママ》てるのはこまる。仲よくしていくというのが国際ペン憲章の精神なのだから」と述べつつも、ケストラーの反応について「旅行者にこのようなことを言われるのは最大の侮辱だ」と別の場所で怒りをぶちまけているところを見れば、よほど腹に据えかねていたに違いない（『図書新聞』一九五九年三月七日号）。

一方、ケストラーは「回答文に対してあらためて返事を出す必要があるかどうかは言えない。いずれにせよ多忙のため、すぐには結論を出せないだろう」と、差し当たり述べたものの、しかし、むろん日本ペンのこのような〝弁明〟は彼を満足させるものではなかった。翌日（三月六日）の新聞は次のような両者の反応を伝えている。

再び抗議を発表／ケストラー氏、日本ペンに

パステルナク氏の「ソ連作家同盟」除名問題について日本ペン・クラブと論争中のアーサー・ケストラー氏は五日午後四時、前日同クラブから発表された声明に対し、再度抗議を発した。「重慶の問題や〝原則〟という言葉の解釈についての論争にまきこまれることを私は拒否する。われわれはパステルナク氏の事件に関心をもっており、これに関するわれわれの態度はこれまでの書簡からくみとることができる。あなたの態度は有能な弁護士にはふさわしいが、仲間の作家の運命を憂慮する作家には値しないと思う。日本ペン・クラブの会員諸氏にこの二つの書簡を比較していただき、各自の結論を出すようにしてもらいたい。私としてはこの論争はこれで終わったと考える」（『読売新聞』一九五九年三月六日）

松岡洋子さんの話

疑問があるならお目にかかりたいと言っているのにケストラー氏は打ち切ろうというのだから、これ以

上は何も申上げるスジ合いのものではないと思う。パステルナーク問題で当時ペン・センターが抗議文を発表したのは、英国センターの会報によるとアメリカ、インド、デンマークだけです。（『朝日新聞』一九五九年三月六日）

かくして、「日本ペンクラブvsアーサー・ケストラー」の論争は、亀裂をもったまま不毛のうちに終焉した。そして、およそ一ヶ月余の間日本に滞在した後、四月八日、ケストラーは離日する。日本に対するさまざまな印象を自身の脳裡に刻み込み、また目に見えぬ波紋を日本の知識人たちに及ぼして。

＊1　「モスクワ芸術座来朝中、通訳団で活躍された大先輩のお話では、興行的には赤字だったのだそうだ。朝日本社内部でさえ切符の入手が困難だったほどの景気なのに……と思うが、新作戯曲が敬遠された上、地方公演が不入りで、名古屋など散々だったという。東京という頭でっかちの文化都市で起る現象は、往々にしてアンテナの尖端で散る火花のようなものだ。」岩瀬孝「モスクワ芸術座の印象」、『學鐙』一九五九年二月号。

＊2　『真昼の暗黒』*Darkness at Noon* 一九四〇年。邦訳は三種ある（岡本成蹊訳、筑摩書房、一九五〇年。三笠書房版『現代世界文学全集』第二十一巻、一九五五年／庄野満雄訳、間映社、一九五八年／中島賢二訳、岩波文庫、二〇〇九年）。

＊3　ケストラー再出発の書とも言われた同書について、彼は来日早々の記者会見で「いまロンドンで『ドクトル・ジバゴ』とベストセラーのトップを争っているそうだ。パステルナークと競り合うなんてのはちょっとまんざらでもないね（とニコリ）」と自慢している（『毎日新聞』一九五九年三月一日夕刊）。部分訳：小尾信弥、木村博訳『ヨハネス・ケプラー』河出書房新社、一九七一年。有賀寿訳『コペルニクス』すぐ書房、一九七七年。

＊4　福田宏年「ペシミストの暗いかげ　ケストラーに会う」、『読売新聞』一九五九年二月二十八日。

＊5　『スペインの遺書』*Ein spanisches Testament.* 一九三八年。邦訳＝平田次三郎訳、ダヴィッド社、一九五五年／改訳、ぺりかん社、一九六六年。

＊6　石原萠記、『週刊読売』一九五九年四月五日号。

＊7　『日本ペンクラブ三十年史』一九六七年／『日本ペンクラブ五十年史』一九八七年。

＊8　南京占領は一九三七（昭和十二）年十二月。重慶爆撃が行われたのは一九三九（昭和十四）年から一九四一（昭和十六）年の春、秋の時期。

＊9　ただし日本ペン倶楽部は活動不能状態のまま、昭和十八年十一月、第二代会長として正宗白鳥を選出し、有名無実ながらも存続を続けた。（『日本近代文学大事典』講談社、一九七七年）

第11章 「目に見えぬ文字」への道程

——アーサー・ケストラー（2）

彼は多くの人々に慕われなかった。……このこと（体制への非順応性）で、アーサー・ケストラーは不愉快な人物、どこでも分裂や衝突をひきおこさずにはいない人物となった。しかし、知識人とはそのために存在するのである。

トニー・ジャット（＊1）

岐路における言葉

ここでは日本ペンクラブと確執を醸したアーサー・ケストラーその人の去就について考えてみたい。ただ、あらかじめ断っておけば、ここでは波瀾多き現代史のダイナミズムとともに生きた彼の、その足跡全般について追尋しようとするものではなく、あくまで「パステルナーク問題」をめぐる日本ペンとの応酬から見たところの、彼の面貌であり行動である。したがって、確信的コミュニストとして出発しながら、その後、確信的なコミュニズム批判者に転じ、さらには近代科学批判や「ニュー・サイエンス」と呼ばれる領野に果敢に踏み込んでいったその軌跡については、必要な限りで触れることとしたい。

さて、日本ペンクラブ例会への出席拒否をめぐるアーサー・ケストラーと日本ペンとの確執は、すでにみたように不幸なすれ違いに終わった。すなわち、日本ペンが、事態はあくまで「ケストラー氏の誤解」に発しており、われわれは決してケストラーが非難するような政治的組織ではなく、また〝表現の自由〟を重視することにやぶさかではないが、「パステルナーク問題」のようなケースでは、その主張の仕方に慎重でなければならない、と弁明すれば、一方、ケストラーの方は、二度にわたって発表した公開状において最後まで日本ペンの「申合せ」批判の態度を貫き、最後はあくまでペン会員個々人の判断に委ねると述べてこの論争を打ち切ったのだった。

ところで、ケストラーの惹起した時ならぬこのドタキャン劇と、それに続く公開状の発表という行為は、日本ペンクラブに集う作家たちに——一部を除いて——おおむね不快として受け取られ、両者の溝が埋まることはなかったが、ただ事態のこうした展開はケストラーにとって、ある程度予想されるところであったと思われる。なぜなら、それがいかにささやかな義務であったとしても、日本ペンとの約束をいきなり放棄し去る態度は、明らかに親善的マナーに欠ける行為と見られても仕方がなかったからである。

しかし、そのことはケストラーが日本ペンクラブとの約束を軽視していたということではない。冒頭、「私がこの心苦しい決定をした理由を申上げます」と述べてその公開状を始めているように、彼は自己の非礼について自覚的であり、その上で「この招待をお断りせざるをえないと感ずるようになりました」と慎重に論旨を進めているからである。つまり、このとき彼が逢着していたのは、履行すべく期待された社会的義務を遂行するか、それともそうした義務を超えた、いわば彼自身の内部の声に従うのかという岐路なのであった。

そして、ケストラーが即座に自身の内なる声に従うことを良しとし、その「声」が命ずる義務を選択したとき、その行為が日本ペンクラブとの間に深い亀裂をもたらすという危惧もまた覚悟の上であったに違いない。なぜなら、その亀裂こそ、彼が『真昼の暗黒』その他によって確信的なコミュニズム批判者として登場以来、多くの「親ソ」派（要するに、当時の左翼のほとんどすべて）との間で経験済みの――彼にとっては予想された――裂け目であったからである。

しかし、むろんケストラー自身にとってはその裂け目こそ、それまで歩んできた自己の軌跡の意味が懸けられ、今や磐石のように固められた基盤なのであった。一九三〇年代はじめ、二十六歳で共産党に入党、七年後には同党から離れるも、台頭するファシズムとの闘争を継続して同時代ヨーロッパの激動を血煙りとともに通過してきた彼にとって、わが身に刻んだこの裂け目は、自身の思想的証しであるとともに、不倶戴天の〝敵〟を判別する分割線でもあったからである。

ところで、一九五八年に突然生起するや、以後たちまちにして世界を駆け巡った「パステルナーク問題」

が私たちに提起したのは、つまるところ「ソ連国家にとって芸術及び芸術家とは何か」という問いと、「抑圧されているソ連作家を支援するとは何か。また、それはいかにあるべきか」という問題であったため、それは芸術一般を離れ、必然的に政治の問題として世界を巻き込むに至ったが、そこに〝独裁政治下における作家への弾圧〟〝偽装市民大衆による糾弾キャンペーン〟〝翼賛的社会主義リアリズムの大合唱〟といった社会主義国家特有の事態が背景としてあったことは言うまでもない。

しかし、一方で〝事件〟が起こったとき、ケストラーにとってそれはやや微妙な問題であったことも確かであった。同事件の推移にむろん彼は無関心ではいられなかったが、しかしこのときの彼は、すでにそこから遠い問題圏へとその知的関心を移していた。つまり〝事件〟が孕む諸問題は彼にとって、言うなれば解かれた問題として封印される一方、彼自身の問題意識は、未だ解かれていない新たな知的領野へと振り向けられつつあったからである。（＊2）

先に触れたように、この頃、ケストラー自身は確信的コミュニストとしての世界観を脱し、異なる世界認識の方法としての新たな分野——精神科学その他——の研究に歩を進めていた。いや、正確に言えば、それは若き日のスタートラインに戻ったと言えるのかも知れなかった。コミュニズムへ没入する以前の一九二〇年代、彼はウィーン工科大学で物理学を学んだ後、はじめての就職先ウルシュタイン新聞社では科学ジャーナリストとして活躍、手堅い業績を上げており、その意味で精神の楕円軌道は、彼を再びその出発点に戻したとも言えるからである。

来日早々の記者会見において彼が盛んに「ノー・モア・ポリティックス（政治はごめんだ）」を連発し、「私の政治的見解を知りたいなら図書館へどうぞ」と煙幕を張ったのもそのゆえであり、このとき『真昼の暗黒』の著者と、彼を迎える側の視線は明らかにそれぞれ異なる方向を向いていた。

そう、世界を股にかけた〝反共の闘士〟は、今、ここ極東の「禅の国」に「東洋の神秘」を尋ねる一介の旅行者であり、気楽なヴァガボンドであった。少なくとも、講演を依頼された日本ペンの「パステルナーク問題」に対する態度を聞き及ぶまでは。そして、「汝、いかに行動すべきや」という問いを内心に突きつけられるまでは。

さて、「ノー・モア・ポリティックス」の人ケストラーが来日早々聞かされた、この問題に対する日本ペンクラブの対処法は、おそらく最も低い鞍部での対応として彼には受け取られただろう。すなわち、日本ペンの「申合せ」は、一見〝表現の自由〟を尊重するそぶりを見せつつ、ソ連政府の立場にも理解を示すがごとくであって、老獪なソ連政府に対して余りにナイーヴ、ないし無知に過ぎると考えられたため、彼の内に秘めた声は、即座にその封印の底から生々しく甦ったのである。

平野謙は述べている。「パステルナーク問題に対する日本ペンクラブの『申し合せ』は、ケストラアがなんといおうと……やはり曖昧である。曖昧ならざるを得なかった事情もわかるような気がするが、あんな曖昧な「申し合せ」ならむしろ『申し合せ』なかった方がマシだ、と思う」と（＊3）。しかし、ケストラーには、おそらく平野謙の考え以上に日本ペンの「申合せ」に対して不満があった。すなわち、その曖昧さはもちろんとして、日本ペンの「申合せ」の行文自体が、彼ら（この場合、ソ連政府ないしソ連作家同盟）に匹敵しえていない、少なくとも世界の〝善〟を代表すると嘯き、人類を領導すると豪語している国家――に対する意志表明にしては、この「申合せ」は最初から敗北している、と。

そして、それは何も「激しい言葉」を使うべきだといったことを意味していない。もう一度ケストラーの公開状を読んでみよう。そこに例えば次のような箇所がある。「これ（日本ペンクラブが発表した「申合せ」）は政治家や外交官の言葉ではあってても作家や詩人の言葉ではありません。もしこの表明がペンクラブの名でなされてなお直ちに抗議のアラシが巻き起こらないというのであれば、日本ペンクラブは政治的考慮によって動かされる団体であって、作家の表現の自由という恒久的な原則によって動かされる団体ではないということを公に認めるべきです。この象徴的な事態に対する日本ペンクラブの公式態度を導いている政治的考慮が正しいかどうか、そんなことを私は論ずるつもりはありません——。私が関心を抱くのは、その考慮が政治的であって文学的でないという点なのです。」(最初の声明)

「(重慶爆撃や〝原則〟という語義の問題よりも) われわれはパステルナク氏の事件に関心をもっており、これに関するわれわれの態度はこれまでの書簡からくみとることができる。あなたの態度は有能な弁護士にはふさわしいが、仲間の作家の運命を憂慮する作家には値しないと思う。」(二度目の声明から)

ここから伝わってくるのは「お前は果たして文学者であるか。もしそうであるならば、文学者の言葉で語れ」という主調音にほかならない。作家が作家の言葉で語らなくていったいどうするのか。それがお前のすることであり、それのみがはじめて人を打つ表現足りうるのだ、とこの公開状は言いたげである。しかるにこの「申合せ」においては作家は消失し、その代わり、ひ弱なポリティシャンが登場している……。

言葉が吐かれ、互いに鬩ぎあうとき、その言葉は特有の背景の中に立っている。パステルナークというロシア詩人が、国家権力やその追随者によって苦境に陥っているとき、国境の外にいる仲間はどうすればいいか? 彼をいかに支援するのか。国境の外から、この仲間を支援する言葉はあるのか。少なくとも、まっすぐに文学者としての言葉を差し出す以外にないではないか。いや、それこそがわれらの役割である、と。

そうであればこそ、このとき彼にとって、どの岐路を往くべきかは自明であったろう。一九三〇～四〇年代、コミュニズムとファシズムという二つの全体主義が相克する中を、行動者及び作家として生き抜いた彼ケストラーにとって、おそらくこの〝表現の自由〟という課題は、政治的な手付きで捏ね回されたり、あるいは相手の鼻息を窺いながらおずおずと提起されるような問題ではなかったからである。

永遠の「党」――『真昼の暗黒』

さて、アーサー・ケストラーとは何者か。その性格極めて頑固、なにごとによらず非妥協的で「人に好かれなかった」とは、関係者の多くが語るケストラー評であるが、以下、彼の対日本ペンクラブ論争の考え方の背景について知るため、多少なりともその距離を詰めてみたいと考える。

先ず、彼が日本ペンと対立した際の記者会見の記録が残されているので、その一部を見ておきたい。

問　貴方はアイディアリストですか。

ケストラー　では、貴方は、これから二代、三代先の世代のため、しかもその仮説的なものの上に、現代を犠牲にして、将来のために考えていこうとする人を理想主義者とお考えになりますか?

問　そうは思いません。

ケストラー　私もそうです。

問　でも、私には貴方の言われた理想主義と責任が解りかねますが。

ケストラー　現在では、一つの型の理想主義は、現在を犠牲にして二代、三代先の、しかも仮説にもとづくもののために、限りない人間を犠牲にするものであり、これは、責任をとっていないし、無責任だと思います。

問　それでは、コミュニズムが理想主義ですか。

ケストラー　それは明々白々です。それから、理想主義と称する者の中には、人間そのものに対しては口にせず、人類という抽象的なものを口実にして考えを進める人があるけれど、これもまた、同様に無責任な、いわゆる理想主義です。（＊4）

いきなり〝理想主義〟、そして〝理想主義としてのコミュニズム〟についての応答から始まっているが、短いやりとりながら、ここには明らかに五〇年代末日本の「親左翼」的風潮に対し、これに抗したいとするケストラーの姿があるだろう。「現在を犠牲にして二代、三代先の、しかも仮説のために人間を犠牲にする」という、彼の〝理想主義批判〟の趣旨を相手の記者がどこまで理解したか疑問だが、「パステルナーク問題」に関する記者会見で〝理想〟が採り上げられる意味は深長と言わねばならない。

なぜなら、ここで問われている〝理想〟のあり方こそ、彼の主著『真昼の暗黒』で登場する主人公「ルバショフ」が苦悶し、思想的に遭難してゆくテーマと直結しており、その中核をなすのが〝理想主義〟とパラレルに現われる「党という神話」にほかならないからである。

さて、同書において、確信的党員ルバショフが、反党的言辞を弄する配下の党員「リチャード」に次のように告げるシーンがある。

「党は誤謬を犯さない」と、ルバショフは言った。「私もきみも誤謬を犯すことはある。党は違う。党はだね、同志、きみや私や、その他何千人もの人々以上のものなのだ。党は歴史における革命理念を体現したものなのだ。歴史は躊躇しない、逡巡しない。ゆっくりではあるが過つことなくゴールへ向かって進んでいく。途中の曲り角で、張り付いた泥を、溺れ死んだ者を、捨てていかねばならない。しかし、歴史は己れの道を知っている。けっして誤謬は犯さない。歴史に絶対的信頼を置けぬ者は、党の戦列にはいられないのだ。」（＊5）

この「ルバショフ」の言い分の中で、「党」はいつの間にか「歴史」の別名となり、「歴史」はまた「党」でもあって両者はその文脈において入れ替え可能の観すらある。そして、それぞれ支えあい、ともに誤謬というものを知らず、また瞬間瞬間において逡巡することもない。つまり、このとき「党」は、無謬の歴史という味方をえて、無尽蔵の権力を手にすることになる。そして「現在を犠牲にして二代、三代先」になるとしても、その目的（ユートピアの実現）が「徐々に、しかし確実に」やってくる以上、犠牲が――たとえ限りなく生じたとしても――それはやむをえないのだ。なにしろ歴史は最終的に自ら進む道を選ぶのであり、そして「党」はその理念を体現する聖なる化身なのだから……。

この「至上なる党」観念こそ、革命が徐々に変質していく中にあって、一党独裁に突き進んだをスターリン権力を支えた幻想であるとともに、一九三六〜三八年の、ブハーリン、ラデックらオールド・ボリシェヴィキたちを次々に排除し去ったモスクワ裁判を担った思想にほかならない。台頭するファシズムの脅威という事情があったにせよ、世界の多くのコミュニスト、左翼シンパはこの「至上の党」という幻想に抗しえず、ケストラー自身も、独ソ不可侵条約の締結までこの酔いから醒めることはできなかったと告白している。そして、この酔いの一部に「マルクス主義はひとつの歴史哲学ではなく、歴史哲学そのものであって、それを放棄することは、〈歴史的理性〉そのものを十字架にかけることである。その後にはもはや夢想と冒険しか残らないだろう」と言い切った、あるフランス哲学者のケストラー批判を加えてもいいだろう。（＊6）

人類が（「歴史が」と言ってもいい）抱いた大いなる目的が「二代、三代先」に達成される、というのが「党」の成した約束ならば、その指導による「革命の祖国」は防衛されねばならず、そのためには反対党、反対派の存在は許されない。このとき反対派とは、いわば歴史という身に「張り付いた泥」であり、「党」という叡智の前に滅び去った汚れであって振り払わねばならないのだ。

「ルバショフ」はさらに言う。

「党の進むべき道は、山の中の隘路《あいろ》のようにはっきり決まっているのだ。右であれ左であれ、一歩でも誤れば奈落へ転落するしかない。空気は薄いから、目眩《めまい》を起こした者はそれまでだ。」(*7)

この「奈落へ転落する」という恐怖(=除名)ほど、党員たちの心胆を寒からしめ、かつ、よりいっそう「党」への従属を促した観念はないであろう。彼ら党員の生きる基準が、「至上の党」に連なる喜びと誇りにあったことを知悉していたケストラーは、『真昼の暗黒』によって、この「党」へ死をもって貢献する悲劇の心理的メカニズムを描いたのであった。

そして、ケストラーは、このとき生じている、理想を追求する人間の精神を限りなく収奪する欺瞞を途方もない詐術としつつ、この無責任な〝仮説〟の責任を「党」は現在に至るも取っていないと述べ、われらは今なおその体現者(ソ連国家)が健在を誇っている時代に生きている、と警鐘を鳴らしたのである。

記者会見はさらに続き、日本ペンクラブとの確執の問題へ、そして〝表現の自由〟の問題へと移る。

問　ケストラーさんの発言が、いろいろ問題になっていますので、日本人のペンクラブに対する考え方を説明しますと、ペンにはペン憲章があり、左右両翼から自分の立場を守ることがよい存在であるというより、日本ペンクラブ会員は反政府のような漠然とした文化団体のように思っている、そこが間違いのもとだと思います。

ケストラー　しかし、考え方が異なっているにしても、同僚著作家が自由に書く権利をうばわれたとしたら、如何なる立場の人でも、その人を救うように支持することが大切ではないか。何故かというと、表現の自由はペン憲章にあるはずですから。

問　日本国内では大体、政府に関することに対して、左翼的立場から攻撃することが多い。ですから、あらゆる立場からという考え方が出来ていないのです。

ケストラー　私は、左でも右でもかまいません。ただ表現の自由についていっているのです。

問　ペン憲章の、右翼からも左翼からも関係されぬ言論の自由について戦おうとし、パステルナークに関する問題を持ち出した人もいます。そしてペンクラブでこれだけが取り上げられたということは、むしろ、上出来であった。それはちょうど警職法反対のともずれとして取り上げられたのですが。

ケストラー　貴方のいわれた大切なことは、表現の自由とは、個人の自由を守ること、その他がペンクラブの設立の趣旨であると仰ったが、一番の根本においてはいま、ペンの問題をおこしている人々もそれは考え、それを目的としている。ただこの人達の考えの中にはこの目的を達するために、警職法に反対し、パステルナーク事件には賛成しなくてはならぬと思っている。つまり、日本の政治こそ、人々を圧迫するものだから、それから解放を獲得するために、結果においては、一種の政治的な現れ方をしてしまったのだ、と私は信ずるのです。

問　貴方が政治について話すことがお嫌いだといわれるので、大変遠慮しながら質問申上げるのですが、プライベート・セクターやヒューマン・ライトを真に保護するものとして、政治の世界に入ることは避けられないと存じますが。

ケストラー　無理矢理に離すことは出来ませんが、私共が考えているのは基本的、本質的なヒューマン・ライトについてです。そしてわれわれは現に防衛できる立場にいない。（＊8）

ここのやりとりにおける記者との相違は、ケストラーが右であろうが左であろうが、ペン憲章の下でともに闘えばいいとする立場に対し、記者は、日本ペンはもともと反政府寄りなので、目的はあくまで警職法改訂阻止であって、「パステルナーク問題」は採り上げただけでも「上出来」であった、と述べている点であろうか。

むろん、この観点がいかに能天気であったとしても、しかし現実がそうであった以上、ケストラーの日本ペン批判は、それなりに一石を投じた意味があったと見ていいだろう。「警職法に反対」であったなら、それに匹敵する熱心さで「パステルナーク事件にも反対」とする立場を強く、かつ明確に主張することこそ、同僚たる作家の運命を案じる人間の第一義務ではないか、というのがケストラーの態度であったからである。

汝、誠実さのかけらを有するならば――『目に見えぬ文字』

一九五四年、アーサー・ケストラーは自己の半生を著述した『目に見えぬ文字』(*The Invisible Writing*)(＊9)を刊行している。同書は一九三二年、彼が共産党に入党し、党員としての活動を開始するところから始まり、幾多の辛酸を嘗めてのち、一九四〇年、イギリスに落ち着き先を見出すまでの歩みが興味深く描かれている(一九五三年、脱稿。一九九三年一月、邦訳刊行)。

彼の半生を明らかにしているこの自伝は、同時に日本ペンクラブに対する公開状の思想背景を理解する導きともなっているという意味で、以下参照していきたい。

先ず、同書の構成は次の通り。

第一部　恍惚感――一九三二・共産党へ

第二部　ユートピア――一九三二～三三・ソ連の夢と現実
第三部　流浪――一九三三～三六・政治と文学の狭間で
第四部　目に見えぬ文字――一九三六～四〇・獄中での悟りと脱党

この自伝は次のような象徴的な文章で始められている。「清らかな泉に赴くように、私は共産主義に赴いた。そして、水禍に見舞われた町々の残骸と溺死者の死体の散乱する汚濁から這い上がるようにして、私は共産主義を捨てた」と。そして、同書全編が伝えてくるのは、ケストラーの後年の反コミュニズムが、忠実な共産党員としてコミンテルンの活動に挺身し尽くした果てから掴みとってきた、その元手の確かさであろうか。その〝波瀾万丈〟とも言っていい軌跡は、しかし、彼に言わせれば決して特別でも型破りでもなく、「われわれの時代の典型的な見本」であり、「全体主義にもまれた中欧知識階級の一員の、一九四〇年までの、正に典型的な事例史」ということになる。

そのケストラーの自伝を睨みつつ、これまで触れてきた彼の日本ペンクラブ批判――小政治家ぶった「申合せ」でなく、あくまで文学者として語らねばならない――を考えるとき、それは彼の「党」との関係を考える上で、ある示唆を与えてくれるように思われる。

ケストラーはその若き日、熱烈な共産党員であり、「党」とコミンテルンに対する燃えるがごとき信服の情熱をもって文字通り世界を東奔西走するが、この間「党」を疑うことよりも、先ず従い、これを受け入れることに努力を傾注してゆく。例えば、三〇年代はじめ、国際革命作家連盟の招聘という形でロシアへ赴き、大飢饉下のウクライナの惨状を目撃しながら、すべては富農（クラーク）の策謀がもたらした結果であるという「党」の説明を受け入れ、第一次五ヵ年計画は成功裡に進行している旨のルポルタージュを書いたと述べている。

後年、彼は自己の党員時代を振り返って、当時の自己の「党」に対する関係を「搾取」という言葉で説明している。

こうした（自分のような事務処理の有能な）タイプの人間は、共産党では珍しい。たいていは厳しい規律に耐えかねて、すぐに離党してしまうからである。……私は自分が政治家には不向きな人間であることを、ずっと前から気づいていた。党に関する限り、私の願いはただ一つ、仕えることであった。党の用語を用いれば、「党に搾取されること」であった。（＊10）

ここでケストラーは党員時代の自分と「党」との位置を、「搾取―被搾取」という関係性で現している。そして、その場合、党員たる彼の方が一方的に党に「仕える」のであって、それは同時にすすんで搾取されることの喜びでもあった、とアイロニーを込めて告白している。つまり、若きケストラーにとって、ひたすら従属を要求する「党」に応えることは、決してネガティブなそれではなく、意志して搾取されることの承認でもあったのである。

「搾取」という行為を、労働者の労働時間に対し、それに正当な（匹敵する）賃金を払わず、常にその上前（剰余価値）を掠め取って私腹を肥やしていく資本家のそれとすれば、ケストラーにとって日本ペンクラブの「申合せ」文は、その思想においてあたかもその関係を髣髴とさせるものであった。すなわち「党」に搾取されておりながら、その不毛性が疑われず、ただ善意の発露のみが想定されるとき、そこには必然的に従属が生まれ、「党」を相対化する視点は形成されようがない。そして、その先には社会主義ソ連こそが進歩陣営を代表し、人類の未来を担っている云々という神話が長続きするのみである、と。

さて、そのケストラーが許せなかったのが、そうした「搾取された人々」――というより、そのことに無自覚な「知識人」——であった。彼らはおよそ世界の激動から一歩脇に退いた位置に立ち、ケストラーが指摘したナチのガス室や、進行中であったスターリンの陰湿な粛清（党員殺し）について、「残虐を売り物にしている」とか「それは事実に基いているのか」とか、したり顔をして彼を非難したのであった（そして、その仲間にたぶん「尤もらしい幻想の陽光の中で日光浴をしているフランスの桃色知識人たち」（＊11）を加えてもよかった）。

そうした同時代の西欧知識人に対して、ケストラーは次のようにその〝無知ぶり〟を糾弾している。すなわち「作家にせよ、芸術家にせよ、政治家にせよ、教師にせよ、誠実さのかけらでも有するものならばすべて、ヒトラーやスターリンの手から何度か辛うじて逃れ、追跡され、牢獄や強制収容所にたたき込まれるなど、日常茶飯の経験だった」にもかかわらず、と述べたあと、彼はこう続けている。

あなたは、自分と同時代に、有史以来かつてない大虐殺が行われたとは、一体本当のことなのか、と顔も赤らめず、ぬけぬけと質問される。

もしあなたが新聞など読まない、白書も読まない、W・H・スミスの売店で手に入るドキュメンタリー・パンフレット類も読まない、とおっしゃるならば、一体何であなたは『ホライズン』など読んで、知識人の一人のような顔をなさるのですか。暴言をお許し下さいなどと私は申しません。あなたの態度に弁護の余地はないからです。真実を知ること、知ることによって苦しむこと、それこそあなたの義務ではないのですか。ほかの者が殺されている時に自分だけはのほほんと生きている。そのことを恥ずかしいとも思わない。理性に逆らって、理性にかかわりなしに、あなたがそういう態度を取られる限り——自分だけ助かったことをやましいとも思わず、別に悩みもせず、屈辱感も抱かず、生きて行かれる限り、あなたはいつまでも今のあなたです。（＊12）

ここで批判されている知識人「あなた」への怒りは、その語調から言って、そのまま日本ペンクラブの首脳陣に対するそれへも通底すると言っていいのではないか。

＊

ところで、自伝『目に見えぬ文字』で注目されるのは、党員としての充実した時代——すなわち「見すぼらしい真実よりは美しい過ち」に生きた、昂然たる気迫に満ちた時代——の記述もそうであるが、それ以上に彼の離党をめぐる経緯、というより離党届を提出した後の彼の心境であり、その内的葛藤であろう。

一晩かかって離党届を書いた。だがこの手紙もまた、実は竜頭蛇尾であった。ぎりぎりの線まで突き進む勇気は、まだ私にはなかった。ドイツ共産党、コミンテルン、スターリン政権に対する訣別の辞ではあったけれど、最後には、ソ連に対する忠誠の情を吐露している。私はソ連の現体制、癌に等しい官僚制、市民の自由への弾圧などへの反対は述べたけれど、それでもなお、労働者と農民の国家の基礎は、磐石のように揺るぎないものであることを信じる、と書いた。やはりソ連こそは、「急速に崩壊しつつあるこの地球上の、最後の、そして唯一の希望」だと思う、と私は述べている。（＊13）

まさに〝反共作家〟ケストラーは一夜にして成らず。彼をして離党に踏み切らせたのは独ソ不可侵条約の締結であり、これこそ「引き裂かれた幻の、最後の一片を粉砕し去った」のであったが、しかし、そうであっても、ソ連こそ「最後の、そして唯一の希望」という幻想の勁さは、これを論理的に否定したとしても、「進んでその形を改め、現実に適合させようと」自分にしぶとく付き纏った、と告白している。

ソ連の政体にもいろいろといやな面はあるけれど、それでもやはり基本的には、ソ連こそ世界でただ一つの進歩的国家であり、我々の偉大な社会的実験である、という信念は、まことに柔軟性に富み、人の心を慰めてくれる。この信念に凝り固まった人は、現実のいかなる矛盾にもたじろがず「一時の方便」とか「非常手段」とか言って、何も彼も大きく受け入れる。こうした態度は、善意ではあるが頭の混乱している進歩的人種が特に喜ぶものである。その癖この方々は、自国内では共産党のやり口をお気に召さない。こうして追い詰められた幻想は、私の頃と同様今もなお、世界の多くの人びとを動かし、依然としてソ連の幻想にしがみつかせているのである。（＊14　傍点、引用者）

なにごとによらずソ連政府にはより寛容である一方、自国の共産党に対してはより厳しいという、当時の「進歩的人種」一般への皮肉は、これまたそのまま日本ペンクラブ批判の文脈に該当すると思われ、苦笑を誘われる（高見順がしばしば当時の日本共産党に対して苦言を呈したことが思い浮かぶ）。（＊15）

一度私が共産主義と縁を切ると、その同じ人びとが、私を軽蔑するようになってきた。党が私に対してする悪罵は型どおりのものだったが、一度も党員でなかった人びとが私に見せた憤懣の陰には、党のものとはまた違った、言葉には表れぬ譴責の情があるような気がした。元共産党員というものは、単に反ナチスの亡命者のように、うるさいカッサンドラというだけではない。彼らはまた堕天使でもあり、天国が必ずしも皆が思っているほど結構な場所ではないと、悪趣味にも、暴露する者たちである。……つまり、それによって幻を脅かすものとなり、いやな、恐ろしい真空状態を、人に思い出させるものとなるのである。（＊16）

さて、必死の思いで「至上の党」と縁を切った旧党員の身の上に、ところで何が起こったか。ケストラーは、自己に向けられた軽蔑や譴責の視線が、むしろ「一度も党員でなかった人びと」によって浴びせられたという事実を記している。つまり、彼が、コミュニストが約束するユートピアの欺瞞を撃ち、真のコミュニズム批判者として立つためには、もう一つの裂け目とも対峙しなければならなかったのである。これを奇怪といってはならない。なぜなら、あのカッサンドラも善意のトロイ人たちに、ついに受け容れられなかったのだから。

*

ところで、そのケストラーが歩んだ二十世紀の難路を記したその自伝は、ある印象的な、そして痛切な別れのエピソードによって終わっている。

一九四〇年八月、アーサー・ケストラーはマルセイユにあったが、侵攻してくるドイツ軍を逃れてイギリス亡命を目指してカサブランカへ渡るため、ポルトガル国境まで落ちのびる。その途次、偶然にも旧友ヴァルター・ベンヤミンと遭遇する。やはりフランスから出国許可が手に入らなかった彼は、ピレネー山脈を越えてスペインに入ろうとしていた。彼はモルヒネの錠剤を三十個もっており、捕まったら飲むつもりだと言い、その半分をケストラーに分け与えたという。その後の状況をケストラーは述べている。

セビリャの四十号室には、「窓辺の時間」があった。ル・ヴェルネの強制収容所では、まだ希望があった。だがここまで来て、鼻先でぴしゃりドアを閉められたとなると、いよいよ旅路の終わりという気がした。ビザがついに下りないと分かった翌日、私はヴァルター・ベンヤミンの噂を聞いた。彼は何とかピレネーを越えるには越えたが、スペインで逮捕され、明朝フランスへ送還すると脅かされた。翌朝、スペインの憲兵たちは考え直してくれたのだが、もうその時にはベンヤミンは、私に渡した残り半分のモルヒネ錠を飲んで、死んでいた。私はこの話を「運命の言葉」のささやきと聞いた。自分も彼の例にならおうと思った。だがどうもベンヤミンの方が、私よりは胃が丈夫だったらしい。私はすぐに錠剤を吐き出してしまったからである。（＊17）

ヴァルター・ベンヤミン――ケストラーの同時代人にして二十世紀の知的課題を背負い、ついにファシズムの弾圧の前に倒れた彼の行路にも〝岐路〟があったと言うべきなのか。最終的に自殺という方法を選択することによって、不運にもベンヤミンは倒れ、ケストラーは（モルヒネを飲みながらも）辛うじて生きのびたのである。

＊

以上、駆け足でアーサー・ケストラーの、その前半生の歩みを追ってみた。そして、その軌跡に照らしたとき、少なくとも昭和三十四年三月、たまたま個人的な旅行の途次、彼が日本ペンクラブとの間で醸すことになった確執は、決していい加減なものではなく、それまでの彼自身の体験の蓄積の延長上に、むしろ現れるべくして現れた必然的な異議申し立てであったと知れるのである。

＊1　トニー・ジャット『失われた二〇世紀』河野真太郎［ほか］訳、NTT出版、二〇一一年。
＊2　この新しい試みについて、彼は「このような（人間の苦境の本質に到達しようとする）未解決な諸問題、いわ

ば正統の縁《ふち》に垂れ下がる思想の糸をつまみあげ、それを単一の枠の包括的な模様として編んでみようという試み」と述べている。(『機械の中の幽霊』日高敏隆・長野敬訳、ぺりかん社、一九六九年)

＊3　ただし、平野謙はこれに続けて次のように述べている。「ただ『申し合せ』の曖昧から、日本ペンクラブを政治団体と結論づけたケストラアには、性急な誤解があったようだ。しかし、その誤解が果たして『話せばわかる』式のものかどうかは疑問である。原則を楯に、わざと誤解するということだってあり得るからだ。」(「吉本隆明」、『平野謙全集』第九巻、新潮社、一九七五年)。

＊4　「表現の自由を守るために〈一九五九年四月〉」、『自由』一九七三年四月号(「現代の証言Ⅲ」)。

＊5　A・ケストラー『真昼の暗黒』中島賢二訳、岩波文庫、二〇〇九年。

＊6　メルロー＝ポンティ『ヒューマニズムとテロル――共産主義の問題に関する試論』合田正人訳、みすず書房、二〇〇二年。

＊7　A・ケストラー、前出書。

＊8　前出、「表現の自由を守るために〈一九五九年四月〉」。

＊9　A・ケストラー『目に見えぬ文字』甲斐弦訳、彩流社、一九九三年。「目に見えぬ文字」とはやや分かりにくいが、彼によれば共産主義という内心の桎梏から離れたとき、彼の心中に浮かんできた信仰の形象をいう。「若い頃の私の目には宇宙は開かれた本であった。自然科学の方程式とか、社会的決定要因とか、そうした言葉が散りばめられている本であった。だが、今の私には宇宙は目に見えぬインクで書かれた本としか映らない。恵まれた稀なる瞬間に、ほんの時たま、切れ切れに読みとれる文字に過ぎない。」「こうした稀なる瞬間における人間の決断は、どんなに理屈の合わぬものに見えようとも、内なる自己に向かって、一秒のほんの何分の一か、目に見えぬ書が啓示する戒律に、従うもののように私には思われるのである。」(同書)

＊10　同前。

＊11　A・ケストラー「サンジェルマン・デ・プレの小さな浮気者たち」、『現代の挑戦』井本威夫訳、荒地出版社、一九五八年。

＊12　A・ケストラー『目に見えぬ文字』。

＊13　同前。
＊14　同前。
＊15　高見順「日本共産党のお忘れもの——国民大衆と国民感情を忘れないでほしい」、『文藝春秋』一九五八年二月号。
＊16　A・ケストラー『目に見えぬ文字』。
＊17　同前。

第12章　〝勝利〟の儀式？・

——第三回ソビエト作家大会（1）

われわれは共産主義について語るに十分な言葉を持ち合わせない。われわれは歓喜にむせび、われわれを待ちかまえているこの光輝を表現するに、主として否定対比法を用いる。すなわち、共産主義社会にあっては貧富の差は存在しないであろう。金銭、戦争、牢獄、国境は存在しないであろう。病気も、そしておそらくは死も存在しないであろう。各人は欲するだけ喰べ、欲するだけ働き、労働は苦しみの代わりに喜びのみをもたらすであろう。レーニンが請け合ったとおり、われわれは純金で便所を作るだろう……　まったく、なんと言ったらいいか。

A・シニャフスキー（＊1）

〝詩人殺し〟のあとで

一九五九年五月十八日、第三回ソビエト作家大会がモスクワで開催された。期間は一週間、場所はクレムリン内宮殿。参加者はソビエト作家同盟に所属する文学者五百人と、さらに世界三十カ国から来賓として招待された文学者たち七十人が加わった（＊2）。その開催にあたっては、あらかじめ各地方の作家同盟支部での討議が重ねられ、大会に向けての準備がなされていた（連邦構成十五共和国の支部大会がそれぞれ行われた）。同大会開催に関するニュースはわが国の新聞報道でも前もって伝えられ、大会テーマとして「文学における思想性と芸術性の統一」、「文学と文学者の新しい〝人民の中へ〟運動の展開」の二つがうたわれている旨が紹介されるなど、その討議の行方は広く国際的にも注目されていた。（＊3）

さて、こうした報道が伝えるように、もしこの大会が「国際的にも注目」を浴びていたとすれば、その理由はその尤もらしいテーマにあったというより、実はその奥に隠れたもう一つの時事的トピックスにあったと言ってよかった。すなわち、言うまでもなくそれは前年の十月に生起し、たちまちのうちにソビエト国内のみならず、世界を揺がした「パステルナーク問題」という名の〝事件〟にほかならなかった。なぜなら、同〝事件〟はソビエト国内の問題であったものの、しかし同時に世界大に拡大し、その余燼は依然として世界に漂っていたからである。

したがって、人びとはこの〝事件〟を今度のソビエト作家大会がどのように扱うのか、そして世界に対してどう説明するのか、一人沈黙を守るパステルナークの去就も併せてその行方を注視していた。同じ報道記事は、続けて次のような予測を述べている。「なおノーベル賞の問題作家パステルナーク氏についていえば、やはり手厳しい集中攻撃を受ける可能性が強く、彼の作家同盟からの除名に対する弁護論が出てくることは先ずないものと見られている」云々。つまり、こうした報道記事からは、よかれ悪しかれ〝問題作家〟パステルナークと、彼によって惹起された〝事件〟こそがこの大会におけるテーマであったと思しい様子が伝わってくる。

ところで〝事件〟の経過そのものは、すでに述べたように、はじめの衝撃度に比べて、その結末はいささかあっけないものであった。すなわち、一九五八年十月二十九日、押し寄せる官製批判の嵐に抗し切れず、パステルナークじしんがノーベル文学賞を辞退する電報をスウェーデン・アカデミーに送り、さらに同月三十一日、首相フルシチョフに宛てて「自分をロシア国外へ追放しないよう」懇願する手紙を送ったからである。つまり〝文学的ウラソフ兵〟〝ソビエト文学の雑草〟〝敵に武器を送った裏切り者〟〝資本主義の豚〟などと指弾された詩人じしんが公然と懺悔し、為政者に許しを乞うたことによって、この非文学的な騒動は実質的に終息したのであった。

そう、たしかにこのようにして〝事件〟は一応終わりをつげたのであったが、しかしこの「終わり」方はいささか曖昧さを含んでもいた。弾劾者たちは勢いに任せ、怒濤のごとく罵詈雑言を投げつけて詩人を血祭りにあげたのだったが、しかしそれで〝事件〟はほんとうに終わったのか。罵詈雑言の嵐が過ぎ去った後、ソビエトの文学者たちは、この〝詩人殺し〟に直接加わったかどうかとは別に、あらためて己の胸に手を当ててこの〝事件〟と秘かに向き合っていたはずだからである。

したがって、折しも開会される第三回ソビエト作家大会こそ、こうした疑念や反省に対して然るべき回答が、すなわち〝事件〟に対する冷静な総括が――それが〝弁護論〟であるか否かは別として――なされるのではないか、という予測が生まれたのも当然であったと言える。そして、この大会が勝利者による、勝利者のための独善的な〝勝利の儀式〟としてのみ演出されるのであれば、それはおそらく不毛の上塗りに終わるほかないだろう、と。

例えば『ドクトル・ジバゴ』のノーベル文学賞受賞を〝愚かしき政治判断〟と見なし、西側の反応に一貫して批判的であったわが国のあるロシア文学者も、次のように述べてソビエト作家たちの〝反省〟を促していた。「ソヴェートの作家たちは今後何らかの形でこの問題と対決しなければなるまい。騒ぐだけ騒いであとは頬かむりというのでは、あまりにも浅薄な態度ではないか。……その機会は、この春に開かれる予定の第三回作家大会をおいて、ほかにはない筈である。十分に論議をつくしたあとで、一日も早く、もう一度パステルナックにソヴェート作家としての資格と権利を与えてやることこそ、今後はたすべき課題にほかならないのだ」と。(＊4)

ところで、その「今後はたすべき課題」に触れる前に、そもそも「ソビエト作家大会」とは何であったかについて、ここで簡単に振り返っておきたい。同「大会」にもまさに始めがあり、そしてまた終わりがあったからである。

【ソ連作家大会】Съезды писателей СССР　ソ連作家同盟の最高機関。文学の芸術的・思想的問題を議論するとともに、次の大会まで作家同盟を指導する理事会を選出する。1932年4月のソ連共産党中央委員会の決議「文学・芸術団体の再編について」に基づいて文学界をソ連作家同盟に統一することとなり、34年8~9月の第1回ソ連作家大会で作家同盟が正式に発足した。同大会では社会主義リアリズムをソヴィエト文学の基本的方法とすることが決定された。大会は3年に一度開かれることになっていたにもかかわらず、第2回大会はようやく20年ぶりに54年12月に開催された。スターリンの死(1953)を反映して、現実をばら色に描く無葛藤理論への反省と、エレンブルグの『雪どけ』に表現されたような自由化への希望も、かなり表明された。第3回大会は59年5月に開かれたが、前年のパステルナークのノーベル文学賞反対キャンペーンを受けて、共産党の文学における指導的役割が改めて強調され、反自由化の傾向が強まった。……1991年12月のソ連体制の解体に伴い、ソ連作家同盟も92年8月に解散した。文学界におけるソ連体制を象徴したソ連作家大会もまた、その幕を閉じた。（＊5）

右に見られるように、ソビエト作家大会は作家同盟の最高機関として出発し、ソ連崩壊によって解散を余儀なくされるまで一貫してソビエトの文学芸術界を統括的に主導した（合計八回、開催された）。ボリシェヴィキが政治権力を掌握したロシアには、当初、革命の熱気を追い風として多くの文学・芸術グループが登場し、それぞれ独自の活動を展開していた。しかし、やがて前記のソ連共産党中央委員会の決議が出るに及んでそうした割拠状況も終わりをつげ、特に専横的であったラップ（ロシア・プロレタリア作家同盟）をはじめ、レフ（未来派系）、ペレワール〈峠〉、全ロシア作家同盟（同伴者系）などの諸グループは、一つの組織「ソビエト作家同盟」の下に統合される（その際、ゴーリキーが中心的役割を果したと言われ、第一回作家大会の議長も彼が務めている）。

一九三二年の決議がもたらしたこの「統一」について、ロシア文学史家M・スローニムは述べている。「組織上の仕組みは一点に集中された。今や単一のソビエト作家同盟、単一の検閲委員会が存在するのみで、同時に、文学に関する一切の問題は通常の省と同じ機能を執行する芸術委員会の管轄下にはいったのである。一つの屋根のもとに追い集められたソビエトの作家たちは、一人のこらず同一の管理、同一の官設賞罰制度にしたがわなければならず、特別に任命された役人による同一の厳格な監視を受けることになったのである。その結果文学は国家の組織の中へ編入され、ひいてはあらゆる芸術に対して一層徹底的な統制が加えられることになった。」（＊6）

以後、「ソビエト作家大会」はソビエトの作家・芸術家の活動をリードする役割を担うが、その〝リード〟

とは、要するに「党」による監視と介入であり、彼らの創造力を国家とその支配イデオロギーの下に従属せしめることを意味していた。しかし、一方その〝従属〟によって彼ら「作家・芸術家」たちは――その作品の〝質〟はどうであれ――ソビエト社会における「公的」身分を保障され、さらに多くの生活上の特典を享受しえたのである。(*7)

さて、ソビエト作家大会と作家同盟の役割が右のようなものであったとすれば、〝事件〟に対する内外からの視線に対して、第三回作家大会は果してどのような裁断を下したと言えるのか。先ずあらかじめ結論から言えば、同大会においてパステルナーク個人および彼の作品が惹起した〝事件〟について、直接的に触れられることは全くといっていいほどなかった(*8)。またパステルナークに「もう一度ソヴェート作家としての資格と権利を与える」といった弁護論など、議論の俎上にさえ上ることもなかったのである。

この、世界が注視する中で、同大会が〝事件〟について触れなかった、あるいは触れえなかったという事実は何を意味するか。この事実は、必然的に私たちをある感慨へと誘う。すなわち、門外漢が推測するに、〝パステルナーク事件〟とは、むろん第一にその問題の大きさ――それはソビエト文学の根幹に触れることになる――ゆえに、そしておそらくもう一つは〝事件〟の記憶がまだ生々しかった――良心的な作家であればあるほど心の揺れは大きかったろう――ゆえに、この〝詩人殺し〟に言及することが忌避されたのではないか、と。ここにはパステルナークを「祖国の裏切り者」として切って捨てる公式的主張と、パステルナークの薫陶をうけ、ソビエト最高の詩人として彼を敬愛する、いわば水面下の声との見えざるせめぎ合いがあったと言わねばならない。そして、そうであるとすれば、このとき、このタイミングで開催されたソビエト作家大会が置かれていた、ある微妙な位置が浮かんでくるように思われる。

すなわち、大会の組織者たる作家同盟首脳にとって、この大会とは、あくまで「パステルナーク」という名を禁じつつ、しかしパステルナーク糾弾の正当性を明確化する必要があった。つまり先ず彼ら同盟首脳にとって同〝事件〟とは、陣営内の大いなる恥部であったため、その失態を隠蔽したい願望から、つい先ごろまで大騒ぎしていたその口を拭って〝事件〟など存在すらしなかったと言わんばかりの態度を決め込むこととしたのである。

しかし、その一方で彼ら首脳部は、この〝文学的ウラソフ兵〟を大会に召喚する必要に迫られてもいた。なぜなら、「栄光のソビエト文学」の担い手にとって、この大会はあらためてパステルナーク弾劾の正しさを公けに示し、〝勝利〟の鉄槌を下す機会として演出されなければならなかったからである。このように、彼らにとってこの大会は自陣営の文学者の結束を再確認するとともに、世界から浴びせられていた批判的視線に応える必要があったと言える。

きょうからソ連作家大会
文学の〝七ヵ年計画〟
併せて芸術性の向上
討議目標

ソ連作家大会の開催を告げる記事
（『朝日新聞』昭和34年５月18日）

ここから第三回ソビエト作家大会は、いわば矛盾的戦略――ことさら〝勝利〟の大合唱を行うことなく、しかしパステルナーク批判の趣旨だけは貫く――をとることとなった。すなわち〝事件〟の存在を強烈に意識しながらも、しかし表面上はこれを徹底的に無視するというアクロバット的(?)手法を強いられたと言っていい。

しかし、それではそのアクロバットはどのように展開され、またその手法はどの程度成功したと言えるのか。刊行されている本大会の日本語版記録『第三回ソ連作家大会』(*9)からその様相をみておく必要があるだろう。

さて、同記録において次々と登壇する作家たちの演説を読む限り、大会が総体として〝事件〟をよく総括し、ソビエト文学固有の困難を超えて、新たな方向性を打ち出すにはほど遠かった印象を受ける。先の『事典』は、同大会では「共産党の文学における指導的役割が改めて強調され……」と記しているものの、しかし少なくとも第一回大会(一九三四年)が創作方法としての「社会主義リアリズム」という基本路線を打ち出し、また第二回大会(一九五四年)がいわゆる〝無葛藤理論〟への反省と「表現の自由化」論を確認したような意味での、本大会を特徴づけるような議論は希薄であったと言わねばならない。すなわち、その意味で同大会は幕が下りてみれば、そのアクロバット的目論みが成功したとは言い難い(登壇した作家たちの演説が終わるたびに「長く続く拍手」、「ウラーの声」は相変わらず多かったが)。

活発な議論がなかったと言うのではない。また、指導部の路線に対する疑義も提起されたと言っていい。しかし、そうした議論や疑義も、ついに新たなソビエト文学創造の道筋を照らし出すに足りなかった印象を受けるのは、それら展開された議論がいずれも基本的に党の敷いた路線の大道から外れることのない、予定調和的な範囲内に終始していたからにほかならない。つまり、同大会を蔽ったその非生産性は、おそらく各作家たちに巣くった内なる〝安全運転〟意識にあり、そしてその底には彼らソビエト作家を等しく襲った〝パステルナーク・ショック〟があったように思われる。

　その意味で、少なくとも一九五九年五月、ソビエトの作家大会に集った文学の友人たちが、その総意をもって「パステルナーク」という独立不羈の詩的宇宙に一掬の配慮もみせず、その排除に加担したという事実は、ソビエト・ロシア文学史上に黒々と刻印されたと言ってよい。

「新しい人間」とは誰か

　さて、それでは第三回ソビエト作家大会とは、果たして勝利者による〝勝利の宴〟であったのだろうか。ここで、とりあえず同大会の流れを一応見ておくならば、大会は先ず大御所コンスタンチン・フェージンの開会挨拶によって開始され、続いて注目の「基調報告」（以下「報告」）を作家同盟第一書記アレクサンドル・スルコフが行っている。ところで、すでに第二章でみたように、この両人は〝事件〟ときわめて関係が深かった。すなわち、ペレデルキノのパステルナーク家の隣人でもあったフェージンは、パステルナークのノーベル文学賞受賞の報を聞くや直ちに同家を訪れ、友情あふれる説得をもってその辞退を迫ったのであったし、またスルコフはと言えば、遥々イタリアまで飛んで『ドクトル・ジバゴ』出版阻止のために積極的に動いた急先鋒であったからである。

　さて、そのスルコフの、延々三時間にも及んだという「報告」（副題「共産主義建設におけるソビエト文学の課題」）は、先ず〝躍進する社会主義建設〟の輝かしい現状と、大会前に発表されたフルシチョフの文学芸術論（「文学・芸術の人民の生活とのかたい結合のために」）に対する大仰な賛美で始まっている。そして、直前（五九年一月）の第二十一回党大会で確認された「七ヵ年計画」の遂行によって、われらのソビエト社会は着々と共産主義の実現に近づいているという自賛が展開され、最後は「この歴史的な〝偉業〟に文学は積極的に奉仕しなければならない」という説教で終わっている。

むろんその主張が今日いかにうんざりするような代物であったとしても、しかし、その〝説教〟を支える時代的思想が多くのソビエト作家たちを繫縛した観念の産物であったという意味で、それは今度の〝事件〟を準備した根源そのものであったと言わねばならない。そして、この作家大会が姿なきパステルナークに対する〝欠席裁判〟の場でもあったとするならば、この「報告」はいわば〝スルコフ検事〟によるパステルナークへの有罪宣告であり、したがってその内容こそ、ソビエト社会において『ドクトル・ジバゴ』はなぜ有罪かという論理の表明——感情的情緒的な拒否でなく（＊10）——であった。

さて、そのスルコフは同「報告」において、共産主義義建設という〝偉業〟に立ち会っているソビエト作家たるものは、何を、どのように書くべきかについて次のように呼号している。

現実にあるがままの美と欠点、魂の高揚と同時に、まだ過去の残りかすをもった今日のソビエト人、世界にかつてなかったこの新しい人間が——われわれの文学の積極的主人公の原型《プロトタイプ》なのである。それは**英雄的人間**である。なぜなら、わずか四十余年のあいだ奇跡をなしとげたのだから。すなわちソビエト人はわが国において何世紀にもわたる搾取制度を根絶し、新しい社会を建設し、歯まで武装したファシズムとの苛烈きわまる闘争において社会主義の達成を守りぬき、いま共産主義を成功的に建設しつつある。

生活そのもののなかで共産主義社会の人間の形成がおこなわれつつあり、その諸特徴を、たとえば共産主義労働班の参加者のうちに人びとがみとめつつあるとき、また新しい人間の養成、その人間の精神的および道徳的特質の形成にあたって党とくに積極的に援助することがソビエト文学にもとめられているとき、現代人の普遍的な形象を創造することは、今日とくに急務である。新しい人間の性格の形成に協力す

ること——ソビエト作家に課せられたこの歴史的使命以上に、名誉あり、偉大なるものが他にあるだろうか？（傍点、引用者）

長い「報告」の中から、スルコフが最も伝えたいと考えているであろう個所を引用してみた。ところで、しかしこの言説の中に、文学者スルコフ個人は存在していない。それは、その内容が空疎であるとか貧弱であるという意味ではない。このとき、彼はただソビエトという時代を蔽った観念の伝達者として、また「党」の〝伝声管〟として、作家同盟という集団を代表して壇上に立っているにすぎない。そして、われら作家に課された「歴史的使命」はソビエト社会主義が生んだ奇跡としての「新しい人間」を描くことであり、かつその「新しい人間」とはまた「英雄的人間」でもあって、ソビエト作家たるものはまさしくこの人間像を「積極的主人公」として描かねばならない、と訴えたのである。

　そのスルコフは「報告」の別のところで、例えば「日常生活、家族関係および恋愛関係は、だれにも禁止されたテーマではない」と述べつつも、それは狭く解決されてはならないとも主張している。そして、テーマとしての「日常生活、家族関係および恋愛関係」を書くこと——これは明らかに〝雪どけ〟の力が押し開いたソビエト文学の主題の一つであった——は差し支えないが、しかし「それは——ソビエト人の労働と社会的活動の分野である。労働にたいするその態度のなかに、他の人びととの、集団とその相互関係のなかに、資本主義的な搾取社会の諸条件のもとに生きる人びとよりもソビエト人をすぐれたものたらしめている新しい要素を」作家は描くべきであると説教を垂れている。

　翻訳が悪いのか、一読、何が言われているのか理解に苦しむが、推測するところ、例えば「恋愛」をテーマとして取り上げた場合、たんに悲恋に終わるといったストーリー展開は許されず、そこには「ソビエト人をすぐれたものたらしめている要素」を加えねばならないということであろうか。とすると、ここから「失恋した娘はその悲しみをグッとこらえて、乾草つくり計画を超過遂行しなければならない」（オリガ・ベルゴリツ）のであり、あるいは愛を告白する若者に「わたしが愛するのは祖国よ、と彼女は答える。ぼくだってそうだ！　若者の抱擁をのがれながらオリガは言葉をつなぐ。オリガはすんだブルーの目をあげて、急いで答えた。『党』と」（セルゲイ・アントーノフ）といった積極的主人公こそ、あるべきソビエト文学の姿として浮び上ってくるということか。

つまり、スターリン死後訪れた、あの〝雪どけ〟（一九五四年）のムードはいつの間にか消え去り、再び〝結氷期〟を迎えたのかと思われるほど、社会主義リアリズム健在の印象を、この「報告」は伝えている。そうであるとすれば、この引用の中に三度も登場している「新しい人間」という言葉に私たちは注意をはらう必要がある。「新しい人間」とはいったい何か。そして、それはまた、なぜことさらここで強調されているのか。

さて、スルコフによれば、実にこの「新しい人間」こそ「社会主義四十年が生んだ奇跡」としての「英雄的人間」であり、その形成がソビエト社会主義の未来を左右する課題であると考えられたからであった。つまり「新しい人間」の順調な育成こそ目指す共産主義的ユートピア実現の保証とみなされていたがゆえに、ソビエト作家たるもの、その人間像を積極的に描くことが任務であると強調したかったのである。

ところで、スルコフが強調しているこの「新しい人間」とは、実はソビエト時代の全期間を通じてさまざまな形態をもって登場し、ソビエト民衆を鼓舞、かつ叱咤し続けた官製アイテムであった。そして、この言葉が使われるとき、必ずといっていいほどペアとして登場し、否定的に使用されたのが――スルコフも使っているように――「過去の残りかす」なる概念なのであった。つまり、革命とは、ほかならぬ「過去の残りかす」（それはまた「ブルジョア的残滓」とも言われた）を払拭し、新時代建設に向かって前進する壮大な事業であると考えられたために、両者はそれぞれ「善」と「悪」といっていいほどの役割を与えられ、相互に対立する概念としてソビエト社会に流布されたのである。

そもそもレーニンとその党派が主導した革命とは、いわゆるブルジョア資本主義という〝悪の体制〟に挑み、二十世紀世界に大いなる新次元を画しただけではない。彼ら革命政権の目標は、その社会変革を通じて、彼らのいう「歴史的使命」を支える「革命的人間」を形成することにも置かれていた。なぜなら、革命が〝旧い体制〟の打破であるとき、それは政治経済的な変革であっただけでは足りず、それを遂行する「人間」を変革する事業でもあったために、革命以後の〝長い旅路〟を支える人間（ヒューマン・ファクター）の育成が急務とされていたからである。

その「新しい人間」が、いかに希望の象徴であり、また前進する革命の保証と見なされたか。党中央お墨付きの『哲学辞典』も次のように述べている。「ソヴィエト社会主義制度は、人間の意識の中から資本主義道徳の残りかすを一掃して、人間の性格のうちに新しい道徳的品性を、つまり、労働や社会的所有に対する共産主義的な態度、自分の社会主義的祖国に対する忠誠心、誠実、革新の精神、目的を達成するにあたってのねばりづよさ、強い意志等々をかたちづくり、そだてあげつつある。」と（＊11）

このように「過去の残りかす」とは、もっぱら一掃すべき仇敵であり、その打倒なくして目指す社会主義的変革はありえない障害物として扱われているのだが、しかし、それでは現実問題として、肝腎の「新しい人間」は、そして革命を支える希望の象徴は、払拭さるべき「過去の残りかす」を乗り越えて、ソビエト社会に足音高く登場したのか。その彼らは、「革命後四十年」を経た今、指導者たちが期待した通り養成され、今後の希望を託しうる人材として育成されてきたのか。そう問いかけたとき、しかし、その答えはたちまち微妙なものとなる。

右の『辞典』でも「新しい人間」の諸特徴――労働や社会的所有に対する共産主義的な態度、自分の社会主義的祖国に対する忠誠心、誠実、革新の精神、目的を達成するにあたってのねばりづよさ、強い意志等々――が列挙されながら、それらは目下「かたちづくり、そだてあげつつある」とあくまで進行形であり、スルコフ報告でも「まだ過去の残りかすをもった今日のソビエト人」と述べられているように、この人間変革の事業は依然として途上であることが示唆されているからである。

ところで、われらソビエト人は、体内から「過去の残りかす」を一掃してより完全な「新しい人間」の段階へ進まねばならない、とスルコフがその決意を声高に叫ぶほど、そしてお墨付き『辞典』が目指すべき「共産主義的な態度」を美辞麗句で褒め上げるほど、そこから逆説的に伝わってくるのは、いわゆる「過去の残りかす」なるものがいかに執念深く、かつ根深いものであるか、そしてこの〝旧悪〟の一掃を目指した革命政権にとって、この闘いがいかに険しいものであったか、というその困難度であろう。

そして、そうした至難な行程という視点からあらためてスルコフ報告を読んでみるとき、終始一貫、自画自賛にあふれているその弁舌は、そのまま同時にある危惧の表現であるようにも感じられてくる。それは、彼が「何世紀にもわたる搾取制度を根絶し」、「共産主義を成功的に建設しつつある」現在という状況認識を誇示すればするほど浮上する一種の不安でもある。〝裏切り者〟パステルナークをすでに葬り、党とフルシチョフに忠誠を誓って歩む彼にとって、今立っているこの演壇こそ絶頂のときであったと思われるにもかかわらず、しかし、その呼号調に滲む不安の印象は果たしてどこからくるのか。

彼の報告全体に流れている金切り声から、あえてその不安を推測するとすれば、それは「新しい人間」、「英雄的人間」はほんとうにやってくるのかという秘かなる疑いではなかったか。

言うまでもなくそれは恐ろしい考えであり、また禁忌の極みでもあったために言語化されることはなかったが、門外漢がこうした無謀な推測をするのも、スルコフがここで「新しい人間」の希望を託すのが、見られるように当時「共産主義労働班」と呼ばれた労働の〝突撃形態〟であることによっている。スルコフが言う「共産主義労働班」とは、そして労働の〝突撃形態〟とは何であったか。

ロシア革命が社会にもたらした熱狂は、その初期より数々の「過去の残りかす」、「ブルジョア的残滓」の排撃現象を産み出したが、特に社会的労働の形態において、それは顕著であったと言える。レーニンは早くも一九一九年に「土曜労働」に着目し、これを共産主義労働運動として推進するが、彼によれば狭義の共産主義労働とは「自発的に行われる労働、ノルマなしの労働、報酬をあてにしない・報酬についての条件のない労働、公共のために働くという慣習と公共のために働かなければならないという自覚的態度に基づく（慣習となった）労働であり、健康な身体の欲求としての労働」（＊12）であった。以後、この労働形態は、一九二七年に石炭産業の労働者に始まった突撃作業班、一九三五年に始まる有名なスタハノフ運動、さらに第二次世界大戦期以降の生産模範労働者の運動といった形態として進められた。

そして、スルコフが「新しい人間」形成の母胎として評価する「共産主義労働班」の活動（正しくは「共産主義労働班および突撃作業班の運動」）は、この系譜を引き継ぐ活動として、第二十一回党大会（一九五八年）以後、発展した〝社会主義競争〟の一形態であった。しかし、その麗しい「自発的、無償労働」の主要な担い手はもっぱらコムソモール員であったことに見られるように、為政者が「共産主義労働」の精神を賛美し、これを評価する姿勢を示した裏側には、層としての一般労働者が限りなく働こうとしないという実態があった。そして、この実態に手を焼いた政権側は「ソ連邦では、勤労は名誉と勇気と英雄主義の所業である」（スターリン）という言葉をもってこれを覆い隠し、その苛烈な〝突撃的実態〟はもっぱら全土に展開された膨大なグラーグ群島の住人によって担われたのであった。

『ドクトル・ジバゴ』はなぜ有罪か

これまでスルコフ報告における力点が「新しい人間」の育成というテーマにあり、ソビエト作家の使命とはこの人間像を積極的英雄的に描き出すことにあるという主張の意味について考えてきた。そして、この大会がパステルナーク批判の秘かなる総仕上げであったとすれば、同「報告」におけるこのポイントこそ、小説『ドクトル・ジバゴ』を有罪とみなす根拠でもあったと言うことができよう。すなわち、その有罪性とは、同書の主人公「ジバゴ」の人間像が、スルコフが賞讃してやまぬ積極的人間像とは遠く、むしろ対極的なそれとして描かれていることにあったからである。

ところで、このとき想起されるのは、すでに触れた『ノーヴィ・ミール』誌編集部がパステルナークに宛てて書いた手紙（「《医師ジバゴ》はなぜ掲載できぬか」）であろう。同「手紙」は、すでに紹介したように〝事件〟前の一九五六年三月、パステルナークが同誌編集部に『ジバゴ』の原稿を送った際、作者宛に掲載を拒否する旨を伝えたもので、〝事件〟後、作家同盟機関紙『文学新聞』にはじめて公表されたものである。（＊13）

そして、今あらためてこの「手紙」に注目するのは、掲載を断った編集部もスルコフ報告同様、『ドクトル・ジバゴ』の中心にある「新しい人間」否定の思想を嗅ぎつけていることで極めて似通っているからにほかならない。

さて、『ドクトル・ジバゴ』の作者に宛てられたその「手紙」は長く、同小説における〝反革命的反民主的〟な断章を拾い上げながら検証を加えているが、要するにその主旨は「あなたの長編小説の精神とは――社会主義革命を許容しないという精神です。あなたの長編小説のパトスとは――十月革命、国内戦、およびそれに関連したその後の社会的諸変革が、人民に苦悩以外のなにものももたらさず、またロシア・インテリゲンチャを、あるいは肉体的に、あるいは精神的に破壊するものであった、ということの主張のパトスです」という冒頭近くの表現に尽されていると言っていい。

特に同「手紙」が手をかえ品をかえて批判するのは『ドクトル・ジバゴ』における「真理を探究する孤独な」主人公像と、人民の苦悩に距離をおくその「病的な個人主義」である。例えば、「手紙」は次のように述べている。

かれ〔主人公ジバゴ〕にとっては民衆など存在せず、存在するものといえばただかれ自身――その利害関係と苦悩とかすべてのものに優位している個性、自分が人民の一部であることをいささかも感ぜず、人民にたいする責任を感じない個性、であることが、国内戦の困難な時代になって、ひじょうにはっきりと暴露されます。全国民的な苛酷な苦難の状況に出あうや否や、すべての人間的な価値のうちで、医師ジバゴにとっては、ただ一つの価値――すなわち、自分自身の「自我」という価値しか残されていません。そしてこの価値のためにこそ、この「自我」になんらかの程度で直接関係のある人びとが、副次的な価値としてあるのです。自分自身の身近かな人びとのなかに人格化されたこの「自我」は、心をわずらわすに価する唯一のものであるばかりでなく、総じて宇宙における唯一の本質的な価値であり、すべての現在とすべての過去は、この「自我」のなかに人格化されており、したがってこの「自我」が消滅すれば、それとともにいっさいのものが消滅してしまうのです。

右のうち、「人民の一部であることをいささかも感ぜず、人民にたいする責任を感じない個性」という指摘に込められている嫌悪感は、「新しい人間」形成を主唱する人びとの感情でもあった。なぜなら彼らにとって最も嫌悪され、否定さるべき人間の特性とは「個性」であり、また「個性の尊重」であったからである。すなわち、「すべてのものに優位している個性」というエゴイズムこそ、「新しい人間」にとって真っ先に払拭すべき「過去の残りかす」にほかならず、革命時代のモラルとは何よりも「個人」ではなく「集団」に（革命とは集団による共同事業であったから）、したがって「わたし」ではなく「われわれ」にこそ基盤をおくべきことが要請されていたからである。

さらに、もう一つこの「手紙」に流れているのは、その濃厚な「インテリゲンチャ嫌悪」の感情であろう。およそこの「手紙」の発信者にとって『ドクトル・ジバゴ』において肯定的に造型されているインテリゲンチャという種族、すなわち「観念的な人びと、もっとぴったりいえば、観念の世界に生きている人びと」は、人民とともに考え、かつ行動しないという点で有罪を宣告されなければならなかった。「あなた〔パステルナークのこと〕の表象においては、医師ジバゴとは――ロシア・インテリゲンチャの精神の絶頂です。われわれの表象においては、これは沼地（＊14）です」と。

したがって、小説『ドクトル・ジバゴ』には、革命の必然性も「祖国と国民の真の状態」も描き出されておらず、また「われらの革命」も描かれていないがゆえに、雑誌『ノーヴィ・ミール』に掲載するわけにはいかない、と結論づけられたのであった。

＊

さて、アンドレイ・シニャフスキーは、「ソヴィエト文明のいくつかの基本的な公理、側面、あるいは礎石」について論じた自著『ソヴィエト文明の基礎』（＊15）において、まさに「新しい人間」という一章を設け、この理念が革命後のソビエト社会で有してきた文明的意味を文学的素材に拠りながら検討している。そこで彼は、ソビエト時代に提起された「新しい人間」というイメージは「広範で複雑な問題」であるとしつつ、しかし「この社会的にも心理的にも新しい人間という支えがなかったならば、〔この国家は〕かくも長く持ちこたえ存在することはできなかっただろう」と先ずは押さえている。

つまりシニャフスキーによれば、それが可能であるか否かといった問題以前に、この「新しい人間」という理念は、社会主義建設を推進する精神的エネルギーとしてソビエト文明が生み出し、かつ特徴づけた中核的概念であった。なぜなら、革命期にあっては「過去のもの」、「古いもの」はイコール「悪い」の同義語であり、そして「新しい」とくれば、それは「素晴らしい」の同義語であったため、したがって、この世の悪いものはすべて〝敵〟の仕業であるか、あるいは「過去の残りかす」ないし「ブルジョア的残滓」であって、それはただ根絶されていくべき忌まわしい老廃物と見なされたからである。

シニャフスキーは、この、人間を根底的に鍛え直し、改造するという「新しい人間」思想に強い共感を表明した詩人の次のような詩を引用している。

一日二日、銃を撃ち、
そしてわれらは考える——
「古き者」の洟《はなみず》を拭いてやろうじゃないか。
何だこれは！
外の背広を取り替える——
それでは足りない、同志たち！
内臓から裏返りたまえ！

（マヤコフスキー「喜ぶのは早い」一九一八年）

そう、「新しい人間」という理念から放たれた力こそ、まさに「内臓から裏返」るほどの焦迫と歓喜となって、一人マヤコフスキーのみならず、革命期ソビエト社会の時空を蔽ったのだったが、しかし、その熱気も、革命が変転を重ねていく中でさまざまな試練を経ることになる。

シニャフスキーによれば、その試練が最も象徴的に現れたのが〝道徳〟という関門なのであった。すなわち、革命期における「新しい人間」にとって高い道徳性——無私の精神、個人的利益の放棄、自己犠牲など——の保持が要求されることは言うまでもないとして、しかし、そのとき「奇妙な変化」が生じたという。すなわち、これまで個人を律してきた諸道徳が廃棄されるわけではないが、それは「二次的・下位的地位」におかれることになった。なぜなら、このとき従来の道徳概念を押しのけて、その頂上に躍り出てきたものこそ「共産主義的道徳」という概念であり、それはひたすら「階級の利益」や「共同事業の利益」を優先する立場から生まれた道徳であったからである。

ここで創始者レーニンの託宣が響き渡る。「われわれの道徳はプロレタリア階級の階級闘争の利益に完全に従属するのだ……。道徳とは、古き搾取社会の壊滅に資するものである。共産主義者たちの新社会を創造するプロレタリア階級、そのプロレタリアート階級の周りにすべての勤労者を結集させること、道徳はこれに資するのだ……。われわれは永遠の道徳は信じない。」（「コムソモール員に」一九二〇年）

ここから、よく知られる「労働者階級の利害に資することはすべて道徳的である」というボリシェヴィキのテーゼが自動的に導かれる。この、至高の「共産主義的道徳」の前には人類一般の倫理すら塵芥のごとく投げ捨てられ、このテーゼが国家規模で実践に移されていったとき、旧社会を維持し、またその社会を生きてきた人びとを律していた道徳と倫理の流れは、激しくも厳しい断絶に見舞われるに至ったのである。そして、そうであるとすれば、これまで触れてきた「インテリゲンチャ」批判も、この道徳革命の文脈において理解されなければならない。

そのインテリゲンチャについてシニャフスキーは次のように指摘する。

新しい人間の敵対者のうちで最も手強く、また、道徳的・心理的見地からして最も危険と思われたのが、インテリゲンツィヤ（知識人）であった。いかなる物理的力も持たず、発言権も言論の自由も奪われ、きわめて深刻な内的危機に陥っていたインテリゲンツィヤが、「勝利した階級」、「新しい人間」の主要な敵とみなされたのだ。……知識人の罪の目録は非常に充実している――個人主義、ヒューマニズム、軟弱、無定見、妥協的、中途半端、党派性の欠如、内省的、自由思想、懐疑主義等々である。これらの罪は結局のところ一つの罪、裏切りへと行き着く。（＊16）

『ドクトル・ジバゴ』の主人公批判において見たように、ソビエト社会は社会主義建設の途上において、その〝罪〟の目録の多さゆえに「旧きインテリゲンチャ」を警戒した。そして、彼らこそ「新しい人間」の〝敵〟と見なされたのは、その胚胎せる思想、観念がことごとく革命の目指すものとは異なる方向を示していたからである。

したがって、新政権はもっぱら労働者農民たちの中から「新しい人間」を生み出さなければならず、その生産システムを早急につくりださなければならなかった。それがいかに促成的応急的であったとしても、その貫徹如何に革命の成否が懸かっていたからである。「われわれの科学的計画作成システムにおける最重要課題の一つは、新しい人々――社会主義の建設者たち――の計画的養成という問題である」（『イズヴェスチヤ』紙、一九二八年）。「労働者階級から新しいタイプの人間を作りあげなければならない。……そうです、われわれは知識人を、工場でやるように型で打ち出して製造していくつもりです」（ブハーリン）。

この衝迫からソビエト社会がラーゲリという存在を必要とした理由が浮び上ってくる。そもそもラーゲリ（強制収容所）がソビエト文明の縮図といわれるゆえんは、「古い人間」を「新しい人間」に改造する〝矯正労働コロニー〟であったことに発していた。第8章でみたように、エンゲルスのテーゼ（猿から人間への労働の役割）を下敷きに、犯罪者や不満分子でさえも共産主義的イデオロギー、共産主義的道徳で薫陶することによって「新しい人間」に改造することができるという信念から「屑から英雄を生み出す」という幻想を生み出したのだった。

かくしてシニャフスキーによって「新しい人間」は次のように宣告される。

このように標準化された人間、大衆的人間は、ソヴィエト文明の最も恐るべき産物と言えるかも知れない。そしてこの文明は、このような人間に支えられているのだ。内面世界、道徳的特徴、さらには知性の点でも、この人間は最も無知蒙昧で文盲の農民よりはるかに劣る。なぜならば彼は庶民に備わった善き特質のすべてないしほぼすべてを失い、代わりにずうずうしさ、なれなれしさ、高慢さを獲得し、この世のすべてを裁き、説明しようとするのだから（むろん最もプリミティヴなやり方で）。自分はすべてを知りつくした世界一賢く立派な存在なのだ、自分こそは生きとし生けるものの頂点にある、そう思い込んだ野蛮人の姿がここにある。（＊17）

かつてレーニンは、その権力奪取以前、自らのユートピア構想を「料理女でさえも国家を統治する能力を持つようになること」といった言葉で表現したことがあったが、余りにも有名なこのレーニンの夢想は、ボリシェヴィキ独裁の世になったとき、しかし、まさに逆さまに実現した。いや、正当にと言ったほうがいいのかも知れない。シニャフスキーによれば、ソビエト社会主義の時代とは、この「料理女」たち――労農予備校（ラブファク）などの技術学校で促成的に、しかし階級的優越感は過剰に抱いた彼ら「半教養人」。マルクス・レーニン主義を唯一の真実として受容れ、標準的に鋳造された大衆的「野蛮人」――が権力の座に居直った時代である、と。シニャフスキーは最後に述べている。「こうしてレーニンの偉大なフレーズは、実現されてのち、滑稽で忌まわしい笑劇に変貌を遂げた。そして、これがソヴィエト文明の基礎たる『新しい人間』という夢の実現だったのだ」。

＊1　A・シニャフスキー「社会主義リアリズムとはなにか」、青山太郎訳（『シニャフスキー・エッセイ集』勁草書房、一九七〇年）。
＊2　日本から参加した石川達三の報告によれば参加者数は「ソ連の作家たち一千数百人、外国からの招待客百余人」（「ソ連作家大会から帰って」一九五九年六月）。
＊3　「きょうからソ連作家大会」、『朝日新聞』一九五九年五月十八日。［モスクワ秦支局長十七日発］。
＊4　原卓也「パステルナック問題について――ソヴェートの場合」、『近代文学』一九五九年四月号。
＊5　『世界文学事典』集英社、二〇〇二年（執筆＝安井亮平）。
＊6　M・スローニム『ソビエト文学史』池田健太郎・中村喜和訳、新潮社、一九七六年。
＊7　「創作活動以外に作家同盟は、作家たちの生活にあらゆる面で援助をあたえる。作家の作品を出版するすべての出版所の収入からの控除によってもうけられている特殊な文学基金が、作家のために住宅を建設し、自分の病院休息の家、サナトリウムを経営し、病気や老齢の作家を援助する。一、二年のあいだ一つの著作にとりくんで物的補助を必要とするときには、文学基金から一定額を借りたり貰ったりすることができる。ある作品の執筆期間を通じてシベリアやカフカーズや極東に行かなければならないときは、文学基金から旅費をうけとる」（ソ連作家同盟外国委員会議長代理エレーナ・ロマノワ「ソ連作家同盟について――ソビエト作家の訪日によせて」、『ソビエト研究』一九六一年四月号）
＊8　刊行されている同大会の記録、ソビエト研究者協会文学部会訳編『第三回ソ連作家大会』（新日本出版社、一九五九年）を見る限り、スルコフが基調報告で次のように一度触れているにすぎない。

『冷い戦争』のイデオロギー的な太鼓もち連は、資本主義諸国の作家たちとわれわれを接触の場をなくし、あるいはそれをせばめるために、あらゆる手段をつくしており、ハンガリー事件を利用したり、さいきんはソビエト作家の呼び名にふさわしからぬ裏切り行為のかどでベ・パステルナークが作家同盟を除名されたことをめぐって、反動的なばか騒ぎをひきおこしたりしている。帝国主義的反動は、いくつかの社会主義国の文学者の隊列の団結をぐらつかせ、また、資本主義諸国の進歩的文学からもっとも不安定な人たちをひき裂こうとつとめてきた。」

＊9　因みに同書目次は以下の通り。「序文（中野重治）／第一部　スルコフの基調報告／第二部　大会のなかで（A作家たちの発言、B党からの期待と作家の決意、C大会日誌）／第三部　大会の外から／解説（除村吉太郎）」。

＊10　埴谷雄高は座談会その他で、〝事件〟の核心にはパステルナークのノーベル賞受賞に対するスルコフの〝嫉妬〟があったという説にこだわっている。

＊11　エム・ローゼンターリ、ペ・ユージン監修、国立政治文献出版所、一九五四年版『哲学辞典』ソ同盟科学院哲学研究所編、ソヴェト研究者協会訳、岩崎書店、一九六二年。

＊12　レーニン「ロシア共産党（ボ）モスクワ全市会議での土曜労働についての報告」、『レーニン全集』第三十巻、大月書店、一九五八年。

＊13　「《医師ジバゴ》はなぜ掲載できぬか」一九五六年九月。ベ・アガーポフ、ベ・ラヴレーネフ、カ・フェージン、カ・シーモノフ、ア・クリヴィーツキイ。『リテラトゥルナヤ・ガゼータ』十月二十五日号（『世界政治資料』No.57・一九五八年十一月下旬号。訳者名なし）。

＊14　別の草鹿外吉訳では「インテリゲンチャの廃類」となっている。

＊15　A・シニャフスキー『ソヴィエト文明の基礎』沼野充義［ほか］訳、みすず書房、二〇一四年（原著はソ連崩壊以前、一九八八年に刊行されている）。

＊16　同前。

＊17　同前。なお、アレクセイ・ユルチャク『最後のソ連世代――ブレジネフからペレストロイカまで』（半谷史郎訳、みすず書房、二〇一七年）は、この「野蛮人」の、その後の成長の姿に大きな示唆を与えてくれる。

第13章　クレムリン宮殿の中野重治

――第三回ソビエト作家大会（2）

自らの人民に忠実に仕える芸術家にとって、彼がその創作にあたって自由か自由でないかという問題は存在しない。こうした芸術家にとって、現実の諸現象に対していかなる態度をとるべきかは明瞭であり、彼は自らを順応させたり強制したりする必要はなく、共産主義的党派性の立場から生活を正しく照らし出すことがほかならぬ彼の魂の要求であり、彼は確固としてこの立場に立ち、創作の中でこの立場を守りぬくのである。

N・S・フルシチョフ

「くつろいでいられる国」

ところで、一九五九年五月の第三回ソビエト作家大会には、二人の日本人作家も参加している。それは中野重治と石川達三であり、中野は「新日本文学会」を、また石川は「日本文藝家協会」をそれぞれ代表しての参加であった（一九五六年の第二回大会には徳永直が出席している）。つまり〝パステルナーク問題〟に対する日本ペンクラブの曖昧な対応に怒ったアーサー・ケストラーが公開状を叩き付けて日本を去ると（五九年四月）、今度はその後を追うように、翌月、右の二人がソビエト作家同盟から招かれてモスクワへ出掛けていったことになる。

以下では、同大会における日本人作家の対応について、特に中野重治のそれを中心に見ていくこととしたい。

さて、その第三回大会に向けて新日本文学会は幹事会議長中島健蔵が、日本文藝家協会は会長青野季吉がそれぞれ代表して祝辞を寄せているが、ちなみに新日本文学会のそれは次のようなものであった。

ソビエト作家同盟第三回大会へのメッセージ

全ソビエト作家同盟御中

諸君のソビエト作家同盟第三回大会に、わが会の代表中野重治が招かれたことをわれわれは喜びます。彼は、日本文芸家協会の石川達三とともに、諸君から学び、諸君を親しく見るために諸君のところへ出かけます。

日本の現実主義的・進歩的文学とロシヤ＝ソビエト文学との関係は非常に深い。それは、ロシヤ第十九世紀文学との接触では八十年の、ソビエト文学との接触では四十年の歴史を持っています。

諸君の第二回大会にわれわれは徳永直をおくることができ、その後われわれは諸君のところからディホティー、アウェーゾフ、エレンブルグを迎えて話しあうことができましたが、諸君の第三回大会を経て、両者の関係は一そう密接になるであろうとわれわれは信じます。諸君の第三回大会の大きな成功をわれわれは期待します。

一九五九年五月十五日

新日本文学会幹事会議長

中島健蔵

われわれは諸君に『日本文学アルバム』（二十二冊）を贈ります。それは船便でとどけられます。（＊1）

さて、中野重治にとって初めてのソビエト訪問となったその行程は、往路が「東京→アンカレッジ→コペンハーゲン→ストックホルム→モスクワ」というコースを辿った（中野曰く「何から何まで石川にくっついて行った」）。そして、それ以後の中野の行動について知る限り見ておけば、おおよそ次のようなものであった（なお大会閉会後、石川達三は中野とは別行動をとった）。

・五月十五日　羽田出発。
・五月十七日　夕方、モスクワ到着。
・五月十八日　作家大会、クレムリン内宮殿にて開会。フルシチョフはじめ党と政府の指導者たちも出席（以後、同大会は一週間継続され、中野は連日大会に出席）。
・五月十九日　大会で中野重治、石川達三が、同大会に寄せたメッセージをそれぞれ朗読。
・五月二十二日　フルシチョフ演説「人民につかえる文学」。
・五月二十三日　作家大会閉会。その後、歓迎宴会に出席し、作家たちと歓談（フルシチョフの歓迎挨拶あり）。なお、大会にはソビエト連邦四十九の民族を代表する四九七名の代議員、及び世界各国からの代表が参加し、大会中の討論には八十七人が加わった。
・五月二十五日　エレンブルグ宅を訪問し、歓談。またチェホフの生家を訪問。（石川達三はインド経由で帰国）。
以後、作家同盟側の案内によってソビエト各地を旅行。行程はレニングラード→グルジア共和国→ソチ、黒海→モスクワ。
・六月八日　モスクワを出発。インドへ。インドに二日逗留後、ニューデリー経由で帰国（帰国の方法について、事前に石川よりいろいろ教示を受ける）。（＊2）

さて、中野重治は連日作家大会に出席して、登壇する発言者たちの言葉に熱心に耳を傾けている（中野の記述によれば、大会は英語、フランス語、ドイツ語、日本語、中国語、イタリア語の同時通訳が行なわれた）。そして、ソビエト滞在中、在モスクワのセイロン大使館でアジア・アフリカ作家会議のことを議論したり、同地の幼稚園を見学訪問したり、またチャコフスキーやペトローワ教授といった作家や知識人と懇談したことが、彼の印象記に残されている。

そして、帰国後、ジャーナリズムなどの求めに応じて、中野は以下のようにその印象記その他を発表している。

・「国、人の印象と大会の印象」（『朝日新聞』一九五九年六月二十三日、二十四日。新聞での題「ソ連作家大会に出て」）。
・「くつろいでいられる国」（『熊本日日新聞』一九五九年六月二十六日。新聞での題「千差万別をのみこむ国」）。
・「きれぎれの印象」（『アカハタ』一九五九年六月二十三日～二十七日。五回連載）。
・「フルシチョフの頭と外国語――ソビエトの旅から帰って」（『週刊読書人』一九五九年六月二十九日号）。
・「モスクワの作家大会とソ連のあちこち」（一）～（三）（『新日本文学』一九五九年八月号、十月号、十一月号）。
（以上『中野重治全集』第十四巻、筑摩書房、所収）。
・「座談会・東風と西風――ソ連・中国の文学・政治・社会について」中野重治、江川卓、竹内実、中島健蔵（『新日本文学』一九五九年九月号）。
・『ソ連第三回作家大会』序文（ソビエト研究者協会文学部会訳編、新日本出版社、一九五九年）。

ところで、作家中野重治による、これらソビエト印象記に漂っているのは、これをつづめて言えば一種の安心感と高揚感とでもなるだろうか。そして、初めて訪れたソビエトの印象について、彼がいささか口ごもりつつ述べているところによれば、それは要するに「くつろいでいられる国」というものであったらしい。

そこでしかし、結局のところソ連で私は何を感じたか。いや、いや、その結局のところにもいろいろあつて簡単に行かぬのだ。一つだけいえといつても、どうもやはり無理になる。ただ、無理を承知で一つだけ抜き出すとすれば、私のような男には「くつろいでいられる国」だということだつた。／そこにたしかに思想上の問題があるだろう。私は否定しない。岸信介《のぶすけ》だの吉田茂だのといつた人たちは、まず大体、モスクワのあの人ごみにまじつて「くつろいで」いることはできぬ相談であるかも知れぬ。しかし私のいうのは、もしかしたらその吉田茂でさえ、あのモスクワでは「くつろいで」いられるのでないかということだった。(「くつろいでいられる国」)

見られるように、中野重治は慎重に言葉を選びながらも、その短いソビエト旅行が気持ちの良いものであったことを伝えている。彼のこの感想の伝え方は、同旅行の一年半前、一九五七年十月、彼が社会主義中国を旅したときのそれと似通っている。そこで彼は書いている。「いざ書こうとなると頭のなかがわあっというほどに乱れてくる。書きたいことはいっぱいにある。どこから書いていいかわかりかねる理由らしいものもいっぱいにある」。(*3)

ただ、中野の場合、そんな旅の印象を語るにも、岸信介や吉田茂といった時の政治家を引っ張り出さずにいられないところに時評家としての顔が覗いており、それは、何事によらず同時進行している日本政治状況の帰趨を離れて彼の思考がありえなかったことを示している。

さて、しかし「くつろいでいられる国」とは何であったか。中野が彼の地で感じた安らぎ、落ち着き、安堵感……といった心情がどこからやって来たのかと言えば、むろん先ず思想的な理由を抜きにすることはできないだろう。すなわち、「社会主義の実現」という中野じしんが抱き、そのために戦前から身を賭して闘ってきた思想を、まさに国家あげて実践している当の国に自分は今やって来ているという共感が彼には先ずあったはずである。その彼にとって社会主義とはほとんど「正義」と同義語であったから、彼の抱いた共感はその強い倫理的渇望に根ざしていたと言ってもいいだろう。

もう一つの理由は、旅行者中野の眼に映じたソビエト社会の姿であったように思える。旅行中、ソビエトのあちこちで彼が見たのは、第二次大戦によってこうむった甚大な犠牲にもかかわらず、社会主義建設という事業に孜々として取り組んでいるように見えるソビエト庶民の姿であった。そして、そこに見られる実直にして健気な彼らの姿勢のうちに、中野はソビエト社会の強い決意を読み取った。「レニングラードでは、あのとき、死骸をほうむろうにもショベルが凍つた土に刺さらなかつた。その上に彼らは住んでいる。その上に文学がある」と。

むろん現実のソビエト社会が社会主義の理想からは遠かったとしても、しかし、そこに生きる人びとがその実現に向かって地道に、かつ必死に努力しているらしいことが中野にとっては重要であった。とりわけ彼の眼を惹いたのはソビエト社会の質素であり、また質素で素朴な人びとの満足気な表情であり、街も非常に「静か」で、車も速度制限なしで走って「事故がまずない」ことであった。しかも、大都市——レニングラードにしろモスクワにしろ——が千差万別の人種と人間を飲み込んで、かつ徹底的に「無差別」であることであった。おそらくこれがニューヨークであったなら、彼は「くつろいで」などいられなかったに違いない。

ただ、中野重治がそうした安堵のうちに終始くつろぎ感を持ちえたのも、あくまで国家の賓客として、ソビエト作家同盟の手厚い保護の下に確保された〝行動の自由〟によってであったことはあえて言うまでもない。そして、いずこの場所へも日本語が堪能な通訳が懇切に付き添い、痒いところへ手の届くサービスも保証されていたらしいことが彼の文章から推察される。

*

さて、中野重治は初めてソビエト各地を旅行した総体的な印象を、先に見たように「くつろいでいられる国」と評したのだったが、その九年後の一九七七年七月、作家埴谷雄高もまたソビエトを訪れている。同行者は友人の辻邦生。埴谷によれば、かねてより辻から強く勧誘されていたところ、たまたま「余分な金が入ったため」に腰を上げる気になったという。その旅程はソビエトから入ってヨーロッパを回る三カ月に及ぶものとなったが、特にソビエトを訪れる目的は社会主義国の現実を見ること、そして敬愛するドストエフスキー

の痕跡を巡り、彼の墓地、博物館、作品の現場などを訪れることであった。（＊4）

ただ、この埴谷・辻のコンビによるソビエトへの旅が中野のそれと違ったのは、埴谷らのそれがあくまで、個人の立場による自費旅行であり、中野のようなソビエト作家同盟による至れり尽くせりの招待旅行ではなかったことである。彼ら二人は、したがって、その行程や外国旅行に付きもののトラブルなどはすべて独力で、もしくは必要に応じて雇った案内人によって処理しなければならなかった。そして、冷戦下であった当時、未だ外国人に警戒心を隠さなかったソビエトの都市を旅することは、この二人の日本人作家にさまざまな困難や不可解なプレッシャーをもたらした。

そして、そうした危惧は彼らがモスクワ空港に到着早々にして、はやくも起こってしまう。乗機の車輪トラブルによって到着が予定より遅延したためか、彼らは入国審査において延々と待たされる。しかし、その理由について対応すべきインツーリストからの説明が一切なく、埴谷が英語とドイツ語を駆使して尋ねても「待て」、ないしは「チーフが決定する」という返事しか返ってこない。この間パスポートも取り上げられたまま、ほぼ四時間が経過するが、インツーリスト職員は埴谷ら二人の不満を一顧だにせず、ただ自分の業務を無表情に続けるのみであった。そして、空港付きの「私服」に監視されつつ、人気のない空港の片隅に「放置」されているうち、埴谷の心中には特高時代の苦い記憶までもが思い出され、自分は「逮捕」されてしまうのではないかといった不安すら生ずるに至ったのであった。

かくして彼らはその日の午後に予定していたドストエフスキーの生家訪問をフイにしてしまうのだが、しかし、これこそソビエト旅行において、以後、彼らがしばしば遭遇することになる不可解な困難――埴谷のいう「カフカ的状況」――の始まりなのであった。彼は述べている。

私が一旅行者として、偶然、ソヴェト・ロシアで知つた官僚なるものは、書類の上で事態が整うこと、換言すれば、彼自身の仕事の範囲内ですべてに支障がないことに専念して、その書類の向う側にいる「人間」に対する自然的な人間的感情の一片鱗、共感や同情を含むところの「相手の身になつてみる或る種の思いやり」といつたものがまつたく皆無なのに驚かされたのであつた。そうした彼等にとつての「進歩」のかたちは、書類の上ですべてに齟齬がないことにほかならず、そのために、机の向うにいる「何か」が、どういう種類の深い苦難と忍耐を重ねようと、彼の内面における心理的な或る種のためらいや羞かしさや慚愧の念につき動かされることはないのであつた。（＊5）

あるいは、彼らがレニングラードを訪れた際の出来事——早朝、埴谷がホテルを出て一人念願のネヴァ河の畔でカメラのシャッターを切っていると、彼は突然現れた一人の老人から怒声を浴びせられる。どうやらファインダーの遥か彼方に一隻の軍艦が停泊していたらしく、これを早速見咎めた一庶民による愛国的（？）行動の発露であったらしい。独ソ戦従軍世代と思しきその老人が必死に民警を呼ぶのを振り切って、埴谷はその場を急ぎ足で去るのだが、このとき彼が直面したのは、ただドストエフスキーの痕跡を追い求めんとする何気ない行動も、彼の地においては黙過されざるスパイ行為と見做されてしまうソビエト的現実なのであった。

いみじくもここに示されたのは、社会主義の空の下、ソビエトに賓客として招かれた者と吹き曝しの個人旅行者とを隔てている甚だしい格差である。すなわち、一介の個人旅行者たる埴谷らが身をもって味わったのは、賓客中野が享受した安泰や〝くつろぎ〟とはほど遠い官僚制の壁や、外国人と見ればスパイ視するソビエト人の哀しい敵意であり、また執拗に付きまとって「ドル買い」を迫る不良少年、あるいは「娼婦」を斡旋しようと持ち掛けてくる怪しい人間たちであった。

ところで、もともと埴谷雄高は、社会主義国家から招かれてその地を旅行する慣例に否定的な持論を有していた。

革命の変質について多く書いているなかで、その堕落の一小要因たる社会主義国の招待旅行について、私はたびたび論難してきたが、その招待旅行反対の意見に賛成してくれたのは竹内好ひとりだけで、中国からの招待旅行を彼は拒否し、ソヴェトへの旅行も彼は自費でおこなったのである。これを逆言すると、吾が国（または世界）のいわゆる進歩的文化人は、社会主義国からの招待旅行が、「自他の堕落」をもたらすことについて殆ど無反省であるといわねばならない。……この招待政策が社会主義国においてまた生産者への侮辱であるのは、本来は逆に、その労働者と農民こそが先進、後進の「外国」の仲間のあいだへ赴き、働くものの交流と「技術」の導入と輸出をおこなわなければならないからである。（＊6）

戦後、多くの日本人作家や文人、また「進歩的文化人」やらが社会主義国であるソビエトや中国から〝招待されて〟陸続と出掛け、互いに〝友好〟を確認し合ったことは記憶に新しい。ただ、そのときその招待された者は、相手と友好の乾杯を交し合うだけでなく、埴谷の言う「自他の堕落」についてどれほど自覚的であったか、また相手国の中にどれほど〝見るべきもの〟を見届けえたか。そして、少なくともわが中野の文章を追ってゆく限り、彼じしんもまたこの「愚劣な滑稽劇」（埴谷雄高）と決して無縁ではなかったように思える。

清潔な人、清潔な国

さて、作家同盟の懇切な配慮によってであろう、中野の視野に入るソビエトの情景は、彼の文章による限り、先ずは暖かく肯定され、あるいは積極的な意味が与えられてゆく。したがって、そうした「健全な」方向性に逆らい、あるいはこれを弱体化せんとする動向や潮流に対して、中野は、当然ながら厳しい視線を浴びせることになる。特に当時のアメリカのアイゼンハワー政権の帝国主義的行動や、これに同調する日本の岸内閣による反動的な動きなどが鋭い批判の俎上に載せられる。

世界中の新聞がわめき立てようとも、日本の岸政府がどれだけソ連を仮想敵としてあれこれあせろうとも、この点〔註。社会主義建設の意志〕でのソ連人民の肚は微動だもするものではない。このあいだの大戦で、かれらは参戦国すべてのなかで一ばん大きい犠牲を払つた。世界がそれを認めているがソ連人民こそ第一にそれを認めているだろう。人類史はじまつて以来、かれらは最大の実験をしてきた。かれらは犠牲をはらつてソヴェート国家を維持してきた。維持してきたということがすでに大きい。しかしかれらはこれを発展させてきた。（「きれぎれの印象　二　彼らは何か風変わりなことをやっているのか」）

ここで「微動だもするものではない」というソ連人民の肚の内を保証するのは、しかし、むろん中野重治個人の願望である。第6章（「怖れと美化と――高見順（2）」）で見た、当時の日本左翼知識人にとってソビエトは〈聖地〉に等しかったという小田切秀雄の述懐のように、その心情的なソビエト賛美（と日本政府非難）は、この頃の中野の時局的な文章に一貫している。中野のこうした主張は、五〇年代ソビエトが放っていた存在感の眩しさを反映した左翼言説空間を出るものではなかったが、しかし、ここで中野のソビエト印象記にあえて立ち止まるのは、そこに彼の〈ソビエト＝聖地〉観を確認しようとするためでも、また彼のソビエト認識が取り得がないことを強調したいためでもない。

そうではなく、彼が短い期間ながらソビエトの各地を歩き、またそこに生きる人びとと付き合った印象を「くつろいでいられる国」と表現したことについてである。「くつろいでいられる国」とは何か。少なくともその〝国〟は、小田切流のイデオロギー的〈聖地〉とは相違して、どこかのんびりとした民話風イメージを漂わせているが、中野重治がそのようにソビエト旅行の印象を集約するとき、そこには世界認識における彼特有の色合いが滲んでいると思われる。そして、今その感受の仕方に注目するのは、そこに中野のソビエト観の特質があり、かつそれが通例の左翼言説とはいささか質を異にしている理由があると思われるがゆえである。

すでに見たように、中野重治のソビエト作家大会の印象記は、「日本とひきくらべて」書かれており、したがって当時の日本の政治状況への批判とパラレルになっている。そして、言うまでもなく、左翼文壇の領袖たる中野の筆致は自ずと厳しい調子を帯びている。中野が訪ソした一九五九年とは、世界的にはキューバ革命の成功で幕を開け、ソビエト共産党第二十一回大会の開催（七カ年計画。共産主義の全面的建設期に入ったと規定）、フルシチョフの訪米と国連総会での軍縮提案、ソビエトのロケット（ルーク3号）による月の裏側写真撮影など、社会主義勢力の活動が目立った年であった。

一方、ひたすら高度経済成長の階段を駆け上がる途上にあった同年の日本は、政治的には戦後史を画したと言われる「六〇年安保闘争」の前年として政治的激動の嵐を迎えようとしていた。すなわち、この年、政権担当三年目を迎えた岸政権は、念願の日米安全保障条約の改定に向けてアメリカ側と交渉を進める一方で、その反対勢力もまた闘争の隊列をさまざまに整えつつあったからである。
周知のように、戦前、東條内閣の閣僚（商工大臣）を務めた岸信介は、戦後A級戦犯容疑者の一人と目され、GHQによって巣鴨プリズンに囚われていたが、一九四八年無罪釈放。五二年、講和条約発効とともに公職追放も解除され、再び政界に復帰する。そして五七年二月、首相石橋湛山の急死によって政権を引き継いだ彼は、冷戦下、〝反共の砦〟を自認しつつ「対米自主外交」を掲げる。さらに五八年六月、第二次岸内閣を組閣すると、治安対策強化のための警職法改定に挫折するものの、同年十月党議決定を行って課題としていた安保条約の改定に突き進む。そして、この改定は全国民的な反対運動が展開される中、六〇年六月、衆議院で「自然成立」という結末を迎えるのである。

＊

さて、中野重治は、ソビエト作家大会から帰った後、その感想を「日本とひきくらべて」次のように吐露している。

第三回大会は、世界の見ている前で、正面から道徳の問題を持ち出した。これは第二回大会に引きつづいて持ちだしたものといっていい。文学の教育的任務のことも声を大きくして持ちだした。人間の善意にたよること、人間の幸福を地上で追い求めること、悪と正面からたたかうことをやはり正面から持ちだした。こんな当たりまえのことを、何で日本人だけが珍奇なことのようにいつまでも受けとつていなければならぬのか。（「きれぎれの印象　二　彼らは何か風がわりなことをやっているのか」）

作家同盟第三回大会の議論をとおして、ソ連の作家たちは人間の善意への信頼ということをいつている。人間の幸福の地上での追求のことをいつている。あらゆる邪悪を摘発することと、しかし雪隠《せっちん》文学におちこんではならぬことを言っている。……ソ連はそういう状態〔註。アメリカに追従する日本のような状態〕にはない。吉田茂とか西村熊雄とかいった人びとが、人まえで今なおのさばっているというような不潔な事情は、激烈な、幾百万の人間の命が直接そのためにささげられたというプロセスをとおして浄《きよ》められている。
（「きれぎれの印象　三　日本とひきくらべて」。傍点、引用者）

見られるように中野の語調は激しく、また同時に彼がソビエト作家大会から受け取った共感の中身が滲み出ている。その筆鋒の厳しさは、ソビエトの作家たちが真面目に文学の教育的責務について議論を闘わせているのに対し、翻って日本の作家はそもそもそういう責務から目を逸らし、いわゆる「雪隠文学」に落ち込んでいるのではないかという彼の不満から来ている。そして、それは彼の使っている「不潔な」とか「浄《きよ》められて」といった言葉から見られるように、一種の生理的な嫌悪感にも通じていたことが窺われる。

ただ、ここで立ち止まらざるをえないのは、中野がそう信じ、かつ文学に仮託しているらしい〝責務〟についてである。果たして文学の責務――そういうものがあるとして――とは、中野の言うように「悪とたたかう」、あるいは「あらゆる邪悪を摘発する」ものであるのか。そもそも文学をもって「悪とたたかう」とはいったい何か。たしかに〈文学と悪〉とは根源的なテーマであり、これまで文学において〈悪〉が凝視され、あるいは〈悪とは何か〉が深く追求されてきたことは言うまでもないとしても、しかし、その凝視や追求といった営為とは、即〈悪〉と「たたかったり」、これを「摘発したり」するためになされてきたのではない。ここの中野の主張が、そのテーマの根源性に比していささか粗雑であるところを見れば、彼がこの〝責務〟を、言うなればドストエフスキー的な深みで捉えているのではなく、せいぜい作家同盟の言う「教育的任務」として想定していることは明らかである。

「教育的任務」――それは本来言わば文学外の営みであるにもかかわらず、「人間の幸福を地上で追い求める」ことの正当性をソビエト社会主義の歩みに重ね合わせていた中野にとって、第三回作家大会が掲げた文学の〝責務〟は強い共感をもって受けとめられた。すなわち、潔癖好みの中野にとって「悪とたたかう」、「邪悪を暴く」といった道徳的メッセージは、その観念的なソビエト憧憬と相俟って、五〇年代の「不潔な」日本に具現化さるべき文学的課題として映ったのである。

五〇年代以後、作家中野重治が、それ以前の優れた文学的業績に比してどのような作品を生み出していったか、今ここでその軌跡を追尋するものではないが、こうした正しすぎる課題を文学の責務として抱え込んでいったことは、しかし、彼をある種の文学的非自由に導いていったように思える。その非自由とは、すなわち「悪とたたかう」文学こそ文学の名に値し、いわゆる「雪隠文学」なるものを否定的に見ようとする視線でもあった。そして、日本におけるそうした文学潮流の領袖として、五〇年代の中野はその存在感を響かせていたが、その底部には対象が政治であれ文学であれ「不潔なるものを浄《きよ》めたい」という、彼の強い希求が鳴っていたように思われる。

ところで、中野が「不潔な」日本と引き比べて、「そういう（不潔な）状態にはない」ソビエトを強く支持した背景について、もう少し時計の針を遡ってみてもいいだろう。すなわち、そのソビエト訪問以前、彼がどのようなソビエト認識を抱いていたか、そして彼のソビエト体制賛美論が、どのように彼の生理的感覚と響き交わしていたか、その背景を見届けておきたいからである。いささか古証文になるが、戦後七年目の一九五二（昭和二十七）年、中野は自信をこめて以下のように述べている。

> ソ連の憲法をみれば、また日本語で出ているソ連関係の本を読めば、ソ連が「スターリン独裁の国」ではないことはひと目でわかります。……恥も含めて五十年生きてきた経験からそれほどにはもはや騙され

ぬという気持からいうと、ソ連はスターリンの独裁ではないし、またそんなものでは絶対ありえぬということにどうしてもなるのです。

いつたい私は、もし個人の独裁政治などというものがこの世のなかにあるとしたら、スターリンのこそ一番いいものだと思つています。アメリカ人スノーは、鬼のようなこのスターリンが、おのれの分を進んでまもり、ロシヤ人らしい謙遜な精神の人だと書いています。

そんなこと〔粛清のこと〕はないし、なかつたと私は思います。「粛清」や「清掃」について、おそろしく毒々しい隈どりで話を広めた連中に罪があるのでしよう。個々の行きすぎということは考えられますが、トロツキー問題、トゥハチェフスキー問題、学者や藝術家の「批判」の問題でいえば、ゆるやかに過ぎるとさえ私に見える点があります。

眠つているあらゆる才能、能力を性（男女）、人種、職業（ことに先祖伝来の職業）などの差別に拘束されずに揺りさまして成長させる、つまり人それぞれの才能を思うさま咲かせるというのが社会主義の目的でもあつて、それのやれる土台がソ連では経済的に出来ているからです。ですから、苦しい労働をやつているものは、そのための藝術享受から切りはなされるということが根本的にないのです。

ソ連や中国でのような、人種によつて絶対に差別をしない民主主義こそ、これを学び守るべき人間らしい民主主義だと信じます。密告、無批判、強制がソ連の建てまえなのではなく、密告の絶滅、無批判の絶滅、強制の絶滅こそソ連政治とソ連生活との基礎なのであつて、あなたは、そのことを、人種的差別を一つも受けなかつたという経験談といつしよに、あなたの村のソ連帰還者からくわしく聞くことができるでしよう。（＊7）

やや長い引用になったが、これによって中野が第三回作家大会に出掛ける前、おおよそどのようなソビエト認識を抱いていたか、その輪郭を知ることができよう。
見られるように、ここには抑圧的な日本軍国主義から解放されたことの喜びと、そこから迸るソビエト体制への圧倒的信頼とが全面的に放出されている。この徹頭徹尾無防備なソビエト賛美論に、今あえて注釈は必要ないと思われる。ここにあるのはほとんど一篇の夢想、ないしは寓話に似た政治メルヘンであるが、しかし、こうした古証文をあえて引用するのは、この時代、たしかにこうした言説が日本の思想空間に生々しく躍動し、そうしたメルヘンを中野もまた生きていたことを確認しておきたいからである。すなわち、「もはや騙されぬ」と決意しつつ、「恥も含めて五十年生きてきた経験」と、少ない情報から得た知識をもとにしてつくられたユートピア的ソビエト像こそ、中野個人の底部にあってその情念を衝き動かしていたイメージであったと言えよう。

当時いわゆる〝鉄のカーテン〟の向こう側での出来事については、政治的な事柄を含めて詳らかでない上に、さらに情報それ自体が少ないといった事情があった。したがって、ここで中野が述べているように、人びとは辛うじて「日本語で出ているソ連関係の本」や「ソ連帰還者」からの伝聞によって想像を膨らませるほかなかったから、「粛清はなかった」といった中野の指摘それ自体をいちがいに責めることは厳しいかも知れない。

しかし、ここで中野がスターリンの治世を良き独裁と讃えつつ、学者や芸術家に対する弾圧に関して「ゆるやかに過ぎるとさえ私に見える」と述べていることには注意を払っておく必要がある。なぜなら、ここで彼は明らかに自分の仲間であるはずの作家や芸術家の立場にではなく、彼らを「指導」する為政者の位置に身を置き、文学よりも政治の方にその優位性を預けているからだ。さらに中野は、この翌年、スターリンの死去（一九五三年三月）に際して次のような文章を発表している。そして、そこに私たちは、彼のメルヘンチックな憧憬が息づいているのを読むことができる。

スターリンという人は、清潔な人、なつかしい人という気がする。

新聞の記事でみると、アメリカの通信員をのせていった自動車の運転手が、ぼろぼろと泪《なみだ》をこぼして、そのことを「許してください」と客にいって、「しかしあの人はほんとうの人間でした」といったというのは、いかにもと、私のようなものにもうなずかれる。

まったくの清潔な人、そういう人はこの世に多くあるまい。この人はそういう人であった。

まったくの清潔、そこからしてもあの強さが出ていたろうと思う。おまえなぞに何がわかるかといわれても。わかるのだというほかない。

東京では新聞をみている人も、のこらずきびしい顔つきをしていた。

わたしは郷里の方の言葉で、「いかいい御苦労でありました……」といって頭を下げる。(「清潔な人、なつかしい人」、『婦人民主新聞』一九五三年三月十六日号)

中野の郷里、福井地方の方言で「いかい」とは「大きい」、また「いかいこと」とは「大変」、「沢山」という意味であるらしいが、ここに登場する「スターリンという人」は決して悪い人でも「鬼のような」独裁者でもなく、どこか中野の郷里の村人にも似た「なつかしい人」である。あるいは、運転手がその人を思って「ぼろぼろと泪《なみだ》をこぼ」すほどに「ほんとうの人間」である。このとき、この、あくまで清く、正しく、強い「ほんとうの人間」の像は、どこか宗教画に登場する人物すら思わせる。

『中野重治全集』第十三巻に収録されているこの文章は、スターリン死後さして間もない時に書かれているものだが、ここで何度も登場する〝清潔〟という言葉に注目しておこう。なぜならこのタームこそ、当時の中野の愛好語の一つであり、彼の倫理的判断につながるキーワードにほかならないと思えるからだ。すなわち、これを手っ取り早く言えば、およそ正義とは清潔であり、また清潔でなければならず、反対にいささかでも不潔に過ぎたり、また過度に贅沢を凝らしていると見えたとき、それは厭悪され、否定の対象となったのであった。（世の多くのスターリン評のうち、この独裁者を「清潔な人」という視角から評した日本知識人は、おそらく中野だけではないだろうか）

＊

さて、その「清潔な人」が死去して以降、第三回作家大会開催に至る間に、知られるようにソビエト社会主義の展開上には幾つかの波瀾があった。スターリン批判（五六年二月）、ポズナン暴動（五六年六月）、ハンガリー事件（五六年十月）、パステルナーク事件（五八年十月）などがその目ぼしい指標であったが、そういった危機的事態に遭遇したときも、中野の初心――社会主義的信念とソビエト共産党の存在に対する信頼――はいささかも揺るがなかったらしい。すなわち、中野にとって社会主義という理想は、こうした「清潔」幻想と不可分であり、むしろ「不潔」で「浄められてい」ない日本政府とアメリカ帝国主義の現状を見るたびに、それはより確固としたものになっていったのである。

かれら〔註。ソビエト人民〕は人間をまもろうとしている。かれらは正義をまもろうとしている。かれらは平和をまもろうとしている。そしてこの点には、かれらは一切をかけてかじりついている。これに反対のものは、それを理論と実地との両方で具体的に示さなければならない。（「モスクワの作家大会とソ連のあちこち　一」）

したがって、そんな中野にとって、第三回作家大会の直前に突発した『ドクトル・ジバゴ』とそれをめぐる一連の騒動など検討するに値しなかったし、その名を口にすることすら汚らわしいと考えられたに違いない。作家大会の報告の中で、辛うじて彼がそのことに触れていると思われるのは次の部分である。

あらゆるニュアンスでわめかれている「自由」の問題、出版の自由の問題、核兵器実験の「自由」の問題にしても、まわりのわめき声が大きいからといつて、それで目まいを起こそうとは断じて考えていないということを私たち日本人がまずもつてはつきりさせておくことが第一に必要だろうと私は思う。(「モスクワの作家大会とソ連のあちこち　二」。傍点、引用者)

ここで多くの「自由」の問題の一つとして登場している「出版の自由の問題」とは、明らかに〝パステルナーク事件〟を指しているだろう。しかし、このときの中野にとってそのような〝事件〟は無視してよい帝国主義者の「わめき声」の一つに過ぎないと考えられたがゆえに、そんなことに「目まいを起こ」すべきではないと指摘するに止まった。なぜなら、健全なる清浄の国、ソビエトこそ「人間」を守り、「正義」を守り、そして「平和」を守ろうとしていることは、中野にとって疑いを容れぬ前提であったからである。

フルシチョフに屈する中野重治

さて、先にも触れたフルシチョフの「作家＝砲兵」説は、彼の演説の後半に登場するのだが、わが中野はこの「説」に対しても大いに賛意を表している。先ずはその言い分を見ておこう。

あの砲兵説は、文学を何かの端女《はしため》にしようというようなおかしな説だつたかどうか。

報告、討論、演説が全部日本訳されてからもう一度よみなおしていいだろう。けれども、私の聞いたかぎりでは、フルシチョフはそんなことはいわなかつた。なるほど、共産主義へ行くためにはその物質的技術的土台が必要になる。そこで五ヵ年計画だの七ヵ年計画だのということになる。けれども、物質的技術的土台の面で七ヵ年計画が五ヵ年で出来あがつたところで、人間がかわらなかつたらどうなるか。物質的技術的土台では進んで、しかし人間ではそれにふさわしく進まなかつた社会が出来たとしたらそれは片端《かたわ》の社会であるほかになかろう。しかし共産主義はもともと人間の問題だつた。それは倫理の問題だつた。それは倫理の問題でまた美の問題だつた。それは物質的技術的な「土台」の発展だけで解決されることはできない。七ヵ年計画に文学を追いつかせるのではない。七ヵ年計画そのものをも人間のものとするための藝術・文学の特殊の任務、それをフルシチョフがたとえて砲兵といつて語つたとあのとき私は聞きとつた。砲兵が歩兵のためにあるのではない。歩兵の仕事を人間のものとするための、砲兵でなければ果たせぬ役割りをくつきりと描きだすこと、そこにあのフルシチョフの、マリノフスキー元帥の姿がひよいと見えたものだから、いくらかたじたじとなりながら持ちだして説明しようとした砲兵説があつたと私は今も考えている。（「国、人の印象と大会の印象　二　フルシチョフの砲兵説」）

中野はフルシチョフの演説を、巷間喧伝されたような「文学を何かの（目的のための）端女《はしため》にしよう」といった説ではない、と弁護している（つまり、プ、ロ、レ、タ、リ、アや党の僕《しもべ》ではない、と）。そして、そもそもの演説は「人間の問題」について述べようとしたのだ、と。

フルシチョフの主張についてはすでに前章において見たところだが、それが「端女」か否かは別として、少なくとも「報告、討論、演説が全部日本訳されてからよみなおし」たところによれば、それはいわばフルシチョフ流の〝冷戦文学論〟と括って悪ければ、きわめて時局的な演説であったということが出来よう。すなわち、冷戦下、体制としてのソビエトが直面している内外の「広い戦線」においてソビエト文学（者）はいかなる役割を果たすことが期待されているかという課題を立てたとき、それは、展開されている現下の〝戦い〟を勝ち抜く、あるいは有利に展開するということに奉仕し、寄与することにあるとされたのであった。

もとより作家の役割とは、現実に銃をとって戦うことでも、あるいは七カ年計画の見取り図を描くことでもない。彼らに期待されている役割が「われわれの運動を前進させるための道をきりひらき、勤労者を共産主義に教育すること」（フルシチョフ）にあるとは、端的に言って「共産主義的人間の建設」という課題以外ではなかったとひと先ずは言えよう。要するにフルシチョフも、これまで触れてきた「新しい人間（ホモ・ソビエティクス）」の創造という、革命達成以来の課題に直面していたのである。

そして、わが中野もまた、正当にも革命の課題を「もともとは人間の問題だつた」として捉え、さらに「それは倫理の問題だつた。それは倫理の問題でまた美の問題だつた」と語を重ねて強調している。つまり、為政者フルシチョフにとって「人間の問題」とは、冷戦世界にあってソビエト社会主義の覇権を維持するとともに、ソビエト庶民の「共産主義化」を図る、極めて現世的現実的な課題であったが、中野にとってそれは思想的根本的な問題、つまり、革命の初発の目的であり、かつその根拠をなすものであった。

見られるように両者ともに「人間の問題」であることを認識し、かつ課題として掲げながらも、しかし、ここには微妙な違いがある。すなわちフルシチョフの場合、「人間」とはあくまで「物質的技術的な発展（土台）」に寄与する（ないし、寄与しなければならない）存在であるのに対し、中野の場合、「寄与」などと言ったのでは足りない、むしろ「人間」の方が「土台」をリードして「土台そのものを人間のものにする」ようなそれでなければならないというほどの違いがそこにはあった。つまり、為政者にとっては先行する「土台」の建設こそが重要であり、人間とはひたすらその建設を支える役割であったが、わが中野においては「土台」の側が人間の建設を支える役割として捉えられたのであった。

ここでは明らかに両者の価値が転倒しているにもかかわらず、しかし、中野じしんはその転倒、ないし落差に気づいていない。というより、あえてその「落差」を、思想としての社会主義への支持と、その実現に向っているソビエト体制への信頼によって埋めているということが出来る。すなわち、中野の場合、この信憑の深さこそがフルシチョフ演説を深読み、ないし読み違いする由因となったのではないかと思われる。つまり、ここで為政者の方はあくまで現世を、つまり生臭い現実を見ていたのだが、一方文学者中野は永遠を、理想を見ており、じしんが生涯懸けていた「倫理の問題でまた美の問題」をそこに見続けていたといったほどの姿勢の差が、ここに現出していたように思われる。

そうであるとすれば、為政者フルシチョフは、このとき作家の役割として何を語ろうとしたのか、もう一歩踏み込んでみてもいいだろう。それは、彼の人間観の裏には、どのような「生臭い」現実が込められていたのかと問うことと同じである。

ここで想起されるのは、かつて内村剛介が名づけたところの「ソビエト＝イソップ語法」なる、ソビエト社会特有のコミュニケーション技法であろうか。その「ソビエト＝イソップ語法」とは、内村によれば、ソビエト社会における現実と教義（理想）との間にある甚だしい裂け目を、自他ともに糊塗しようとする必要から生まれた特有の技法であるため、いわば公認された欺瞞として成立している文化にほかならない。したがって、ソビエト社会の住人は等しくその語法のコード変換と解読によって生きねばならず、事実、そうしてきたのだという。（＊8）

さて、ソビエト社会において、為政者も庶民もともに暗黙の了解とした「公認された欺瞞」としてのソビエト＝イソップ語法とは、例えば次のような言説として発動される。

――「『突貫労働者』が無駄と損傷を最小限に押さえて英雄的な労働を行なっている」と、ある日『プラウダ』が報じたとする。この変哲もない記事は、しかし、実は、怠け者のろくでなし達が穀物を腐らし、『プラウダ』は、つまり「党」は、そのことを深く懸念している、というのがその報道の伝達したい真意である。（＊9）

――「ジャガイモは食糧のうえでも技術のうえでも最高の価値をもつ作物である」と、突然党書記長ブレジネフがブリヤンスク州のジャガイモ生産者に宛てた電報の中で述べたとする。すると、二百年来ジャガイモの産地であるこの州の農民たちは、それが、今この国にジャガイモは不足している、という暗号であることを即座に理解しなければならない。（＊10）

ここから作家大会の壇上から「英雄的なソビエト人民万歳」と叫んだ同盟書記長スルコフや、「共産主義的人間の建設」という教訓を垂れたフルシチョフの演説を、イソップ語法的に読むとすれば、現実にはその高邁な言説を甚だしく裏切る事態が進行しており、「党はそのことを深く懸念している」というメッセージこそがここで伝えられるべき真意であったと言わなければならない。

第三回作家大会の四年後、一九六三年、フルシチョフは作家や芸術家たちを集めた場所において、彼らに「ホモ・ソビエティクス」創出の歩みにおけるソビエト社会の現状（すなわち、その惨状）を次のように率直に訴えている。ちなみに彼はそこで「作家は魂の鍛冶屋でなければならない」と述べているが、「魂の鍛冶屋」とは「魂の技師」よりも、はるかに対象を（あるいは「屑」を）鍛え直すという意味が強い（なお、この発言は当時製作されたあるソビエト映画を批判的に採り上げた中で述べているものである）。

一体、このような青年たちが、父親と協力して、党の指導の下に現在共産主義の建設に当っているというのであろうか。一体、わが国の国民は、このような青年たちに未来への希望を託し、彼らが、古い世代の偉大な遺産の後継者になると信じることができるであろうか。社会主義革命を遂行して社会主義を建設し、それをファシスト軍との苦しい戦いで銃を手にとり守り抜き、共産主義社会の全面的建設のための物質的、精神的前提を築いた古い世代の後継者になれると信じられるであろうか。

いや、社会はこのような人々に期待をかけるわけにはいかない。彼らは、闘士でもなければ世界の変革者でもない。これは、偉大な目的と人生の使命を失つた、精神の薄弱な、若くして老けこんだ人々である。この映画（＊11）には、わが国の青年の中に時どき見られる、誰をも愛せず、誰をも尊敬しないやくざや腐りかけた人間の醜体をさらし、批判する意図が示されている。

こういう人々は、年長者を尊重しないばかりか、憎んでさえいる。彼らは何事につけて不満である。すべてを軽蔑し、嘲笑し、侮蔑し、日中はごろごろして暮らし、夜になると飲み歩く。こういう連中は、労働というと生意気に軽蔑し、怠け者のくせに日々の糧をむさぼるばかりでなく、額に汗してこの糧をつくる人々をせせら笑うのである。（＊12）

フ首相「作家の任務」で演説

共産教育の〝砲兵〟

作品に偉業うたえ

フルシチョフ首相

フルシチョフ演説を報ずるトップ記事
（『朝日新聞』昭和34年５月24日、夕）

まるで「最近の若者」に対するフルシチョフの不満の舌打ちが直接聞こえてくるような口ぶりであるが、彼のこの激しい苛立ちは、これまで共産主義建設の事業に携り、また独ソ戦においてファシスト軍と戦ったソビエト第一世代の、その後継者の実態に向けられている。この「何事につけて不満」、「額に汗して糧をつくる人々をせせら笑う」若者の跳梁という事態ほど、為政者にとって許しがたく、また恐怖であったものはなかっただろう。なぜなら、不逞なる「このような青年」の登場こそ疑いなくソビエト社会の根底を掘り崩すであろうと考えられたからであり、したがって、フルシチョフは作家、芸術家に「高い思想性と芸術的技倆」をもって、その是正に一役買ってもらうべく彼らに強く要請したのであった。

フルシチョフが「砲兵」という比喩で「藝術・文学の特殊の任務」の役割を語った背景には、おそらくこうした不満と恐怖が広がっていた。そうであるとすれば、為政者フルシチョフの真意とは、中野の言うように「七ヵ年計画そのものをも人間のものとするため」ではなく、「七ヵ年計画に奉仕する人間を育成するため」であり、その人間とはほかならぬ「新しい人間（ホモ・ソビエティクス）」そのものを意味していた。すなわち為政者フルシチョフが語った「人間建設」という課題は、日本人作家中野重治が想定したような革命の原点にかかわる高貴な目的とはいささかその視点において異なっていた。

ところで、フルシチョフがここで触れた「人間建設」という課題は、正確には「再建設」ともいうべきものであり、「過去の残滓」の総否定としてスタートしたロシア革命が生んだあの「新しい人間」の、その後について語ったように思える。すなわち、革命達成四十年後の当時、ボリシェヴィキのラブファック（労働者学校）第一世代に属するこの為政者が目にしていたのは、栄光ある革命の未来を背負う次代の「新しい人間」の惨状であったからである。

このように中野が、ひたすら遠大な彼方を見ていたとすれば、フルシチョフは自らの足下を、その至近距離を見ていたが、しかし、中野じしんはフルシチョフ演説に潜む「イソップ語法」的リアルを見ることなく、むしろそこに肝胆相照らす、自分と同類の「人間愛」を見出し、かつこれを最大限評価している。彼は述べている。

私には彼〔フルシチョフ〕の演説がまつたく気に入つた。生理的に気に入つたといつてもいい。ある意味では、ある二、三の文学者の演説よりももつと藝術的なものとして私の耳にはきこえたくらいだ。彼はいわば生活から語つた。書物から、他人の論文から語らなかつた。たとえていつての話だが。とはいつても、私は彼の演説を日本語で聞いたのだ。イリーナ・リヴォーワが片はしから日本語にして聞かせてくれた。これは全くありがたかつた。いくつかの演説はこうやつて聞いた。（「フルシチョフの頭と外国語」。傍点、引用者）

ここでもまた中野の「生理」が顔を出していると言っていいのだろうか。しかし、ここで両者がかくも肝胆相照らし、そして中野の耳に「文学者の演説よりももつと藝術的なものとして」聞こえたことの基本には、中野の社会主義という思想が持っていたユートピア的性格への信頼と、「ソビエト＝社会主義の聖地」という理解が越え難い壁のように作用していたと考えるほかない。

その意味で、為政者フルシチョフは中野重治という良き〝理解者〟を得たというべく、その関係は極めて〝同志〟的なものであったと言ってよい。さらに、フルシチョフの演説を「まったく気に入った」中野はこんな深読みも披露している。作家大会終了後に開催されたクレムリン宮殿内のレセプション会場で、中野は首相フルシチョフの歓迎挨拶を直接聞いているのだが、その挨拶の中でフルシチョフが「われわれも反省しました」と述べたことに中野はいたく感銘を受けている。

大会での演説でだつたか、むしろ最後の宴会での発言でだつたと思うが、フルシチョフがこういうことをいつた。

「私たちもいろいろと自己批判しているのですから……」

これはほかに証人がいなければほんとうは話にならない。宴会だからあたりがざわついている。あれは速記には取られなかつただろう。しかしそういう言葉がたしかにあつた。……けれども彼らはそれをやつた。それは自己批判の問題だつたから。これをこそは、彼らは無限にやらねばならぬのだつたから。（「モスクワの作家大会とソ連のあちこち　一」）


彼の感銘は、日本の「不潔な」政治指導者と違い、ソビエトの首相は自ら率先して「自己批判」を行うほどに謙虚（！）なのである、ということにあった。一国の政治指導者による「自己批判」などと言えばいささか驚くが、ここで「それをやつた」とは、要するに例の「スターリン批判」のことを指すものらしい。一九五六年二月の第二十回党大会におけるフルシチョフ秘密演説はたしかに世界に衝撃をもたらしたが、しかし、その「自己批判」とは、社会主義的理念とその有罪性を俎上に載せる態のものでも、またその〝失政〟の責任を引き受けんとするものでもなく、その歴史的悪業を指導者スターリン個人へ押し付けて（曰く「個人崇拝」）、自らを含む共産党指導部の責任を回避しようとするものであったと言える。

しかしながら、「スターリン以後」という時代、死せる独裁者の後継を巡る権力闘争であったその「批判」劇を、わが中野は発展する社会主義の新生にして健全なる発現と受け取り、この為政者の演説を称賛した。言うまでもなくその称賛を支えていたのは揺るぎない彼の確信、すなわちソビエト社会の有する〝美質〟とその美質を貫いている社会主義の不滅、そしてそれは道義的にも正しいという確信であったが、しかし、その確信の深さの中に彼の、フルシチョフに屈していった契機もまた潜んでいたと言ってよいだろう。

＊1　『新日本文学』一九五九年七月号。

＊2　『中野重治全集』第十四巻、筑摩書房、一九七九年。『文芸年鑑』一九六〇年版、日本図書センター、一九九八年。

＊3　中野重治「中国の旅」、『全集』第二十三巻所収。一九五七年十月、第二回中国訪問日本文学代表団メンバーは山本健吉（団長）、井上靖、堀田善衛、中野重治、十返肇、本多秋五、多田裕計で、広州、北京、上海、杭州、蘇州などを歴訪した。

＊4　「余分な金」とは『死霊』（河出書房新社）の刊行によって望外の印税が入ったこと。埴谷雄高はソビエト旅行の印象を雑誌『文藝』に連載した後、『姿なき司祭　ソ聯・東欧紀行』として刊行した（河出書房新社、一九七〇年）。帰国後、彼は竹内好の肝煎りで開かれた内輪の「帰朝歓迎会」で「青年時代にコミュニズムと出会って関心を抱いた社会主義国が、現在どのように変わっているのか、ありのままを見てみたかったのです」と語っている（『埴谷雄高全集』第八巻「解題」、講談社、一九九九年）。

＊5　埴谷雄高「象徴のなかの時計台」、『群像』一九六九年三月号。

＊6　埴谷雄高「天安門事件アンケート」、『早稲田大学新聞』一九八九年九月二十一日。

＊7　中野重治「わたしの答——田所房子さんへ」、『新日本文学』一九五二年五月号、七月号。

＊8　内村剛介「ディクテーター・シェレーピン——ソビエト社会の発言法の体系」、『内村剛介著作集』第二巻所収。

＊9　デービッド・シプラー『ロシア——崩れた偶像・厳粛な夢』川崎隆司監訳、時事通信社、一九八四年。

＊10　ミシェル・エレル『ホモ・ソビエティクス——機械と歯車』辻由美訳、白水社、一九八八年。

＊11　マルレン・ウフィツイ監督「イリイッチの哨所」一九六二年製作。この映画の内容にフルシチョフは激怒し、公開中止となったが、一九六五年、フルシチョフの失脚後「私は20歳」と改作されて公開を許された。

＊12　フルシチョフ「高い思想性と芸術的技倆はソ連文学、芸術の偉大な力である」、『世界週報』一九六三年三月二十六日号。

終章「事件」の終わり
――かくて人びとは去り……

パステルナークがロシア革命の苦悩と希望とに、いかに深くかかわりあっていたかを理解することなしに、広大で瞑想的でしばしば自己矛盾をきたしているあの作品を、充分に理解することはできない。多くの点において、『ドクトル・ジバゴ』は、ソヴィエト社会を創りだしたロシア革命の希望よりも、もっと全体的であり、かつ内面的である革命の希望の書なのである。

（ジョージ・スタイナー）（＊1）

〝辞退表明〟以後

すすみ行き、すすみ行き、《永遠の記憶》を歌い、やがて停止すると、人の足も、棺を挽く馬も、立つ風も、最後の時の聖歌を惰性でまだ歌いつづけているようだった。

通りすがりの人たちは道をあけ、花輪の数をかぞえ、十字を切った。物見好きなものたちは列に割り込んでたずねた。《どなたのおとむらいでしょうか?》《ジヴァゴです》――と返事が返された。――《道理で。それならわかります》――《いいえ、彼ではなく、奥さまです》――

《いずれにしても、ご冥福を祈ります。とにかく立派な葬儀です》(「第一章　五時の急行列車」)

長編ロマン『ドクトル・ジバゴ』は、荘重な葬儀の場面から始まっている(工藤正廣訳、未知谷、二〇一三年)。同作品で作者パステルナークが描いたのは、ロシア革命の混沌と、にもかかわらずその混沌の中で自己の真実を求め続ける主人公「ジバゴ」の物語である。彼は革命が進行するロシアの大地で錯綜せる歩みを強いられるが、最後に不意に生の境界を跨ぎ越すと、消え入るようにして死を迎える(「第十五章　終焉」)。すなわち、同書には「終焉」によって始まり、「終焉」によって終わる憂愁の調べが鳴っている。

さて、これまで、この書が刊行されるや、それがたちまち国際的な「事件」と化し、一種の政治的な喧騒劇として展開されていった過程と、その劇が日本を舞台にしてどのように演じられたか、その顛末の模様を追ってきた。そして、「事件」からすでに半世紀を経た今、私たちが眼にしているのは、言うまでもなく、もはやソビエト政権なきロシアと、一方かつて発禁処分となった同書に冠せられている〝アルス・ロンガ〟

の栄光である。もとより今日ロシアの人びとはソビエト時代と違い、ロシア語版『ドクトル・ジバゴ』を自由に手にとって読むことが出来るし、また同書は今も全世界で版を重ねている。

ところで、「パステルナーク事件」をめぐって――勝手な寄り道をしながら――進めてきた本稿も、今ようやくその「終焉」に辿りつこうとしているが、もともとその主旨は、序章で述べたように、この「事件」が日本においてどのような受けとめられ方をしたか、そしてそれはどのような波紋を描いたか、を明らかにしたいということにあった。もとより「事件」の全容を俯瞰する任などではなく、その視点はあくまで日本という現場からこの「事件」を眺めること、およびそこから五〇年代日本における「政治と文学」問題――とはまた何と古風なテーマであることか！――の断面を取り出してみることにあった。

ところで、本章を「事件の終わり」としてみたのには理由がある。「パステルナーク事件」をソビエト文学史上の汚点とし、また作者パステルナークを襲った悲劇であると措いたとき、「事件の終わり」とは、まさしく彼のあの沈痛なノーベル文学賞授賞の辞退（一九五八年十月）をもって「終わり」と見做していいかも知れない。すなわち「事件」の流れとして、彼の発したあの〝辞退表明〟こそ悲劇の頂点であったし、事実、その表明がなされるや、ソビエト国内のパステルナーク非難キャンペーンの嵐は静まり、「事件」をめぐる喧騒も一挙に収束に向かったからである。

しかし、この〝辞退表明〟をもって「事件の終わり」とし、この悲劇の幕引きをすることには抵抗があることもまた事実と言わねばならない。なぜなら、この「事件」を、この「光景」に参画した人びとが歴史に残した陰影の連鎖と考えるなら、事件以後もその関係者は、有形無形にその陰影を負って生きたし、またそうせざるを得なかったからである。その意味で、彼ら関係者の生きざまの全体像を追うものではないにしても、しかし「事件以後」ともいうべき一章はそれなりに必要であるように思われる。

言うまでもなく、人は死すべき運命にある。そして、何はともあれ「死」はその人個人の軌跡の結論であるとすれば、今、この終章において見届けておきたいのは、本稿に登場した関係者たちの、いわばその死にざまである。すなわち、彼らの棺を覆った後に見えるものがあるとすれば、それは最後の「光景」を照らし出す一片として、「事件」に組み込まれるべきエレメントたる資格を有するだろう。「事件」が終ってすでに半世紀以上を過ぎた今、いわば「終わりの終わり」として、あえてこれら関係者の「終焉」を見届けておこうとするゆえんである。

ボリス・パステルナーク――一九六〇年五月三十日死去
「明日は窓を開けておいて下さい」

モスクワの信頼すべき筋が〔一九六〇年五月〕三十一日述べたところによると、「ドクトル・ジバゴ」でノーベル賞を贈られた作家ボリス・パステルナーク氏（七〇）は三十日夜睡眠中に死亡したといわれる。同氏の死について、家族からは何も伝えられなかったが、一友人が新聞記者に述べたところによると、同氏は三十日午後十一時三十分に死亡した。（『朝日新聞』一九六〇年五月三十一日夕刊）

一九六〇年五月三十一日、すなわちボリス・パステルナークが亡くなった翌日、日本の新聞は社会面の下に一段記事として短くこのように報じた。あのノーベル文学賞授賞辞退の表明から僅か一年半後、パステルナークはペレデルキノの自宅で家族に見守られながら世を去った。肺癌を病んでいたと言われているが、『ドクトル・ジバゴ』をめぐる、当局や文学官僚たちとの不毛なストラグルが彼の生命力を奪っていったとしか思えない。執筆中であった彼の戯曲「盲目の美女」は、したがってついに未完で終わらざるをえなかった。

ベッドに伏した彼の最後のことばは、看護婦マルファ・クジミニチナに向けての「何だか音がきこえなくなってゆく。眼の前に霧がかかってくる。でも、これは止むだろうね。あした、忘れずに窓を開けておいて下さい」というものであったという（＊2）。

ところで、ソビエトの『文学新聞』は、パステルナーク死去について、わずかに次のような短い訃報を掲載した。

ソ連邦文学基金理事会は、本年五月三十日重病加療中数えの七十一歳で逝った作家、文学基金《リテラトゥールヌイ・フォンド》会員、ボリス・レオニードヴィチ・パステルナーク氏の訃報を公告し、故人の家族に哀悼の意を表します。（「リト・フォンド」は作家同盟の外郭団体で主として作家の経済的な援助を目的とする組織）

葬儀は六月二日に行われた。ただし、その葬儀は、身内の証言（＊3）によれば、パステルナークを愛し、その死を哀悼する人びとと、これをあくまで事務的に取り仕切ろうとした「文学基金」運営委員との対立の下に行われたらしい。右の短い公式発表に見られるように、この葬儀をひたすら目立たず、ひっそりと遂行してしまおうとした「文学基金」側に対し、詩人を愛する人びとはそれを受け容れなかった。すなわち、新聞に彼の葬儀次第に関する報せはいっさい掲載されなかったにもかかわらず、人づてにこれを聞き知った人びとの自然発生的な列の波がペレデルキノのパステルナーク家に向かって出来あがったのである。例えば、モスクワ・キエフ駅には次のような手書きの告知文が貼られたという。

「市民のみなさん！　現代最高の詩人の一人である、ボリス・レオニードヴィチ・パステルナークが1960年5月30日深夜に逝去しました。無宗教告別式がペレジェルキノで本日3時より開かれます。」（＊4）

かくしてこの詩人に永遠の訣れを告げようとする人びとの列は刻々と膨れ上がり、膨大な数に達していった。その大群衆が集まった中には外国人の姿も見られる一方、遺骸の置かれた部屋の隣室ではリヒテル、アンドレイ・ヴォルコンスキー、マリヤ・ユーディナが交替で弾くショパンやベートーヴェンの葬送行進曲が静かに流れるほかは、ひたすら静寂が支配していた。

しかし、次々に訪れる会葬者の流れに恐れを抱いた運営委員側は、パステルナークの親族に何度ももう会葬を止めるように迫ったが、「すべては厳粛に執り行われており、心配するには及びません」として妻ジナイーダはこれを断る。やがて、棺を墓地まで運ぶために用意されたバスが玄関前に到着すると、人びとは直ちにこのバスを拒否し、断固として担いで運ぶことを主張した後、次のようなやりとりが交わされたという。

「それ〔担いで運ぶこと〕は許可できません。デモみたいなものになってしまいますよ」

「命をかけて保証しましょう。パステルナークの遺体は盗まれないでしょうし、誰一人銃をうったりしません。葬列に参加しているのは、労働者や若い詩人たち、それに近くに住む農民です。誰もが彼をとても愛し、尊敬していました。愛と尊敬を持っているのだから、葬儀の秩序を乱すようなことはしませんよ」

（＊5）

葬儀が煽動的なものになることを当局は警戒しており、その流れは終始監視されていた。葬儀に参列したオリガ・イヴィンスカヤに寄り添ったコンスタンチン・パウストフスキーは、それを見て彼女にそっと囁く。「連中は真の詩人たちを実にふんだんにかかえている。ところがそれは、実に悲劇的な詩人たちを滅ぼし、石もて追放せんがためにというわけです……それは本質的に今日でもさして変わっていない……どうしたらいいのか？　連中は恐れているのですよ」（＊6）かくして棺は共同墓地までおよそ一キロの道のりを担いで運ばれたが、それでもさらに多くの人びとが棺を担ごうとして次々に手を差し伸べた（埋葬に至るまで肩に担いだ一人にシニャフスキーがいる）。

大部分の群衆は道路にそって歩いていたが、一部の人たちは長い列をなして野原をまっすぐ突ききってきていた。それは「八月」の数行を思い起こさせた。……（ヴァレンチン・アスムスの）弔辞が終ると、なぜかただちに柩は墓穴に降ろされた。奇妙なあわただしさのなか、柩は頭をしたにして、ななめに据えおかれた。その後、多くの人々が語りはじめ、ほとんどすべての人々が口々に「八月」を朗誦しはじめた。……なににもましてわたしを驚かせ、永遠に記憶に刻みこまれたのは、静けさ、何千人もの人々もの息づかいと、ゆっくりと歩んでゆく何千もの足音にみちた、悲しくも傷ましい静けさであった。（＊7）

人びとは、葬儀を早く終えたがっている運営委員側に憤慨していた。そして、棺が墓穴に降ろされ、土塊が投げ落とされはじめたとき、突然飛び出した一人の若者が次のように叫んだ光景を、イヴィンスカヤは記憶している。

「神は選ばれし人をいばらの棘もて識別され給う、しかしてパステルナークは神によって抜擢され、識別された。彼は永遠に属するだろう……われわれはトルストイを破門し、ドストエフスキーを拒否し、今やパステルナークを拒否せんとしている。われわれはあらゆる栄誉を、西側にくれてやろうとしているではないか……しかしわれわれはこれを自分にゆるすことは出来ない。われわれはパステルナークを愛し、尊敬しているのだ……」（＊8）

そして彼が最後に「パステルナークに栄光あれ！」と大音声で叫ぶと、群衆もまた呼応してその喚声は野の上を波のようにとどろいた。「パステルナークに栄光あれ！　救い給え《ホサンナ》！　栄光あれ《スラーヴァ》！　栄光あれ《スラーヴァ》！」このとき思いがけないことが起る。偶然なのか、ペレデルキノのプレオブラジェーニエ・ゴスボードニャ教会の鐘楼の鐘が打ち鳴らされた……。

さて、『ドクトル・ジヴァゴ』の末尾には「ユーリー・ジヴァゴの詩」として二十編の詩が収められているが、「八月」はその十四番目に当たる。そして、それはまさにパステルナークがあらかじめ自己の死を、そして葬儀を予言したような内容を湛えている。その最終部分を引用しておこう。

《さようなら　主変容祭の空の青さ
この第二スパス祭の黄金よ
わたしの死の時の苦しみを
女性の最後の愛撫でやわらげたまえ

さようなら　悲惨な時代の年々よ！
わたしたちは別れを告げよう
屈辱の深淵に挑む女性よ！
わたしは――きみの戦場だ

さようなら　まっすぐにひろげた翼よ

くじけない自由な飛翔よ
言葉に顕される世界の像よ
創造の仕事よ　奇跡をもたらす仕事よ》

「第十七章　ユーリー・ジヴァゴの詩」

＊

さて、パステルナークの葬儀が終ったのち、さらにいわば第二幕ともいうべき展開が始まる。作家同盟文学官僚のパステルナークに対する嫉妬と憎悪の矛先は、事件にあって常にパステルナークを支えてきたイヴィンスカヤに向かった。葬儀後、わずか二カ月後の八月、彼女は「刑事犯」としてルビャンカに拘引される。その理由として告げられたのは――「パステルナークをして反ソ的な書『ドクトル・ジバゴ』を書かせ、個人的に金儲けするためにこれを外国に売り渡した」という罪科によって。（＊9）

そして、その明白な証拠として彼女は「毒蛇のような」訊問官から、彼らが押収した証拠を大真面目に突き付けられる。

と、わたしの眼の前に、ボーリャの鶴のような筆蹟が近づいた。

これはすべてきみだ、レリューシャ！　これがすべてきみであり、きみがぼくの手でもって書き、ぼくの背後に立っていたということを誰も知らない――すべてを、すべてをぼくはきみに負っている。（＊10）

ここで「ボーリャ」とはパステルナーク、「レリューシャ」はイヴィンスカヤのこと。このブラック・ユーモア顔負けの宣告に対して彼女は律儀に「多分あなたは、一度も女を愛したことがないので、知らないのでしょう。愛し合っている場合には何を考え、何を書くかってことが」と言い返す。しかし、毒蛇は「そのことは無関係だ。パステルナーク自身が告白している——書いたのは彼じゃない！　あなたは彼をすべてにおいて唆した」と一向に耳を貸さなかった。

そして、イヴィンスカヤは逮捕され、続いてその一カ月後、彼女の娘イーラも逮捕される。イヴィンスカヤにはラーゲリ刑八年、イーラはラーゲリ刑三年の判決が言い渡され、二人ともシベリア奥地へ送られたのち、タイシェットのラーゲリへ送られたのである（最終的にはモルダヴィアのラーゲリへ送られた）。

一九六二年、イーラが釈放。そして二年後の一九六四年、イヴィンスカヤもようやく釈放されるに至った。

＊

さて、最後にパステルナーク復権の動きについて概略を記しておけば次の通りである。

・一九八五年三月　ゴルバチョフが書記長として登場し、グラスノスチを提起すると風向きが変わり始める。
・一九八六年六月　第八回作家大会、リハチョフらの提起によって『ドクトル・ジバゴ』刊行の提案。
・一九八七年二月　作家同盟は一九五八年のパステルナーク除名決議を正式に取り消す。三十年ぶりの復権。
・一九八八年　『ノーヴィ・ミール』誌一月号から四月号に『ドクトル・ジバゴ』掲載。息子エヴゲニーがストックホルムを訪れ、ノーベル文学賞のメダルを受け取る。
・一九九〇年　ロシアで『パステルナーク作品集』全五巻、刊行始まる。五月、パステルナーク生誕百年祭。記念シンポジウム開催（ゴーリキー文学大学）／ペレデルキノのパステルナーク別荘を記念館としてオープン。

ニキータ・フルシチョフ——一九七一年九月十一日死去

「ちょっと遅かったわね、ニキタのお馬鹿さん」

【モスクワ十一日＝木村特派員】当地の西側筋によると、ニキタ・フルシチョフ前ソ連共産党第一書記兼首相は〔一九七一年九月〕十二日正午ごろ（現地時間）、クレムリン病院で心臓発作のために死去した。臨終には夫人と令嬢ラーダさんが立合った。フルシチョフ氏はかねて心臓障害のためにクレムリン病院に入院しており、十一日朝には一時病状が持直し、気分もよくなったといわれるが、数時間後に発作に見舞われたといわれる。ソ連の国営通信タスは同日午後六時（日本時間十二日午前零時）現在、これを報道していない。フルシチョフ氏の生前の政治的業績の評価がまだ公式に定まっていないため、報道の形式について検討が加えられているものとみられる。

【モスクワ十一日＝ＡＰ】フルシチョフ前首相の死去が、同氏の友人によって明らかにされた後、ソ連外務省の当直者は、同氏の死を確認した。しかし、この当直者は「私は公式の発表をしているのではない」と語った。（以上、『朝日新聞』一九七一年九月十二日朝刊）

ボリス・パステルナークが死去してより十年後、前ソ連共産党第一書記兼首相ニキータ・フルシチョフが死去した。享年七十八。ただ、その報道は、見られるように、はじめ「公式の発表」とは違う速報で西側世界にもたらされた。

さて、パステルナークに続き、ここでフルシチョフその人の「終焉」を書き留めておきたいのは、言うまでもなく「事件」当時、彼が『ドクトル・ジバゴ』を発禁扱いとし、パステルナークを反ソ作家として弾圧した政治的首領であったからにほかならない。実際はこの「現代最高の詩人」の追い落としに熱心だったのは、作家同盟に巣食う凡庸な文学官僚たちであったが、しかし最終的にその断を下したのはフルシチョフその人であった以上、彼がその責任を負うのは当然と言わねばならない。

ところで、パステルナークが悲運のうちに世を去ったとすれば、フルシチョフ自身もまた不本意の中で死を迎えざるをえなかったと言ってよいだろう。すなわち、彼はその権勢の頂点にあったとき、彼をのぞく党中央委員会幹部会による〝陰謀〟によって足許をすくわれ、一挙にその立場から失墜する運命を辿ったからである。ただ、彼を襲ったこの失脚劇が皮肉というほかなかったのは、この手法こそはかつて彼じしんが行ったスターリン批判のそれと同様であったからであり、この陰謀に加担した主力は、もともと彼じしんが育て上げた政治的盟友たちであったことである。

さて、一九七一年九月十三日、ソビエト共産党機関紙『プラウダ』は、フルシチョフの死去を死亡記事としてでなく、告知として第一面の下部に小さな活字で掲載した。

ソ連邦共産党中央委員会とソ連邦閣僚会議は、一九七一年九月十一日、もとソ連邦共産党第一書記、ソ連邦閣僚会議議長、個人恩給受領者、ニキータ・セルゲーヴィチ・フルシチョフが長期にわたる重病ののち死去したことを謹んで公告する。（＊11）

当時、フルシチョフの息子セルゲイ・フルシチョフ――ロケット誘導システムを専門とする技術者であったが、晩年の父に一貫して寄り添い、後に物議を醸すことになる回想録の作業を援助していた――は、この「告知」を読んだとき、直ちにここに〝深い哀悼の意をもって〟という通例の言葉がないことに気づく。そして党中央委員会も閣僚会議も、かつてソビエト連邦に君臨したこの指導者の死を、決して深く悲しんでなどいないことを改めて察知するとともに、次にこう理解する。「フルシチョフの死の日までは、地位の高い政治家の死亡記事は、個人の肩書に応じて、第二ページか最終ページに掲載されるのがつねだった。今回は、彼らは明らかにどう書いてよいかわからなかったので、安易な道を選んで、沈黙を守ったのだ」と。（＊12）

＊

さて、時は少し遡って一九六四年十月十六日、タス通信は「十四日の党中央委総会で、高齢と健康状態悪化のため」フルシチョフ第一書記兼首相を解任した、と発表した。むろんこの理由は表向きであって、真の理由についてソビエトの報道機関は明らかにしようとしなかった。しかし、やがて徐々に浮上してきたフルシチョフの〝罪〟とは、「共産主義建設における主意主義、主観主義」というものであり、具体的には彼の気まぐれで押しつけがましい政治指導スタイル、党組織の分権化、農業の失敗、中ソ対立などであったと言われている。

この「宮廷クーデター」によって失脚したフルシチョフは、やむをえずモスクワ郊外の別荘で引退生活に入る。そして、最高会議の選挙などで時々姿をみせたりしたものの、豪放磊落を持ち味としていた彼がこの隠居人生に満足していたとは到底思えない。やがて、晩年の彼は秘かに回想録の口述に全精力を注ぐようになるが、この行為は当然にも党中央委員会に強い警戒心を呼び起こすことになる。しかし、息子セルゲイによれば、フルシチョフじしんはこの危険な作業に没頭し、突進する。「これは中央委員会第一書記の回想録であり、その全生涯をソ連の権力、つまり共産主義社会のためのたたかいに捧げた者の告白だ。この回想録には真実と警告と事実とが記されており、それは国民が読むべきものだ。最初に海外で出し、あとで国内で出せばよい。逆のほうがいいにはちがいないが、しかし、われわれはそんなにながく生きているだろうか」。（＊13）

「最初に海外で出し、あとで国内で出」す戦略とは、まるで『ドクトル・ジバゴ』の辿った運命を思わせる言い草であるが、この回想録の作成の動きは、フルシチョフを追放した者たちを苛立たせ、ついに彼に対してこう宣告する。「党と国家の歴史を解釈するのは中央委員会の仕事で、一個人の、まして年金生活者のなすべきことではない」。そして、回想録の作成行為を直ちに中止し、すでに口述した分を中央委員会に速やかに差し出すように、という要求が申し渡される。

そして、この要求を携えてフルシチョフのもとへやってきたキリレンコ――彼は昔フルシチョフと長く働いた後輩であった――の言い分を、彼はじめは静かに聞いていたが、次第に怒りをつのらせ、最後にこう言い放つ。

「君らはわしから何でも奪うことができる。年金もダーチャもアパートも。それは君らの権限だ。君らがそうしても、わしは驚かない。それがどうだと言うのだ――それでもわしは食っていける。金属労働者として働きに出る――まだ技術は忘れていない。それがだめなら、ナップザックを背負って物乞いに行くさ。みんながわしに必要なものをくれるのさ。だが、君らには誰も一かけらのパンもくれないだろう。君らは飢え死にするのさ。」(*14)

一九七〇年六月、フルシチョフは心臓発作を起こして入院し、その後、いったん回復したものの健康がすぐれず、ひきこもりがちとなる。しかし「やつらはあれをこのままに放っておきはしない。われわれはどんな汚いやり口も予想しておくべきだ――やつらはこっそり回想録を盗むかも知れないし、公然と奪うかもしれない。われわれを逮捕するような危険はおかさない。そんな勇気はないさ。だが、なんとか手に入れようとするだろう」という警戒心は怠らなかった。

そして、同年の暮れ、ついに『フルシチョフ回顧録』の第一巻が海外で出版される。ただ、この事態は、予期された通り、フルシチョフ（及び彼の家族、妻ニーナ、娘ラーダ）と党首脳部との間に、いっそう強い緊張状態をもたらすに至る。言うまでもなく、パステルナークのときと同様、〝向う側で出版された〟というのは即「破壊活動文書」として扱われたからであり、皮肉にもフルシチョフは「海外持ち出し」という、パステルナークと同じ「犯罪」を犯すことになった（この回想録は早くもCIAによる贋物説が意図的に流されたりして話題をまいたが、しかし同書の編集チームによれば、フルシチョフの口述テープ六千枚に及ぶスペクトル分析と、フルシチョフの国連総会演説を録音した彼の声のサンプルと比較して「本物」であることが立証されたという）。（＊15）

＊

さて、先に述べたようにフルシチョフは一九七一年九月十一日に死去、二日後の九月十三日、葬儀はむろん国葬ではなく、遺体も――クレムリンの城壁ではなくて――モスクワのノヴォデヴィチー修道院の墓地に葬られた。それどころか、息子セルゲイによれば、フルシチョフの葬儀は、執行それ自体がKGBとの闘争であった。葬儀は当局によって厳密に家族だけのものとするよう警告され、関係者が集まりにくい時刻に意図的に設定された。また、不穏な分子が集まらぬよう、周囲は警備兵で固められたばかりでなく、地下鉄の乗客は墓地にいちばん近い駅で下車することを許されなかった。墓地の近くを通るバスとトロリーの路線はその日運行されず、KGBの要員と警官たちによって注意深く身分証明書が調べられたため、それをくぐり抜けるのは少なからぬ辛抱と才覚が必要とされた。

晩年のフルシチョフの動静はすべてKGBの監視下におかれており、彼の死亡直後、直ちに家宅捜索が入った。目ぼしい書類やテープの類すべてが持ち去られたが、例えば、その中には、マンデリシュタームがスターリンについて書いた詩のタイプ原稿もあり、これは彼の誕生日祝いとして、あるアカデミー会員の原子物理学者から献辞付きで贈られたものだったという。

そのフルシチョフが、『回想録』の中で「パステルナーク事件」について、後悔をにじませながら語っている部分があるので引用しておこう。

> ボリス・パステルナークの『ドクトル・ジバゴ』についてモスクワと政治局でひどい騒ぎがあった。私は、政治局に一つの報告が行われたことを覚えている。それはたぶんスースロフが書いたものだったろう。こういう場合には、中央委員会の扇動宣伝部が報告を準備したが、スースロフはこの部門の責任者だったのだ。たとえ彼以外の者がこの報告を出したとしても、決定的な役割を果たしたのはスースロフだった。報告は、この著作は質的に劣悪かつきわめて異様で、全体にソ連的ではなく、したがって、印刷することは有害だと述べていた。私は、どういう議論があったかは述べようと思わない。というのは、その内容を覚えていないし、いまそれをでっち上げたくはないからだ。私はスースロフ以外の者がその著作を読んだとは思わない。実際には、たぶんスースロフもそれを読まず、側近がその内容を説明しただけで、彼はおそらく一ページかせいぜい三ページから成るこの本の要約を与えられたのだろう。言うまでもないが、創造的な作品をこのようなやり方で評価し、判断を下すのはもってのほかだ。
>
> 恩給生活者として生涯の終わりに近づいているいま、私はパステルナークを支持しなかったことを遺憾に思っている。自分が手を下してこの本を発禁にしたこと、そしてスースロフを支持したことを後悔している。われわれは読者に、自ら判断できる機会を与えるべきだった。判断は読者に委ねなければならない。私は、自分がパステルナークに対して取った態度を真に遺憾に思う。一つだけ言わせてほしいが、私はこの本を読まなかったのだ。（*16）

今、この「恩給生活者」の述懐に付け加えたいことはない。ただ、このとき彼は「生涯の終わり」を自覚してからだろうか、インタビュアーに対し余りに淡々と語っている。この「静かにしゃべるフルシチョフ」のスタイルが、私たちには、いささか彼らしくないように見えるとすれば、ここはもう少し荒々しい、本来的な（？）フルシチョフに登場してもらったほうが彼に相応しいように思われる。例えば、パステルナーク事件をテーマに造型した作家の筆になる、次のようなフルシチョフ像の方が。

§

「すばらしい小説だよ、このドクトル・ジバゴは！　きみも読んでみるべきだ、ボロダウキン、そして感想を聞かせてもらいたい。どこにも有害なところなどないじゃないか。現実の人間の運命を綴っただけだし、しかも真実が書かれてる。おまえの言ったとおりだよ、ニーナ。われわれはこの小説を出版し、みんなに読ませるべきだった。そのほうがかえって有益だったんだ。こいつを発禁処分にしたスルコフをわしは許さんぞ！　阿呆めが！　あんな大騒ぎを引き起こしおって！　スターリン主義者のくそったれが！　しらみ野郎のスースロフとポリカルポフも同罪だ。やつらは吸血鬼だぞ！　野蛮人め！　ろくでなしめが！」

「ろくでなしめが！」とニーナが横合いからくり返した。「でも、気がつくのがちょっと遅すぎたようだわね、ニキタのお馬鹿さん。」（＊17）

高見順——昭和四十年八月十七日死去

「魂よ／この際だからほんとのことを言うが／おまえより食道のほうが／私にとってはずっと貴重だったのだ」（＊18）

高見順氏ついに死去／ガンと戦い抜いて／〝魂まで食われないぞ〟生きる執念、四度の手術

作家高見順氏（五八）は十七日午後五時三十二分、千葉市穴川、国立放射線医学総合研究所病院で食道ガン手術後の転移のため、ついに死去した。三十八年秋から病魔と戦いながら、日本近代文学館の設立に最後まで執念を燃やしつづけ、詩集「死の淵より」を世に送ったが、十六日の日本近代文学館の起工式が終るのを待っていたかのような死であった。葬儀は二十日午後一時から二時まで、告別式は同二時半から三時半まで、東京・青山葬儀所で、日本ペンクラブ、日本文芸家協会、日本近代文学館の三団体葬として行われる。葬儀委員長は川端康成氏。（『朝日新聞』一九六五年八月十八日、朝刊）

作家高見順の葬儀は、社会が注目する中、いわば〝文壇葬〟として盛大に執り行われた。当日、参列者はおよそ二百人。天皇陛下から贈られた銀杯、皇太子夫妻からの供物も祭壇に添えられる中、平野謙の司会、円覚寺朝比奈管長の読経によって進められた。そして、友人関係者の弔辞の後、焼香の列が続く間、俳優芥川比呂志による、『死の淵より』から「死者つめ」など三篇の詩の朗読が行われている。

＊

さて、これに先立つ昭和三十八年十月のある日、蕎麦を食しているときのこと、高見順は喉に微かな異常を覚えた。その翌々日、千葉大学附属病院で早速診察を受けると、「食道ガン」という診断結果が出る。翌日、開催された近代文学館創立記念「近代文学史展」において彼は皇太子夫妻の案内役を務めたのち、手術のた

めに入院する。ただし、その入院前夜、彼は〝赤紙パーティ〟と称し、「丙種の男に召集令状が舞い込んだ」などとユーモアに紛らわして、友人たちと大いに飲み、かつ食ったのだった。

しかし、それから彼は、計四回もの手術を断続的に受けたにもかかわらず、ついに全身に転移したガンを克服することは叶わず、その二年後、死を迎える。享年五十八であった。（＊19）

ただ、ガンを宣告されて以後の作家高見順の歩みは、あたかも「最後の文士」（伊藤整）の執念ともいえる光芒を示し、その行跡は括目すべきものとなった。そして、そのありさまは、迫りくる死と競合するかのごとく、全精力を振り絞って自らに課した仕事をなし遂げんとする凄絶感に満ちていた。その病室はさながら一つの書斎と化し、そこで書き綴られた詩群をまとめた彼の詩集『死の淵より』は、「戦慄すべき傑作」（山田風太郎）と評され、また死の直前まで書き続けられた「日記」は、日常の些事はもとより広く世界情勢全般にも目を注ぐ一方、身体を間断なく襲うガンの苦しみと、直面する「死」に対する思索などが執拗に記録されている。

そうした病魔と闘いつつ、晩年の高見順は伊藤整、稲垣達郎、小田切進らとともに「日本近代文学館」の設立にも力を注いだ。小説執筆のかたわら、同事業を積極的に推進した彼は、死の直前、駒場で行われた同館の起工式には「はじめも終わりもありがとうございました、としかいえません。一世一代の大ぶろしきを広げっぱなしで病に倒れましたが、どうか末長く頼みます」という挨拶（口述筆記、代読）を寄せている。

＊

さて、その高見順は、死に近くあったとき、彼を見舞った平野謙に「共産党員として死にたい」と洩らしたそうである。そして、一度ならず二度ならずそう呟いていたという平野の文章を引きながら、中野重治は高見順への追悼文でその状況について述べている。「そのとき高見さんは、ぼくにはムッター（母）はあるがファーター（父）はないでしょう、『共産党』はぼくのファーターみたいなもので、といいさしたまま、ちょっと待ってくださいよ、なんかかなしくなってきたなァ、といいながら、眼に涙をうかべた……」と。（＊20）

「ファーターとしての共産党」、「共産党員として死にたい」とは何であるか。人生における最期のとき、高見順にとって〈共産党〉という存在と、そしてその〈党員〉としてあることは、なお彼の倫理の至高位にあったと言うべきであろうか。中野重治はその追悼文の中で、高見の呟きを「私たちは軽率に扱ってはなるまい」と先ずは戒めている。死を目前にした病者のさまざまな片言隻句をめぐって他者が勝手な解釈に走ることは、たしかに慎重であるべきであろう。身体的衰弱や意識の減衰のなかでの意思表明は、それなりの配慮と尺度が必要とされなければならないからである。

しかし、そうであるとしても、ここで高見順の呟きの対象となっている〈共産党〉が、彼の生涯において巨きな存在としてあり、さらに一貫して精神的な渇仰の対象であったらしいことは否応なく伝わってくる。そして、その場合〈共産党〉とは、むろん現実の共産党ではなく、あくまで高見個人の内部に生き続けていた幻想のそれであっただろうことも。

ただ、先に「なおも」と記したのは、戦後、高見順は「政治はもう嫌だ」と高言しつつ、しばしば日本共産党のありように対する〝苦言〟を開陳していたからである。昭和二十年、同党は、戦前の抑圧状態から解放されて一挙に合法政党として登場し、早速活動を開始してゆくが、しかしその動向は期待に反して彼の意に沿いかねるものであった。例えば彼は「日本共産党のお忘れもの」なる文章を発表している（＊21）。そこで彼が述べている趣旨は「民衆の〝赤嫌い〟を直視せよ」、「ソ連共産党に従属して民族としての誇りを失うな」、「国際主義でなく国際従属主義である」、「自己批判に消極的すぎる」、「戦前の〝位階勲等〟が温存されている」といった、要するに共産党は国民大衆と国民感情を忘れるなといった批判――というより苦言――である。

高見順のこうした日本共産党への批判的視線は、むろん同党に対するのみでなく、世界共産主義の本山、ソビエト共産党に対しても向けられていた。昭和三十三年のソビエト旅行において、彼は社会主義ソビエトの現実を目にし、すでに「あいそを尽かした」のだったが、そんな彼が病床に就いた二年目のこと、ある新聞記事が彼の眼を射る。そのときの衝撃について、彼は「日記」に次のように書いている。

昭和四十年三月一日

朝刊に小さく次の記事〔註。『朝日新聞』の切り抜き挿入あり。「ソ連でブハーリンの名誉回復へ」〕。／「冗談じゃないや」／と思わず、それが声になって出た。改めて私はつぶやいた。／「冗談じゃねえや」／――若い時分、私は（私たちは）ブハリンの『史的唯物論』によって、史的唯物論を学んだ。『共産主義のＡＢＣ』もマルクス主義勉強のための大切な本のひとつだった。／そのブハリンが「粛正」されたときの私のショック。当時、彼の著述そのものもマルクス主義をゆがめたものと批判された。オレの学んだものは間違いだったのかと、私のショックには、これもあった。オレが苦労して読んだことが、今となると意味がないだけでなく、逆に「有害」なのかと私はがっかりした。／そのブハリンの名誉回復、著作の再出版。――なんだい、これはと、腹立ちに近い気持だ。この気持は、今回はじめて味わわせられたものではないが。（＊22）

見られるように、高見順はブハーリンの「名誉回復」記事を目にして激しい怒りを覚える。「冗談じゃねえや」と（この記述の少しあとで高見順はさらに「今日の日本共産党には絶対に同調できない。と言って、マルクス主義そのものに対しても同じ態度を取るわけにはいかない」とも付け加えている）。かつてボルシェヴィキの俊秀としてレーニンの後継者とも目された理論家ブハーリンの名は、活動家時代の高見らにとってロシア革命の栄光とともに輝いていた。当時、誰しもが彼の『史的唯物論』や『共産主義のＡＢＣ』といった著作をむさぼり読み、そこに展開されている鋭利な論理に魅せられたのだった。しかし、周知のように一九三六年より開始された「モスクワ裁判」において、次々とレーニン時代のボルシェヴィキが告発、断罪され、ブハーリンもまた最終的に自ら罪を「自白」した上、処刑されていった（ケストラー『真昼の暗黒』の主人公「ルバショフ」はブハーリンがモデルとされている）。

この裁判とその判決に直面したとき、スターリンのソビエトこそまさに勃興するファシズムの脅威に対抗する橋頭堡であり、かつソビエトこそ依然として世界の進歩主義勢力を領導する砦であるとみなす者は、この粛正劇を共産主義者の良心にしたがって納得しなければならなかった。すなわち、独ソ不可侵条約の締結という事実も含め、この不可解の理路をあえて了解することに真正左翼であることの証明が懸けられていたからである。

しかし、今、高見順の眼前にある小さな新聞記事は、若き日の彼の苦悶の重量を歯牙にもかけず、いとも簡単に一蹴していた。彼の憤懣は収まらなかった。今さら「名誉回復」とは何か。要するに、あれは茶番であったのか。そうだとすると、われらが青春の「名誉」はいったい誰が、どう「回復」してくれるのか。あの時代に高見の体験した同志の自殺、裏切りや失踪、そして特高による拷問から転向といったわれらが日々の歴史もまた一場の茶番劇にすぎなかったのか……。

さて、高見順は晩年に至って近づく死の翳を凝視しつつ幾篇かの詩を綴った。それは詩集『死の淵より』として纏められるが、その中の一篇「魂よ」より引いてみる。

魂よ／魂よ／この際だからほんとのことを言うが／おまえより食道のほうが／私にとってはずっと貴重だったのだ／食道が失われた今それがはっきり分った／今だったらどっちかを選べと言われたら／おまえ

魂を売り渡していたろう／第一　魂のほうがこの世間では高く売れる／食道はこっちから金をつけて人手に渡した／魂よ／生は爆発する火山の溶岩のごとくであれ／おまえはかねて私にそう言っていた／感動した私はおまえのその言葉にしたがった／おまえの言葉を今でも私は間違いだとは思わないが／あるときほんとの溶岩の噴出にぶつかったら／おまえはすでに冷たく凝固した溶岩の／安全なすきまにその身を隠して／私がいくら呼んでも出てこなかった／私はひどい火傷を負った／おまえは私を助けに来てはくれなかった／幾度かそうした眼に私は会ったものだ／魂よ／わが食道はおまえのように私を苦しめはしなかった／私の言うことに黙ってしたがってきた／おまえのようなやり方で私をあざむきはしなかった／卑怯とも違うがおまえは言うこととすることとが違うのだ／それを指摘するとおまえは肉体と違って魂は／言うことがすなわち行為なのであって／矛盾は元来ないのだとうまいことを言う／そう言うおまえは食道ガンになっても／ガンからも元来まぬかれている／魂とは全く結構な身分だ／食道は私を忠実に養ってくれたが／おまえは口さきで生命を云々するだけだった／魂よ／おまえの言葉より食道のほうが私には貴重なのだ……（＊23）

ここに満ちるのは悔恨か、それとも懺悔であるのか。死の淵に近づいた高見順は、心中秘かに「魂」に対して対話を試みる。若き日、至高の高みにあった「魂」の呼び声に従い、使嗾されるまま「爆発する火山」に接近した彼は、しかしそこで深い火傷を負った。そのとき、負傷した彼に「魂」が示した態度のなんとよそよそしかったことか。その後、同様の体験を重ねるうち、彼は自然に「魂」と距離をおくようになる。そして、今、死に近くあるとき、彼はガン化した「食道」を衷心より「魂」の上位に置く。「食道」こそ常に自分に忠実であり、献身的であったから、という理由によって。

そして、このときこの荒涼たる心象風景の中で、彼が生の最後の根拠を懸けたものはやはり「文学」なのであった。彼は「日記」に書き付けている。「私は今、『父』をさがしているような気がする。／文学が私にとって『父』ではなかったのか。文学が『神』にかわりうるものではなかったのか。／私は文学にすべてを捧げた。誇張ではなく、たしかにすべてを捧げた」（＊24）と。

平林たい子——昭和四十七年二月十七日死去

「私にはやるべき仕事がまだ残っているんです。まだ死ねません」（＊25）

作家の平林たい子さん（本名タイ）が十七日午前五時四十分、肺炎による心不全で東京・信濃町の慶応病院でなくなった。六十六歳。長野県諏訪市出身。／お通夜は十八日午後六時から八時まで、東京中野区沼袋四ノ三四ノ五の自宅で、葬儀は女流文学者会葬として十九日午後一時半から二時まで、告別式は二時から三時まで、いずれも自宅で行なう。／平林さんは長野県諏訪の高女卒業後、女工や電話交換手、女給などをしながらアナーキスト・グループにはいり、昭和十二年の人民戦線事件で検挙されるなど波乱に富んだ青春をおくった。……文学活動のほか、評論家としても活躍し、戦後はプロレタリア文学の再建につとめたが、その後、次第に反共の立場をとった。昭和二年作家の故小堀甚二氏と結婚したが、昭和三十年に離婚。民社党推薦で公安審査委員会、国語審議会、中央教育審議会委員などをつとめた。現在、文芸家協会、日本ペンクラブなどの委員。（『中日新聞』一九七二年二月十七日）

「パステルナーク事件」に際し、日本ペンクラブの方針に会員として公然と異を唱えた平林たい子は、戦前戦後を通じて精力的に活動した作家であった。しかし、彼女は作家活動を続ける一方、よく病気もした。戦時中を病床で過ごし、また戦後も昭和三十六年春、鎖骨カリエスで入院。同年秋、心臓喘息で入院。昭和三十九年、乳がんを発症したためこれを手術。さらに、その後再発が確認されたため、結局、両乳房を切除。昭和四十三年には高血圧のため眼底出血となった。しかし、そうした合間も積極的に執筆を続け、海外旅行にもよく出かける一方で、訃報に見られるように、幾つかの公的委員などを引き受けている。

年譜によれば、平林たい子は昭和四十七年一月、「市川房枝さん（たい子交友録）」を書き終えた後――結局、これが絶筆となった――風邪から急性肺炎になり、翌月、死に至ったという。葬儀は彼女が属していた女流文学者会によって無宗教で行われ（葬儀委員長円地文子）、遺骨は諏訪市中洲の生家に近い共同墓地に埋葬された。遺言状には、財産は私一人の努力と節約で蓄積したものであるが、後継者たるべき実子もないため、「それを基金として文学（小説と評論）に貢献し、あるいは努力しながら、しかも社会的に経済的に報われない人の志を援護する意味で、毎年一人又は二人を選定して報賞を出すことにする」とあった。その彼女の遺志によって、同年八月「平林たい子記念文学会」（理事長丹羽文雄）が設立され、また故郷の諏訪市に記念館が造られた。

＊

敗戦によって日本の軍国主義体制が崩壊し、それまでのさまざまな桎梏から解放されると、かつての左翼文学者たちは〝民主主義文学〟を標榜して早々と再出発を遂げる。昭和二十年十一月、旧ナップ系の文学者を中心として「新日本文学会」が結成され、発起人には秋田雨雀、江口渙、蔵原惟人、窪川鶴次郎、壺井繁治、徳永直、中野重治、藤森成吉、宮本百合子が名を連ね、その参加条件に「帝国主義戦争に協力せず、これに抵抗した文学者のみがその資格を有する」ことが確認される。翌十二月、同会の創立大会が開かれ、中央委員二十一名の一人として平林たい子も選出されている。戦前、治安維持法と特高警察の暴力によって弾圧されたプロレタリア文学者たちにとって希望の到来と見えたこの時代、平林じしんも率先その流れに身を投じたのであった。
この〝民主主義文学〟隆盛の風潮に、しかし、彼女はやがて微妙な違和感を覚えはじめる。すなわち、彼女は、今ここに我が世の春をうたいつつ蝟集せる文学者たちが、かつての転向と壊滅への道を余儀なくされていったことの深甚な反省がないままに、再び昔日の夢を追っているのではないかという危惧を感じていたからである。

さて、戦後の平林たい子は、戦前自制していた創作への意欲を次々に作品として発表し、作家としての地位を築いていくが、その一方、内部に育まれた違和感に照らしつつ、かつてコミュニズムに魅せられた左翼的信条を修正してゆく。昭和三十三年、彼女はパステルナーク事件に対する対応をめぐって高見順と対立するが、その遠因はすでにこの違和感に孕まれていたと言っていい。

高見じしんは、戦後、もっぱら「政治はもう嫌」と高言し、堰を切ったような〝民主主義文学〟の潮流とは一線を画していたが、しかし、平林の方はそんな彼に「二面的モラリティ」の存在を見ていた。「二面的」とは、「真実の内面を韜晦しつつ自己の尊厳を守りぬこうとする隠微な表裏」であり、「左翼に対して宥しを乞いながら、一方では、左翼に対してどこかで臀をめくっている」態度を意味していた。すなわち「〔高見を含む〕この人達は小は反道徳、大は反資本家という度合いにおいてみんな反抗的であった。けれども、この左翼はプロレタリヤ出の共産主義者とは一線を画すべき特性をもっていた。彼等はプロレタリヤ解放のために左翼になったのではなく自分の魂の救いのために左翼になったのだから」と。（＊26）

彼女が高見順らを「自分の魂の救いのために」左翼になったグループとして「プロレタリヤ出」のそれと対比したとき、そこには「食う」苦闘の只中から形成してきた彼女じしんの文学の根拠が対置されていた。別な場所で彼女は「私は自分自身が圧迫された身分の人間として文学をやって来たものですから、刺戟に対する反応みたいな本能的な行動しかして来ませんでしたから」（＊27）と述べ、「いつでも逃げてかえる故郷をもっている」左翼インテリ作家と自己の立場を区別している。

やがて、平林たい子もまたコミュニズムと共産党に対する違和感を明確にしてゆく。例えば、彼女の「日本共産党批判」（＊28）は、高見の苦言的批判とは違い、もはや「日本共産党のようなひどい偏向の道を歩いている政党に改革の意志を抱いて入ってみても、結果に於ては共産党の誤った方向を援ける事にしかならない」という論旨に貫かれていた。実は、彼女も戦後の一時期までは、現実の堕落せる共産党とは異なる「真の共産党」が存在するのではないかという幻想を抱いていたらしいが、しかし、早々とその幻想と訣別している。

ところで、先に触れた「別の場所」とは、昭和二十六年六月、『群像』で行われた座談会（テーマ「コミュニズムとの対決」）であり、出席者は埴谷雄高（司会）、高見順、福田恆存、佐々木基一、平林たい子の五名。展開された主張は各人各様であるが、多く抽象的な発言が飛び交う中で、一人彼女の発言は終始具体的であることが目を惹く。例えば——

平林　私はここにコリツォフという人の詩を持って来ました。
　ブジョンヌイが笑えば　ドンの水がとける
　ブジョンヌイが笑えば　楓の花が咲く
　ヴォロシーロフが笑えば　太陽が輝きそめる
　ヴォロシーロフが笑えば　春が訪れる
　スターリンが笑えば　詩人は何んと歌うだろう？
　スターリンが笑えば　くらべる術がない！
これがソ連の代表的な詩人の詩なんです。私の要求を簡単に言えば、こういう芸術家にはなりたくないということです。ソ連では芸術家というものは百万長者になるか死かどっちかです。いつかシーモノフが日本に来たときに「あなたの本はお国でどのくらい売れましたか」と聞いたら「二千万」と得々として答えていました。そのときに私は羨ましいと思うより、何か背筋にゾッとするものを感じました。(＊29)

この座談会の七年後、イタリアのフェルトリネッリ出版から『ドクトル・ジバゴ』が刊行されたとき、平林たい子は日本人文学者として極めて早く反応した。第3章(「日本語版『ドクトル・ジバゴ』狂騒曲」)で触れたように、彼女は同書を肯定的に紹介した上、一刻も早く日本語版を出版すべしと主張し、さらに自ら『ソヴィエト文学の悲劇《パステルナーク研究》』(思潮社、一九六〇年)なる本を編み、出版もしている。同書は、『ドクトル・ジバゴ』に対して当時現れた肯定的および否定的意見を公平に紹介する労をとっており、注目すべき一書となっているが、同書の末尾で編者としての彼女は述べている。

この小説を意義づけているのは、「ドクトル・ジバゴ」が社会主義リアリズムをとび越えて、帝政ロシアの文学遺産に直接結びつく人間内奥の叫びであることである。ショーロホフにとって、シーモノフにとつて、他の存在しうるあらゆるソヴィエト作家にとつて、個人の内奥はもし描かれていたとしても単に社会の発展の方向とその逆との証しにしかすぎない。が、この小説では個人の内奥は個人の内奥それ自体である。それから政治的価値が汲み出せなくとも、文学は社会に奉仕することができる。かりにその社会秩序と逆な政治的価値をその文学が持つていたにしても、それだけでその文学の存在意義を抹殺することはできない。(＊30)

さて、戦後、その政治的主張を活発化するにつれ、平林たい子にはいつの間にか、あるレッテルが冠せられる。曰く〝反共〟。今日、もはや死語と化している言葉ではあるが、しかし当時の言説空間を支配していた親コミュニズム的風潮にあって、それはいわば〝悪役〟というに等しかったことを思えば、このレッテルは彼女の栄えある逆証明であったと言っていいかも知れない。なんと言おうと、当時、「平和と民主主義」こそは時代を支配する理念であり、その理念の先進的領導役として日本共産党の存在は重きをなしていたからである。

したがって「パステルナーク事件」に際し、日本ペンクラブ総会で挙げた平林たい子の抗議の声も、同ペンクラブに君臨していた指導体制（高見順専務理事・青野季吉副会長・松岡洋子事務局長）の前では空に消えるほかなかった。すなわち、その体制とはあたかも「神のごとき存在」（サイデンステッカー）であったがゆえに、総会全体が高見順主導の曖昧コメント（「二面的モラリティ」）をそのまま受け容れたからである。

＊

ところで、先に引いた座談会出席者たちの立場、すなわち埴谷雄高が「屋根裏に棲む永久革命者」、高見順が「政治に関わることはご免被る」、福田恆存が「芸術と生活を峻拒する保守主義」、佐々木基一が「共産党支持のコミュニスト」といったものであったのに対し、〝反共〟平林たい子は現実政治の世界に自己の政治的願望を託すことをやめなかった。

年譜によれば、彼女は昭和五十五年、社会党に入党。そして五十九年、離党。次に六十年、民主社会党（のち民社党）の党友となる。また雑誌『自由』主宰、「自由文化フォーラム」へも参加している。その臨終における彼女の言葉は「私にはやるべき仕事がまだ残っているんです。まだ死ねません」というものであったという。高見順が最後に希望を託したのが幻想の〈共産党〉であったとすれば、あくまでリアルに拘った平林たい子もまた別の意味で満身創痍の遍歴を辿ったと言えるだろう。

§

ジャンジャコモ・フェルトリネッリ――一九七二年三月十四日死去

「橋の下で死体を見つけたら、それは私だ」

ツィストという名前の雑種犬がさかんに尻尾を振りながら、「送電用の鉄塔の下に倒れている二人の男」を見つけた。午後三時半を回ったころだった。「死人だって？　まちがいないのか？　無宿者が寝ているだけじゃないのか？」。小さなその村の野原を賃借しているツィストの飼い主ルイージ・ストリンゲッティは、地元の警察署長に何度も同じ話を繰り返さなければならなかった。鉄塔の四本の支柱の下の石ころの間に、仰向けで両手を広げて倒れている男を見たんですよ。まるで十字架にかけられているみたいな格好で……。「鉄塔を爆破しようとしてミラノ近くでテロリスト死す」。「コリエーレ」紙の早刷りの見出しだ。……新聞はすでに合唱していた。「あれはフェルトリネッリだった！」（*31）

パステルナークの作品『ドクトル・ジバゴ』が、ソビエト作家同盟および共産党中央委員会の強い反発にもかかわらず世に出現することとなった第一の功労者としては、先ずもってイタリアの出版社社主ジャンジャコモ・フェルトリネッリに指を折らなければならないだろう。すなわち、イタリア共産党員でありながらソビエト本国からの執拗な干渉を退けて同書を世に送り出した彼の勇気ある行動については、第2章において触れたが、同書が世界中の読者に読まれる第一ステップを準備したという意味で、彼の功績は計り知れないと言わねばならない。

そのフェルトリネッリの終焉――それにしても四十六歳の死はいささか早過ぎた――の状況とはどのよう

なものであったのか。その全容は今日も不明の霧に覆われているらしいが、その死の舞台仕掛けは、いささか大がかり、かつドラマチックなものであった。そして、それは左右の過激派によるテロの応酬に明け暮れていた当時のイタリア政治状況を象徴する一シーンでもあった。

しかし、いったい彼はどのような状況で死去したのか。謀殺？　事故死？　自殺？……あるイタリア人歴史学者は彼の死を明確に「爆死」と断定している。

ジャンジャコモ・フェルトリネッリの死についても同じような解釈（註。ネオ・ファシストの陰謀によるもの）がなされた。彼は、ミラノ郊外にある高圧電線の鉄塔の下で、ＴＮＴ火薬の爆発でばらばら死体となって発見された。事件直後に飛び交った陰謀説では、ラテン・アメリカ解放運動の支持者でベトナム反戦デモの先頭に立っていたやっかいなこの出版者を排除するために、中央情報局ＣＩＡも絡んでいたといわれた。次第に調査によって浮かんできた真実を受け入れるのは難しかっただろう。実際には、フェルトリネッリは自らが準備していた時限爆弾で爆死したのであった。フェルトリネッリは、秘密のテロ組織ＧＡＰ（レジスタンス期の都市ゲリラ戦を率いたパルチザン武装グループと同じ名前）を統率していた。彼らは、すでにファシズムの癌に回復不可能なまでに全身を奥深くまで侵されてしまった民主主義国家を打倒するため、武器を持って立ち上がろうとしていたのである。（＊32）

この記述からでも、一出版人であったフェルトリネッリの生涯がいかに波瀾に満ちたものであったかが伝わって来る。しかし、ソビエト共産党を敵に回してまで『ドクトル・ジバゴ』の自社出版に踏み切った彼が、なぜ「爆死」する運命を辿らねばならなかったのか。

先年、彼の息子カルロによる父フェルトリネッリの評伝（＊33）が刊行されるに至って、私たちはこの「赤い出版人」の生涯――『ジバゴ』出版に至る詳しい内幕や、その凄絶な死に至る過程――について、より多くを知ることが可能となったと言える。同書によればフェルトリネッリの生涯は、『ドクトル・ジバゴ』を出版して世界的興奮を巻き起こしたのは、いわばあくまで彼の生涯における前史であり、以後は、その頃世界的に勃興した「異議申し立て」運動の激流に全身全霊を投じたそれであったことが伝わってくる。

さて、一九二六年六月に生まれたジャンジャコモは、富裕だった父から受け継いだ遺産をもとに、若き共産党員として社会主義や労働運動史関係の文献を収集した図書館を創設する（「マルキシズムの大学」）。さらに一九五五年、二十九歳のとき一族の名を冠した出版社「フェルトリネッリ」をミラノに立ち上げると、早くも創業二年目の一九五八年に『ドクトル・ジバゴ』の出版によって大きな成功を収めるに至る。

カルロによる評伝の前半を占めるのは、内部から見た「パステルナーク事件」の裏側であり、「大きな成功」の陰で進行していたその実態である。すなわち、同書が明かしているのは『ジバゴ』刊行に至るまでの、うんざりするような混乱と打ち続く疑惑の頻出であり、同書に引用されているパステルナークじしんの手紙や、その他関係者の証言は『ジバゴ』が世に出るに当たっていかなる困難に出会ったか、その様相を示して余りある。

〝難産〟の理由は数々挙げられるが、最も大きなそれはパステルナークとフェルトリネッリを分かっていた〝壁〟の特殊性ともいうべきものであった。それは、言うなれば国境の壁であり、文化の壁であり、また政治体制のもたらした壁であったが、彼らはしばしばこの〝壁〟に翻弄され、また時に絶望する。傷ましいほど誠実なパステルナークと、彼の誠実さを疑わないまでも〝壁〟による隔絶に苦しむフェルトリネッリ、さらに第三者の介在人（プロイヤール夫人）の登場があるかと思えば、ルーブルと手紙の手渡し役の動き、海賊版の登場などもあって混乱に拍車をかける……。

しかし、そんな諸困難の中、フェルトリネッリを最終的に支えたのは「このような小説を刊行しないのは、文化に対する犯罪行為に等しい」という、出版人としての彼の強い矜持であった。

さて、ジャンジャコモ・フェルトリネッリが生きた時代は、少なくともソビエト社会主義が未だ健在を誇示し、資本主義アメリカと対峙していた〈冷戦〉の時代であった。若き共産主義者として出発した彼は、戦後すぐに共産党に入党。同時に出版社を創業して『ドクトル・ジバゴ』のほか、ランペトゥーザ『山猫』やケルアック、ゲバラなどの出版を敢行し、急進的な出版人として注目を集めるが、しかし、その後、出版事業から徐々にはみ出し、当時イタリア社会を席巻しつつあったラディカルな政治行動の渦中に身を投じてゆく。

一九六〇年代後半から七〇年代にかけてのイタリアは、政治的な過激主義に彩られた「鉛の時代」と呼ばれた時期を経験する。一九六八年、フランスの五月革命、または「異議申し立て」運動に象徴される嵐の中で、イタリアもまた激しい社会改革の波に揺さぶられ、中道左派政権に対する抗議運動が高まっていた。すなわち、戦後イタリア社会は急速な経済成長を果たしたものの、しかしそれに伴う改革の遅れ、特に労働と教育の分野における不満が拡大し、その抗議のうねりは議会制度という枠を超え、直接行動という形態へ向かって爆発していったのである。

すでに出版人としての位置を確かなものとしていたフェルトリネッリであったが、彼にとってこうした左右両翼のテロの台頭、デモとストライキが頻発したイタリアの六〇年代とは、いわば過激な出版人から過激な行動者へと変貌していく時代であった。当時、既成左翼に不満を抱く労働者や急進的学生のラディカルな街頭行動は、極右勢力ネオ・ファシストの〝黒いテロリズム〟と衝突を繰り返し、「赤い旅団」など〝赤いテロリズム〟を生み出す一方、治安機関の強硬な鎮圧暴力も加わってイタリア共和制は存亡の危機に揺れていた。一九六九年から八〇年代にかけてイタリアで発生した左右の政治テロは、器物・建造物損壊七八六六件、対人テロ四二九〇件、死者数三六二人。何らかの破壊行為が記録されたテロ・グループは左翼組織が四八九、右翼組織が一〇九にのぼったとされている（「赤い旅団」が事件総数の五分の一を占める）。（＊34）

このとき、フェルトリネッリは率先して武装闘争にのめり込んでゆく。彼の予期せざる「爆死」は、右翼の軍事クーデターに備えて左翼武装ゲリラを組織し、高電圧送電用の鉄塔を破壊し、ミラノに大停電を起こす行動であったと言われている。

＊

息子カルロの伝えるところによれば、父フェルトリネッリの葬儀は一族のチャペルがある記念碑の共同墓地で行われた。八千人もの参列者が集まったが、このときミラノは完全に軍隊化し、参加者には警官が付けられ、上空には数機のヘリコプターも飛んでいた。赤旗がひるがえる中、棺はフェルトリネッリ書店の店長たちに担がれて運ばれ、参加者たちは「フェルトリネッリ同志、あだは返してやるぞ！」と拳を突き上げて叫んだ。参列者の一人レジス・ドブレがメガホンで、フェルトリネッリは世界中に友人がいたと説明した。そして、彼と重要な時間を共にした人びとや、一皿の炒めたリゾットを分け合った人びとはこぞって涙を流した。

「橋の下で死体を見つけたら、それは私だ」とは、死の前年、彼が地下闘争の仲間に語った言葉である。

アーサー・ケストラー――一九八三年三月三日死去

「時間、空間、物質の制約の彼方に私は去って行きます。『広大な感情』によって……」

「真昼の暗黒」の作家／ケストラー夫妻死去／自殺？　自宅に書き置き

【ロンドン三日＝ヨーロッパ総局】ハンガリー生まれの英国の作家アーサー・ケストラー氏(七七)が三日、ロンドンの高級住宅街ナイトブリッジの自宅の寝室でシンシア夫人とともに死んでいるのが見つかった。死因は明らかではないが、遺体のそばに書き置きがあったといわれ、警察は自殺とみている。

ケストラー氏は一九四一年に出版されたスターリン時代のソ連粛清をテーマにした小説「真昼の暗黒」で一躍世に知られるようになり、また「スペインの遺書」(一九三八)ではスペインの内戦に題材をとってフランコ政権を批判している。三〇年代、英紙の特派員としてスペインを取材中、捕らえられ、死刑の宣告を受けて百日以上も刑に服したこともある。作品の中に全体主義への批判が強く流れていた。シンシア夫人は三人目の妻だった。(『朝日新聞』一九八三年三月四日朝刊)

右の新聞記事によれば、アーサー・ケストラーの死はいささか特異なものであったと言っていいだろう。同記事の見出しにおける「自殺?」の「?」マークはそのことを示唆しているが、それというのも彼がイギリス「安楽死志願者協会」の副会長であったことに拠っているらしい。したがって、彼の最期は〝安楽死〟であったとも言われており、しかも、それが夫人(元秘書)を同道したという事態も話題を呼んだ(彼女も同協会の一員であり、彼女じしん「アーサーのいない人生は私には耐えられません」という遺書を遺しているとのことである)。そうであったとすれば、享年七十七(夫人五十五)のケストラーは、おのれの生が「死」によって征服される事態を自らの意志で拒んだというほかない。

ところで、ケストラーの遺書なるものが公表されている。それは「関係者各位へ」から始まり、「この手記の目的は、私が何人に知らせることも、力を借りることもなく、薬物を大量に服用して意図的に自殺するものであることを一点の疑いもなく明らかにすることにあります」とあり、しかも、彼はこの試みが万一失敗したとしても、その場合、決して私の肉体を人工的に生存させないように、と強く念を押してもいる。

さらに、彼は述べている。

自ら生命を絶つ理由は単純かつやむをえないものです。即ちパーキンソン病と徐々に死をもたらす白血病です。白血病のことは、心配をかけないために親しい友人にも秘していました。肉体は過去数年にわたって着実に衰弱を続けた結果、今では苦痛な段階に達し、複雑な進行を見せるに至りましたので、自ら必要な手段を取ることが不可能になる前に、自分の救済を試みることが望ましくなったのです。

友人の皆さんには安らかな気持ちで友情と別れて行くこと、時間、空間、物質の制約の彼方に、また人間の理解を絶する世界での、肉体を失った後の後生の生活にわずかな希望をいだきながら去って行くのだということを、お伝えします。この「広大な感情」によって、私は幾つもの危機を切り抜けてきましたが、この手記を書いている今も、それは同じです。（＊35）

＊

一九五八年、「パステルナーク事件」が起こったとき、アーサー・ケストラーは長年の夢でもあった東洋への旅の途次にあり、たまたま日本に立ち寄ったのだった。彼の来日はたしかに偶然であったが、しかし、彼がその滞在先の日本でパステルナーク擁護の態度を表明し、日本ペンクラブと激しい確執を招くことになったのは必然であったと言わねばならない。

さて、ケストラー死去の報が届いたとき、ジャーナリズムはこぞって彼がスターリニズム批判の書『真昼の暗黒』の作家であったことを採り上げたが、しかし、彼じしんの後半生の知的主戦場は科学論、あるいは宇宙論ともいうべきフィールドに定められていた。もともと科学ジャーナリストとして出発したその出自を思えば、彼本来の関心に立ち戻ったと言えないこともなく、それは『真昼の暗黒』以後、彼の著書が『機械の中の幽霊』、『サンバガエルの謎』、『偶然の本質』、『還元主義を超えて』、『ホロン革命』といった形で展開されていったことに現れている。

ケストラーが後世に残した業績は膨大であるが、ここでは一九七八年に著された『ホロン革命』（原題「JANUS」。田中三彦・吉岡佳子訳、工作舎、一九八三年）から引用しておこう。同書は次のように始まっている。

有史、先史を通じ、人類にとってもっとも重大な日はいつかと問われれば、わたしは躊躇なく一九四五年八月六日と答える。理由は簡単だ。意識の夜明けからその日まで、人間は「個としての死」を予感しながら生きてきた。しかし、人類史上初の原子爆弾が広島上空で太陽をしのぐ閃光を放って以来、人類は「種としての絶滅」を予感しながら生きていかねばならなくなった。（……）困ったことに、いったん発明されたものは無に帰すことができない。いまや核兵器はすっかり定着し、人間の条件の一部になった。人類は永久に核兵器をかかえて生きていかねばならない。つぎの大戦危機をやりすごせばよいというのではない。つぎの一〇年、つぎの一〇〇年という問題でもない。人類が生存するかぎり「永久に」である。もっとも現状からみて、その永久はさほど長いものとはおもえないが……。（＊36）

誤解をおそれずに言えば、ケストラーが最終的に直面した課題は「果たして人間の精神は進化するものであろうか」という疑問であった。彼の眼前に広がっていたのは、二十世紀前半時点における地球規模の惨憺たる光景であり、このとき、人類はこの絶望を超えることは可能であろうか、また人間の頭脳には「致命的な設計ミス」が隠されているのではないか、というのが彼の懐疑であった。

『ホロン革命』において展開されているホモ・サピエンスの〝病状〟とは、彼によれば次の四つである。すなわち、①超越的なもの（神や国家）に対する過度な献身。「怒れる神を鎮め喜ばせる悪夢のような儀式」

②「同じ種に属するものは殺さない」という本能の欠如。繰り返される人種戦争（1．脳の回路構成の欠陥。2．新生児の長期の無能力状態から生ずる権威への服従。3．もっとも恐るべき兵器としての「言語」の存在。4．死の恐怖）。③理性と情緒の慢性的分離。④倫理と科学技術の巨大な落差、である。

これらの〝病状〟のうち、特にケストラーが力を入れて説くのが、「超越的なもの（神や国家）に対する過度な献身」にほかならない。

強盗、追いはぎ、ギャング、その他非社会的分子に殺害された人間の数などは「真の宗教」という大義名分のもとに喜々として殺されていった人間の数を考えれば、無視しうるほど小さい。……ロシアや中国の粛正は、人類に無階級社会の黄金時代をもたらすための社会衛生の実施だと称された。……人類の全歴史を通じ、旗、カリスマ、信仰、政治的信条への自己超越的献身により殺害された人間の数をおもえば、過度の個人的自己主張がひきおこした破壊的行為など、量的に無視しうるほど小さい。……人間の悲劇はその攻撃性からではなく、超人格的な理想への献身から生まれるのだ。（＊37）

ところで、邦訳書『ホロン革命』にはケストラーによる短い「日本語版への序」が、彼の自筆サインとともに掲げられている。その末尾には「一九八三年一月、ロンドンにて」という日付が記されている。彼の死去が同年の三月三日であるから、この僅か二か月後に彼は覚悟の上、世を去ったことになる。なお、彼の遺言における、自分は今「広大な感情」とともにありますというケストラーの言葉は、『真昼の暗黒』における主人公「ルバショフ」の最期の感情であったことも想起しておこう。

エドワード・G・サイデンステッカー――二〇〇七（平成一七）年八月二十六日死去

「いまの日本で紹介したいものはなくなりました」

「源氏物語」や川端康成の作品の英訳で知られる日本文学研究者で米国コロンビア大学名誉教授のエドワード・G・サイデンステッカー氏が二十六日午後四時五十二分、外傷性頭蓋内損傷のため東京都内の病院で死去した。八十六歳。米国コロラド州出身。告別式は近親者のみで行い、後日、お別れ会を開く予定。今年四月末、自宅近くの路上で頭を打ち、入院していた。……上智大学教授などを務める傍ら、川端の「雪国」や谷崎潤一郎の「細雪」など現代日本文学を数多く英訳し、広く海外に広めるきっかけをつくった。七五年に十五年間費やした「源氏物語」を完訳した。六八年に川端康成がノーベル賞を受賞した際にはストックホルムの授賞式に同行。講演原稿を英訳・朗読した。（『中日新聞』二〇〇七（平成一七）年八月二十八日）

エドワード・G・サイデンステッカーは、平成十七年四月二十六日の夕刻、上野不忍池のほとりを散歩中、後向きに転倒し、後頭部を強打した。事故は「下町風俗資料館」の幅広い低い階段が三段ある親水域で、水面近くまで寄れる構造になっている場所で起きた。おそらく、氏は日ごろ親しんでいる不忍池を眺め、戻ろうとして石段に足をかけたところで倒れたらしい。近くにいた人がすぐに救急連絡し、救急車と警察官が彼を病院へ搬送したが、意識不明のまま四カ月後、ついに帰らぬ人となった。

晩年、股関節を傷めていたサイデンステッカーは杖を常用しており、体調も優れず余り外出もしなかったらしい。この年の四月、東京は寒い日が続いていたが、連休間近い二十五日になってはじめて春らしい陽気になったという。久しぶりの心地よい陽気の下、仕事上の約束もあって、この日彼はオーバーコートなしで戸外に出た。そして、不忍池の景色を愛で、春の風を肌で感じて水辺に近寄ったとき、微妙にバランスを崩し、転倒してしまったのではないか。――以上は、晩年のサイデンステッカーと懇意にし、彼の日常を親身にサポートしていた山口徹三氏による「その時」の推測である（「『その時、六時三十分』」）。

＊

さて、一九五八年の「パステルナーク事件」に際し、孤立無援であったパステルナークに対して日本ペンクラブが冷ややかな態度をとったとき、これをきっぱりと批判して立ったのがサイデンステッカーであった。彼は他の二人の外国人会員（ヨゼフ・ロゲンドルフ、アイヴァン・モリス）と語らって同クラブ宛てに抗議文を送り、さらにたまたま来日したケストラーとともに同ペンクラブ糾弾の論陣を張ったのである。

さて、この騒動以後も、サイデンステッカーは、知られるように日本文学の翻訳や文芸評論など旺盛な執筆活動を続けたほか、一九六八年には川端康成のノーベル文学賞受賞挨拶の翻訳も行っている。このとき、講演の前日になっても講演原稿に悠然と難解な修正を加える川端を「ホテルの窓から突き落とそうと思った」とユーモラスに吐露している。

ところで、晩年のサイデンステッカーとなると、特に東京下町を愛したことで知られるが、その彼の佇まいを窺わせる異色の新聞記事がある（『毎日新聞』二〇〇五年三月二十三日）。それは新宿歌舞伎町の酒場「利佳」という〝文人酒場〟の終焉とそのママ安藤りかさんの死去をめぐる特集記事で、彼女の死去を悲しむ客たちの声をさまざまに伝えているのだが、実はその常連客の一人であったサイデンステッカーも登場している。

そこでサイデンステッカーは吠えている。「どうしたんですか、日本は！　どのテレビのチャンネルも巨人ばっかり。料理ばっかり。クイズばっかりです。極端すぎますよ。日本は貧乏が似合う国でしたね。でも、いま貧乏がいますか。文豪もいない。いまの日本で紹介したいものはなくなりましたよ」。ここで彼が慨嘆している「どのテレビのチャンネル」も、さらに「極端すぎ」る度合いを増している今日の状況を見たとしたらおそらく憤死しかねないことだろう。

そう、サイデンステッカー風に言えば、時代は、そして日本は間違いなく、さらに〝悪化〟したのである。彼の日本との距離の取り方は、著書のタイトルに現れている。すなわち「好きな日本、好きになれない日本」。その意味で、彼は日本国天皇から文化勲章まで貰ったドナルド・キーンと異なり、「嫌いな日本」についても臆せず直言する態度を通した。

彼は日本の古典を愛し、日本の文学を愛し、また東京の下町をこよなく愛した。そして、浅草、湯島や上野公園をよく散歩し、また寄席にもしばしば通ったが、そんな彼を見舞った事故はその上野公園で起こったのである。

町を散歩するとき、昔から金のたっぷりある界隈よりあまり裕福でない所の方が好きである。谷中の墓地の中でもっとも惨めな墓は、高橋お伝のものであろう。墓地の端っこの公衆便所のそばで今にも滑ってなくなりそうな感じである。私はここが好きで、側に立ってお伝の顔を想像して、ご苦労さまと言いたくなる。昨今の変なタレントや女優もどきより美しかったに違いない。でなければあんな惨めな最期にならなかったであろう。いまや若い者の幾人がその名前を知っているであろうか。（＊38）

東京下町を酷愛（丸谷才一の言葉）し、下町の散歩者として死んだサイデンステッカーは、その意味で彼が愛した作家、荷風のようにこの世から去ったと言えばいいのかも知れない。

＊

さて、まことに不遜極まりない行為と思いながらも、これまで本稿のテーマに登場した、主な関係者の生の終焉の状況について見て来た。ボリス・パステルナーク、ニキータ・フルシチョフ、高見順、平林たい子、そしてジャンジャコモ・フェルトリネッツリ、アーサー・ケストラー、エドワード・サイデンステッカーの、それぞれがどのように死を迎えたか。そのありさまはそれぞれ病死、事故死、自死などとかたちはさまざまであるが、いずれも彼らにとってその〈死〉が不本意に訪れたことにおいて変りはない（たとえ「自殺」であっても）。

一人の死とは、それを取り巻く状況が、仮にいかに大仰であり、かつ巨大な舞台装置の下であったとしても、しかしあくまでそれは個人的なものであり、孤独の中に訪れるものである。そして、その厳粛さにおいて有名無名は一切関係ない。余りに平凡であるが、これが拙き感想である。

＊1　ジョージ・スタイナー『言語と沈黙——言語・文学・非人間的なるものについて』由良君美ほか訳、せりか書房、二〇〇一年。
＊2　オリガ・イヴィンスカヤ『パステルナーク　詩人の愛』工藤正廣訳、新潮社、一九八二年。原題「時代の捕囚」。
＊3　ジナイーダ・パステルナーク「パステルナーク回想」前木祥子訳、『中央公論　文芸特集』一九九一年九月号。
＊4　ニコライ・カレートニコフ『モスクワの前衛音楽家——芸術と権力をめぐる52の断章』杉里直人訳、一九九六年、新評論。
＊5　ジナイーダ・パステルナーク、前出。
＊6　同前。
＊7　ニコライ・カレートニコフ、前出書。
＊8　オリガ・イヴィンスカヤ、前出書。
＊9　『いまソ連の知識人は何を考えているのか』川崎浹、朝日新聞社、一九九〇年。
＊10　オリガ・イヴィンスカヤ、前出書。

＊11　セルゲイ・フルシチョフ『父フルシチョフ　解任と死』下、ウィリアム・トーブマン編、福島正光訳、草思社、一九九一年。
＊12　同前。
＊13　フルシチョフの回想録（邦訳）は次のように三分冊として刊行されている。第一巻『フルシチョフ回想録』ストローブ・タルボット編訳、タイムライフインターナショナル、一九七二年。第二巻『フルシチョフ　最後の遺言』上下、佐藤亮一訳、河出書房新社、一九七五年。第三巻『フルシチョフ　封印されていた証言』J・シェクター、V・ルチコフ編、福島正光訳、草思社、一九九一年。
＊14　セルゲイ・フルシチョフ、前出書。
＊15　J・シェクター、V・ルチコフ編、前出書
＊16　同前。
＊17　ユーリー・クロトコフ『ノーベル賞』山本光伸訳、新潮社、一九八一年。
＊18　「魂よ」、『死の淵より』講談社文芸文庫、一九九三年。
＊19　担当医師の所見によれば「最初に手術した食道ガンはきれいに除去されていたが、鎖骨上窩肋膜、肝臓、副腎、後腹膜、腰椎などにガンが転移し、ほとんど全身がガンにおかされていた」というものであった（国立放射線医学総合研究所病院部、田崎医務課長談）。『続高見順日記』第六巻、勁草書房、一九七六年。
＊20　中野重治「高見順をおもう」、『中野重治全集』第十九巻、筑摩書房。
＊21　『文藝春秋』一九五八年二月号。
＊22　『続高見順日記』第五巻、勁草書房、一九七六年。
＊23　前出、「魂よ」。
＊24　昭和四十年四月十七日の日記、『続高見順日記』第六巻、勁草書房、一九七六年。
＊25　山田風太郎『人間臨終図鑑』Ⅱ、徳間書店、一九九六年。
＊26　平林たい子「高見順論」実感的作家論（7）、『群像』一九五九年七月号。傍点、引用者。
＊27　座談会「コミュニズムとの対決」、『群像』一九五一年八月号。

＊28 『新潮』一九四九年十二月号。
＊29 前出座談会。このとき平林たい子は突然持参した風呂敷を開いてこの詩の刷り物を出席者や速記者に配布したという（大久保房男『終戦後文壇見聞記』紅書房、二〇〇六年）。
＊30 平林たい子「編者のことば」、平林たい子編『ソヴィエト文学の悲劇《パステルナーク研究》』思潮社、一九六〇年。
＊31 カルロ・フェルトリネッリ『フェルトリネッリ――イタリアの革命的出版社』麻生久美訳、晶文社、二〇一一年。原著一九九九年刊。
＊32 シモーナ・コラリーツィ『イタリア20世紀史　熱狂と恐怖と希望の100年』村上信一郎監訳・橋本勝雄訳、名古屋大学出版会、二〇一〇年（原著二〇〇〇年刊）。
＊33 カルロ・フェルトリネッリ、前出書。
＊34 伊藤公雄『光の帝国／迷宮の革命――鏡のなかのイタリア』青弓社、一九九三年。
＊35 http://www.snsi-j.jp/mai/diary.cgi?no=7&past=69
＊36 『ホロン革命』（原題「JANUS」）。田中三彦・吉岡佳子訳、工作舎、一九八三年。
＊37 「〈真の宗教〉の破壊性」、『ホロン革命』所収。
＊38 山口徹三編『谷中、花と墓地』みすず書房、二〇〇八年。

補遺

わが国メディアに現われた「パステルナーク事件」関連論評（一九五八〜一九六七）

＊ニュース記事は除いた。

▽1958（昭和33）年

・工藤幸雄「隠れたノーベル賞小説／パステルナーク著『医師ジバゴ』」、『図書新聞』9月27日号。
・平林たい子「ソヴェト治下の〝余計者〟／発表されざりしソ連の大長編小説」、『週刊読書人』9月29日号。
・黒田辰男「（文化）オリジナリティある作家／ノーベル賞のパステルナク」、『読売新聞』10月24日夕。
・「ノーベル賞受賞をめぐって」、『毎日新聞』10月24日。
・江藤淳「パステルナークの文学」、『東京新聞』10月24日夕。
・原卓也「（学芸）パステルナークと『ドクトル・ジバゴ』／〝精神的亡命者〟の苦悩／ソ連で排斥された作品」、『朝日新聞』10月24日。
・「最近のソ連文壇／50万部出た問題作／党方針伝える『エルショフ兄弟』」、『読売新聞』10月24日夕。
・「『政治と文学』論争か／ソ連文壇パステルナク氏受賞で」、『読売新聞』10月26日夕。
・木村浩「パステルナークの横顔」、『週刊読書人』10月27日号。
・「『西欧の理解』に水さす／パステルナークへのノーベル文学賞／プラウダの授賞非難」、『朝日新聞』10月27日。
・「（学芸）プラウダ紙のザスラフスキー紙論説／パステルナークをめぐって／ソ連をけなした『ジバゴ』／愛国心を失った余計者の作品」、『朝日新聞』10月29日。
・「ソ連国内の三つの批判」、『毎日新聞』10月31日。
・工藤幸雄「『ドクトル・ジバゴ』詳報」、『図書新聞』11月1日号。
・中村真一郎「魂の平和を求めるもの」、『毎日新聞』11月1日。
・本多顕彰「ボリショイ文学」、『読売新聞』11月1日夕。
・「冷戦の道具にされたノーベル賞／西方側にも批判論／評価に『文学』より『政治』の〝目〟／ソ連の措置は行き過ぎだが……」、『読売新聞』11月3日夕。
・「パステルナークの考え方〝将来について楽観的〟スウェーデン記者の会見記から／〝風向きが変わった〟／〝正反対の立場〟」、『日本読書新聞』11月3日号。
・「『ジバゴ博士』の悲劇／政治のなかのノーベル賞作家／欧米では大評判の小説」、『サンデー毎日』11月6日号。
・平林たい子「（文化）政治と文学の立場／パステルナク問題をめぐって」、『読売新聞』11月6日夕。
・「（マスコミ）パステルナクに代って」、『読売新聞』11月6日夕。
・「（学芸）人間の文学認められず／パステルナーク、巴金」、『朝日新聞』11月8日。
・「谷間をさまようジバゴ博士」、『週刊東京』11月8日号。
・工藤幸雄「作家の悲劇／ノーベル賞騒ぎの一週間」、『図書新聞』11月8日号。
・「ノーベル賞受けた無用の書」、『週刊読売』11月9日号。
・杉捷夫「ノーベル賞の『悲劇』／政治の季節のすさまじさ」、

『週刊読書人』11月10日号。

・平野謙「パステルナークの作家態度」、『産経新聞』11月11日。

・埴谷雄高「パステルナークの周辺」、『東京新聞』11月14・15・16日夕。

・「(週刊図書館特集) 医師・ジバゴ／問題のノーベル賞作品」、『週刊朝日』11月16日号。

・内藤操(内村剛介)「ソビエト・インテリ――暴動の先頭に立つ人々」、『日本読書新聞』11月17日号。

・「『プラウダ』紙上の声明／パステルナーク、ノーベル賞辞退の弁をのべる／アメリカ文芸誌のパ氏評価」、『日本読書新聞』11月17日号。

・「国際スパイ戦に登場した〝医師ジバゴ〟」、『週刊読売』11月23日号。

・「(海外展望) 自制力ない西方側／スペンダーが非難」、『週刊読書人』11月24日号。

・「パステルナークは死なず――ノーベル文学賞・米英への波紋」、『世界週報』11月29日号。

・「小説『医師ジバゴ』の真実／解説・『医師ジバゴ』はなぜ掲載できぬか(パステルナークへの手紙・全文)／パステルナークの声明(『プラウダ』掲載)」、『世界政治資料』11月下旬号。

・田中融二訳「『醫師ジバゴ』抄訳」、『新潮』12月号。

・神崎昇「『医師ジバーボ』について」、『近代文学』12月号。

・「パステルナーク特集」――鮎川信夫「パステルナークの悲劇」、江川卓訳「ジバゴの遺稿詩十篇」、江川卓「反革命者のイメージ」、関根弘「編集ノート」、草鹿外吉訳:資料「『ジバゴ医師』はなぜ出版を拒否されたか」、『現代詩』12月号。

・進藤純孝「(動向) ノーベル賞と『ドクトル・ジバゴ』」、『文学』12月号。

・「パステルナーク受賞の波紋」、『世界の動き』12月号。

・「(海外展望) 余波つづくパステルナーク事件／スペンダーの西方側非難声明をめぐって」、『週刊読書人』12月1日号。

・「(海外展望) スペンダー、真相を語る」、『週刊読書人』12月8日号。

・「ジバゴが人類に与えたもの／〝善への力〟の象徴／政治的には〝西欧の味方〟ではない」、『読売新聞』12月29日夕。

▽1959(昭和34)年

・江川卓「政治のなかの文学(1)――ソビエト文学の歴史と現実から」、『新日本文学』1月号。

・「(新潮論壇) 左翼作家がみたパステルナーク事件」、『新潮』1月号。

・和辻哲郎「パステルナークの『ドクトル・ジヴァゴ』の問題」、『心』1月号。

・平林たい子「革命への孤独の心境」(『ドクトル・ジバゴ』書評)、『読売新聞』1月28日夕。

・白井健三郎「歴史的追究を欠く」(『ドクトル・ジバゴ』書評)、『図書新聞』1月31日号。

・神崎昇「ボリース・パステルナークの問題作をめぐって」、『ソ連研究』2月号。

・手塚富雄、江川卓「パステルナークの『ドクトル・ジバゴ』」、『週刊読書人』2月9日号。

・「在日外人三氏の『日本ペンクラブへの抗議』をめぐる問題／こんどは『自伝』ねらう／パステルナークの著書と出版界」、『毎日新聞』2月11日。
・「逃げ場なくただオロオロ／パステルナーク氏、心境を詩に」、『毎日新聞』2月12日。
・「（マスコミ）日本ペンの腹の底」、『読売新聞』2月19日夕。
・荒正人「一級の作『真昼の暗黒』／来日するケストラー氏」、『朝日新聞』2月20日。
・ロゲンドルフ、サイデンステッカー、モリス「（新潮論壇）日本ペンクラブへの抗議文」、『新潮』3月号。
・五味康祐「パステルナク自殺事件」、『新潮』3月号。
・杉浦民平「パステルナークとジバゴ」、『現代芸術』2号。
・大塚幸男「パステルナークの孤独」、『毎日新聞』3月4日。
・芹沢光治良「その特殊な立場／日本ペンクラブのこと」、『朝日新聞』3月6日。
・亀井勝一郎「著作家の国際的な政治感覚」、『毎日新聞』3月7日。
・「（社説）知識人の強さと弱さ」、『朝日新聞』3月7日。
・ロゲンドルフ「日本の知識人への疑問」、『東京新聞』3月8・9日夕。
・埴谷雄高「〝表現の自由〟とは何か？　ケストラーの発言にふれて」、『週刊読書人』3月9日号。
・サイデンステッカー「日本の知識人／道義的日和見主義を憂う」、『読売新聞』3月9日号夕。
・「日本ペンクラブ／ケストラー氏への回答文」、『毎日新聞』3月9日。
・「（海外展望）パステルナークはうかつな人」、『週刊読書人』3月9日号。
・篠原正瑛「ケストラーへの公開状」、『アカハタ』3月10日。
・江藤淳「表現の自由と『中立』をめぐって」、『産経新聞』3月11日。
・竹山道雄「われわれの偏向」、『読売新聞』3月12日夕。
・谷川徹三「政治的と文学的」、『東京新聞』3月12〜14日夕。
・「日本ペンクラブは赤い？／ケストラー公開状の背景」、『週刊朝日』3月15日号。
・大宅壮一「〝進歩的文化人〟の二重性／ケストラーに足をすくわる」、『週刊東京』3月21日号。
・「（焦点盲点）日本ペンは〝赤〟か／ケストラー氏の仕掛けた爆弾」、『サンデー毎日』3月22日号。
・「日本ペンクラブは〝偏向〟しているか／反共の密使？ケストラー」、『週刊読売』3月22日号。
・「人のよい〝日本ペン〟」、『朝日ジャーナル』3月22日号。
・「（海外展望）愛される詩人パステルナーク」、『週刊読書人』3月23日号。
・大宅壮一「（群像断裁16）嵐の谷間の〝日本ペン〟／二つの世界につながる対立」、『週刊朝日』3月29日号。
・「伊藤整氏の生活と意見　ソ連・西欧の初旅から帰って」、『週刊読書人』4月13日号。
・「ケストラー氏〝理解できない行為〟／国際ペン会長から手紙」、『朝日新聞』4月14日。
・青野季吉「文学者と集団」、『読売新聞』4月16日夕。
・「（出版界）特別版『ジバゴ』出版の舞台裏」、『図書新聞』

4月18日号。
・芳賀檀「日本ペン事務局長松岡洋子氏に」、『新潮』5月号。
・今日出海「愚神礼讃」、『新潮』5月号。
・荒正人「ドクトル・ジバゴ論」、『文学界』5月号。
・［小特集「ジバゴ博士」の波紋――］原卓也「パステルナック問題について（ソヴェートの場合）」、佐藤宏「その自由の意味」、大橋健三郎「アメリカ批評家の見方」、日沼倫太郎「昭和作家の不器用さ（高見順の背反）」、『近代文学』5月号。
・荒正人「竹山道雄の非論理」、『図書新聞』5月16日号。
・「きょうからソ連作家大会／〝文学の7ヵ年計画〟」、『朝日新聞』5月18日。
・「〝結びつく作家と政治〟石川氏、ソ連作家大会で発言」、『朝日新聞』5月22日。
・「文学への統制を批判／ソ連作家大会の傾向」、『朝日新聞』5月23日。
・江川卓「ソビエト作家大会の焦点」、『東京新聞』5月23・24・26日夕。
・原卓也「ソ連作家大会の意義」、『朝日新聞』5月25日。
・中野重治「ソ連作家大会に出席して」、『アカハタ』5月27日。
・竹山道雄「（手帖13）ペンクラブの問題」、『新潮』6月号。
・今日出海「進歩的文化人の愚行」、『新潮』6月号。
・高見順「（文学直言）文学的無翼鶏」、『文學界』6月号。
・南信四郎「ソヴェト第3回作家大会の問題点」、『週刊読書人』6月1日号。
・鹿島保夫「第3回ソビエト作家大会」、『アカハタ』6月11～16日。
・平野謙「ソ連作家大会フルシチョフ演説を読んで」、『毎日新聞』6月12日。
・H．リード「『ドクトル・ジバゴ』」、『図書新聞』6月13日号。
・中野重治「ソビエトの旅から帰って」、『週刊読書人』6月22日号。
・中野重治「ソ連作家大会に出て」、『朝日新聞』6月23・24日。
・中野重治「フルシチョフの頭と外国語」、『週刊読書人』6月29日号。
・竹山道雄「（手帖14）『竹山道雄の非論理』」、『新潮』7月号。
・原卓也「（動向）ソヴェート文学の現状」、『文学』7月号。
・江川卓「作家の主体と任務――ソビエト作家大会の議事録から」、『新日本文学』7月号。
・中野重治「モスクワの作家大会とソ連あちこち（1～3）」、『新日本文学』8月号・10月号・11月号。
・「（新潮論壇）ケストラーの日本批判」、『新潮』8月号。
・サイデンステッカー「（随筆論法）高見順と加藤周一の論理」、『新潮』9月号。
・大岡昇平「サイデンステッカーの随筆論法」、『新潮』10月号。
・中村真一郎「（文学直言）現代の文学的感覚」、『文學界』10月号。
・埴谷雄高「パステルナークの周辺」、『東京新聞』11月14・15日。
・「（海外）芸術作品の意図と作用――『ドクトル・ジバゴ』論争」、『日本読書新聞』12月1日号。
・原子林二郎「ジバゴ論争とパステルナーク」、『世界週報』

12月22日号。

▽1960（昭和35）～1967（昭和42）年

・埴谷雄高：書評「第3回ソ連作家大会」、『朝日ジャーナル』1960年1月10日号。

・「（国際インタビュー）パステルナーク」、『自由』1960年6月号。

・江川卓「パステルナークの死に」、『週刊読書人』1960年6月6日号。

・原子林二郎「ドクトル・ジバゴの不吉な余波」、『世界週報』1961年12月28日号。

・荒正人「粛清と三人の文学者――エレンブルグ、パステルナーク、レオーノフ」、『文藝』1967年12月号。

「パステルナーク事件」関連年表

▼＝政治社会的事項
▽＝日本における関連事項

1890	パステルナーク、生まれる。
1894	パステルナーク一家、文豪トルストイと交流。
1903	パステルナーク一家、作曲家スクリャービンと交流。
1905	パステルナーク、政治デモに参加▼05年革命。
1909	作曲家になる夢を断念。
1912	５月、マールブルク大学に留学。８月、ヴェネツィア旅行。
1913	処女詩集『雲の中の双生児』出版。
1914	詩グループ「遠心分離機」を発足。マヤコフスキーと出会う▼７月、第一次世界大戦勃発。
1915	12月、ウラルへ出発。
1917	▼２月革命／夏、『わが妹人生』の大半が書かれる▼10月、ロシア革命。
1922	画家エヴゲーニヤ・ルリエと結婚。詩集『わが妹人生』出版。中編『リュベルスの少女時代』▼12月、ソビエト社会主義共和国連邦樹立宣言。
1923	詩集『主題と変奏』出版。
1928	レーニンを描いた叙事詩「高い病」／長編叙事詩『一九〇五年』、『シュミット大尉』出版。
1929	▼農業集団化、富農撲滅の進行。
1930	４月、マヤコフスキー自殺／音楽家Ｇ・ネイガウスの妻ジナイーダと恋愛。
1931	妻エヴゲーニヤと離婚。
1932	３月、自伝『安全通行証』／７月、ウラル滞在（農業集団化の惨状を知り、自分たち世代の運命に関する散文作品を書くことを決意）／ソ連作家同盟結成。スターリン、ソビエト作家を「人間の魂の技師」と規定。
1933	グルジアへの旅。
1934	８月、第１回ソ連作家同盟大会。「社会主義リアリズム」承認。スルコフが「ソヴィエトの現実に無縁であろうとしている」ことを理由にパステルナークを攻撃。同大会以降、作品の芸術至上主義的傾向への批判が

	強まる（ブハーリン、パステルナークを擁護）／スターリンと電話で問答。
1935	６月、文化擁護反ファシズム大会に出席（パリ）。
1936	６月、ゴーリキー死去／７月、Ａ・ジッド訪ソ／パステルナーク、モスクワ南西のペレデルキノ作家村に移住／作家、知識人の逮捕～処刑続く。
1937	▼大粛清始まる。
1938	『ハムレット』翻訳開始。
1939	▼８月、独ソ不可侵条約。
1940	クライスト、シェークスピアなどの翻訳集刊行。
1941	翻訳『ハムレット』完成／パステルナーク、諸誌に愛国詩を書き、防空活動に従事／ツヴェターエヴァ自殺▼６月、独ソ戦「大祖国戦争」勃発。
1942	『ロメオとジュリエット』翻訳。
1943	詩集『早朝列車で』出版／前線慰問の旅。
1945	翻訳『オセロ』刊行▼５月、ドイツ無条件降伏。
1946	ジュダーノフ批判／10月、オリガ・イヴィンスカヤと知り合い、恋愛。
1947	１月、ロマンの掲載を『ノーヴィ・ミール』と契約／夏、『リヤ王』翻訳／パステルナーク、ノーベル文学賞候補にノミネートされる。
1948	本格的に『ドクトル・ジバゴ』執筆に着手／５月、アフマートヴァに『ジバゴ』を朗読して聴かせる／『ジバゴ』第一部をタイプ原稿化。読んでもらうためにレニングラード、リャザン、フルンゼなどに送る▼６月、ベルリン封鎖。
1949	８～９月、『ジバゴ』第５章を執筆／10月、オリガ・イヴィンスカヤ、逮捕され、モルダヴィアのラーゲリへ。パステルナーク訳『シエイクスピア戯曲』二巻刊行される／11～12月、『ジバゴ』詩篇「秋」ほか書かれる。
1950	パステルナーク、心臓発作に倒れる／イヴィンスカヤの家族を援助。『ドクトル・ジバゴ』一時中断／８～11月、『ジバゴ』第６章、書き加えられる。
1951	イヴィンスカヤ、一年間ルビャンカに拘留（パステルナークを有罪にする文書への署名を拒否し、ラーゲリへ送られる）。
1952	５月、『ジバゴ』第７章を執筆／７月、モスクワ市内の自分用アパルトマンで『ジバゴ』を朗読／10月、『ジバゴ』第８章を書き終える／心筋梗塞で入院。
1953	２月、サナトリウムで療養▼３月、スターリン死去／秋、『ジバゴ』詩篇を執筆／９月、恩赦によりオリガ釈放され、モスクワに帰還。

1954	4月､「散文体のロマン『ドクトル･ジバゴ』よりの詩篇」十篇を発表（『ズナーミヤ』4月号)。同時に『ジバゴ』終章に着手、完成を予告／イヴィンスカヤ、パステルナークの子供を流産／エレンブルグ「雪解け」第1部発表／12月、第2回ソ連作家大会（無葛藤理論を批判。パステルナーク批判＝サメド・ヴルグン)。
1955	3月、『ドクトル・ジバゴ』脱稿／7月、『ドクトル・ジバゴ』第2部のタイプ印刷化／10～11月、『ドクトル・ジバゴ』第1部、第2部の最後の手直し。全テクストの最終タイプ稿完成／ミラノでフェルトリネッリ社創立。
1956	▼2月、第20回党大会でスターリン批判／4月、「雪解け」第2部、発表／5月、作家同盟書記長ファジェーエフ自殺／パステルナーク、『ドクトル･ジバゴ』原稿を『ノーヴィ･ミール』編集部へ送る／パステルナーク、ダーンジェロに原稿コピーを渡す／6月、フェルトリネッリからパステルナークへ最初の手紙／パステルナークから返信（出版の件、了承)／事態を察知したＫＧＢは妨害工作を始める／8～9月、フルシチョフ演説集「文学､芸術､国民生活の密接な結合のために」／9月､『ノーヴィ･ミール』誌、出版拒否として『ジバゴ』の原稿を作者に返す／9月、単行本『雪解け』刊行／国立出版社とのあいだで『ドクトル・ジバゴ』削除版の契約がなされる▼10月、ハンガリー事件。
1957	▽この年初め？長谷川才二(時事通信社社長)､外電で『ドクトル･ジバゴ』情報をキャッチ／11月、パステルナークから出版差し止め要求があったものの、フェルトリネッリ社は『ドクトル・ジバゴ』イタリア語版を出版（初版6000部。1ヵ月後には3刷）▼10月、スプートニク打ち上げ。
1958	
1月	▽原子林二郎、時事通信社ロンドン特派員としてチェルシーにてアパート暮らし始める。
3月	▽原子特派員、東京から依頼を受け『ドクトル・ジバゴ』英語版の件で英コリンズ社へ赴く。
4月	作家同盟書記マールコフがパステルナークとショーロホフがノーベル賞候補になっているとしてショーロホフ支持キャンペーンの実施を党中央委へ提案。
8月	▽原子特派員、コリンズ社より英語版完成の旨連絡を受ける。
9月	▽原子特派員、帰国。長谷川社長から翻訳の依頼を受ける／9月末、パステルナーク、スウェーデンのニルス・アク・ニルソン教授と会う。
10月	▽時事通信社、『ドクトル・ジバゴ』の版権獲得。
20日	▽日本ペンクラブ緊急理事会で警職法改正反対声明を決議。
23日	スウェーデン・アカデミーがノーベル文学賞受賞者にボリス・パ

ステルナークと発表（12月10日、ストックホルムで行われる授賞式に同氏夫妻を招請）▽授賞の正式発表より数時間前、外国通信社から決定の「予定稿」が東京に入電（時事通信社は歓喜する）／ソ連文化相N・ミハイロフ「パステルナーク氏がノーベル文学賞を受けるのを許されるかどうかはソ連作家同盟の決定にかかっている」と言明（スウェーデン共産党系（『ニ・ダーグ』紙）。

24日　パステルナーク、スウェーデン・アカデミーに対して授賞に感謝する、また授賞式に出席したい旨を回答（この日、妻の誕生日でもあり、K・チュコフスキー、グルジア詩人ツィチアン・タビゼの妻ニーナ、隣家イワノフ夫妻ら友人たちが続々とパステルナーク家を訪れ、授賞を祝福）／作家同盟幹部コンスタンチン・フェージンがパステルナークを訪れ、授賞を辞退しなければ不愉快なことになると警告／作家同盟機関紙『文学新聞』がパステルナークを非難「パステルナークは恥辱と不名誉を選んだ。今回のノーベル賞授賞は国際反動勢力のイデオロギー攻勢であり、ソ連に対する政治的敵対行為である。パステルナークはわが国を中傷し、かなり昔から真実を語る方法を忘れている」。

25日　作家同盟機関紙『文学新聞』が「国際反動の挑発的攻撃」と非難。併せて「『ノーヴィ・ミール』編集部のパステルナーク宛書簡」を発表し、『ドクトル・ジバゴ』を批判／ソ連の各種新聞、雑誌がパステルナーク非難キャンペーンを開始／文芸大学学生たちによる反パステルナークの「自発的」デモ。

26日　『プラウダ』、ダヴィド・ザスラフスキーのパステルナーク非難論文「文学の雑草をめぐる反動宣伝の騒ぎ」を掲載。「パステルナークにソビエト的品位の一かけらでもあったら、作家の良心と人民への義務感があったら、自分を低める“賞”など拒絶したろう。あの男は雑草だ。『ドクトル・ジバゴ』は文学ではない」（10月29日、『朝日新聞』が要約を掲載）／多くのソ連紙が『文学新聞』の記事、資料を追いかけて転載。

27日　作家同盟がパステルナークの除名を満場一致で決議（ソ連作家同盟幹部会、ロシア共和国作家同盟組織委員会事務局、ソ連邦作家同盟モスクワ支部幹部会の統一会議。議長N・S・チーホノフ）。／スウェーデン科学アカデミーのノーベル賞委員三氏がソ連に抗議し、ストックホルムでの国際レーニン平和賞授賞式に出席拒否。

28日　作家同盟、前日のパステルナーク除名決議を『文学新聞』に発表「彼は政治的にも道義的にも堕落し、ソ連人民を裏切り、社会主義、平和、進歩のための運動を裏切った」／ポーランド作家同盟、パステルナークに授賞の祝電を贈る／『ルモンド』、ストックホルムのスラブ研究所長ニルソン博士の「パステルナーク訪問記」（9月）を掲載。

29日　コムソモール41周年記念共産青年同盟大会でセミチャスヌイ第一書記、パステルナーク非難の演説「パステルナークは豚にも劣る。資本主義の“天国”へ行って本当の亡命者になるがよい」／パステルナーク、スウェーデン・アカデミーへ授賞辞退の電報を送る（党中央委員会へも同趣旨を通知）／モーム、ハクスリー、グリーン、フォースター、エリオットらのイギリス作家協会をはじめ、各国の団体から作家同盟宛てに抗議の電報が送られる／国際ペンクラブ、ソ連作家同盟に抗議の電報。「国際ペンクラブはパステルナークに関する噂に非常に心配している。貴同盟がパステルナーク氏が創造的自由の権利を保持できるよう保護されんことを望む」／スウェーデン・アカデミー表明「ノーベル文学賞受賞者パステルナーク氏の賞金（21万4559クローネ、約1450万円）は来年まで保管することになろう」。

30日　『タイムズ』、ソ連政府批判の論説を掲載「個人の自由、とくに作家の役割についての共産主義と民主主義の考え方の深淵が再びはっきりむきだしにされた」／スウェーデン駐在ソ連代理大使N・ヴォイノフ、スウェーデン作家同盟会長に「パステルナークの市民権を保証」を約束。

31日　作家同盟モスクワ作家会議総会（議長S・S・スミルノフ）、パステルナークの市民権剥奪を政府に要請する決議を採択（同決議の採択後、作家同盟宛てのパステルナークの手紙が報告された。「『ドクトル・ジバゴ』を書いたのは反ソ的意図によるものではない。私は諸君に“事を早まるな”と言いたい。ノーベル文学賞は私個人の名誉ではなくソ連全体の名誉なのだから断る必要はないと思っている。しかし名誉だけ受けて賞金は平和擁護委員会に寄託しようと思っている。云々」）／タス通信、声明「もしパステルナーク氏がその反ソ的著書で中傷した社会機構と国民を捨て、ソ連を永久に去りたいと望むならば、ソ連公式機関はこれに何らの妨害を加えることはない。彼はソ連国外に出て資本主義の天国のすばらしさをみずから体験する機会を与えられよう」／パステルナークとイヴィンスカヤ、党中央委員会へ出頭。フルシチョフ宛書簡の返答として、党文化部長ポリカルポフより「祖国に止まることを許される」旨を聞かされる。

11月　**1日**　『文学新聞』、「怒りと憤り」という見出しで編集部に寄せられた多くの読者のパステルナークに対する「憤りに満ちた手紙」を発表。

2日　パステルナークによるフルシチョフ首相宛の「嘆願書」公表「ロシアを離れて自分の将来は考えられない、自分を国外追放せぬよう。云々」／モスクワ放送（日本向け）「トルストイ、チェホフ、ゴーリキーのような巨人や、現在の世界的作家ショーロホフにすら与えられなかったノーベル賞が、誰にも知られていなかったパステルナークに与えられた。これは自国民への裏切りと数億の人々の生活を支える思想を非難したことに等しい」。

4日　党文化部長ポリカルポフから「国民へのメッセージ」を依頼され、パステルナークはその草稿を書く（『プラウダ』編集部宛手紙）。趣旨「自分がノーベル賞を辞退したのは罪を認めたためではない、ひとえに身近な人への圧力と彼らへの危惧からである……」。

	５日　イヴィンスカヤ、上記をポリカルポフへ届けるが、その文面は受け入れられず、別の手紙を両者が共同で執筆「わたしたちは、ボリス・レオニードヴィチがさまざまな機会にさまざまなことについて書いたり語ったりした個々のフレーズを拾い集め、それをつなぎ合わせ、そして白いものが黒いものになったのであった」（報酬としてパステルナーク訳『ファウスト』の再版、および翻訳の仕事が保証される）。結局、パステルナークはそのヴァリアントに署名だけ行う。
	６日　パステルナークの「悔悟の書簡」（11月５日付）、『プラウダ』に掲載「自発的辞退であったこと。私の作品が反革命という悲しむべき誤解を与える余地があったこと。同志たちの信頼を取り戻したいこと。云々」。 ▽時事通信社『世界週報』11月８日号から「医師ジバゴ」の連載開始／同誌11月25日号は『ジバゴ』刊行を予告。
12月	**６日**　パステルナーク声明『プラウダ』に掲載「イタリア語以外の出版は自分の預かり知らぬもの。イタリア語の出版も停止するよう申し入れた」
	10日　ノーベル賞授賞式開催（ストックホルム）／▽日本ペンクラブ例会・臨時総会（警職法改定反対声明の再確認、平林たい子、高橋健二氏らがパステルナーク問題も討議すべきと提案抗議文や声明ではなく「申合せ」）／忘年会（来日中のモスクワ芸術座員歓迎。拍手要請事件）。
	13日　▽外国人会員三氏、川端会長宛抗議文（『新潮』59年３月号に掲載）▼党中央委イデオロギー委員会「ソビエト芸術と文学でのブルジョア的現実の間違った描写について」決定。
1959	
１月	▼第21回党大会（スターリン批判）。
	16日　▽日本ペンクラブ理事会、総会。
	30日　▽外国人会員三氏に回答文（高見順執筆）。
２月	**１日**　▽原子林二郎訳『ドクトル・ジバゴ』（時事通信社）第１部刊行。
	２日　『ドクトル・ジバゴ』ロシア語版、ミシガン大学出版局から刊行。
	９日　▽外国人会員三氏、理事会＆会長に再抗議。
	24日　▽Ａ・ケストラー来日（「ノー・モア・ポリティクス」を宣言）。
	25日　▽Ａ・ケストラー、『朝日新聞』、『スターズ・アンド・ストライプス』記者らの取材受ける。夕刻、日本文化フォーラム主催の小宴（国際文化会館）でロゲンドルフ、サイデンステッカーと会う。日本側（平林たい子、小松清、平松幹夫、小山いと子、林健太郎、木村健康、桑木務ら十数名）。

	25日　▽A・ケストラー、共同通信のインタビュー（日本ペンクラブを批判）。
	26日　▽A・ケストラー、上智大学英文科から招待され、ロゲンドルフ氏らと会い「声明文」を渡される。
	27日　▽日本ペンクラブ松岡事務局長よりケストラー宛「３月２日の例会招待状」。
	27日　ソ連党中央委幹部会、パステルナークの国籍剥奪、領域外追放のソ連最高会議幹部会令（草案）を検討。会議で出た意見に従い措置をとることをルデンコ検事総長に指示することを決定。
3月	**1日**　▽『英文毎日』が外国人三氏の抗議の経過「日本ペンクラブへの抗議」を掲載。
	2日　▽A・ケストラーの公開状発表（『英文毎日』&『毎日新聞』）／午後４時、日本ペンクラブ理事会（竹山道雄、ペンクラブ脱退）。
	4日　▽日本ペンクラブ松岡事務局長より「ケストラー氏の誤解」と回答。
	5日　▽ケストラー、再抗議「見解は変わらぬ……論争はこれで終った」（芳賀檀、ペンクラブ脱退）。
	7日　▽サイデンステッカー、『英文読売』に経過を寄稿。
4月	**1日**　▽原子林二郎訳『ドクトル・ジバゴ』第２部刊行（時事通信社）。
	8日　▽A・ケストラー離日（なお、離日に際し、山本有三らケストラーを招いて別離の宴を開く）。
	24日　▽日本ペンクラブ総会。平林たい子「ペンの回答文に責任は持てない」。
9月	**15日**　フルシチョフ訪米に同行したショーロホフの発言「パステルナークはヤドカリである」（ワシントンでの記者会見で）。
11月	**25日**　『ソビエト百科事典』副編集長の党中央委文化部長への手紙。『小ソビエト百科事典』のパステルナークの項目の校正刷り添付（原稿がパステルナークの詩作を肯定し、個人主義的で人民から遊離しているとする）。
1960	５月31日（夜11：20）、パステルナーク、ペレデルキノで死去（血液癌が脳に転移。70歳）／６月１日、『文学新聞』にパステルナーク死去の記事（葬儀の日時、場所知らせず）／６月２日、モスクワのキエフ駅の壁に張り紙「現代の偉大な詩人の一人ボリス・レオニードヴィチ・パステルナークが死去した。非宗教的追悼は本日ペレデリキノー駅で15時から」。遺体はペレデルキノの共同墓地に埋葬される（2000人以上が葬儀

	に参加）／８月中旬、パステルナークとの関係、および『ドクトル・ジバゴ』海外流出の件でイヴィンスカヤ再逮捕／９月、イヴィンスカヤの娘イーラも逮捕／12月、二人ともにシベリアのラーゲリに送られる。
1962	▼10月、キューバ危機／11月、ソルジェニーツィン『イワン・デニソビッチの一日』発表／12月、フルシチョフ、抽象絵画を酷評／イーラ釈放。
1964	２月、ブロツキー、「徒食」の罪で有罪判決／イヴィンスカヤ母娘釈放される▼10月、フルシチョフ失脚（後任ブレジネフ）。
1965	２月、ルイセンコ遺伝学研究所長解任／▽８月、高見順死去（58歳）／10月、最初の妻エヴゲーニャ死去。ショーロホフ、ノーベル文学賞受賞／12月、映画『ドクトル・ジバゴ』（アメリカ・イタリア合作。D.リーン監督）公開。
1966	２月、ダニエル＝シニャフスキー裁判／二番目の妻ジナイーダ死去。
1967	５月、第４回作家同盟大会（ソルジェニーツィン公開状）。
1968	▼８月、チェコ事件。
1969	10月、ソルジェニーツィン、作家同盟から除名。
1970	10月、ソルジェニーツィン、ノーベル文学賞受賞。
1971	▼９月、フルシチョフ死去（77歳）。
1972	▽２月、平林たい子死去（66歳）／３月、フェルトリネッリ死去（46歳）。
1973	12月、ソルジェニーツィン『収容所群島』刊行（パリ）。
1974	２月、ソルジェニーツィン逮捕～国外追放。
1979	▼12月、ソ連軍がアフガニスタン侵攻。
1980	▽３月、江川卓訳『ドクトル・ジバゴ』（時事通信社）、刊行。
1983	３月、Ａ・ケストラー死去（77歳）。
1985	文学者たちがパステルナークの復権を要求／▼３月、ゴルバチョフ、書記長に就任。
1986	▼第27回党大会（ペレストロイカ路線承認）／▼４月、チェルノブイリ原発事故／６月、第８回作家大会（リハチョフらの提起によって『ドクトル・ジバゴ』刊行の提案）。
1987	２月、作家同盟書記局は58年のパステルナーク除名決議（58.10.28）を正式に取り消す／４月、作家同盟分裂へ／５月、文学研究所でパステルナーク作品朗読の会／11月、ブロツキー、ノーベル文学賞受賞。
1988	『ドクトル・ジバゴ』が『ノーヴィ・ミール』１月～４月号に掲載（序

	文ドミトリー・リハチョフ)。
1989	息子エヴゲニーがストックホルムを訪れ、ノーベル文学賞の記念牌とディプローマを受領/ロシア・ペンセンター創設/7月、ソルジェニーツィン『収容所群島』解禁/▼11月、ベルリンの壁崩壊。
1990	ロシアで『パステルナーク作品集』全5巻、刊行始まる/5月、パステルナーク生誕百年祭。記念シンポジウム開催(ゴーリキー文学大学)/ペレデルキノのパステルナーク別荘を記念館としてオープン/妻ジナイーダの回想録、『ネワ』2月号に発表。
1991	▼12月、ソビエト連邦崩壊。
1995	9月、オリガ・イヴィンスカヤ死去(83歳)。
2007	▽8月、E・G・サイデンステッカー死去(86歳)。
2012	7月、エヴゲニー・パステルナーク死去(88歳)。
2013	▽4月、工藤正廣訳『ドクトル・ジヴァゴ』未知谷より刊行。

＊参考資料

ボリス・パステルナーク『ドクトル・ジヴァゴ』工藤正廣訳、未知谷、2013年(巻末「簡略年譜」)。

オリガ・イヴィンスカヤ『パステルナーク　詩人の愛』工藤正廣訳、新潮社、1982年。

マーク・スローニム『ソビエト文学史』池田健太郎・中村喜和訳、1976年。

跋——天上のことばを、地上にあって

工藤正廣

陶山幾朗様

一九四三年生まれのぼくが一九四〇年生まれのあなたのこの大作にお手紙のかたちで「跋文」を書きます。この著書の光源となった「パステルナーク事件」の政治イデオロギーの醜怪なるバッカス祭は一九五八年ですから、そのときあなたは十八歳であった。一方ぼくは本州北奥の田舎町でパステルナークの名もノーベル賞授賞の大事件も何ひとつ知らない中学生だった。それから現在までほぼ半世紀という厖大な、しかしあっという間の年月であったように感じられます。あたかも過去がすべて無かったことだったとでもいうように。そうして、この歳月の今、崖っぷちに来て、ゆくりなくもあなたから「跋」を書けとの玉信をいただいた時には、ゆえしらない感慨が湧きあがりました。というのも、そのお手紙の直前まで、虫の知らせというのも妙な言い方ですが、符合と言うべきか、ぼくは自分のロシア文学翻訳の最初となったロープシン＝サーヴィンコフの第二作『漆黒の馬』を実は数十年ぶりに再読したばかりだったので、なおのことでした。その解説は高橋和巳さんです。その当時はよく理解できなかったように思うのに、再読して眼から鱗が落ちるように新鮮な感銘を受けたのです。あの時すでに高橋和巳さんはロシア革命の、その後のすべての運命と矛盾を、ボリシェヴィズムの無惨さも何もかもすべて見届けていたのでした。末期の眼などとは言いたくないですが、そのような透徹した眼で。解説のお礼にもと大学闘争の退潮の一時、鎌倉の首塚にあるおうちを訪ねた。そのとき、病床にふせっていた和巳さんは静かに布団に身を起して語ってくれた光景を忘れたことはないのです。その後、彼は旅立ったのです。和巳さんのおもかげを思い重ねつつ『漆黒の馬』読了し、彼の思いを、いまになってやっと分かったのです。翻訳したときはそこまで分かっていなかった、ロープシン＝サーヴィンコフのこの純粋小説遺作は、実はそっくりそのまま、パステルナークの『ドクトル・ジヴァゴ』の第二部の中に埋め込まれているのではないか、いや、もしかしたら、簡潔要諦を極め、『ドクトル・ジヴァゴ』の内戦の考察に匹敵する、地上で天上のことばを求めてついに虚無しか見出さなかった人々の思い出なのだ――と、歳月の果てしなさの端に来て思っていたのです。ロープシン＝サーヴィンコフからパステルナークの『ドクトル・ジヴァゴ』へという思いがけない伏流です。それは同時代としても当然のことではあったのですが。この読了の思いの直後に、陶山さん、あなたのお手紙が届いたのです。ぼくのこころはすぐに感応したのです。

どうしてあなたが、主宰誌「VAV」の長丁場の連載形態で、この大著に取り組み始めていたのか、始め連載を拝読しながらも、この大作の構成における光源としてのパステルナークとその「事件」のゆくたてと推移、消長についてはまさに打てば響くように明快であったのですが――、ここに不意にもというべきか第二プランとして、どうして「戦後日本」の当時の日本文学者たちのありようが大きな比重をもって、そしてこの、日本の戦後状況の地上人、文学者たちとの、パステルナーク光源との執拗なまでの照応と往還がなされているのか、この螺旋的迂回法をややも訝しく思ったものでした。土台、この二つはまるで世界が異なるのだ、詩文学のイデーそれ自体がおよそ真逆なのではないのか、これでは日本の戦後文学の人々が一九五八年時点でいかにもかわいそうではないだろうか、などと思いながら連載を追っていたのだったが、いまここに来て四二〇頁のグランカを読み終えて、やっと全貌が明瞭になったのです。一語で言えば、あなたの批判の根本には、日本の文学のことばのありようについて深いかなしみがある。どうしようもないかなしみ。それを、ロシア詩人パステルナークの詩人の精神の光をあてて、その日本的かなしみの原因をときあかしたいということだったように思うのですが、どうだったのでしょうか。

で、このあいまいな「日本的かなしみ」という場合、これを日本の伝統的な美学へと迂回させるのではなく、ひたと地上の日本の時代現実を見るときにどう見えて来るか。これが主題であったと分かったように思うのです。というのも、言うまでもなくロシアはロシアの歴史的文化があり、キリスト教が生き、日本は日本でも、同様なのですが、ここで重要なのは、「パステルナーク事件」に際して、日本の知識人・作家達における二重の敗北感が、彼らの精神を萎えさせ、同時にまた苛立たせていたということも見えて来ました。一つは彼らにおけるソ連モデルの共産主義理念、社会主義革命運動からの、戦前の完膚無き敗北。それを受難と言うべきか。そしてもう一つは、日本の敗戦。この二つの敗北感。この克服にはどれほどの年月が必要になることだったでしょう。海の向こうの、モスクワで起こっている「パステルナーク事件」にたいして敢然と欧米並みの抗議行動を起こせなかったほど、彼らはこの二つの裂傷に苦しみ、内向きになり、問題になっている本をせめて英訳ででも読もうとせず、結局は日本の文学の代表者然として、権威主義そのままに不透明な態度をとることになったのか分かって来ました。島国精神の当然の内向き志向だったのですね。内国に籠もれば大丈夫、一時の嵐をしのげばそれでいい。そのような日本の、ここが時代の転換点とも言うべき一九五八年において、日本の文学者知識人はいわば政治家になった。陶山さん、あなたはどうしてもこのことが許せない、というより、自分自身のためにも明瞭に認識をしたかったにちがいありません。なぜなら、その後の半世紀の日本の進んで来た歴史の光景を思い返すとき、どうしても、いつからこうなのか、「文学のことば」とはこんなものなのか、これでいいのか、といった問いが解決されないのです。ここが盲点だったのです。何をいまさら、ソ連も崩壊したから全ては帳消しになった、これはこれでよかった、あとはどうとなれ、というような現代になってしまっているのですが、それでは文学と何だ、何に信をおくべきなのか、そのような問いが、あなたを、ここ「パステルナーク事件」の光源へと促したにちがいないのではありませんか。しかも、その遠い時点へあなたが苦心惨憺して遡るということは、とりもなおさず、あなた自身の十八歳の青春の入口にもういちど、老年になって立つ、現場に立ちもどるということであったにちがいありません。立ち戻って同じ体験を思索の検証で行うことで、日本特有の裂傷を少しでも縫い合わせることが出来る。その当時のわれら戦時期の子供らにとってはどのようななす術も持ち合わせてはいなかった。先行する大人たち知識人たちがそれでは後始末をしたか。だれかが後始末をしなければならない。敗戦の瓦礫の山ならば眼に見えて片付けられもするが、魂の、ことばの、精神の後片付けは眼には見えない。だれかが、その同時代に青春前期にあった者は、如何に遅れても、それをしなければ自身の生が成り立ちゆかない。それは遥か後になってこそやってくる。常に遅れてやって来る。その衝迫があなたを、ここ数年の七十代の半ばにおいて粘り強く持続させたのではないのか。この後片付けについて言えば、ぼく自身もかすかに思ってはいても、到底そこへ踏み込む力がなかったのです。恐らくはそれは散文小説のことばによらないと不可能に思われて埋葬されていたのです。ぼくは「パステルナーク事件」の光景のあと、原子林二郎訳で『ドクトル・ジヴァゴ』を大学三年の時に読み、その後、上京して大学闘争のさなか、ロープシン=サーヴィンコフから、マヤコフスキーを経て、旋回し、パステルナークに辿りつき、その後一つ覚えのようにパステルナークの詩を追い、またたくまにやがて七十歳になって、やっとのことで『ドクトル・ジヴァゴ』の邦訳を成し遂げることになったのです。で、この歳月の中で、陶山さんの方が徹底的ですが内村剛介に親炙密着し、一方ぼくもまた内村剛介との出会いによって、ロシア革命幻想の未練が粉砕されたのです。今はただなつかしい思い出になるのですが、内村剛介との恐山への旅は忘れ難いのです。その絶対孤独のごとき彼と一緒の旅において、土俗信仰の恐山にあってさえ、忽然と彼は、いまだラーゲリにいるかのようであった。彼は徹底して地上の人を生きていたように思います。ぼくは一度も彼からパステルナークについての発言も聞くことはなかったのが不思議ですが、しかし彼は、それだけは内に秘めていたのにちがいありません。というのも、まさに、天上のことば、天上の眼をもって生きたパステルナークについての思いの深さ、敬愛が秘められていたからにちがいないと思います。ソルジェニーツィンについてはいくらでも聞いたのですが。それは徹底して地上のことばだったからだと思います。それも過ぎゆきます。

陶山さん、ぼくは「パステルナークの受難と栄光」の副題を添えたこの労作の成就に出会い、それではあなたのあとを、自分ではどのように書き遺しておくべきかについて思いました。そして、できることは、おそらく、ぼくが出会ったパステルナークゆかりの人々についての、この世の記憶、思い出に他ならないと思うのです。文学の真のことばというのは、虚構の巧みさやプロットやら人物像の性格とか、そんなことではない、一粒の砂、野の花として生きたその風のような真実についてだけが、文学のことばだろうと思うのです。

そこでこの「跋文」の責として、ぼくはあなたの本書の末尾に、ぼくが出会い、みなすでに故人となった大切なゆかりの人たちについて名をあげて、陶山さんのこの仕事の成就の余韻にもなればと願うものです。

オリガ・イヴィンスカヤさん。ぼくはモスクワで三度お会いした。85、87、89年。ソ連崩壊の91年には、突然彼女から興奮した声で札幌に電話がかかってきて驚かされた。あの早口で、いよいよこれからパステルナークの世界講演の行脚に出ることにした。先ず札幌から始めるから、マサヒロ、手配しなさいというのだった。詳しくは省く。彼女は95年、83歳で死去。ぼくが滞在中のワルシャワから、始めて彼女を訪ねたとき、思えば彼女はまだ73歳だったのだ。思えば今のぼくより若かったのだ。

87年の晩秋は、パリに亡命中のイヴィンスカヤの娘イリーナ・エメリャノヴナを訪ね、その足でモスクワへ飛び、母オリガ・イヴィンスカヤにイリーナからのお土産をとどける。イリーナさんは詩人のワジム・コゾヴォイと結婚し、パリ大学の非常勤講師をして貧しく暮らしていた。ぼくは夫妻が管理しているパステルナークの遺品調査が目的だった。コゾヴォイはパステルナーク事件の時、パステルナーク支援に奔走した学生たちの一人。詩人のアイギも同じだった。イリーナさんは２００７年、パステルナークと過ごした日々の回想記をモスクワで刊行した。母イヴィンスカヤの本の再録も抱き合わせにした母娘共著の形で『パステルナークとともにありし時、なきあとの年々』と題される。二人ともパステルナーク死去直後、外為法違反の冤罪で逮捕され、同じラーゲリに送られ、のち恩赦で帰還。

89年1月にソ連版でついに『ドクトル・ジヴァゴ』刊行。初版二〇万部。

同じ5月に、ぼくはモスクワの世界文学研究所で日ソシンポジウムに出席。パステルナーク生誕一〇〇年記念、世界文学研究所。このとき、作家同盟の議長は詩人のアンドレイ・ヴォズネセンスキーだったと思う。ヴォズネセンスキーはパステルナークを一四歳の頃から師と仰ぎ、パステルナーク亡き後は、ペレデルキノのパステルナークのダーチャの隣に移り住んだ。この時、ゴーリキー文学大学の小教室でセミナー講演が行われ、パステルナークの息エヴゲーニー・パステルナークが司会。ぼくも10分間そこそこの発表を行った。

この時、世界文学研究所のリジヤ・オプリスカヤに会い、夫ミハイル・グロモフにも会う。オプリスカヤさんはトルストイの研究者で、また同時に三十巻『チェーホフ全集』（「ナウカ」版）の監修副編集長。

89年10月、ふたたび世界文学研究所に三カ月。グロモフさん宅に招かれる。グロモフさんは、パステルナークが手紙で「ドクトル・ジヴァゴ」の構想をうちあけた最初の人。まだ学生のときだ。詩人になりたいとパステルナークに手紙を書いたところ、返事が来て、それよりもきみは出身地（タガンローグ地方）を生かして、チェーホフ研究をしなさいと勧められた。その際にパステルナークは、若い一介の学生に、ジヴァゴの構想を打ち明けた。ぼくが会った時はモスクワ大学を退職し、ちょうど、『チェーホフのこと』という新著がでたばかりだった。ぼくはこの新著の日本語翻訳を頼まれたが実現できなかった。グロモフさんの集合マンションの右向かいの一階の部屋に、戦後すぐにイヴィンスカヤ一家が住んでいたのだった。パステルナークはここに彼女を訪ねた。この滞在時にも、イヴィンスカヤを訪問。

89年10月、レニングラードのプーシキンスキー・ドーム研究所に、ロシア中世文化史の泰斗であるドミトリー・リハチョフ博士に面会。国会に行く前の20分間の時間をさいていただいて、パステルナークの『ドクトル・ジヴァゴ』研究について助言を乞う。忘れ難い寛大な風情とやさしさ。ロシア知識人とはこういうものなのかと、ぼくは見惚れた。応接室の窓下をネヴァの支流が流れていた。ソ連で初めて「ノーヴィ・ミール」誌に『ドクトル・ジヴァゴ』分載が始まった時、リハチョフが解説を執筆、ソ連で『ドクトル・ジヴァゴ』復権と刊本への端緒となった。若々しい碩学リハチョフさんは、あの時、もう八十三歳だったのだ。ラーゲリ帰りの人とは思われなかった。

いまこのように思い出すままに、名をあげたが、このように縁あり出会って声に接した人たちは、一人、イリーナさんをのぞいて、もう誰もこの世にいない。彼女だってもう今は80歳になっている筈だ。いや、もう一人、ジュネーブ大の名誉教授のジョルジュ・ニヴァ。ニヴァさんはまだ83歳で健在だ。ぼくはニヴァさんが北大のスラブ研究センターを訪問した際の彼に会った。フェルトリネッリ社の『ドクトル・ジヴァゴ』ロシア語版(1958)にフランス語でサインをしてもらった。「サッポロでの私たちの出会いと、もっとも明朗でもっとも大きい詩人であるパステルナークについての私たちの語らいの記念に。ジョルジュ・ニヴァ。81・10・5」と。実はモスクワに留学中にパステルナークの知遇を得た若きニヴァさんはイリーナと婚約していたが、ソ連から強制退去させられ、その一週間後に、オリガ・イヴィンスカヤ母娘は同時に逮捕された。これまで生前のパステルナークには指一本触れなかった当局が、死去と同時にここぞとばかり、身がわりの報復、見せしめに彼女たちを逮捕し、モルダヴィアから、次にシベリアのイルクーツクの奥地タイシェットのラーゲリに送った。

こうして思い出すと、生きているのは、この二人だけだ。つい去年、２０１７年には米国にいる詩人のエフトゥシェンコが死去。ペレデルキノ墓地のパステルナークのそばに葬って欲しいと遺言。そして葬られた。86年〜91年まで、ソ連作家同盟の書記。若かった頃からパステルナークを師と仰いだ。

陶山さん、このような文章で、あなたの労作賛の「跋」の役がはたせたものやら覚束ないのですが、ここまで思いつくままに書きながら、この人たちがみな（イリーナさんとニヴァさんをのぞけば）旅立ってしまいました。パステルナークの『ドクトル・ジヴァゴ』の登場人物たちすべても、みな旅立ってしまった時代の軛の中の人々なのですが、しかしこのように文学のことばによって生き続けています。これはやはり、地上において、地上のことばで生きつつも、同時に、天上のことばで永遠化するからではないでしょうか。あなたも本書で「天上の人」ということばで暗示していますが、それは、スターリンが名付けたのかどうか定かでないにしろ、「彼には手をつけるな、他はまかせるが、彼だけはわたしの管轄にまかせよ」と言ったという事実については——信憑性あるものと思います。神のごとき人というように感じさせる人間であったにちがいありません。『ドクトル・ジヴァゴ』を書きあげた時、彼は、神から託された仕事をついに成し遂げたと、シャラーモフに書き送っています。それはこの地上の悲惨を、天上のことばで書き遺すことだったと理解したいです。ロシア文学の始まりを思うと、プーシキンの「プガチョーフ叛乱史」の重いドキュメントがあり、そこから美しい中篇物語「大尉の娘」が生まれます。これを甘い歴史物語だというわけにはいきません。地上の物語を天上のことばで書くことが詩人の仕事だったからです。そう言う意味では、ぼくは20世紀の大ロマン『ドクトル・ジヴァゴ』の中に、プーシキンの「大尉の娘」をも見るのです。そしてまた、そのはるかのちに、サハリン島へ命がけの調査を敢行したチェーホフの『サハリン島』一巻の仕事も、この地上の地獄篇を、チェーホフは「大尉の娘」ゆずりの天上のことばで書き遺したような印象を覚えます。リアリズムですがリアリズムを越える、善のことばなのです。そして20世紀の『ドクトル・ジヴァゴ』は時代のなかで滅びゆく人々を切に愛惜し描きながら、やはりプーシキンの流儀を守りとおしたように思います。一冊の書物は、その意味で、過ぎし人々の共同墓地であり、それらの墓碑銘の詩行ではないのかと思われます。

陶山さん、あなたの本書は、日本の文学のことばについて、地上にあっても、もっともっと天上のことばへ身を投げ出せという励ましのドキュメントのように思ったのです。

追伸。長くなりすぎましたが、急に一つの挿話を記しておきたくなりました。パステルナーク死去後、ようやくあの帆船のような家（これは作家同盟の所有なので戸主が亡くなると家族もまた退去しなくてはならない）がパステルナーク記念館になる直前、一人訪ねてみると、ボランティアの大工さんが一人で内部の手直しをしていたのです。日曜大工さんですね。すると彼が中に入れ入れと言って、修理中の二階の広い一部屋へ、そこがパステルナークの書斎だったのです。日曜大工氏はぼくをひろびろとした窓辺につれて言って、何と『ドクトル・ジヴァゴ』から「降誕祭の星」の詩を諳んじつつ、窓の外に広がるペレデルキノ谷間の広大なビート畑を指示しながら、いいかね、東方の三博士は、ほらこの谷間にラクダに乗ってやって来たのだ、雪野を越えてだよ、どうだね。そう言って、得意満面だったのです。ボランティアの日曜大工氏が『ドクトル・ジヴァゴ』のユーリー・ジヴァゴ詩篇を諳んじていたのです。谷間の上には雲が流れていました。まるでここがベツレヘムだとでもいうように、詩人はこのロシアの大地に、東方の三博士を移したのでしょう。夜だと、谷間は星たちでいっぱいにちがいないのです。

二〇一八年九月三十日

あとがき

かつて「パステルナーク事件」という――今日ではそんな事件があったことすら忘れ去られつつあるし、それのみならず、かのソ連国家すら崩壊してすでに二十年を経ている――騒動があった。ノーベル文学賞を授与され、いったんは「喜びをもって」これを受け入れたものの、時のフルシチョフ政権による横槍によってその栄誉を阻まれた詩人の悲劇として、当時は凄まじい国際的反響をよび起した。その詩人パステルナークは自国で孤立無援のうちに世を去ったが、しかし、今日われわれの眼前にあるのは、かつて躍起となって彼を弾圧した組織、およびそれにかかわった人びと――政治家、党官僚、御用文学者、追従屋たち――は消え去り、代わって彼の作品『ドクトル・ジバゴ』は世界で広く、静かに読み継がれているという現実である。そんな「事件」があったことなど知らぬげに。

ところで、私にとって「事件」への関心は、ある「日記」の文章から始まったように思う。あるとき、たまたま『高見順文壇日記』(中村真一郎編)に目を通していた折、突然そこで彼の激しい感情的な記述に出くわしたのであった。そこには本書でも引用した、あの日本文学翻訳家サイデンステッカーに対する剥き出しの怒りが吐き出されていた。「いったい、何ごとならん」と思わせるその語調の前に私はしばし立ち止まったが、彼のその怒りが「パステルナーク事件」に起因したものであることを知ったとき、私にはなぜか同「事件」が急に気になりだしたのである。

学生時代、この「怒る人」高見順の講演を一度聞いたことがある。演壇の彼は長身痩躯、颯爽として饒舌な紳士であった。講演内容などむろん覚えていないが、その頃流行っていた雑誌『リーダーズ・ダイジェスト』をネタにしながら、アメリカ文化に対して軽妙な批判をとばしていたことだけはうっすら記憶している。当時、岸内閣が提起した警職法改定問題に対して、彼は文化人らを率いて反対行動を敢行し、ジャーナリズムからは「時の人」扱いされていたが、そのときの壇上の冷静な挙措と、この「日記」における毒舌ぶりとのギャップをどう理解すればよいか、いささか戸惑ったのである。

さて、一九五〇年代末期、詩人パステルナークの受難に対する国際的な非難の盛り上がりに比べ、総じてわが国の文学・思想界における関心は――一部を除き――決して高いとは言えなかった。事態の進展に応じて現われたその頃の論評類を当たっても、「事件」に関し、いかに語られたかというよりも、むしろいかに語られなかったかという印象の方が強い。発端となった小説『ドクトル・ジバゴ』は、邦訳刊行されるや、たちまち想定を超える売れ行きを示したとはいえ、その人気に比して、同書が惹起した「事件」そのものへの本質的な発言は（雑文は種々現れたものの）少なかったように思える。

その印象は、この十六年後に出来した、やはりノーベル賞作家ソルジェニーツィンの「事件」と比較した場合、確然たる差異がある。一九七四年、作家ソルジェニーツィンは『収容所群島』の海外出版からノーベル文学賞の受賞、さらにそのことによる国外追放という処分を受けたが、その経緯は世界のメディアによって連日報道され、作家個人の一挙手一投足まで注目の的となった。それはわが国も含めてさながらソルジェニーツィン・フィーバーの観を呈し、ソ連体制そのものへの批判となって沸騰したのであった。

ところで、問題となった小説『ドクトル・ジバゴ』は、しかし私たちの戦後にどのように降り立ったのか。このとき、同書にとって不幸であったのは、この作品が時代の孕む政治的緊張の代替物となり、文学の香気とは無縁の喧騒を伴ったことであった（しかも、最初の翻訳者は不幸にもロシア文学者ではなかった）。さらに、その書が持ち込まれたわが国の知的風土は、いわば「ソ連幻想」ともいうべき親ソ的雰囲気と、それを補完する左翼ジャーナリズムが健在を誇っており、わが国に上陸した『ジバゴ』は必然的にこの潮流と交錯することとなった。

この潮流には濃淡があったものの、しかし、ある基底的感情を有することにおいて共通していた。すなわち、それは、戦前、権力からこうむった弾圧と転向、さらにそれに続く戦争協力へと傾斜していった歴史への深い悔恨であり、反省意識であった。したがって、この「屈辱」を総括することが彼らの再出発の起点となったが、このとき、当時、ソ連社会主義が世界に誇示していた前進するイメージが、彼らに未来的象徴として眩しく映じただろうことは否定できない。

こうした背景の中、作品『ドクトル・ジバゴ』は、〈ソ連＝聖地〉観にどっぷり身を浸していた者にとっては、総本山の御託宣どおり「ブルジョア資本主義に毒された反動的な駄作」として受け取られたし、一方あくまで「表現の自由」という作家的観点を重視し、これを守らねばならないとする者は、少数ながらパステルナーク擁護の立場を明確にした。しかし、多くにとって本「事件」は、しょせん外国の出来事であり、したがってあくまで対岸の火事として終始した気配が濃厚であったと言わねばならない。

ひとつ付け加えるとすれば、本「事件」が推移する過程において、わが国ロシア文学界からの積極的な発言が少なかったことであろうか。これは残念なことと言っていいのかも知れないが、このことはパステルナーク問題として俎上に挙げられたテーマが文学の問題ではなかったことを意味している。このとき、本「事件」を、文学の評価に国家権力が乗り出したり、政治的観点から裁断したりすることの本質的不毛として批判したのは、戦前から引き摺った「政治の優位性」概念に縛られず、あくまで詩人パステルナークの孤独に寄り添った自立的な批評精神であったと言える（余談ながら、戦後、わが国でもレーニン賞やスターリン賞を受けたソビエト小説が多く紹介されたように思うが、あれら「傑作」はいったいどこへ行ったのか！）。

さて、本書はもともと友人と気侭に発行している小雑誌に「真昼の喧騒――パステルナーク事件の光景」（『VAV』二〇〇二年六月～二〇一七年九月。全十九回）として連載した文章をもとにしている。ここで〝真昼の喧騒〟とは、言うまでもなくアーサー・ケストラーの「真昼の暗黒」と響き交わし、また〝光景〟とは、同「事件」が使嗾する幾つかの問題に照らし出された事態を思想的光景として提起したかったからである。ロシア文学の門外漢たる筆者が分不相応にこの「事件」に首を突っ込んだのも、その光景がいわば余りに戦後的な思想空間の縮図であると考えられたからであり、また同時にその縮図は世界大のスケールを背景としていると思われたからにほかならない。

パステルナークは自分が生きた時代世界を書くとすれば「心臓もとまるばかりの、髪も逆立つばかりの書き方で語らねばならない」と記し、作品『ドクトル・ジバゴ』を「わたしがはじらいを感じないばかりか、昂然としてその責任をとる唯一の労作」と述べている（『自伝』）。本書で問いたかったのも時代であり、また時代に翻弄された芸術の運命であるが、そうした運命は間違いなく個々の人びとによって支えられていることもまた動かしがたい事実であろう。本書の提起が有効的であったか否かは別として、少なくともこれらの光景の積み重ねの上に、私たちの「パステルナーク事件」があったということは確かであるように思われる。その意味で、ここで描こうとしたのは、この「運命」にかかわり、この光景に参画した人びとの残像であったと言っていいかも知れない。

ところで、われながら意外だったのは、この「事件」を追う過程で、あの悪名高いルィセンコ旋風と出会ったことであり、このことは、当初、全く想定していなかった。詩人パステルナークの受難と、一時代のソ連農業を支配したエセ農学者の運動といったいどんな関係が？　とはじめは思われたが、そこから見えてきたのはロシアにおける〈農〉の伝統が有する力であった。そして、「事件」においてパステルナークが「雑草」と呼ばれて排撃されたとき、それは単なる比喩と門外漢には思われたのだが、どうもそうではないらしいということが分ってきた。

すなわち、「事件」の渦中、パステルナークに投げつけられた悪罵――「雑草は畑から刈り取れ」とか「豚小屋の豚にも劣る」とかいった――農事に事寄せた批判の底にはロシア的な背景があった。つまり、迫害する側はイデオロギーで説得するより、こうした情緒的悪罵こそ効果的であることを体得しており、三〇年代、この戦略は政敵を葬る「害虫」キャンペーンとして猖獗を極めたのである。したがって、彼らにとってパステルナークのとった行動が許し難く映ったとき、この使い慣れた手法が発動されたことはほとんど自然に近いものであったと思われる。

もう一つ意外だったことは、「事件」の終局場面に中野重治が登場したことである。言うまでもなく中野重治は戦後日本を代表する作家知識人の一人であり、戦後思潮の有力なリーダーであった。そして、当時の左翼的思潮はおおむね「事件」に対して冷ややかであり、ほとんどこれを無視する対応をとったが、中野もまた彼じしんの物差しから作品『ドクトル・ジバゴ』を歯牙にもかけなかったし、そのかけないという態度によって自らの立場を鮮明にしていた。

さらに、ソビエトにおける「事件」の最終総括が第三回作家大会でのスルコフ報告と、首相フルシチョフの「作家は長距離砲兵たれ」という発言によって締めくくられたとき、この大会に日本代表として参加し、彼ら作家同盟に衷心よりエールを送った中野重治の姿は、パステルナーク弾劾への加担を象徴するもの以外ではなかった。すなわち、ここで無謀にも敬愛する中野にあえて批判的筆致を向けざるをえなかったのは、彼個人が対象であったというより、戦後日本がこの「事件」をよそよそしく受け止めた象徴として登場してもらうのが相応しいと考えたことに由っている。

*

なお、本書刊行に当たり、ロシア文学者工藤正廣氏より懇切な跋文をいただいたことは、望外という以上の大いなる喜びであった。もとより本書は工藤氏の述べる評価に値するような作物ではないが、この拙い論考を書き続けてきたのも、もともと工藤氏の手になるパステルナーク翻訳その他、その聳立する業績を仰ぎながら歩んできたという思いがあったからである。

末尾になったが、本書を刊行するに当たっては、恵雅堂出版の麻田恭一社長、および宮明正紀、白井康子の両氏に一方ならぬお世話になった。ここに心より感謝申し上げたい。

陶山幾朗

刊行までの経緯

陶山さんは、弊社で編集をお願いした『見るべきほどのことは見つ』（内村剛介著／二〇〇二年）の頃から、影法師のように少しずつ私の意識の中に入ってきました。その影は、内村氏の健康の衰えに比例して大きくなり、ついには本人をして「内村剛介のことは自分よりこの人に訊け」と言わしめるほどの存在となり、それが内村剛介著作集全七巻となって結実しました。編集者・陶山幾朗の渾身の仕事でした。

さて、『パステルナーク事件と戦後日本』です。本書は、誰もが事件を忘れてしまった六十年後の今、突然炸裂した時限爆弾のような論考です。この一冊により、氏の名は稀有の思索家として記憶に残るでしょう。著者の本書への思いは隅々まで行き届いていて、判型から書体、文字組みまで、すべて著者の指示によります。ただ一点、表紙の問題だけが残っていました。そのことで、私は「一人暮らしで身軽」という氏の言葉に甘え、昨年十一月六日に上京いただくようお願いしました。ところが氏は約束の場所についに現われませんでした。翌日思い切ってご自宅に連絡をしたところ、やはり胸騒ぎがして実家を訪ねたご子息から、二日に氏が逝去されていたことを知りました。思索家・陶山幾朗の更なる活躍を確信していた私は残念でなりませんが、案外、ご本人はにこにこと我々を見下ろしているような気もします。そういう方でした。

最後に、本書刊行に多大なるご協力をいただいたお二人のご子息・陶山礼様と荒木秀人様、帯文を書いて下さった北川透先生、様々なご配慮をいただいた成田昭男様に、深甚の感謝を申し上げます。

二〇一九年十一月二日　　　恵雅堂出版　麻田　恭一

著者略歴
1940年生まれ。1965年、早稲田大学第一文学部卒。著書に『シベリアの思想家——内村剛介とソルジェニーツィン』（風琳堂）、『内村剛介ロングインタビュー』（恵雅堂出版）、『現代思潮社という閃光』（現代思潮新社）。編集『内村剛介著作集』全七巻（恵雅堂出版）。雑誌『VAV』同人。
2018年11月2日　急逝（78歳）。

パステルナーク事件と戦後日本
——『ドクトル・ジバゴ』の受難と栄光——

2019年11月20日　初版発行

著　者　陶　山　幾　朗
発行人　麻　田　恭　一
発行所　恵雅堂出版株式会社
〒162-0053　東京都新宿区原町1－28
電話 03（3203）4754

Printed in Japan　ISBN978-4-87430-058-9　C0095